Cerimônia Mortal

J. D. ROBB

SÉRIE MORTAL

Nudez Mortal

Glória Mortal

Eternidade Mortal

Êxtase Mortal

Cerimônia Mortal

Vingança Mortal

Natal Mortal

Conspiração Mortal

Lealdade Mortal

Testemunha Mortal

Julgamento Mortal

Traição Mortal

Sedução Mortal

Nora Roberts

escrevendo como

J. D. ROBB

Cerimônia Mortal

3ª EDIÇÃO

Tradução
Renato Motta

BERTRAND BRASIL

Título original: *Ceremony in Death*

Capa: Leonardo Carvalho

Editoração: DFL

2010
Impresso no Brasil
Printed in Brazil

CIP-Brasil. Catalogação-na-fonte
Sindicato Nacional dos Editores de Livros, RJ.

R545c
3ª ed.

Robb, J. D., 1950-
Cerimônia mortal / Nora Roberts escrevendo como J. D. Robb; tradução Renato Motta. – 3ª ed. – Rio de Janeiro: Bertrand Brasil, 2010.
392p.

Tradução de: Cerimony in death
ISBN 978-85-286-1179-3

1. Romance americano. I. Motta, Renato. II. Título.

06-0553

CDD – 813
CDU – 813.111(73)-3

EDITORA BERTRAND BRASIL LTDA.
Rua Argentina, 171 – 2º andar – São Cristóvão
20921-380 – Rio de Janeiro – RJ
Tel.: (0xx21) 2585-2070 – Fax: (0xx21) 2585-2087

Atendimento e venda direta ao leitor
mdireto@record.com.br ou (21) 2585-2002

Há mais coisas entre o céu e a terra,
Horácio, do que sonha a tua filosofia.
– SHAKESPEARE

Não devemos prestar reverência a Satanás,
pois isto seria imprudente, mas podemos,
pelo menos, respeitar seus talentos.
– MARK TWAIN

CAPÍTULO UM

A morte a cercava. Ela a encarava todos os dias e sonhava com ela à noite. Vivia com ela sempre. Conhecia seus sons, suas fragrâncias, até sua textura. Era capaz de olhar para seus olhos escuros e hábeis sem piscar. A morte era uma adversária ardilosa, ela sabia. Um segundo de hesitação, uma piscadela, e ela podia se mover, podia mudar. Podia vencer.

Dez anos trabalhando como policial não a haviam endurecido com relação a isso. Uma década na força policial de Nova York não a fez aceitá-la. Quando via a morte frente a frente, seus olhos exibiam o tom frio de um guerreiro.

Eve Dallas olhava para a morte naquele instante. E olhava para a morte de um de seus companheiros.

Frank Wojinski havia sido um bom tira, muito confiável. Alguns o achavam até "caxias" demais. Era cortês, lembrou Eve. Um homem que jamais reclamara do grude disfarçado de comida que era servido na cantina do Departamento de Polícia de Nova York, ou da papelada absurda que o trabalho gerava. Ou, pensou Eve, a respeito do fato de ter chegado aos sessenta e dois sem nunca ter passado da patente de sargento-detetive.

Era meio rechonchudo e deixara o cabelo ficar ralo e grisalho de forma natural. Era raro, em 2058, um homem abrir mão das facilidades da escultura corporal e melhorias estéticas de todo tipo. Agora, em seu caixão com tampo de vidro, com o rosto e o corpo cercados por pesarosos lírios, parecia um monge de outras eras, placidamente adormecido.

Ele nascera em outra era, refletiu Eve, chegando ao mundo no fim de um milênio e vivendo quase toda a vida no milênio seguinte. Passara pelas Guerras Urbanas, mas não costumava falar tanto sobre elas quanto os tiras mais velhos. Não era de contar histórias de guerra, pelo que Eve lembrava. Era mais do tipo que gostava de exibir a mais nova foto ou um holograma dos filhos e netos.

Gostava de piadas fracas, de falar de esportes, e tinha uma fraqueza por cachorros-quentes feitos com salsicha de soja e molho condimentado demais.

Um sujeito voltado para a família, pensou, e que deixara entre os seus grande luto. Na verdade, Eve não conhecia ninguém que tivesse convivido com Frank Wojinski e não gostasse muito dele.

Morrera com metade da vida pela frente, e morrera sozinho, quando o coração que todos julgavam tão grande e forte simplesmente parara de bater.

— Droga! — Ouviu ela.

Virando-se para o lado, colocou a mão no braço do homem que chegara junto dela e disse:

— Sinto muito, Feeney.

Ele balançou a cabeça e seus olhos de cãozinho carente se encheram de lágrimas e tristeza. Passando as mãos nos cabelos ruivos despenteados, disse:

— Se tivesse sido em serviço, talvez fosse mais fácil de aceitar. Consigo entender a morte no cumprimento do dever. Mas simplesmente deixar de viver, assim... dar uma relaxada na poltrona reclinável, assistindo ao jogo na tevê e apagar... isso não está certo, Dallas. Um homem não pode deixar de viver assim de repente, na idade dele.

— Eu sei. — Sem ter idéia de como proceder, Eve colocou o braço sobre o ombro do amigo e o levou para longe do caixão.

— Ele me treinou — explicou Feeney. — Cuidou de mim quando fui recruta. Nunca me deixou na mão... — A dor parecia irradiar dele e fazia seus olhos brilharem muito, estremecendo-lhe a voz. — Frank jamais deixou ninguém na mão, em toda a sua vida.

— Eu sei — repetiu ela, porque não havia mais nada que pudesse ser dito. Eve estava acostumada a ver Feeney cheio de energia, forte, durão... a delicadeza de sua dor a comoveu.

Passou com ele através das pessoas presentes. A sala do velório estava lotada de policiais e familiares do morto. E onde havia tiras e um morto, sempre havia café... ou o líquido escuro que passava por café, no caso de lugares como aquele. Servindo uma xícara, Eve a entregou a Feeney.

— Não consigo entender. Não consigo aceitar! — Soltou um longo e trêmulo suspiro. Ali estava ele, um homem robusto e atarracado que exibia sua dor tão abertamente quanto o sobretudo amassado que usava. — Ainda não falei com Sally. Minha mulher está com ela. Simplesmente não consigo ir até lá...

— Tudo bem... eu também ainda não fui falar com ela. — Como não sabia o que fazer com as mãos, Eve serviu uma xícara de café para si mesma, sabendo que não tinha a intenção de bebê-lo. — Todos estão muito abalados com isso. Eu não sabia que ele tinha problema de coração.

— Ninguém sabia — disse Feeney, baixinho. — Ninguém sabia...

Eve manteve a mão no ombro do amigo, enquanto observava a sala cheia demais e muito quente. Quando um colega policial morria no cumprimento do dever, os outros tiras ficavam zangados, mas conseguiam manter o foco, tinham um alvo onde descontar depois. Porém, quando a velha morte chegava sorrateira e apontava para alguém com seu dedo deformado e caprichoso, não havia quem culpar. Nem quem punir.

Era impotência o que ela sentia na sala e em si mesma. Não dava para ameaçar o destino com uma arma nem com os punhos.

O chefe do cerimonial, elegante em seu terno preto, bem tradicional, e com um rosto tão pálido quanto os de seus clientes, circulava pela sala, dando tapinhas nos ombros e exibindo olhos tristes. Eve decidiu que preferia ver um cadáver levantar do caixão e sorrir para ela a ouvir o blablablá do papa-defunto.

— Por que não vamos falar com a família juntos? — propôs ela.

Era difícil para ele, mas Feeney concordou com a cabeça e colocou de lado a xícara de café intocada.

— Frank gostava muito de você, Dallas. "Aquela menina tem colhões de aço e uma cabeça que funciona", era o que costumava dizer sobre você. Falava que, se estivesse encurralado, era você que ele ia querer para lhe dar cobertura.

Ouvir isso a deixou surpresa e satisfeita, mas ao mesmo tempo fez aumentar o pesar pela perda.

— Puxa, Feeney, nunca imaginei que ele pensasse isso de mim.

Feeney olhou para ela. Eve tinha um rosto interessante, não exatamente o que ele qualificaria como "de fechar o comércio", mas a verdade é que seus traços faziam com que um homem olhasse duas vezes quando ela passava, apreciando os ângulos, os ossos proeminentes e a covinha no queixo. Ela possuía olhos de policial, intensos e atentos, e Feeney às vezes se esquecia de que eles tinham também um lindo tom castanho-dourado. Seus cabelos exibiam o mesmo tom, eram curtos e precisavam urgentemente de um corte bem-feito. Ela era alta e tinha o corpo resistente.

Lembrou que, menos de um mês antes, ele a encontrara no corredor de um prédio, ferida e muito ensangüentada. Sua arma, porém, se mantivera firme na mão.

— Bem, Eve, ele realmente achava isso de você. E eu acho também. — Ao vê-la piscar os olhos de surpresa, Feeney se empertigou e decidiu: — Vamos logo falar com Sally e as crianças.

Foram se apertando para abrir caminho através da multidão compacta, em uma sala que dava a sensação de opressão, com seu revestimento de fórmica imitando madeira escura, cortinas vermelhas pesadas, muito pregueadas, e o cheiro funéreo de flores em excesso apertadas em um lugar muito pequeno.

Eve se perguntou o motivo de velórios serem sempre acompanhados de flores e cortinas vermelhas pesadas. De que cerimônia ancestral teria vindo aquilo, e por que razão a raça humana continuava a seguir esse ritual? Estava certa de que, quando chegasse a sua hora, não gostaria de ficar deitada em exibição diante de seus entes queridos e colegas em uma sala sufocante de calor e fedendo a flores que pareciam estar entrando em estado de putrefação.

Então viu Sally, amparada pelos filhos e netos, e compreendeu que tais ritos eram para os vivos. Os mortos já não precisavam de cuidados.

— Ryan! — Sally estendeu as mãos pequenas, que pareciam pertencer a uma fada, e encostou a face na de Feeney. Ficou ali por um momento, com os olhos fechados e a pele pálida e sem vida.

Era uma mulher magra, com voz suave, que Eve sempre considerara delicada. No entanto, como mulher de um policial, que sobrevivera aos estresses do trabalho do marido por mais de quarenta anos, devia ter alguma coisa de aço dentro dela. Sobre o vestido preto simples, ela usava, pendurado em um cordão, o anel que seu marido recebera ao completar vinte e cinco anos no Departamento de Polícia de Nova York.

Outro rito, pensou Eve. *Outro símbolo.*

— É um consolo que tenha vindo — murmurou Sally.

— Vou sentir falta dele. Vamos todos sentir muita falta dele. — Feeney deu-lhe uns tapinhas nas costas, meio sem jeito, antes de se afastar. A dor estava em sua garganta, engasgando-o. Engolir em seco só servia para fazer a dor descer fria e pesada até o estômago. — Você sabe que se houver alguma coisa que eu possa fazer...

— Sim, eu sei... — Seus lábios se curvaram de leve, formando um sorriso, e ela apertou-lhe a mão com carinho, confortando-o, antes de se virar para Eve. — Muito obrigada por ter vindo, Dallas.

— Ele era um homem bom... e um tira confiável.

— Sim, ele era. — Reconhecendo o alto tributo representado por aquelas palavras, Sally conseguiu ampliar o sorriso. — Tinha orgulho em servir e proteger. O comandante Whitney e sua esposa estão aqui, além do secretário Tibble. E tantos outros! — Seu olhar vitrificado vagou pela sala. — Tantos... Frank era querido. Eles se importavam com ele.

— Claro que sim, Sally. — Feeney trocou o peso do corpo de um pé para outro, pouco à vontade. — Você, ahn... sabe a respeito do fundo de auxílio às famílias dos policiais, não sabe?

— Não se preocupe, Feeney, estamos bem amparados com relação a isso. — Ela tornou a sorrir, batendo em sua mão com carinho. — Dallas, acho que você não conhece minha família. Tenente Dallas, minha filha, Brenda.

Baixinha, com curvas generosas, notou Eve ao cumprimentá-la. *Cabelos e olhos escuros, um queixo firme. Puxara ao pai...*

— Este é meu filho, Curtis.

Magro, ossos pequenos, mãos macias e olhos que, embora secos, pareciam confusos pelo choque.

— E estes são meus netos.

Havia cinco deles, sendo que o mais novo tinha uns oito anos e o nariz meio achatado coberto de sardas. Olhou para Eve, analisando-a, e perguntou:

— Por que trouxe a sua arma a laser?

Parecendo aturdida, Eve apertou o casaco de couro com o braço, dizendo:

— É que eu vim direto da Central de Polícia. Não tive tempo de ir em casa para trocar de roupa.

— Pete! — Curtis lançou um olhar de desculpas para Eve. — Não amole a tenente.

— Se as pessoas se concentrassem mais nos seus poderes pessoais e espirituais, armas não seriam necessárias. Meu nome é Alice, tenente.

Uma loura muito magra toda de preto deu um passo em direção a Eve. A moça seria linda de qualquer modo, refletiu Eve, mas tendo nascido de uma família tão bonita se tornara deslumbrante. Seus olhos tinham um tom suave e sonhador de azul; seus lábios eram cheios, sensuais e estavam sem pintura. Usava o cabelo solto, de forma que ele escorria liso e brilhante sobre os ombros do vestido leve. Uma fina corrente de prata descia até sua cintura. Na ponta, havia uma pedra negra com um círculo em volta, também em prata.

— Alice, você é uma pirada mesmo.

Ela lançou um olhar frio por sobre os ombros, na direção de um menino com cerca de dezesseis anos. Suas mãos, porém, ficaram envolvendo a pedra negra, como pássaros elegantes que protegiam o ninho.

— Esse é o meu irmão Jamie, tenente — explicou, com a voz suave como seda. — Ele ainda está na fase de achar que xingamentos merecem resposta. Meu avô falava muito da senhora, tenente Dallas.

— Sinto-me lisonjeada.

— Seu marido não está em sua companhia esta noite?

Eve levantou uma sobrancelha. *Ali não há apenas luto*, deduziu, *mas um pouco de nervoso também.* Era bem fácil de reconhecer. Havia sinais, embora não fossem muito claros. *A garota estava a fim de alguma coisa*, avaliou Eve. *Mas do quê?*

— Não, meu marido não veio. — Desviou o olhar para Sally. — Ele enviou suas condolências, sra. Wojinski. Está fora do planeta.

— Deve exigir muita concentração e energia — interrompeu Alice — manter um relacionamento com um homem como Roarke e ao mesmo tempo construir uma carreira difícil, cheia de exigências e até perigosa. Meu avô costumava dizer que, quando você assume uma investigação, não larga o osso até desvendá-la. Essa é uma descrição precisa, tenente?

— Se você largar o osso, você o perde... e eu não gosto de perder. — Eve fez questão de manter o olhar grudado no de Alice, que apresentava um ar estranho, e então, por impulso, se agachou e sussurrou ao ouvido de Pete: — Quando eu ainda era uma recruta, vi seu avô acertar um cara com a arma de atordoar a mais de dez metros de distância. Ele era o melhor! — Foi agraciada com um sorriso curto, antes de endireitar o corpo. — Seu marido não será esquecido, sra. Wojinski — disse ela, oferecendo a mão. — Todos nós gostávamos muito dele.

Deu um passo para trás, mas Alice colocou a mão sobre seu braço e se inclinou em sua direção, discretamente. A mão, notou Eve, tremia ligeiramente.

— Foi muito bom conhecê-la, tenente. Obrigada por ter vindo.

Eve inclinou a cabeça e se misturou à multidão. De forma casual, enfiou a mão no bolso do casaco e tocou com a ponta dos dedos a estreita tira de papel que Alice enfiara ali dentro. Levou mais uns trinta minutos para sair, esperou até estar do lado de fora e dentro do carro antes de abrir o bilhete e ler.

Encontre-me amanhã à meia-noite no Clube Aquarius.
NÃO CONTE PARA NINGUÉM. Sua vida corre perigo.

À guisa de assinatura, havia um símbolo, uma linha escura que formava um círculo que se expandia e formava uma espécie de labirinto. Quase tão intrigada quanto chateada com aquilo, Eve enfiou o bilhete de volta no bolso e foi para casa.

Como era uma policial experiente, reparou na figura vestida de preto, pouco mais que uma sombra entre as sombras. E por ser uma policial capaz, soube na hora que a figura a estava vigiando.

Sempre que Roarke viajava, Eve preferia fingir que a casa estava vazia. Tanto ela quanto Summerset, que trabalhava como mordomo e era também chefe da criadagem de Roarke, faziam o possível para ignorar a presença um do outro. A casa era imensa, uma intrincada multiplicidade de quartos que tornava uma questão simples evitar um ao outro.

Ela entrou no largo vestíbulo e jogou o casaco de couro muito arranhado sobre a coluna entalhada que ficava no primeiro degrau da escada, pois sabia que isso ia fazer Summerset ranger os dentes de raiva. Ele detestava qualquer coisa que maculasse a elegância da casa. Particularmente Eve.

Subindo as escadas, ela desviou para sua suíte particular com escritório, em vez de ir para o quarto principal da casa.

Já que Roarke ia passar mais uma noite fora do planeta, ela preferia dormir na sua poltrona de relaxamento, em vez de ir para a cama deles.

Ela muitas vezes tinha sonhos terríveis quando dormia sozinha.

Com o tempo que gastara analisando a papelada e depois indo ao velório, ela não teve oportunidade de comer nada. Ordenou em voz alta um sanduíche — com presunto de verdade e pão de centeio — e café, que ela sabia que vinha cheio de cafeína pura. Quando o AutoChef entregou o pedido, Eve inalou os aromas bem devagar, com avidez. Deu a primeira mordida e fechou os olhos para sentir melhor o milagre do sabor.

Realmente, havia muitas vantagens em ser casada com um homem que podia se dar ao luxo de consumir carne de verdade, em vez de subprodutos ou imitações sintéticas.

Para satisfazer a curiosidade, foi até a escrivaninha e ligou o computador. Engoliu um bom pedaço de presunto e o acompanhou com um gole de café.

— Quero todos os dados disponíveis a respeito de Alice, sobrenome paterno desconhecido. O nome de solteira da mãe é Brenda Wojinski, e os avós maternos chamam-se Frank e Sally Wojinski.

Pesquisando...

Eve tamborilou na mesa com os dedos, pegou o bilhete e tornou a lê-lo, enquanto acabava sua rápida refeição.

Objeto de pesquisa: Alice Lingstrom. Data de nascimento: 10 de junho de 2040. Primogênita e única filha mulher de Jan Lingstrom e Brenda Wojinski, divorciados. Residência: Rua 8, número 486, lado oeste, apartamento 4B, Nova York. Irmão: James Lingstrom, nascido em 22 de março de 2042. Grau de instrução: ensino médio completo. Foi oradora da turma. Dois semestres de faculdade em Harvard, um em antropologia e outro em mitologia. Trancou a matrícula no terceiro semestre. Atualmente trabalhando como balconista na loja Busca Espiritual, na Décima Avenida, parte oeste, número 228, Nova York. Estado civil: solteira.

Eve passou a língua sobre os dentes da frente.

— Tem ficha na polícia?

Sem registros criminais.

— Parece tudo normal — murmurou Eve. — Dados a respeito da loja Busca Espiritual.

Busca Espiritual. Loja de magia ligada à religião Wicca e centro de consultas de propriedade de Isis Paige e Charles Forte. Funciona há três anos no local. Renda bruta anual de cento e vinte e cinco mil dólares. Há um herbolário e uma sacerdotisa registrada; um hipnoterapeuta formado também trabalha no local.

— Magia Wicca? — Eve se recostou na cadeira, bufando pelas narinas. — É algum lance ligado à bruxaria? Meu Deus... que tipo de troço é esse?

Wicca, movimento reconhecido como religião e também como arte. Trata-se de uma fé ancestral, baseada na natureza, que...

— Tá bom, chega! — ordenou Eve, soltando o ar com força. Ela não estava atrás de uma definição detalhada de bruxaria. Queria apenas uma explicação para o fato de um policial durão e com os pés no chão acabar tendo na família uma neta que acreditava em feitiços e cristais mágicos.

E por que essa neta queria um encontro secreto com ela.

O melhor jeito de descobrir, decidiu, era dar as caras no tal de Clube Aquarius dali a pouco mais de vinte e quatro horas. Eve deixou o bilhete sobre a mesa. Era mais fácil jogar aquilo fora, pensou, mas ele havia sido escrito pela neta de um homem que Eve respeitava muito...

Além do mais, reparara naquela figura entre as sombras. Uma figura que ela tinha certeza de que não pretendia ser notada.

Foi até o banheiro da suíte e começou a se despir. Era uma pena que ela não pudesse levar a Mavis com ela para o encontro misterioso. Eve tinha a leve impressão de que o tal do Clube Aquarius tinha tudo a ver com sua amiga. Chutou os jeans para um canto e se inclinou para a frente, fazendo um alongamento para relaxar depois do longo dia. Perguntou-se o que ia fazer para passar a noite comprida que tinha diante de si.

Não havia nenhum trabalho urgente a fazer. Seu último homicídio fora resolvido tão depressa que em menos de oito horas ela e sua assistente fecharam o caso. Talvez ela passasse umas duas horas assistindo a algum filme. Ou talvez pegasse uma das armas da sala de tiro de Roarke e rodasse algum programa holográfico para se exercitar e gastar o excesso de energia até conseguir ter sono.

Ela nunca experimentara um dos rifles automáticos de ataque. Devia ser interessante descobrir como um policial derrubava um inimigo nos idos das Guerras Urbanas.

Entrou sob o chuveiro e ordenou:

— Jato forte, em modo pulsante a trinta e seis graus.

Bem que ela gostaria de ter um assassinato nas mãos para resolver. Algo em que focar a mente e acelerar sua circulação. Droga, aquilo era patético. Ela estava se sentindo solitária, compreendeu. Louca por algo com o que se distrair, e ele só estava fora há três dias.

Os dois tinham seu trabalho e suas vidas, não é? Já tinham antes de se conhecerem, e continuavam a ter depois de casados. As exigências profissionais dos dois absorviam muito do tempo de ambos e da sua atenção. O casamento só funcionava — e isso continuava a surpreendê-la — porque os dois eram pessoas independentes.

Nossa, ela sentia falta dele de uma forma absurda. Revoltada consigo mesma por sentir isso, enfiou a cabeça sobre o jato e deixou que a água lhe martelasse o cérebro.

Quando sentiu duas mãos que subiram lentamente pela sua cintura e acabaram comprimindo os dois seios, não chegou a se assustar. Seu coração, sim, deu um pulo. Ela conhecia aquele toque, a emoção daqueles dedos longos e finos, a textura das palmas largas e envolventes. Deixou a cabeça tombar para trás, convidando a boca que sentia respirar por trás dela a pousar na curva do seu ombro.

— Humm, Summerset!... seu tarado!

Sentiu dentes se enterrarem em sua carne e soltou uma risada. Polegares experientes roçavam de leve os seus mamilos, ensaboando-os, e ela gemeu.

— Não adianta, porque eu não vou despedi-lo! — Roarke deixou a mão ir descendo lentamente até o centro do corpo dela.

— Não custa a gente tentar. Você já voltou... — Os dedos dele se enfiaram com muita perícia dentro dela, muito lisos e escorregadios, fazendo-a arquear o corpo com violência, gemer mais e gozar na hora, tudo ao mesmo tempo — ... voltou mais cedo — conseguiu dizer afinal, soltando o ar em uma explosão e perdendo o fôlego. — Ah, meu Deus!...

— Diria que cheguei na hora certa. — Girando-a e colocando-a de frente para ele, viu que ela estava ainda trêmula, piscando muito para tirar a água dos olhos, e cobriu-lhe a boca em um beijo longo e voraz.

Ele pensara nela o tempo todo durante o interminável vôo de volta. Pensara basicamente naquilo, simplesmente naquilo: tocá-la, saboreá-la e ouvir-lhe a respiração entrecortada ao fazer isso. E ali estava ela, nua, molhada e já tremendo à espera dele.

Ele a encostou no canto do boxe, agarrou-a pelos quadris e lentamente a levantou do chão, perguntando:

— Sentiu saudade?

O coração dela martelava... ele estava ali, a poucos centímetros de penetrá-la, preenchê-la e desestruturá-la.

— Não muito...

— Bem, nesse caso... — ele a beijou de leve no queixo — ... vou deixá-la terminar seu banho em paz.

Com a rapidez de um relâmpago, ela o envolveu, colocando as pernas em volta de sua cintura e agarrando sua vasta cabeleira molhada com força, ameaçando-o:

— Nem pense nisso, meu chapa, senão você pode se considerar morto...

— Então, simplesmente por uma questão de autopreservação — disse ele e, para torturar a ambos, deixou-se deslizar para dentro dela bem devagar, vendo seus olhos ficarem opacos. Fundiu sua boca com a dela novamente e sentiu-lhe a respiração ofegante trepidar por dentro dele.

A cavalgada foi lenta, escorregadia, e mais suave do que ambos haviam esperado. O orgasmo dos dois veio em um suspiro longo, bem baixinho. Os lábios dela se abriram em um sorriso, de encontro aos dele, dizendo:

— Bem-vindo ao lar.

Ela conseguia vê-lo agora, com aqueles atordoantes olhos azuis, o rosto que tinha um pouco de santo e de pecador, e a boca de um poeta condenado. Seus cabelos, por onde a água escorria, eram pretos e lisos, um pouco compridos, tocando de leve os ombros largos enfeixados com músculos sutis, mas surpreendentemente duros.

Olhar para ele depois dessas ausências curtas e periódicas sempre fazia com que algo inesperado se movesse por dentro dela. Eve duvidava de que algum dia pudesse se acostumar com a idéia de que ele não apenas a desejava, mas também a amava.

Ainda sorria ao passar os dedos por entre seus cabelos fartos e pretos enquanto perguntava:

— Está tudo bem no Olympus Resort?

— Alguns ajustes, alguns atrasos. Nada que não possa ser resolvido. — O elaborado resort e o centro de entretenimento e prazer que estavam sendo construídos em uma estação espacial iam ser inaugurados dentro do prazo, porque Roarke não aceitaria menos que isso.

Ordenando o fechamento da ducha, ele pegou uma toalha e a enrolou em volta dela, mesmo sabendo que Eve preferia o tubo de secagem de corpo.

— Comecei a entender o porquê de você preferir ficar aqui nesta sua suíte particular sempre que viajo. Eu também não consegui ficar na suíte presidencial do Olympus — disse e pegou outra toalha, esfregando-a sobre os cabelos de Eve. — Estava muito solitário lá, sem você...

Ela deixou-se recostar nele por um momento, só para sentir o relevo familiar das linhas do corpo dele de encontro ao dela, e disse:

— Estamos ficando muito melosos!...

— Não me importo. Nós, irlandeses, somos muito sentimentais.

Isso a fez dar um sorriso afetado no instante em que ele se virou para pegar os robes. Talvez ele tivesse aquele sotaque musical irlandês na voz, mas Eve duvidava muito de que algum dos seus companheiros ou rivais de negócios pudesse considerar Roarke um sentimental.

— Ora, vejo que você não adquiriu nenhuma marca roxa nova — observou ele, ajudando-a a colocar o robe antes mesmo de ela tentar vesti-lo. — Imagino que isso signifique que as coisas por aqui andam calmas.

— Pode-se dizer que sim. Tivemos um cara que ficou um pouco entusiasmado demais quando estava em companhia de uma acompanhante autorizada e a estrangulou durante o sexo. — Dando um laço no robe, ela passou os dedos pelos cabelos e lançou respingos de água para os lados. — Depois, ficou apavorado e fugiu. — Encolheu os ombros enquanto ia para o escritório. — No fim, resolveu arrumar um advogado e se entregou poucas horas depois.

O promotor o enquadrou como caso de homicídio culposo. Deixei Peabody interrogá-lo e fichá-lo.

— Humm... — Roarke foi até uma cabine embutida para pegar vinho e serviu dois cálices. — Anda tudo quieto, então.

— É... estive naquele velório hoje à noite.

— Ah, sim... — lembrou ele, depois de franzir o cenho. — Sinto muito não ter conseguido voltar a tempo de ir até lá com você.

— Feeney está muito abalado. Seria mais fácil se Frank tivesse tombado no cumprimento do dever.

Dessa vez as sobrancelhas de Roarke se uniram, demonstrando estranheza.

— Você está me dizendo que preferia que seu colega tivesse sido assassinado, em vez de, digamos, deslizar suavemente para o sono eterno?

— Bem, eu aceitaria melhor, apenas isso. — Franziu os olhos, olhando para o vinho. Não achou muito sensato contar a Roarke que ela própria preferia uma morte violenta e rápida. — Só que há algo estranho nessa história. Conheci a família de Frank. A neta mais velha é meio esquisita.

— Esquisita como?...

— O jeito de falar, e os dados sobre ela que levantei quando cheguei em casa.

— Você fez uma pesquisa sobre ela? — perguntou ele, intrigado, levando o vinho aos lábios.

— Só uma conferida rápida. Porque ela me entregou isto. — Eve foi até a mesa e pegou o bilhete.

— Um labirinto do elemento Terra — observou Roarke com atenção, avaliando o desenho.

— Um o quê?

— Esse símbolo aqui. É celta.

— Eu, hein!... — Balançando a cabeça, Eve chegou mais perto para tornar a olhar o desenho. — Você sabe de cada coisa estranha!

— Não é tão estranho assim. Sou irlandês... descendente dos celtas, afinal. Este antigo labirinto é um símbolo mágico e sagrado.

— Bem, combina com ela. Anda envolvida com bruxarias, ou algo desse tipo. Conseguiu entrar em uma das melhores faculdades. Harvard. De repente, trancou a matrícula e foi trabalhar como balconista em uma loja do Village que vende cristais e ervas mágicas.

Roarke passou a ponta do dedo sobre o desenho. Ele já tinha visto aquilo, e outros desenhos do mesmo tipo. Durante sua infância, os cultos em Dublin eram comuns entre gangues ferozes e piedosos pacifistas. Todos, é claro, usavam a religião como pretexto para matar. Ou serem mortos.

— Você não faz a mínima idéia do motivo pelo qual ela quer se encontrar com você?

— Não. Imagino que tenha visto alguma coisa na minha aura, sei lá!... Mavis trabalhava nesse ramo de enganar os outros com lances místicos antes de eu prendê-la por bater carteiras. Ela me contou que as pessoas pagam qualquer preço para você dizer a elas o que desejam ouvir. Pagam até mais se você disser o que elas *não desejam* ouvir.

— É por isso que as trapaças e os negócios legalizados são mais ou menos a mesma coisa. — Ele sorriu para ela. — Aposto que você vai lá, de qualquer jeito.

— Claro! Vou ver qual é...

Naturalmente que ela iria. Roarke deu mais uma olhada no bilhete e o colocou de lado, informando:

— Vou com você.

— Mas ela quer que eu vá...

— É uma pena que queira. — Tomou o vinho com ar de quem sempre conseguia exatamente o que queria, de um jeito ou de outro. — Não vou atrapalhar seu papo, mas vou junto. O Clube Aquarius é basicamente inofensivo, mas sempre pintam uns elementos desagradáveis que conseguem entrar lá.

— Elementos desagradáveis são a minha vida — disse ela, com ar sensato, e então jogou a cabeça para o lado. — Você não é... tipo assim... *dono* do Clube Aquarius, é?

— Não. — Ele sorriu. — Por quê? Você quer que eu seja?

Ela riu e levou-o pela mão, dizendo:

— Venha comigo. Vamos acabar de beber isso na cama.

Sentindo-se relaxada pelo efeito do sexo e do vinho, ela caiu em um sono plácido, enroscada em Roarke. Por isso é que se sentiu surpresa ao se ver súbita e completamente desperta duas horas mais tarde. Não fora um de seus pesadelos o que a acordara. Não sentia terror, nem dor, nem frio, nem um suor pegajoso.

No entanto, ela acordara de repente, e seu coração não estava muito tranqüilo. Ficou deitada quieta, olhando o céu através da larga cúpula de vidro que havia sobre a cama, ouvindo o respirar calmo e constante de Roarke ao lado dela.

Mexendo-se um pouco para o lado, olhou para os pés da cama e quase gritou ao ver olhos que brilhavam na escuridão. Então percebeu o peso sobre os seus tornozelos. *Galahad*, lembrou, e rolou os olhos para cima. O gato entrara no quarto e pulara na cama. Foi isso o que a acordara, disse a si mesma. Foi apenas isso...

Acomodando-se novamente, virou de lado e sentiu o braço de Roarke enlaçá-la, enquanto ele dormia. Suspirando, fechou os olhos e se aninhou, bem aconchegada a ele.

Foi apenas o gato, pensou, já sonolenta.

Mas podia jurar que ouvira vozes cantando.

Capítulo Dois

No momento em que Eve estava enterrada até o pescoço na papelada de sua sala na Central de Polícia, o estranho despertar da noite anterior já estava esquecido. A cidade de Nova York parecia contente por poder se aquecer nos dias ainda cálidos do início de outono e estava se comportando bem. Aquele parecia um bom momento para separar algumas horas e tentar organizar sua sala.

Melhor ainda, delegar poderes a Peabody para fazer isso por ela.

— Como é que esses seus arquivos podem estar assim tão zoneados? — quis saber Peabody. Seu rosto quadrado, muito sério, expressava dor e desapontamento.

— Eu sei muito bem onde cada coisa está — disse-lhe Eve. — E quero que você arrume tudo de um jeito que eu continue a saber onde tudo está, só que com um pouco mais de organização. Essa é uma missão muito difícil, policial Peabody?

— Dá pra encarar... — Peabody levantou os olhos para o teto quando Eve ficou de costas — ... senhora!

— Ótimo! E não levante os olhos para o teto nas minhas costas. Se as coisas estão meio zoneadas, como você as descreveu, é pelo fato de eu estar enfrentando um ano muito movimentado. E, já que estamos no último trimestre e estou treinando você, é meu dever jogar a tarefa em cima das suas costas. — Eve se virou e sorriu de leve, continuando: — Com a esperança, Peabody, de que um dia você também tenha uma subalterna para poder se livrar de roubadas como essa.

— Sua confiança em mim é comovente, Dallas. Estou engasgada de tanta emoção — e cochichou para o computador: — Ou talvez seja o fato de você ter formulários e relatórios aqui de cinco anos atrás que esteja me deixando engasgada. Esses casos todos já deviam ter sido arquivados no sistema principal e apagados dessa unidade no máximo vinte e quatro meses depois de terem sido resolvidos.

— Então, arquive-os no sistema e apague-os do meu computador agora. — O sorriso de Eve se ampliou quando a máquina engasgou e então zumbiu, avisando que o sistema ia cair. — Boa sorte!

— A tecnologia pode ser nossa amiga. Só que, como ocorre com qualquer amizade, ela requer manutenção regular e muita compreensão.

— Sei muito bem disso. — Eve chegou junto do monitor e deu-lhe dois golpes com a base da mão. O aparelho soluçou mais uma vez e voltou a funcionar normalmente. — Viu só?...

— Você tem mesmo um jeitinho meigo, tenente. Deve ser por isso que o pessoal da manutenção se diverte nas horas de folga lançando dardos sobre uma foto sua pregada na parede.

— Eles continuam fazendo isso? Puxa, são mesmo rancorosos... — Encolhendo os ombros, Eve se sentou na beira da mesa. — O que sabe a respeito de feitiçaria Wicca, Peabody?

— Se pretende lançar um feitiço nessa máquina aqui, Dallas, isso é meio fora da minha área. — Rangeu os dentes enquanto comprimia e salvava arquivos.

— Mas você é uma partidária da Família Livre!...

— Travou! Vamos lá, vamos lá, maquininha, você consegue!... — murmurou ela para o computador. — Além do mais, Dallas, partidários da Família Livre não são adeptos da Wicca. Os dois são tipos de religiões neopagãs, ligadas à terra, e ambas são baseadas na ordem da Natureza, mas... filho-da-mãe, para onde é que você foi?!...

— O quê? Para onde foi o quê?

— Nada. — Com os ombros curvados por sobre o monitor, Peabody o protegeu do olhar de Eve. — Nada, nada... não se preocupe, estou no controle de tudo. Você provavelmente não ia precisar daqueles arquivos mesmo...

— Isso é uma piada, Peabody?

— Pode apostar! Rá, rá... — Um filete de suor descia por suas costas enquanto ela brigava com o teclado. — Pronto! Achei! Tudo bem, tudo resolvido. E lá vão eles para o arquivo central. Bonitinhos e organizados. — Soltou um longo suspiro. — Será que posso tomar um pouco de café? Só para me manter alerta?...

Eve desviou o rosto, olhou para o monitor e não viu nada de alarmante ali. Sem dizer nada, levantou-se e ordenou café para o AutoChef.

— Por que deseja saber a respeito de Wicca? Está pensando em se converter? — Ao notar o olhar sem expressão de Eve, Peabody tentou sorrir. — Foi só outra brincadeira...

— Você está cheia de brincadeiras e piadas hoje, não é mesmo, Peabody? Não... estou perguntando apenas por curiosidade.

— Bem, existem alguns pontos em comum, princípios básicos à Família Livre e à Wicca. A busca pelo equilíbrio e harmonia internos, a celebração das mudanças entre as estações do ano, coisas que remontam a tempos imemoriais. Além disso, existe um código muito rígido que prega a não-violência.

— Não-violência? — Eve estreitou os olhos. — E quanto a rogar pragas, lançar feitiços e fazer sacrifícios? Virgens nuas no altar e galos pretos sendo decapitados?

— É que as obras de ficção mostram as bruxas desse jeito. Você conhece a famosa cena: "Mais dores para a barrela, mais cinzas para a panela." Shakespeare. *Macbeth*.

Eve, com ar de desdém, rebateu:

— "Vou pegar você, minha menina, e seu cãozinho também", a Bruxa Malvada do Oeste, em *O Mágico de Oz*. Assisti no canal de filmes clássicos.

— Boa citação — admitiu Peabody. — Ambas são exemplos de um imenso mal-entendido. Bruxas não são feias, velhas maléficas que preparam poções em caldeirões cheios de gosma ou perseguem garotinhas acompanhadas de simpáticos espantalhos falantes. Os seguidores da Wicca gostam de ficar despidos, mas não ferem ninguém nem nada desse tipo. Trata-se basicamente de magia branca.

— E não...?

— Magia negra.

— Você não vai me dizer que acredita nessas coisas, não é? — reagiu Eve, olhando para a ajudante. — ... Mágicas e encantamentos?

— Não. — Mais animada pelo efeito do café, Peabody tornou a se virar para o computador. — Sei algumas coisas básicas porque tenho um primo que se converteu à religião Wicca. Ele leva a coisa a sério. Chegou a se filiar a um grupo e participa de convenções de bruxas em Cincinnati.

— Você tem um primo que participa de convenções de bruxas em Cincinnati. — Rindo alto, Eve colocou o café sobre a mesa. — Peabody, você vive me surpreendendo.

— Qualquer dia vou lhe contar tudo a respeito de minha avó e seus cinco amantes.

— Bem, cinco amantes não é tão anormal no período da vida de uma mulher.

— Mas não foi durante a vida toda, foi só no mês passado. E ela namorou com todos ao mesmo tempo. — Peabody olhou para cima, com a fisionomia impassível. — Vovó está com noventa e oito anos. Tomara que eu puxe a ela...

Eve ia soltar uma gargalhada, mas teve que engoli-la, pois seu *tele-link* tocou.

— Aqui é Dallas — atendeu, enquanto observava o rosto do comandante Whitney surgir na tela. — Sim, comandante?

— Quero falar com você, tenente, em minha sala. O mais rápido possível.

— Sim, senhor. Cinco minutos. — Eve desligou e lançou um olhar esperançoso para Peabody. — Talvez tenha pintado alguma coisa. Continue organizando esses arquivos. Entro em contato com você se a gente tiver que sair.

Ao deixar a sala, deu um passo atrás e falou, apenas com a cabeça à vista:

— E não coma minha barra de chocolate!

— Droga! — reclamou Peabody, baixinho. — Ela não deixa escapar nada.

Whitney passara a maior parte de sua vida por trás de um distintivo e grande parte de sua carreira no comando. Fazia questão de conhecer seus policiais, avaliar seus pontos fortes e fracos. Sabia como utilizar ambos.

Era um homem corpulento, com mãos de operário, olhos escuros e penetrantes que muitos achavam frios. Seu temperamento, na superfície, era tão calmo que chegava a assustar. E, como acontece com a maioria das águas plácidas, escondia algo perigoso que ficava borbulhando no fundo.

Eve o respeitava, de vez em quando chegava a gostar dele e sempre o admirara.

Ele estava sentado atrás de sua mesa quando ela entrou na sala, e rugas de concentração franziam-lhe a testa enquanto ele lia um relatório impresso. Não levantou a cabeça, simplesmente fez um gesto indicando uma cadeira para Eve. Ela se sentou, vendo um bonde aéreo ribombar do lado de fora da janela, e se espantou, como sempre, ao ver o número de passageiros que usavam binóculos e óculos de enxergar a distância.

O que será que eles esperavam ver por trás das janelas nas salas onde os policiais trabalhavam?, perguntou-se ela. *Suspeitos sendo torturados, armas sendo descarregadas sobre alguém, vítimas sangrando e chorando? E por que será que a fantasia de ver tanta miséria os deixava tão interessados?*

— Eu a vi no velório ontem — anunciou ele.

Eve transferiu seus pensamentos e sua atenção para o comandante, confirmando:

— Imagino que quase todos os policiais da Central de Polícia apareceram por lá.

— Frank era muito querido.

— Sim, era mesmo.

— Você nunca trabalhou com ele?

— Ele me deu algumas dicas quando eu ainda era recruta, me ajudou algumas vezes fazendo investigações de rua em alguns casos que investiguei, mas... não, jamais trabalhei diretamente com ele.

Whitney concordou com a cabeça e manteve os olhos nos dela, informando:

— Ele era parceiro de Feeney, antes do seu tempo, Dallas. Quando você começou a trabalhar nas ruas com Feeney, assumiu o lugar de Frank, que se transferira para um setor burocrático.

Eve começou a sentir uma sensação desagradável na barriga. *Tem alguma coisa aqui*, pensou. *Algo está errado.* Porém, disse apenas:

— Sim, senhor. A morte de Frank foi um duro golpe para Feeney.

— Sei bem disso, Dallas. É por essa razão que o capitão Feeney não está conosco neste momento. — Whitney apoiou os cotovelos sobre a mesa e cruzou os dedos bem apertados. — Talvez tenhamos um problema aqui, tenente. Uma situação delicada.

— Relacionada com o sargento Wojinski?

— A informação que vou lhe passar neste momento é confidencial. Sua auxiliar pode ser informada, a seu critério, mas ninguém mais em toda a força. E ninguém da mídia. Estou pedindo a você, ordenando a você — corrigiu —, a essencialmente trabalhar nesse caso por conta própria.

A sensação de desconforto em sua barriga se transformou em fisgadas de medo ao pensar em Feeney.

— Entendido, senhor.

— Há alguns problemas relacionados com as circunstâncias da morte do sargento Wojinski.

— Problemas, comandante?...

— Você precisa tomar conhecimento de algumas coisas para lhe servir de base. — Colocou as mãos cruzadas na beira da mesa, dizendo: — Chegou ao meu conhecimento que o sargento Wojinski estava efetuando uma investigação por conta própria, fora do horário de expediente, ou então estava envolvido com drogas ilegais.

— Drogas? Frank?!... Ninguém tinha a ficha mais limpa do que Frank.

Whitney continuou, sem piscar:

— No dia 22 de setembro último, o sargento Wojinski foi visto por uma detetive da Divisão de Drogas Ilegais. Ela estava sob disfarce e, segundo eu soube, conduzia uma investigação a respeito de um suspeito centro de distribuição de drogas químicas. O Athame é um clube privado, com temática religiosa, que oferece aos seus membros serviços ritualísticos individuais e em grupo, e também é licenciado para fornecer favores sexuais em particular. A Divisão de Drogas Ilegais está investigando o lugar há quase dois anos. Frank foi visto fazendo uma compra.

Ao ver que Eve não disse nada, Whitney soltou um longo suspiro e continuou:

— Este evento foi relatado a mim. Eu interroguei Frank, e ele não cooperou muito... — Whitney hesitou e então foi em frente: — Para ser franco, Dallas, o próprio fato de ele não ter confirmado nada nem negado já era estranho em se tratando dele. Isso me deixou preocupado. Ordenei que ele se submetesse a um exame físico completo, incluindo pesquisa de consumo de drogas, e o aconselhei a tirar uma semana de folga. Ele concordou com tudo. Os exames deram negativo. Em respeito à sua ficha limpa, além de nossa amizade e a opinião que tinha dele, não registrei este incidente em seu histórico e bloqueei os dados.

Levantando-se da mesa, ele se virou para a janela.

— Talvez isso tenha sido um erro — continuou. — Se eu tivesse insistido na questão, àquela altura talvez ele ainda estivesse vivo, e nós não estaríamos tendo esta conversa.

— O senhor confiava em seu subordinado e no juízo que fazia dele.

Whitney se virou. Seus olhos pareciam ainda mais escuros, intensos, mas não frios, pensou Eve. Exibiam sentimentos.

— Sim, confiei... e agora tenho outros dados. A autópsia-padrão detectou, no organismo do sargento Wojinski, traços de digitálicos e Zeus.

— Zeus?! — Dessa vez foi Eve quem se levantou. — Frank não era usuário, comandante. Independentemente do fato de sabermos quem ele era, uma droga química tão poderosa quanto Zeus dá a maior bandeira! Dá pra gente ver nos olhos, nas modificações de personalidade. Se ele estivesse usando Zeus, todos os tiras desta divisão iam ficar sabendo. E o exame antidrogas teria revelado. Só pode ser um engano.

Enfiando as mãos nos bolsos, Eve fez um esforço para não começar a andar de um lado para outro na sala.

— Sei que há tiras que consomem drogas — continuou ela. — Sei que há tiras que acham que o distintivo serve como escudo para escapar da lei. Mas não Frank! De jeito nenhum aceito a idéia de que ele estivesse sujo...

— Mas os traços estavam lá, tenente. Bem como vestígios de outras drogas, identificadas como clones de projeção. A combinação de todos esses elementos químicos resultou em parada cardíaca e morte.

— O senhor suspeita de que ele tenha tomado uma overdose ou se matado? — Ela balançou a cabeça para os lados. — Não, não é possível, isso está errado!

— Repito, tenente, os traços apareceram lá, na autópsia.

— Então deve haver algum outro motivo. Digitálicos e Zeus? — Ela franziu a testa. — Digitálicos são remédios para o coração, não é? O senhor disse que ele se submeteu a um exame físico completo há duas semanas. Por que não apareceu que ele sofria de problemas cardíacos?

O olhar de Whitney permaneceu firme ao falar.

— O amigo mais chegado de Frank na força é o melhor detetive eletrônico da cidade.

— Feeney? — Eve deu dois passos para frente, sem conseguir se segurar. — O senhor acha que Feeney escondeu tudo dentro do sistema e alterou seus registros médicos? Droga, comandante!

— É uma possibilidade que eu não posso ignorar — disse Whitney, sem baixar o tom. — Nem você! A amizade às vezes impede o julgamento imparcial. Estou confiando na sua competência e espero que a sua amizade com Feeney não vá, nesse caso, impedir *o seu* julgamento imparcial.

Voltou para a mesa, reassumiu a postura de autoridade e disse:

— Estas alegações e suspeitas têm que ser investigadas e esclarecidas.

O calor que Eve sentia no estômago se transformara em azia, que queimava como ácido.

— O senhor quer que eu investigue dois colegas. Um deles está morto, e sua família está arrasada. O outro foi a pessoa que fez meu treinamento e é um grande amigo... — colocou as mãos sobre a mesa do comandante — ... e é seu amigo também.

Whitney esperava a raiva, e a aceitava. Da mesma forma que esperava que ela fosse desempenhar bem a missão. Ele não aceitaria menos que isso

— Eve, você preferia que eu entregasse esse caso a alguém que não se importasse com os dois? — Suas sobrancelhas se elevaram ao fazer a pergunta. — Quero que isso seja feito na surdina, e cada peça que sirva de prova além de todos os registros da investigação deverão ser lacrados e entregues somente a mim. Pode ser necessário que você precise conversar com a família do sargento Wojinski em algum momento. Tenho certeza de que fará isso com tato e discrição. Não precisamos aumentar o pesar da família.

— E se eu encontrar alguma coisa que manche uma vida inteira de bom serviço público?

— Caberá a mim a tarefa de lidar com o problema.

— Isso que o senhor está me pedindo é algo terrível de fazer — afirmou ela, empertigando-se.

— Não estou pedindo, estou ordenando — corrigiu Whitney. — Talvez ver as coisas desse modo torne a tarefa mais fácil para você, tenente. — Ele lhe entregou dois discos lacrados. — Assista a esses dois discos em sua casa. Toda e qualquer transmissão ou contato comigo a respeito desse assunto deve ser enviada da sua casa para a minha. Nada deve passar pelo sistema da Central de Polícia, até que eu determine o contrário. Agora, está dispensada!

Ela girou nos calcanhares e caminhou até a porta. Ao chegar ali, fez uma pausa e falou, sem olhar para trás:

— Não vou entregar Feeney. De jeito nenhum!

Whitney a observou sair e fechou os olhos. Eve faria o que precisava ser feito, e ele sabia disso. Só esperava que não fosse mais do que ela conseguiria suportar.

Eve estava fervendo de raiva quando voltou à sua sala. Peabody continuava sentada diante do monitor, com um sorriso afetado.

— Estou quase acabando. Seu computador é de lascar, Dallas, mas já dei uns socos nele, para ajudá-lo a se comportar.

— Desligue! — disse Eve com cara feia enquanto pegava o casaco e a bolsa. — Pegue seu equipamento, Peabody.

— Temos um caso para resolver? — Animada, Peabody pulou da cadeira e correu atrás de Eve. — Que tipo de caso? Aonde vamos? — Ela acelerou o passo para acompanhá-la. — Dallas?... tenente?

Eve apertou com força o botão do elevador e só o olhar furioso que lançou para Peabody já foi o bastante para acabar com as perguntas. Eve entrou no elevador, apertou-se no meio de um monte de policiais barulhentos e permaneceu em um silêncio de pedra.

— Oi, Dallas, como vai a vida de recém-casada? Por que não pede ao seu marido rico para ele comprar a lanchonete aqui da central? Quem sabe assim a gente finalmente vai conseguir alguma comida de verdade para morder.

Eve lançou um olhar gélido por cima do ombro e olhou para o rosto sorridente do policial que disse isso.

— Você pode me morder, Carter.

— Bem que eu tentei isso, há uns três anos, e você quase me quebrou os dentes. Acabou deixando um civil te morder... — completou, enquanto uma gargalhada geral explodia em volta deles.

— Pelo menos foi alguém que não é o maior babaca da Divisão de Roubos — acrescentou alguém lá do fundo.

— É melhor que ser o menor babaca, Forenski — reagiu Carter. — Ei, Peabody, quer que eu morda você?

— Se o seu plano odontológico estiver em dia...

— Vou verificar e depois a informo. — Dando uma piscadela, Carter e vários outros saíram em bando.

— Carter dá em cima de qualquer mulher — comentou Peabody, casualmente, preocupada ao ver que Eve continuava a olhar direto em frente. — É uma pena que seja realmente um babaca. — Nenhuma resposta. — Ahn, eu acho Forenski um gato... — continuou Peabody. — Ele não tem namorada firme, tem?

— Não fico xeretando a vida pessoal dos colegas — reagiu Eve, saltando quando o elevador chegou à garagem.

— Mas não se importa de xeretar a minha vida — disse Peabody, baixinho. Esperou até Eve digitar o código para abrir o carro e entrou no lado do carona. — Devo informar ao sistema qual é o nosso destino, senhora, ou é uma surpresa? — Então piscou, preocupada, ao ver que Eve simplesmente apoiou a cabeça sobre o volante. — Ei, você está bem? O que está acontecendo, Dallas?

— Digite o endereço da minha casa. Vamos para a sala de trabalho que fica lá. — Eve sugou o ar com esforço e se ajeitou no banco. — Vou explicando tudo pelo caminho. Todas as informações que você receber e todos os registros que surgirem e que tenham relação com esta investigação devem ser codificados e lacrados. — Eve manobrou o carro para fora da garagem e saiu na rua movimentada. — Todas as informações que eu citar são confidenciais. Você deverá se reportar apenas a mim ou ao comandante Whitney.

— Sim, senhora. — Peabody engoliu em seco, desobstruindo a garganta, e perguntou: — É um assunto interno, não é? O investigado é um de nós.

— Sim... droga! É um de nós.

Seu sistema caseiro não tinha as excentricidades do computador do trabalho. Roarke providenciara isso. Os dados rolavam suavemente na tela.

— Detetive Marion Burns. Ela vem trabalhando sob disfarce no Clube Athame há oito meses, como atendente no bar. — Eve apertou os lábios. — Burns... eu não a conheço.

— Eu a conheço, por alto. — Peabody chegou sua cadeira mais para perto da de Eve. — Tive contato com ela quando estava... você lembra, durante o caso Casto. Ela me pareceu uma profissional do tipo confiável, focada e alerta. Se me lembro bem, ela faz parte da terceira geração de policiais em sua família. Sua mãe ainda está na ativa. Tem a patente de capitão, me parece, em Bunko. Seu avô tombou no cumprimento do dever durante as Guerras Urbanas. Não sei por que motivo ela teria dedurado o sargento Wojinski.

— Talvez tenha simplesmente relatado o que viu, ou talvez haja mais alguma coisa por trás. Vamos ter que descobrir. O relatório que entregou a Whitney é curto e direto. À meia-noite e meia do dia 22 de setembro de 2058, ela observou o sargento Wojinski sentado em uma cabine privativa em companhia de Selina Cross, conhecida traficante de drogas químicas. Wojinski entregou algumas fichas de crédito para ela e recebeu um pequeno pacote que parecia conter uma substância ilegal. A conversa e a compra demoraram quinze minutos, ao fim dos quais Selina Cross foi para outra cabine. Wojinski permaneceu no clube por mais uns dez minutos e então foi embora. A detetive Burns seguiu o suspeito por dois quarteirões, até que o viu entrar em um coletivo.

— Então ela não o viu consumir a droga.

— Não. E também não o viu retornar ao clube naquela noite nem em nenhuma noite subseqüente, durante o tempo em que ficou de vigia. Marion Burns é a primeira em nossa lista de interrogatórios.

— Sim, senhora. Dallas, já que Wojinski e Feeney eram muito ligados, não lhe parece que Wojinski teria confidenciado algo a ele? Ou, se isso não aconteceu, que Feeney talvez tenha reparado em... alguma coisa?

— Não sei. — Eve esfregou os olhos. — Clube Athame... que diabos é um athame?

— Não sei. — Peabody pegou seu computador de mão e requisitou dados. — Athame: punhal cerimonial para rituais wiccanos, é uma ferramenta normalmente fabricada em aço. Tradicionalmente, o athame não é utilizado para cortar, mas apenas para marcar ou traçar círculos protetores, em religiões ligadas à terra.

— Peabody olhou para Eve e acrescentou:

— Feitiçaria. É uma tremenda coincidência.

— Não creio. — Pegando o bilhete de Alice que guardara na gaveta, entregou-o a Peabody. — A neta de Frank me entregou esse papel, disfarçadamente, durante o velório. Descobri que ela trabalha em uma loja chamada Busca Espiritual. Conhece esse lugar?

— Não, mas sei o que é. — Preocupada, Peabody devolveu o bilhete. — Os seguidores Wicca são pacíficos, Dallas. E usam ervas, não elementos químicos. Nenhum wiccano legítimo vai comprar, vender ou consumir Zeus.

— E quanto a digitálicos? — Eve colocou a cabeça meio de lado. — São feitos a partir de ervas, não são?

— São destilados da dedaleira, uma erva do gênero *Digitalis*. Vêm sendo usados para fins medicinais há séculos.

— Funciona como, é um tônico ou estimulante?

— Não sei tanto assim a respeito de cura, mas... sim, acho que sim.

— Zeus também... fico imaginando que tipo de efeito você consegue misturando os dois. Mistura malfeita, dosagem errada, sei lá, mas não ficaria surpresa se soubesse que provoca parada cardíaca.

— E você acha que Wojinski se matou?

— O comandante é quem suspeita disso — respondeu Eve, com impaciência. — Eu só tenho perguntas, não respostas. Mas vou consegui-las. — Tornou a guardar o bilhete. — Vamos começar por hoje à noite, com Alice. Quero que você esteja lá às onze da noite, à paisana. Tente parecer uma entusiasta da Família Livre, Peabody, e não uma policial.

— Bem, tenho um vestido bem típico que a minha mãe fez para mim e me deu no último aniversário — contraiu o rosto —, mas vou ficar muito injuriada se você começar a rir dele e me zoar.

— Prometo que vou tentar me controlar. Por ora, vamos ver o que conseguimos desencavar a respeito dessa tal Selina Cross e do Clube Athame.

Cinco minutos depois, Eve estava sorrindo com ar sombrio para o monitor, enquanto comentava:

— Muito interessante. Nossa Selina anda muito agitada... Passou algum tempo na cadeia. Olhe só para a sua ficha criminal, Peabody. Ofereceu-se para fazer sexo sem ser licenciada, em 2043 e 2044. Acusada de assalto também em 2044, mas a queixa foi retirada. Depois encarou uma queixa de fraude, em 2047, quando gerenciava uma espelunca para contatos mediúnicos. Mas por que diabos será que as pessoas vivem querendo conversar com os mortos, hein? Suspeita de mutilação de animais em 2049. Não houve provas suficientes para prendê-la. Fabricação e distribuição de substâncias ilegais. Foi isso que a levou para o xadrez, de 2050 a 2051. Tudo isso pode ser considerado coisa pequena. Em 2055, porém, ela foi chamada para interrogatório por suspeita de estar ligada ao assassinato ritual de um menor. Seu álibi, porém, foi confirmado.

— A Divisão de Drogas Ilegais a vem mantendo sob observação desde que saiu da prisão, em 2051 — acrescentou Peabody, olhando a ficha.

— Mas não conseguiram enquadrá-la.

— Como você disse, ela é uma sardinha... eles devem estar à procura de um peixe maior.

— Exato! Vamos ver o que Marion Burns tem a nos dizer. Veja só... Selina Cross é a dona do Clube Athame, a dona legal! — Eve apertou os lábios. — Ora, ora... onde é que uma traficante de segunda classe consegue grana para comprar e manter um clube *privé*? Ela é testa-de-ferro! Será que o pessoal das Drogas Ilegais sabe para quem ela está servindo de fachada? Vamos dar uma olhada na cara dela. Computador, exiba uma foto da suspeita, Selina Cross.

— Ahff... — Peabody sentiu um calafrio diante da imagem que surgiu na tela. — Fantasmagórica!

— Não é um rosto fácil de esquecer — murmurou Eve.

Era comprido e estreito, os lábios cheios, muito vermelhos, os olhos pretos como ônix. Havia traços belos ali, considerando o conjunto... a pele era muito branca e lisa, mas com um rosto frio. E, como Peabody tão bem descrevera, fantasmagórico. Seus cabelos eram tão pretos quanto os olhos, repartidos bem no meio, e desciam em fios retos, escorridos. Havia uma pequena tatuagem acima da sobrancelha esquerda.

— Que símbolo é aquele ali, tatuado? — quis saber Eve. — Ampliar a imagem em trinta por cento e aumentar a nitidez nos segmentos vinte a vinte e dois! — ordenou ao sistema.

— Um pentagrama... — a voz de Peabody estremeceu, fazendo com que Eve olhasse com mais curiosidade — ... e está invertido. Ela não segue a religião Wicca, Dallas. — Peabody pigarreou. — Ela é adepta do satanismo!

Eve não acreditava nessas coisas — magia negra ou magia branca. Mas estava disposta a aceitar que outros acreditavam. E mais inclinada ainda a imaginar que havia gente por aí usando esse tipo de fé maldirecionado, a fim de explorar e tirar vantagens.

— Tenha cuidado com o que você não acredita, Eve.

Distraída, ela olhou para ele. Roarke insistira em dirigir. Ela não podia reclamar, pois qualquer um dos carros que ele tinha deixava o dela no chinelo.

— O que quer dizer com isso?

— Quero dizer que, quando certas crenças e tradições sobrevivem intactas durante séculos, existe uma razão para isso.

— Claro que existe. Os seres humanos são, e sempre foram, crédulos e ingênuos. E existem, como sempre existiram, indivíduos que sabem como usar essa credulidade simplória. Vou descobrir se alguém andava explorando essa fraqueza em Frank.

Ela contara toda a história a Roarke, justificando isso para si mesma com o argumento de que, já que não podia recorrer a Feeney para ajudá-la na parte técnica, poderia e iria usar os talentos de Roarke para isso.

— Você é uma boa policial e uma mulher sensível, Eve. Às vezes, é uma policial boa demais e uma mulher sensível demais, até... — Parou em um sinal e olhou para ela. — O que estou lhe pedindo é para ser mais cuidadosa ainda ao aprofundar-se em uma área como essa.

Seu rosto parecia circunspecto, sombrio, e sua voz, ainda mais séria.

— Estamos falando de bruxas e adoradores do diabo. Qual é, Roarke, já estamos em outro milênio... satanistas, pelo amor de Deus! — Tirou o cabelo da frente do rosto. — O que esse pessoal acha que poderia conseguir do diabo, se ele existisse e eles conseguissem chamar sua atenção?

— Esse é o problema, não é? — disse Roarke, baixinho, enquanto virava para oeste, na direção do Clube Aquarius.

— Demônios existem! — Eve franziu a testa quando ele conseguiu estacionar em uma vaga elevada, junto da calçada. — Existem, são de carne e osso... e caminham sobre duas pernas. Você e eu já encontramos um monte deles.

Ela saltou do carro e seguiu pela rampa que descia até o nível da rua. Estava ventando um pouco e a brisa refrescante limpara os cheiros e a fumaça, levando-os para longe. Acima deles, o céu estava carregado com nuvens negras e não dava para ver a lua nem as estrelas. Fachos de luz se cruzavam no céu, lançados por veículos presos em um engarrafamento aéreo, e ouvia-se o roncar suave dos motores no alto.

A rua ficava em uma região sofisticada, cheia de pretensões urbanas artísticas, um ponto nobre e valorizado onde o carrinho de churrasquinho de rua era limpo e brilhante e o cardápio apresentava até mesmo frutas híbridas frescas, em vez de vender apenas enfumaçados cachorros-quentes de soja. A maior parte dos vendedores ambulantes já havia se recolhido para a noite. Durante o dia, porém, camelôs montavam suas bancas e discretamente ofereciam jóias fabricadas à mão, tapetes feitos manualmente em tear, ervas para banhos aromáticos e chás.

Até os pedintes daquela área eram mais educados, e deixavam suas licenças para exercer a mendicância bem à vista de todos. Provavelmente gastavam seus ganhos diários em uma boa refeição e não em drogas químicas.

A criminalidade era baixa ali, e os aluguéis, caríssimos. Os moradores da região, bem como os comerciantes, eram, em média, jovens.

Eve detestaria morar ali.

— Chegamos cedo — murmurou ela, analisando a rua em volta com todo o cuidado, por força do hábito. Então seus lábios se abriram em um sorriso forçado, dizendo: — Olhe ali! Delicatéssen Mediúnica. Imagino que você entre lá, peça uma porção de vegetais picados e o atendente afirme que já sabia que você ia pedir esse prato. Saladas, massas e leitura de mãos. Estão abertos. — Por impulso, virou-se para Roarke. Queria alguma coisa que ajudasse a levantar o seu astral. — Está a fim de ir até ali?

— Você quer pedir a uma pessoa para ler a sua mão?

— Já que a gente está aqui... — Agarrou a mão dele. — Vai servir para me deixar no clima de investigar seguidores de Satanás que também são traficantes de drogas químicas. Talvez a quiromante faça um acordo e leia a sua mão também pela metade do preço.

— Não.

— A gente nunca sabe, não custa pechinchar.

— Não quero que leiam a minha mão.

— Covarde! — murmurou ela e o empurrou pela porta de entrada.

— Eu prefiro a palavra *cuidadoso.*

Eve tinha de admitir... o cheiro estava tentador! Não havia o fedor de cebolas e molho apimentado em excesso, tão comum em lugares como aquele. Em vez disso, havia uma leve fragrância de temperos exóticos e flores, que se mesclavam perfeitamente com a música etérea.

Mesinhas brancas e cadeiras também brancas estavam colocadas a uma boa distância da mesa do bufê, onde tigelas e pratos de comida muito colorida eram apresentados por trás de vidros impecavelmente limpos. Dois clientes estavam sentados junto de uma das mesas, debruçados sobre tigelas de sopas claras. Ambos usavam mantos brancos e soltos, sandálias incrustadas com pedras e tinham as cabeças raspadas.

Atrás do balcão, estava um homem cheio de anéis de prata, um em cada dedo. Usava uma camisa solta, azul-clara, com mangas largas. Seus cabelos louros estavam cuidadosamente trançados com um cordão de prata. Ele sorriu, dando-lhes as boas-vindas.

— Abençoados sejam... desejam comida para o corpo ou para a alma?

— Achei que você ia descobrir só de olhar... — Sorriu Eve para ele. — Que tal uma leitura?

— Leitura de mão, tarô, runas ou aura?

— Mão! — Divertindo-se com aquilo, Eve esticou a mão com a palma para cima.

— Cassandra é a nossa quiromante. Fiquem à vontade, sentemse... ela ficará feliz em atendê-los... Irmã! — chamou ele, enquanto Eve começava a se virar para sentar. — Suas auras são muito fortes e vibrantes. Vocês combinam muito bem um com o outro. — E dizendo isso, pegou uma vareta de madeira com a ponta redonda e a passou com suavidade sobre a borda de uma tigela branca fosca, translúcida.

Com o som melodioso da madeira sobre a borda de vidro, uma mulher surgiu por trás de uma cortina de contas que escondia uma sala ao fundo. Usava uma túnica prateada, com um bracelete em prata preso acima do cotovelo. Eve notou que ela era muito jovem, em torno de vinte anos, e, como o homem do balcão, tinha os cabelos louros e trançados.

— Sejam bem-vindos. — Sua voz tinha um leve sotaque da Irlanda. — Por favor, fiquem à vontade. Os dois vão querer leitura de mão?

— Não, só eu. — Eve sentou-se a uma mesa mais afastada. — Quanto é?

— A leitura é de graça. Solicitamos apenas uma doação, a critério do cliente. — Sentando-se com graça e leveza, sorriu para Roarke. — Agradecemos muito pela sua generosidade. Agora, senhora, a mão com a qual a senhora nasceu.

— Eu nasci com as duas.

— A esquerda, por favor. — Ela fechou os dedos em concha sob a mão que Eve lhe ofereceu, quase sem tocá-la a princípio. — Força e coragem. Seu destino não foi determinado. Um trauma, uma falha na linha da vida. A senhora era muito nova... apenas uma criança... tanta dor, tanta tristeza. — Levantou os olhos em um tom de cinza-claro. — Não teve, e não tem, culpa pelo que houve.

Ela segurou a mão de Eve com mais força ao sentir que, por instinto, ela a estava recolhendo.

— Não é necessário que se lembre de tudo o que aconteceu, pelo menos até estar pronta. Vejo muito pesar, dúvidas a respeito de si mesma, paixões bloqueadas. Uma mulher solitária que sempre escolhe se manter focada em um objetivo. Tem uma grande necessidade de ver a justiça ser feita. É disciplinada, automotivada... atormentada. Seu coração se quebrou... na verdade, foi pior do que isso. Assim, a senhora guardou com cuidado o que sobrou dele. É muito capaz no que faz. Muito confiável também.

Pegou a mão direita de Eve com firmeza, mas mal olhou para ela. Os olhos cinzentos permaneceram fixos no rosto da consulente, e continuou:

— A senhora carrega muito do que aconteceu dentro de si. É algo que não se aquieta, algo que não lhe dá descanso. Mas conseguiu encontrar o seu lugar. A autoridade combina com o seu temperamento, bem como a responsabilidade que a acompanha. Vejo que é teimosa, muitas vezes obstinada, mas seu coração está curado. A senhora ama...

Lançou um olhar de lado para Roarke mais uma vez, e seus lábios se tornaram mais suaves quando tornou a olhar para Eve, dizendo:

— É um amor tão profundo que a deixa surpresa. Isso a deixa nervosa também, e a senhora não é de ficar nervosa com facilidade. — Seu polegar passou de leve pela palma da mão de Eve. — Seu coração é profundo. E é... seletivo, exigente. Ele caminha com muito cuidado, mas, quando se dá, é de forma completa. A senhora possui uma identificação única e personalizada... uma espécie de... distintivo. — Sorriu de leve. — Sim... fez a escolha certa, talvez a última que teria a chance de fazer. A senhora já matou outro ser humano. Mais de uma vez. Não houve alternativa para a senhora, mas isso pesa muito no seu coração e na sua cabeça, o tempo todo. Com relação a isso, a senhora tem dificuldades para separar o intelecto do emocional. Vejo aqui que vai tornar a matar...

Os olhos cinzentos ficaram vidrados de repente, e a força com que segurava a mão de Eve aumentou.

— Está escuro... — murmurou ela. — As forças são muito escuras aqui. Forças do mal. Há vidas que já se perderam e outras ainda vão se perder. Vejo dor e medo. Corpo e alma. A senhora deve proteger muito bem a si mesma e àqueles que ama.

Virando-se para Roarke, ela agarrou de forma inesperada a mão dele e começou a falar muito depressa em idioma gaélico. Seu rosto ficou muito branco e sua respiração se tornou ofegante.

— Já chega! — Abalada, Eve puxou a mão para perto de si. — Foi um tremendo show... — Irritada por sentir que a palma de sua mão formigava, ela a esfregou com força nas calças, sobre o joelho. — Você tem mesmo um olho muito bom. Cassandra é o seu nome, não é? Tem uma conversa mole bem impressionante também. — Enfiando a mão na bolsa, Eve pegou cinqüenta fichas de crédito e as colocou sobre a mesa.

— Espere! — Cassandra abriu uma pequena bolsa bordada que trazia presa à cintura e pegou uma pedra lisa, em um tom de verde muito claro. — Isto é um presente... uma lembrança. — Ela a colocou na mão de Eve, fechando-a. — Leve-a sempre com a senhora.

— Por quê?

— Por que não? Por favor, voltem sempre. Abençoados sejam.

Eve deu mais uma olhada rápida em seu rosto pálido, antes de Cassandra voltar correndo para dentro, deixando para trás um som musical das contas que balançavam umas contra as outras.

— Bem, Roarke, acho que não rolou a previsão que diz que "você vai fazer uma longa viagem pelo mar" — murmurou Eve, enquanto se encaminhava para a porta. — O que foi que ela disse para você?

— O dialeto que usou era um pouco estranho, carregado... acho que ela veio de algum condado da parte oeste da Irlanda. — Ao sair da loja, sentiu-se estranhamente aliviado ao respirar o ar da noite. — O básico da mensagem foi que se eu a amo tanto quanto ela imagina, devo me manter bem perto de você. Disse que você está em grande perigo de perder a vida, e talvez até a alma, e vai precisar de mim para sobreviver.

— Quanta bobagem!... — Eve olhou para a pedra que estava em sua mão.

— Fique com a pedra. — Roarke fechou os dedos de Eve sobre ela. — Mal não vai fazer.

— Acho que vou manter distância desses paranormais. — Encolhendo os ombros, Eve guardou a pedra no bolso.

— Excelente idéia! — afirmou Roarke com sinceridade, enquanto atravessava a rua com Eve, seguindo ambos em direção ao Clube Aquarius.

Capítulo Três

Era um lugar e tanto, refletiu Eve, e certamente bem mais calmo do que qualquer clube em que ela já estivera. Tanto as conversas quanto as músicas eram quase inaudíveis, e com um toque de elegância. As mesas estavam uma ao lado da outra, como costumava ser, mas foram espalhadas com o intuito de formar padrões circulares, que fizeram Eve se lembrar do símbolo que havia no fim do bilhete de Alice.

Revestindo as paredes, havia espelhos com o formato de estrelas e luas. Cada um deles exibia uma vela acesa, como um pilar branco que refletia luz e calor. Entre os espelhos, estavam placas com símbolos e figuras que ela não reconheceu. A pequena pista de dança era igualmente circular, bem como o bar, onde os clientes se sentavam em bancos altos com representações dos signos do zodíaco. Levou um instante para Eve reconhecer a mulher sentada sobre a face dupla de Gêmeos.

— Caramba, aquela é a Peabody!

Roarke desviou o olhar, focando-o em uma mulher que trajava um vestido longo, muito rodado, em tons de azul e verde e padrões espiralados. Exibia longos cordões com contas que lhe desciam, brilhando, até a cintura, e brincos em metais multicores que balançavam musicalmente ao lado das franjas de seu cabelo reto, cortado bem curto.

— Ora, ora... — disse ele, sorrindo lentamente — ... nossa resoluta Peabody está uma beleza!

— Ela parece que... faz parte do cenário — decidiu Eve. — Tenho que me encontrar com Alice a sós. Por que não vai até lá conversar um pouco com Peabody?

— Será um prazer. Escute, tenente... — Roarke deu uma longa olhada nos jeans surrados que Eve usava, no casaco de couro sem vida e nas orelhas sem brincos. — Você não está parecendo parte deste cenário.

— Está me sacaneando?

— Não!... — Colocou um dedo sobre a covinha em seu queixo. — Foi apenas uma observação. — E se afastou, deslizando suavemente para o banco ao lado de Peabody, dizendo: — Bem, vamos ver, qual seria a frase para puxar assunto aqui...? "O que uma bruxa legal como você está fazendo em um lugar como este?"

— Estou me sentindo uma idiota dentro dessa fantasia. — Peabody lhe lançou um olhar meio de lado, sorrindo.

— Está linda!

— Não é exatamente o meu estilo — disse ela, bufando baixinho.

— Sabe o que é mais fascinante em vocês, mulheres, Peabody? — Esticou o braço, dando um piparote no brinco dela, fazendo-o dançar. — É o fato de vocês terem tantos estilos diferentes. O que está bebendo?

Sentindo-se ridiculamente elogiada, ela lutou para não ficar vermelha e disse:

— Um Sagitário. É o meu signo. O drinque foi designado espiritual e metabolicamente para a minha personalidade. — E tomou um gole do líquido claro. — Até que não é mau... qual é o seu signo?

— Não faço a menor idéia. Acho que nasci na primeira semana de outubro.

Acho, refletiu Peabody. *Que estranho a pessoa não saber...*

— Bem, então você é de Libra — afirmou ela.

— Então, vamos ser espiritual e metabolicamente corretos. — E se virou para pedir dois drinques, observando Eve, que estava sentada a uma mesa. — Sob que signo você acha que a sua tenente nasceu?

— É difícil enquadrá-la em um signo.

— É mesmo... — murmurou Roarke.

De sua mesa no círculo mais externo, Eve observava tudo com atenção. Não havia uma banda tocando, nem mesmo a imagem holográfica de uma... em vez disso, a música parecia vir de lugar nenhum e de toda parte. Um sopro de flautas e cordas sendo tangidas e uma voz feminina tranqüilizante que cantava com incrível doçura em uma língua que Eve não reconheceu.

Ela viu casais envolvidos em conversas sérias, enquanto outros riam baixinho. Ninguém virou o rosto quando uma mulher usando um vestido tubinho transparente se levantou para dançar sozinha. Eve pediu água e achou divertido quando notou que o líquido foi servido em um cálice que simulava prata.

Procurou prestar atenção à conversa da mesa ao lado, e achou ainda mais divertido quando percebeu que a sóbria discussão do grupo tratava a respeito de suas experiências com projeção astral.

Em uma das mesas que ficava no círculo ao lado do dela, duas mulheres conversavam sobre suas vidas passadas como dançarinas do templo na Atlântida. Eve ficou se perguntando por que será que as vidas passadas eram sempre mais exóticas do que a atual. A única que a pessoa tinha, em sua opinião.

Gente esquisita, mas inofensiva, pensou Eve, mas se pegou esfregando contra os jeans a palma da mão que continuava formigando.

Viu Alice no instante em que a garota entrou. *Parece agitada,* avaliou Eve. *Está com as mãos inquietas, nervosas, os ombros tensos e os olhos assustados.* Esperou que ela verificasse em torno do salão, até avistá-la, e então balançou a cabeça, cumprimentando-a. Olhando uma última vez para a porta por cima do ombro, Alice aproximou-se depressa.

— Você veio. Temia que não aparecesse. — Rapidamente, enfiou a mão no bolso e pegou uma pedra preta, lisa, pendurada em um cordão de prata. — Coloque isto, por favor. — Insistiu ao ver que Eve a pegou e começou a analisar o objeto entre os dedos. — É uma hialopsita. Foi consagrada. Ela afasta o Mal.

— Sou a favor disso. — Eve colocou o cordão em volta do pescoço. — Está melhor assim?

— Este é o lugar mais seguro que conheço. E o mais limpo, purificado. — Continuando a lançar olhares assustados em todas as direções, Alice se sentou. — Costumava vir sempre aqui. — Apertou com força os amuletos que trazia nas duas mãos enquanto uma plataforma de serviço veio deslizando em direção à mesa. — Um Golden Sun, por favor — pediu ela, e respirou fundo, enquanto olhava para Eve. — Preciso de coragem. Tentei fazer meditação o dia todo, mas há um bloqueio... estou com medo.

— De que tem medo, Alice?

— De que aqueles que mataram o meu avô venham me matar a seguir.

— Quem matou o seu avô?

— O Mal o matou. Matar é o que o Mal sabe fazer de melhor. Você não vai acreditar nas coisas que vou lhe contar. Tem os pés plantados firmes no chão e só acredita no que pode ser visto com os olhos. — Aceitou o drinque que chegou deslizando e fechou os olhos por um momento, como se rezasse, para só então levar o copo aos lábios. — Mesmo assim, sei que não vai ignorar o que vou lhe contar. Você é uma ótima policial. Eu não quero morrer! — disse Alice, pousando o copo sobre a mesa.

Aquela, pensou Eve, era a primeira declaração razoável que ela fazia desde que entrara. O medo era genuíno, decidiu, e aparecia sem máscaras ali. Durante o velório, Alice tivera o cuidado de se cobrir com uma camada de compostura e calma.

Em respeito à sua família, compreendeu Eve.

— De quem tem medo, Alice, e por quê?

— Preciso lhe explicar tudo desde o início. Tenho que me purgar de tudo, antes de pagar por minhas faltas. Meu avô a respeitava, tenente, então vim até aqui em sua memória. Eu não nasci bruxa.

— Ah, não?... — perguntou Eve, com um tom seco.

— Algumas nascem bruxas. Outras, porém, como eu, são simplesmente atraídas para a Arte. Tornei-me interessada em Wicca através de estudos, e quanto mais aprendia, mais sentia necessidade de fazer parte daquilo. Senti-me atraída pelos rituais, pela busca do equilíbrio, pela alegria e pela ética positiva. Não compartilhava esses interesses com minha família. Eles não teriam compreendido.

Ela abaixou a cabeça, e seus cabelos se lançaram para frente como uma cortina que se fecha.

— Eu gostava do segredo de tudo aquilo — continuou — e ainda era jovem o bastante para achar que a experiência de ficar completamente despida em uma celebração ao ar livre era ligeiramente desafiadora e má. Minha família... — tornou a levantar a cabeça — ... eles são conservadores, e uma parte de mim queria fazer algo bem ousado!

— Uma pequena rebelião?

— Sim, é verdade. Se eu tivesse deixado as coisas nesse pé — murmurou Alice —, se eu realmente tivesse aceitado a minha iniciação na Arte e o que isto significava, tudo seria diferente agora. Mas eu era fraca, e meu intelecto, muito ambicioso. — Tornou a pegar o drinque e molhou sua garganta seca. — Eu queria conhecer as coisas. Comparar e analisar, como se fosse em uma tese, os contrastes entre a magia branca e a magia negra. Como poderia apreciar por inteiro uma sem conhecer completamente a sua antítese? Era esse o meu raciocínio.

— Parece-me lógico.

— Mas é uma falsa lógica — insistiu Alice. — Eu estava enganando a mim mesma. O ego e o intelecto são muito arrogantes. Pretendia estudar as artes negras em um nível puramente acadêmico.

Queria conversar com as pessoas que haviam escolhido o outro caminho para descobrir o que as desviara da luz. Pareceu-me algo empolgante e, durante algum tempo, foi mesmo...

Uma criança, pensou Eve, *no corpo de uma mulher estonteante. Brilhante e curiosa, mas uma criança mesmo assim.* Era ridiculamente fácil arrancar informações dos jovens.

— Foi assim, Alice, que você conheceu Selina Cross?

Empalidecendo, Alice fez um gesto rápido, unindo as pontas do indicador e do dedo mindinho, antes de perguntar:

— Como soube dela?

— Andei fazendo umas pesquisas. Não queria vir até aqui no escuro, Alice. Como neta de um policial, tenho certeza de que você não esperaria isso de mim.

— Tenha cuidado com ela! — disse Alice, apertando os lábios. — Tenha muito cuidado com ela!

— Selina Cross é apenas uma picareta de segunda categoria e traficante de drogas.

— Não, ela é muito mais! — Alice tornou a apertar o amuleto. — Acredite em mim, tenente. Eu vi... eu sei. Ela vai querer você. Você vai desafiá-la.

— Você acredita que ela teve alguma coisa a ver com a morte de Frank?

— Sei que ela o matou. — Seus olhos ficaram rasos d'água e começaram a brilhar, intensificando o tom de azul que havia neles. Uma imensa e solitária lágrima transbordou e escorreu pelo seu rosto muito branco. — Ela o matou por minha causa.

Eve se inclinou para confortá-la e também para bloquear a visão que qualquer pessoa em volta pudesse ter daquele rosto choroso.

— Conte-me a respeito disso — pediu Eve. — Fale-me dela.

— Eu a conheci há quase um ano. No sabá do Samhain. É a noite do Dia de Todos os Santos no calendário cristão. Vou ter que fazer mais pesquisas, foi o que disse a mim mesma. Não imaginava o quanto eu já estava envolvida nem o quanto já estava absolutamente seduzida pelo poder, pela ambição mesquinha em estado puro que havia no outro lado. Ainda não havia participado de nenhum dos rituais, pelo menos naquela época. Estava apenas observando. Foi quando eu a conheci, e também um homem chamado Alban.

— Alban?

— Ele é um servo de Selina. — Alice levantou a mão e colocou os dedos sobre a boca. — Naquela noite, as coisas ainda não estavam muito claras na minha cabeça. Hoje, percebo que eles lançaram um feitiço em mim. Deixei que eles me levassem até o centro do círculo e tirassem o meu manto, as minhas roupas. Ouvi o soar dos sinos e o cântico em louvor ao Príncipe Negro. Presenciei o sacrifício de um bode. E compartilhei um pouco do seu sangue.

Sua cabeça tornou a tombar para a frente, e a vergonha pareceu envolvê-la por completo.

— Compartilhei um pouco do seu sangue, bebi do cálice cerimonial e gostei daquilo. Fui o altar da cerimônia naquela noite. Eles me amarraram na pedra. Não sei como aconteceu isso nem quem o fez, mas não senti medo. Estava excitada.

Sua voz baixou ao nível de um sussurro. A música ambiente mudou e passou das cordas para a percussão, com tambores e sinos, criando uma atmosfera alegremente sexual. Alice continuou, sem levantar os olhos:

— Cada membro da convenção me tocou, esfregou óleos em meu corpo e um pouco de sangue sobre a minha pele. O cântico parecia vir de dentro de mim, e o fogo estava tão forte e quente... Então Selina se deitou sobre mim. Começou a fazer... coisas. Eu jamais havia tido experiências sexuais de nenhum tipo. Então, enquanto ela se esfregou e veio se arrastando pelo meu corpo acima, Alban montou em mim com as pernas abertas. Ela olhava para mim. As mãos dele estavam sobre os seios dela, e, de repente, ele estava dentro de mim. E ela olhava para o meu rosto. Eu quis fechar os olhos, mas não consegui. Não consegui. Não conseguia parar de fitar os olhos dela. Era como se fosse ela... como se fosse ela que estava dentro de mim.

As lágrimas começaram a pingar sobre a mesa nesse momento. Embora Eve tivesse mudado o ângulo do corpo para protegê-la dos olhares da maior parte das pessoas que estavam no salão, e apesar de a voz de Alice estar pouco mais alta do que um cochicho a esta altura, várias cabeças se viraram na direção delas com curiosidade.

— Você foi drogada, Alice. E explorada sexualmente. Não há nada do que se envergonhar.

Seu olhar se levantou por um instante e pareceu partir o coração de Eve, quando ela perguntou:

— Então, por que estou com tanta vergonha agora? Eu era virgem e senti dor, mas mesmo isso foi excitante, incrivelmente excitante! O prazer que veio com aquilo foi imenso, monstruoso. Eles me usaram, e eu implorei para ser usada novamente. E fui, por todos os que estavam na convenção. Quando amanheceu, eu estava perdida, escravizada. Acordei na cama, no meio deles. Alban e Selina. Já me transformara em discípula deles... e em seu brinquedo.

As lágrimas voltaram a escorrer e ela voltou a beber do drinque.

— Sexualmente — prosseguiu —, não havia nada que eu não permitia que eles fizessem comigo; nem eles nem as pessoas que eles escolhiam. Eu abracei as trevas. E me tornei descuidada em minha arrogância. Alguém contou tudo para o meu avô. Ele nunca me disse quem foi, mas sei que foi alguém ligado à crença Wicca. Ele me questionou e eu ri na cara dele. Avisei-o para ficar longe dos meus assuntos. E achei que ele havia feito isso.

Sem dizer nada, Eve empurrou um pouco de água na direção dela, pela mesa. Sentindo-se grata, Alice pegou o copo e bebeu tudo.

— Alguns meses atrás, descobri que Selina e Alban estavam promovendo rituais privados. Eu viera da faculdade mais cedo, um dia. Fui à casa deles, entrei por conta própria e ouvi os cânticos cerimoniais. Abri a porta da sala de rituais. Eles estavam lá, juntos, oferecendo um sacrifício... — Suas mãos começaram a tremer. — Dessa vez não era um bode, mas uma criança. Um menininho.

— Você testemunhou o assassinato de uma criança cometido por eles? — A mão de Eve apertou com força o punho de Alice.

— Assassinato é uma palavra muito gentil para o que eles fizeram. — Suas lágrimas secaram de tanto horror. — Não me peça para lhe contar tudo em detalhes. Não me peça isso!

— Conte-me o que conseguir, então. — Eve sabia que ia precisar de todos os detalhes, mas isso podia esperar.

— E vi... Selina... a faca ritual. O sangue, os gritos. Juro que conseguia ouvi-los como se fossem manchas negras rasgando o ar. Já era tarde demais para impedi-los.

Tornou a olhar para Eve, os olhos ainda marejados, implorando para ser convencida pelo menos disso. — Já era tarde demais para fazer qualquer coisa pelo menino, mesmo que eu tivesse a força ou a coragem de tentar.

— Você estava sozinha, chocada — disse Eve, com todo o cuidado. — A mulher estava armada, o menino estava morto. Você não teve condições de ajudá-lo.

Por um longo momento, Alice ficou olhando para Eve, e então cobriu o rosto com as mãos, dizendo:

— Eu tento acreditar nisso. Tento muito! Viver com isso está me destruindo. Eu saí correndo. Simplesmente fugi...

— Você não pode mudar isso! — Eve manteve a mão no pulso de Alice, mas com menos força. Ela também já vira uma criança ser mutilada e também chegara tarde demais, uma questão de segundos. Ela não fugira... matara. Mas a criança continuou morta do mesmo jeito. — Você não pode voltar lá e mudar o que aconteceu. Tem que viver com as coisas do jeito que elas são.

— Eu sei. Isis sempre me diz isso. — Alice respirou fundo, uma inspiração entrecortada, e abaixou as mãos. — Eles estavam envolvidos com o que estavam fazendo e não me viram. Ou pelo menos eu rezo para que eles não tenham me visto. Não procurei o meu avô nem a polícia. Estava aterrorizada, enjoada. Não sei exatamente quanto tempo se passou, mas procurei por Isis, a sacerdotisa que me iniciara na religião Wicca. Ela me aceitou; mesmo depois de tudo o que eu fizera, ela me aceitou.

— Você não chegou a contar a Frank sobre o que viu?

— Não na época. — Alice se encolheu um pouco ao perceber o tom contundente da voz de Eve. — Passei algum tempo fazendo sessões de reflexão e purificação. Isis realiza vários rituais de limpeza e cura da aura. Ela e eu chegamos à conclusão de que era melhor que eu permanecesse em reclusão por algum tempo, concentrando-me em tornar a encontrar a luz e fazendo penitência.

Os olhos de Eve estavam mais duros quando ela chegou perto de Alice e perguntou:

— Você está me dizendo que viu uma criança ser assassinada e não contou a mais ninguém, a não ser para a bruxa da vizinhança?

— Sei que isso parece horrível. — Seus lábios começaram a tremer, antes que ela os apertasse com os dentes para acalmá-los. — O ser físico da criança já estava além de qualquer auxílio. Eu não podia fazer mais nada por ele, a não ser rezar por uma passagem segura da sua alma, rumo ao plano seguinte. Estava com medo de contar ao vovô. Com medo do que ele poderia fazer e do que Selina faria com ele. Então, finalmente, fui procurá-lo no mês passado e contei-lhe tudo. Agora ele está morto, e sei que ela é a responsável.

— Como é que sabe?

— Eu a vi.

— Espere um pouco. — Eve levantou a mão, devagar, com os olhos semicerrados. — Você a viu matá-lo?

— Não. Eu a vi do lado de fora da minha janela. Olhei para fora na noite em que ele morreu e a vi em pé na rua, olhando para cima... olhando para mim. Então o telefone tocou. Era a minha mãe, me dizendo que vovô estava morto. E Selina sorriu. Sorriu e acenou para mim. — Alice tornou a enterrar o rosto nas mãos. — Ela enviou suas forças contra ele. Usou os poderes dela para fazer o coração do meu avô parar. Por minha causa! Agora um corvo vem pousar toda noite no peitoril da minha janela e fica olhando para mim com os olhos dela.

— Um corvo, um pássaro? — *Meu Deus*, pensou Eve, *onde será que vamos parar com essa história?*

— Ela consegue mudar de forma — afirmou Alice, com as mãos trêmulas sobre a mesa. — Selina adquire a forma que quiser. Tentei me proteger o melhor que pude, mas talvez minha fé não seja forte o bastante. Eles estão me pressionando, me chamando.

— Alice. — Apesar de manter um ar de simpatia, Eve sentiu que sua paciência estava se esgotando — Selina Cross talvez tenha alguma coisa a ver com a morte do seu avô. Se descobrirmos que ele não morreu de causa natural, pode crer que não foi nenhum encanto; sua morte foi calculada, assassinato simples. E se for esse o caso, vai haver alguma prova, e um julgamento, e ela vai ter que pagar por isso.

— Não se pode encontrar fumaça — disse Alice, balançando a cabeça. — Você não vai encontrar provas de uma maldição.

— Bem, nesse momento você é testemunha de um assassinato — disse-lhe Eve, achando que já ouvira o bastante. — Potencialmente, é a única testemunha, e se estiver com medo, posso conseguir um lugar seguro para você ficar. — Sua voz estava mais rápida, objetiva, bem profissional. — Preciso que me dê uma descrição da criança para que eu possa verificar com o serviço de desaparecidos. Com o seu depoimento formal, posso conseguir um mandado de busca para entrar no lugar onde você diz ter testemunhado o assassinato. Preciso que me forneça os detalhes, detalhes bem específicos. Horas, locais, nomes. Posso ajudá-la.

— Você não compreende — disse Alice, balançando a cabeça lentamente. — Você não acredita em mim.

— Acredito que você é uma mulher inteligente e curiosa, que se impressionou com algumas pessoas realmente desprezíveis. Acredito também que esteja confusa e aborrecida. Conheço uma pessoa com quem você pode conversar e que vai ajudá-la a superar tudo.

— Uma pessoa? — Os olhos de Alice ficaram frios e sua voz, dura. — Um psiquiatra? Você acha que andei imaginando coisas, inventando? — Seu corpo tremeu e ela se levantou de um salto. — Não é a minha mente que está em perigo, é a minha vida! Minha vida, tenente Dallas, e minha alma! Se um dia você enfrentar Selina, vai acreditar em mim. E que a deusa a ajude!

Girando o corpo, ela saiu e deixou Eve praguejando baixinho.

— Pelo que reparei, foi um tremendo fracasso — comentou Roarke, chegando por trás de Eve.

— A garota pirou, mas está apavorada! — Eve expirou com força e se levantou. — Vamos dar o fora daqui. — Fez um sinal para Peabody e começou a caminhar em direção à porta.

Do lado de fora, uma leve névoa rastejava junto do solo, com movimentos furtivos, como serpentes que se entrelaçavam. Uma garoa fina e fria começava a polir a calçada com um brilho molhado.

— Lá vai ela — murmurou Eve, ao avistar Alice correndo e virando em uma esquina. — Está indo para o sul. Peabody, cole nela e certifique-se de que ela vai chegar em casa em segurança.

— Já fui!... — Peabody saiu na direção indicada, quase correndo.

— A cabeça daquela menina está um desastre! Eles foderam com ela, de todas as formas possíveis e imagináveis. — Enojada, enfiou as mãos nos bolsos. — Talvez eu devesse ter tentado lidar melhor com a situação, mas não vi em que ajudaria ficar incentivando os seus delírios. Feitiços, maldições e gente que assume a forma que bem quer. Santo Cristo!

— Querida Eve. — Ele beijou-lhe a sobrancelha. — Minha tira particular, totalmente prática e objetiva.

— Pelo que Alice contou, ela se tornou praticamente a noiva de Satanás. — Resmungando, Eve resolveu ir para o carro, virou-se na direção de onde viera e começou a caminhar de volta. — Deixe-me contar como foi a história, Roarke. Ela queria brincar, começou a se interessar pelas ciências ocultas e acabou encontrando gente da pesada. Ela é uma menina ingênua, bonita, e não é preciso bola de cristal para ver isso. Enfim, ela foi a uma das reuniões deles, ou sei lá como chamam aquilo, e eles a drogaram. Depois a estupraram, em bando. Canalhas! Ela ali, drogada, em choque, vulnerável e sugestionável... foi fácil para um casal de picaretas profissionais convencê-la de que ela fazia parte da seita. Foi só fazer alguns truques de mágica, tirar objetos da cartola e fasciná-la. Depois, usaram o sexo para mantê-la na linha.

— Ela comoveu você... — murmurou Roarke, tocando nos cabelos de Eve e secando-os com as pontas dos dedos.

— Talvez sim... droga, você deu uma olhada nela? Aquela jovem foi batizada com o nome certo, sabia? Parece a menina da história infantil. Provavelmente, também acredita em coelhos brancos que falam. — Então suspirou, tentando colocar as emoções de volta no lugar. — O problema é que essa história não é um conto de fadas não... ela afirma que presenciou um assassinato ritual. Um menininho, segundo disse. Tenho que levá-la para a dra. Mira dar uma olhada. Uma psiquiatra vai conseguir separar o que é fato do que é ficção. Mas acredito que o assassinato foi um fato, e se eles mataram uma criança, já devem ter matado outras. Gente desse tipo adora atacar os indefesos.

— Eu sei. — Ele esticou o braço para massagear a tensão que sentiu nos ombros de Eve. — Você se identificou com o caso?

— Não. Isso não foi igual ao que aconteceu comigo... ou com você. — Mas havia ecos suficientes naquela história para deixá-la desconfortável. — Nós continuamos aqui, não é? — Colocou a mão sobre a dele, franzindo a testa entre as sombras da noite e perguntando a si mesma, em voz alta: — Por que razão Frank não fez um registro do que a neta lhe contou? Por que diabos decidiu que ia resolver tudo sozinho?

— Talvez ele tenha feito um registro de tudo. Um registro particular.

— Meu Deus, como é que pude ser tão lerda? — Eve piscou e olhou direto para Roarke. Colocou as mãos uma em cada lado de seu rosto e o beijou com força. — Você é brilhante!

— Sou sim, eu sei... — Ele a afastou quando viu uma figura sair das sombras e subir pela rampa. — Um gato preto — disse ele, achando graça e sentindo um certo desconforto ao mesmo tempo. — Sinal de azar...

— É... sei... — Ela começou a subir a rampa, virou a cabeça um pouco para o lado ao ver o gato sentado sobre as patas traseiras ao lado do carro de Roarke, olhando para ela com olhos verdes muito brilhantes, quase cintilantes. — Você não parece estar com fome, rapazinho. Tem o pêlo muito macio e brilhoso para um gato de beco. É perfeito demais! — E compreendeu: — Deve ser um andróide. — Mesmo assim, se agachou e esticou o braço para acariciá-lo. O gato soltou um ronco agudo por entre os dentes, arqueou a espinha e atacou com a pata, tentando alcançá-la. Eve quase levou um arranhão bem fundo na palma da mão, mas recuou a tempo. — Puxa, como você é amigável!...

— Você já devia ter aprendido que não se deve estender a mão para animais estranhos, mesmo andróides. — Roarke passou na frente de Eve para digitar o código, a fim de abrir o carro, e encarou fixamente o brilho verde dos olhos do gato. Quando Eve já estava no carro, ele falou suavemente com o animal. O pêlo do bicho se eriçou todo e sua cauda de levantou, mas logo em seguida ele pulou com agilidade da rampa para a rua e foi engolido pela névoa.

Roarke não sabia explicar a razão de ter dado a ordem para o gato ir embora em idioma gaélico... simplesmente saíra daquele jeito, sem que ele planejasse. Continuava a refletir sobre isso quando entrou no carro, colocando-se ao lado de Eve.

— Escute, Roarke, não posso contar com Feeney para xeretar nada nem aprontar nenhum tipo de armação eletrônica dessa vez. Pelo menos até o comandante aliviar um pouco. Posso ter que recorrer à família para ter acesso aos registros pessoais de Frank, mas, se fizer isso, vou ter que oferecer alguma justificativa para eles ou contar-lhes algo.

— E você prefere não fazer isso.

— Não, pelo menos por enquanto. Enfim, que tal usar um pouco das suas... habilidades para acessar os arquivos pessoais do computador de Frank?

— Isso depende, tenente. — Seu astral começou a melhorar quando ele ligou o carro e começou a descer da vaga elevada, para alcançar o nível da rua. — Vou ganhar um distintivo para fazer isso?

— Não — disse, e seus lábios se abriram em um sorriso malicioso —, mas pode ganhar uma transa com uma policial.

— Então eu topo! Posso escolher a policial? — Simplesmente sorriu ao levar um soco no braço. — Eu ia acabar escolhendo você mesma. Provavelmente... e imagino que você queira que eu comece a oferecer minha consultoria extra-oficial ainda esta noite.

— A idéia é essa.

— Tudo bem, mas quero o sexo antes. — Empurrou a bochecha com a língua, enquanto ela caía na risada. — Por quanto tempo ainda você acha que Peabody vai estar ocupada? Opa, estou só brincando! — disse ele, depressa, e colocou o carro no piloto automático, para o caso de Eve ficar violenta. — É que ela estava realmente muito atraente com aquela roupa. — Rindo, ele segurou o soco seguinte em pleno ar com uma das mãos e com a outra foi subindo lentamente, até apertar um dos seios de Eve.

— Escute aqui, meu chapa, você já tem problemas suficientes, não precisa arrumar mais. Tentativa de praticar qualquer ato de natureza sexual dentro de um carro em movimento é uma violação do código municipal de trânsito.

— Então me prenda! — sugeriu ele, mordendo-lhe o lábio inferior.

— Olhe que eu posso mesmo fazer isso! Depois que tiver acabado com você! — Conseguindo se libertar, ela o empurrou para trás. — Agora, só por causa da piadinha sobre a minha assistente, nada de sexo até depois do trabalho!

— Quer apostar? — Ele desligou o piloto automático e retomou o comando do veículo, olhando para ela de lado, com um jeito maroto.

— Aposto! — Eve encarou o olhar arrogante dele. — Cinqüenta fichas de crédito.

— Combinado! — Ele começou a assobiar, enquanto entrava pelos portões de ferro de sua casa.

Capítulo Quatro

— Pode pagar!

Eve rolou para o lado e massageou a nádega esquerda, imaginando se ela não ficara ferida por roçar no tapete. Ainda vibrando devido ao último orgasmo, tornou a fechar os olhos, gemendo:

— Ahn?...

— Cinqüenta fichas de crédito! — Ele se inclinou por sobre ela e beijou-lhe o mamilo. — Você perdeu a aposta, tenente.

Os olhos dela piscaram um pouco, e então se abriram, observando o seu rosto lindo com um ar muito satisfeito. Eles estavam esparramados por sobre o tapete da sala privativa e suas roupas, pelo que ela conseguia lembrar, estavam espalhadas por toda parte. A começar pela escadaria principal, onde ele a empurrara de encontro à parede e começara a... ganhar a aposta.

— Estou nua — argumentou ela. — Normalmente não carrego fichas de crédito enfiadas na minha...

— Tudo bem, aceito uma nota assinada por você, reconhecendo a dívida. — Roarke se levantou, com os músculos retesados e brilhantes, e pegou um cartão no console. — Pronto! É só assinar — disse e o entregou a Eve.

— Você está curtindo muito tudo isso, não está? — resmungou ela, olhando para o cartão e sabendo que sua dignidade desaparecera junto com os créditos.

— Olhe, você nem consegue imaginar o quanto!

De cara feia, ela escreveu no cartão e recitou ao mesmo tempo:

— Devo a você, Roarke, cinqüenta fichas de crédito. Assinado: Tenente Eve Dallas. — E jogou o cartão para ele. — Satisfeito?

— De todas as maneiras possíveis. — Ele resolveu consigo mesmo, de forma sentimental, que ia guardar o cartão junto com o pequeno botão cinza que guardara, uma lembrança da primeira vez em que haviam se encontrado. — Eu amo você, tenente Eve Dallas, de todas as maneiras possíveis.

Ela não se agüentou e ficou toda comovida. Talvez pelo jeito com que ele dissera aquilo, ou pelo jeito com que olhou para ela, fazendo acelerar a pulsação sob sua pele, que se derreteu de emoção.

— Ah, não, você não me ama não... isso é só um papo para conseguir me arrancar cinqüenta paus. — Começou a se levantar, cambaleante, antes que ele começasse a distraí-la novamente. — Mas onde é que foram parar as minhas calças?

— Não faço a mínima idéia... — Caminhando até um local na parede, Roarke tocou em um mecanismo oculto. Quando o painel se abriu, ele pegou um robe. Era de seda, finíssimo, e fez com que os olhos dela tornassem a se estreitar. Ele vivia comprando coisas como aquela para lhe dar de presente, e elas sempre arrumavam um jeito de aparecer de repente nas partes mais improváveis da casa, de forma bem conveniente.

— Isso não é roupa de trabalho — disse ela.

— Podemos continuar pelados, mas você ia acabar perdendo mais cinqüenta fichas de crédito. — Quando ela agarrou o robe da mão dele, Roarke se virou e pegou outro para si. — Isso vai levar algum tempo... é melhor pegar café.

Enquanto ela ia em direção ao AutoChef para programar café, Roarke foi para trás do console. O equipamento ali era de primeira linha e não tinha registro. O sistema CompuGuard da polícia, preparado para proteger os arquivos do ataque de qualquer hacker, não conseguia detectar o sistema clandestino de Roarke nem rastreá-lo, ou muito menos impedir que ele penetrasse em qualquer sistema que quisesse. Mesmo com todas essa vantagens, porém, encontrar um registro secreto escondido em um arquivo pessoal que podia ou não existir era o mesmo que separar e analisar individualmente cada grão de areia de um balde cheio até a borda.

— Ligar! — ordenou ele ao equipamento. — É mais provável que esteja no seu computador de casa, você não acha?

— Bem, qualquer coisa que estivesse arquivada no computador de Frank na Central de Polícia fatalmente seria transferido automaticamente para o sistema, e todos os registros oficiais são guardados. Se ele queria manter algo só para si, teria que usar um sistema pessoal.

— Você sabe o endereço da casa dele? Ah, deixa pra lá — disse Roarke, antes mesmo de Eve conseguir responder. — Eu descubro por aqui. Dados de Frank Wojinski... qual era a patente dele?

— Sargento-detetive, trabalhando no Departamento de Registros.

— Dados na tela 1, por favor.

Enquanto as informações começavam a rolar pela tela, Roarke olhou para a xícara de café que Eve segurava e balançou a mão apontando para si mesmo quando o *tele-link* tocou, dizendo:

— Atenda para mim, sim?

Era uma ordem descontraída, dada por um homem habituado a fazer isso. Automaticamente, Eve se encrespou, mas acabou deixando a irritação de lado. A situação exigia que ela fizesse papel de assistente.

— Residência dos Roarke... Peabody?

— Você não atendeu o seu comunicador.

— Não, eu... — Só Deus sabia onde é que ele fora parar, pensou Eve. — O que houve?

— É uma má notícia, Dallas, muito má... — Embora sua voz estivesse firme, seu rosto estava pálido como papel e seus olhos, muito sombrios. — Alice está morta. Não consegui evitar... não consegui alcançá-la. Ela simplesmente...

— Onde você está?

— Na rua 10, entre a Broadway e a Sétima Avenida. Chamei os paramédicos, mas não pude fazer nada para...

— Você está em perigo?

— Não, não... só que não consegui impedi-la. Fiquei olhando e, de repente...

— Não mexa em nada no local do incidente, policial. Ligue para a emergência. Estou indo... chame reforços, como manda o regulamento, e me espere aí. Compreendeu?

— Sim, senhora... sim.

— Câmbio final. Ah, meu Deus — murmurou ela, ao desligar.

— Eu levo você até lá. — Roarke já estava em pé, com a mão no ombro de Eve.

— Não, é o meu trabalho. E rezou para que não fosse sua culpa também. — Eu agradeceria se você ficasse aqui, tentando conseguir qualquer dado que puder.

— Certo. Eve... — Ele segurou-a pelos dois ombros, com firmeza, antes que ela se virasse. — Olhe para mim. Isso não foi culpa sua.

— Tomara que não tenha sido — disse ela, sem olhar para ele, mas com pesar no rosto.

Não havia muita gente no local e Eve se sentiu grata por aquilo. Já passava das duas da manhã e só uns poucos curiosos aparvalhados se acotovelavam em volta da tela de isolamento que a polícia já instalara. Ela viu um táxi da Companhia Rápido atravessado meio de lado, perto do meio-fio, e um homem sentado ao lado dele com a cabeça entre as mãos, enquanto um paramédico conversava com ele.

Na rua molhada, fracamente iluminada pelo foco de uma lâmpada de segurança e com a névoa envolvendo-lhe o corpo, estava

Alice. Seu corpo estava estendido, de barriga para cima, os braços e as pernas abertos, como em uma saudação selvagem. O sangue, dela mesma, empapara o fino tecido de seu vestido e se transformara em um amaldiçoado tom de vermelho.

Peabody estava ao lado dela, ajudando outra policial a terminar de erguer a tela de isolamento.

— Policial Peabody?... — Eve a chamou com calma e esperou que ela se virasse, erguesse os ombros e fosse até ela. — Qual é o seu relatório?

— Segui a jovem até sua casa, conforme suas ordens, tenente. Vi quando ela entrou no edifício, e em seguida observei a luz se acender na segunda janela do terceiro andar. Por iniciativa própria, resolvi montar guarda por um período de quinze minutos, para me certificar de que ela permaneceria em casa. Ela não permaneceu.

Peabody parou de falar de repente e seu olhar se desviou para o corpo. Eve deu um passo para o lado, bloqueando-lhe a visão, e ordenou:

— Olhe apenas para mim ao fazer seu relatório, policial.

— Sim, senhora — concordou Peabody, a contragosto. — A jovem saiu do edifício aproximadamente dez minutos depois de ter entrado em casa. Parecia agitada, olhava o tempo todo por trás dos ombros enquanto caminhava na direção oeste, a passos rápidos. Parecia estar chorando. Mantive a distância padrão adequada, para não ser notada. Foi por isso que eu não consegui impedi-la. — Peabody sugou o ar com força. — Por me manter a uma distância adequada.

— Pare com isso! — reagiu Eve, sacudindo Peabody. — Complete seu relatório.

— Sim, senhora. — Os olhos de Peabody se tornaram subitamente frios e sem expressão ao olhar para Eve. — Ela parou de repente, deu vários passos para trás e disse algumas palavras. Eu estava a uma distância muito grande para perceber o que ela dizia, mas tive a impressão de que ela conversava com alguém.

Peabody tentava reviver a cena em sua cabeça, etapa por etapa, apoiando-se no rígido treinamento que tivera como se fosse uma muleta.

— Aproximei-me um pouco, diminuindo a distância entre nós, para o caso de a jovem estar em alguma situação de perigo. Não vi, porém, ninguém mais na rua, a não ser ela mesma. A névoa pode ter atrapalhado um pouco, mas não havia ninguém que eu pudesse ver, nem na calçada nem na rua.

— Então ela ficou parada ali, falando com o vento? — perguntou Eve.

— Foi o que me pareceu, tenente. Então, foi ficando cada vez mais agitada. Implorou para que alguém a deixasse em paz. Suas palavras foram: "Você já não fez tudo o que queria? Já não conseguiu tudo o que queria? Por que não me deixa em paz?"

Peabody tornou a olhar para a calçada e reviu toda a cena. Ouviu tudo também, com precisão... o som agudo de aflição e desespero na voz de Alice.

— Pensei ter ouvido uma resposta às suas palavras, mas não posso afirmar isso com certeza — continuou Peabody. — A jovem estava falando muito alto e muito depressa para eu poder fazer uma declaração exata. Decidi chegar mais perto e me deixar ser vista.

Um músculo no seu maxilar pareceu latejar enquanto Peabody continuava a olhar por sobre o ombro de Eve.

— Nesse instante — prosseguiu ela —, um táxi da Companhia Rápido chegou do lado leste e veio se aproximando. A jovem se virou, correu para a rua e pulou bem na frente do veículo que chegava. O motorista tentou parar e desviar, mas não conseguiu fazer isso e atingiu a moça violentamente, de frente.

Peabody parou mais um instante, apenas para tomar fôlego, antes de continuar.

— As condições da rua estavam péssimas e ajudaram a completar o quadro. Na minha opinião, mesmo com ótimas condições, sem névoa, chuva ou escuridão, o motorista não conseguiria ter evitado a colisão.

— Compreendi. Continue.

— Alcancei o corpo em poucos segundos e, embora tenha notado que ela já estava morta, chamei os paramédicos e tentei entrar em contato com a senhora, pelo comunicador. Ao ver que não consegui achá-la, utilizei o *tele-link* portátil em minha bolsa e procurei a senhora em casa, a fim de relatar o acontecido e colocá-la a par da situação. Seguindo suas ordens, liguei para a emergência, requisitei um policial para vir ao local de imediato e resguardei a cena do incidente.

Era um inferno para qualquer um sentir que chegara tarde demais. Eve sabia disso e não adiantava tentar ser solidária, pois isso não aliviava o amargor da culpa. Sendo assim, não demonstrou solidariedade alguma.

— Muito bem, policial. Aquele é o motorista?

— Sim, tenente. — Peabody continuava a olhar para a frente e sua voz parecia oca e sem vida.

— Providencie para que o veículo seja levado para análise; depois, verifique junto aos paramédicos e descubra se o motorista está em condições de fazer uma declaração.

— Sim, senhora. — Peabody fechou o punho, formando uma bola ao lado do corpo. Manteve a voz baixa, mas vibrava de emoção quando disse: — A senhora acabou de tomar um drinque com ela, há pouco mais de uma hora. E isso não significa nada!

Eve aceitou o golpe e esperou até que Peabody se virasse, antes de caminhar até onde estava Alice.

— Significa sim — murmurou ela —, e esse é o problema.

Abrindo o seu kit de serviço, Eve se agachou e deu início ao trabalho.

Aquilo não era homicídio. Tecnicamente, Eve poderia ter passado o caso para o Departamento de Trânsito, depois do relatório de Peabody e da declaração do choroso motorista, confirmando tudo. Mas ela viu o corpo de Alice sendo colocado dentro do carro do necrotério e soube que não tinha a mínima intenção de fazer isso.

Deu uma última olhada na cena do incidente. A chuva já havia praticamente parado e não ia conseguir lavar todo o sangue. Os poucos curiosos que haviam se reunido para espiar já estavam começando a se dispersar e seguir em frente, rasgando a fina cortina de névoa enquanto caminhavam para casa.

Junto do meio-fio, um reboque do Departamento de Trânsito já estava carregando o táxi danificado, a fim de transferi-lo para o depósito da polícia.

Acidentes, alguns poderiam dizer, aconteciam com muita freqüência. O mesmo, pensou Eve, acontecia com assassinatos. Eram muito freqüentes.

— Você teve uma longa noite, Peabody. Está dispensada.

— Preferia ficar, tenente, e acompanhar os procedimentos até o fim.

— Você não vai conseguir ajudá-la nem a mim, a não ser que consiga manter uma visão abrangente e objetiva.

— Consigo fazer o meu trabalho, senhora. Os sentimentos pessoais são problema meu.

Eve recolheu seu kit de serviço e deu uma olhada em sua assistente, confirmando:

— Sim, eles são um problema seu. Só não quero que os coloque no meu caminho. — Pegando o gravador em seu kit, entregou-o a Peabody ligado. — Já estamos gravando, policial. Vamos examinar a residência da vítima.

— Pretende notificar o falecimento à família, senhora?

— Só quando acabarmos.

Encaminharam-se para leste, de volta ao prédio de Alice. Ela não fora muito longe, pensou Eve, pouco mais de um quarteirão. O que a fizera ir novamente para a rua? E o que a fizera se jogar na frente de um táxi?

O prédio era bonito, uma construção antiga, de três andares, com revestimento de tijolinhos, mas bem restaurada. As portas de entrada eram em vidro bisotado, com as imagens jateadas de um pavão. A câmera de segurança recebera manutenção recentemente e a fechadura era codificada para reconhecer impressões palmares. Eve a desarmou com um cartão mestre eletrônico e entrou em um pequeno saguão, muito limpo, com piso imitando mármore. O elevador tinha um revestimento de bronze tão polido que parecia espelhado e subiu com silenciosa eficiência.

Alice, pensou Eve, tinha bom gosto e recursos financeiros. Havia três apartamentos no terceiro andar e mais uma vez Eve usou seu cartão mestre para entrar.

— Aqui fala a tenente Eve Dallas e sua assistente, policial Delia Peabody. Estamos entrando neste instante na residência da falecida, a fim de proceder às investigações iniciais no ambiente — disse ela, franzindo a testa ao notar que a sala continuou às escuras, apesar do som de sua voz.

Peabody foi até um interruptor ao lado da porta e o ligou, comentando:

— Acho que ela preferia deixar o sistema no manual, em vez de ativado por voz.

A sala tinha muitos objetos e era muito colorida. Lindas mantas e toalhas estavam atiradas casualmente sobre poltronas e mesas. Tapeçarias exibindo pessoas despidas, muito atraentes, acompanhadas de animais mitológicos, enchiam as paredes. Havia velas em toda parte, sobre as mesas, nas prateleiras, no chão, bem como tigelas largas cheias de pedras coloridas, ervas e pétalas secas. Pedaços de cristais que cintilavam para todos os lados haviam tomado conta de todas as superfícies lisas do lugar.

Um telão para relaxamento estava ligado e exibia uma vasta campina maravilhosamente gramada, como flores silvestres que balançavam suavemente na brisa. O fundo musical era composto por pássaros que gorjeavam acompanhados por uma brisa matinal.

— Ela gostava de coisas belas — observou Eve —, e há muitas delas aqui. — Seguindo em frente, examinou os controles do telão e fez sinal de concordância com a cabeça, como se eles estivessem confirmando sua idéia. — Ela ligou o aparelho assim que chegou em casa. Queria se acalmar, pelo jeito.

Deixando Peabody para trás e seguindo em frente, Eve entrou no quarto adjacente. O aposento era pequeno, aconchegante e igualmente cheio de coisas. A colcha sobre a cama de solteiro era bordada, toda trabalhada com imagens de luas e estrelas. Um móbile de vidro preso no teto balançava, movimentando pequenas fadas que dançavam esbarrando umas nas outras e emitindo sons musicais na brisa que entrava pela janela aberta.

— Deve ter sido pela janela desse quarto que você viu a luz ser acesa.

— Sim, senhora.

— Então ela ligou o telão e veio direto para o quarto, provavelmente para mudar de roupa, tirar o vestido úmido. Só que não fez isso. — Eve pisou em um pequeno tapete com o rosto sorridente de um sol. — O quarto está entulhado, mas arrumadinho, ao seu jeito. Não há sinais de perturbação no ambiente nem de luta.

— Luta?

— Você disse que ela estava muito agitada e chorando quando voltou para a rua. A campina verdejante não conseguiu acalmá-la, ou não houve tempo suficiente para isso.

— Ela nem se deu ao trabalho de desligar o aparelho quando tornou a sair.

— Não — concordou Eve. — Ela não o desligou. Existe a possibilidade de que alguém estava aqui quando ela chegou. Alguém que a deixou chateada ou a assustou. Vamos verificar nos registros da segurança. — Abrindo o que imaginou que fosse um closet, fez um som musical com os lábios. — Ora, olhe só isso... ela transformou este closet em uma espécie de espaço destinado a alguma finalidade. Não há muitas coisas aqui dentro. Grave isso.

Peabody entrou e deu uma panorâmica no cômodo pequeno com paredes brancas. O piso era de madeira e havia um pentagrama branco pintado sobre ele. Um círculo de velas brancas estava colocado em cuidadosa simetria em toda a volta do pentagrama. Uma mesinha ao lado tinha uma bola de cristal muito clara, uma tigela rasa, um espelho e um punhal com cabo escuro e uma lâmina curta e cega.

Eve cheirou o ar, mas não sentiu nenhum indício de fumaça ou cera de vela.

— O que acha que ela fazia aqui? — perguntou a Peabody.

— Diria que é um tipo de sala de rituais, usada para meditação ou para lançar feitiços.

— Eu, hein!... — Balançando a cabeça, Eve deu um passo para trás. — Vamos deixar isso pra lá, por enquanto, a fim de verificar o *tele-link*. Se não havia ninguém aqui que tenha deixado Alice tão apavorada a ponto de fazê-la tornar a sair, talvez ela tenha recebido alguma ligação que conseguiu fazer isso. Ela veio primeiro para o quarto — murmurou Eve, encaminhando-se para o pequeno *tele-link* ao lado da cama. — Talvez ela estivesse com a idéia de ir ali para dentro, a fim de brincar de bruxa, depois de ter mudado de roupa e se acalmado. Não estava carregando nada quando tornou a sair para a rua. Acho que não veio até aqui só para pegar alguma coisa e tornar a sair. Não... ela estava chateada, queria voltar para casa.

Eve ligou o *tele-link* e ordenou a repetição da última chamada transmitida ou recebida. O quarto se encheu com o som baixo e ritmado de um cântico.

— Que diabo é isso?

— Sei lá... — Sentindo-se desconfortável, Peabody chegou mais perto.

— Repita mais uma vez! — ordenou Eve.

"*Ouça bem os nomes. Ouça os nomes e os tema. Loki, Belzebu, Bafomet. Eu sou a aniquilação. Eu sou a vingança. In nomine Dei nostri Satanas Luciferi excelsi. Vingança para os que se afastaram da lei. Ouça os nomes e tema.*"

— Pare! — Eve sentiu um tremor rápido e involuntário. — Belzebu, isso é um troço que tem a ver com o diabo, não é? Os canalhas estavam brincando com ela, atormentando-a. E ela já estava quase pirada. Não é de espantar que tenha saído correndo daqui. Onde é que você estava, seu filho-da-mãe, onde é que você estava? Quero a localização exata dessa última transmissão! — Seus lábios se apertaram ao ler os dados. — Rua 10, esquina com Sétima Avenida, bem adiante aqui mesmo nesta rua. Provavelmente, eles usaram um *tele-link* público. Safados! E ela estava indo bem na direção deles.

— Não havia ninguém lá. — Peabody estava olhando para o rosto de Eve nesse instante e notou a fúria que queimava dentro de seus olhos. — Mesmo com a névoa e a chuva, eu teria visto alguém se eles estivessem ali à espera dela. Não havia nada na calçada, a não ser um gato.

— Um o quê? — O coração de Eve deu um pulo.

— Apenas um gato. Deu para perceber que havia um gato em seu caminho, mas não havia ninguém na rua.

— Um gato. — Eve foi até a janela. Subitamente, sentia a necessidade de respirar um pouco de ar puro. Ali, no peitoril, viu uma pena preta, muito comprida. — E um pássaro — murmurou. Pegou a pinça e segurou a pena de encontro à luz. — De vez em quando, ainda temos um ou outro corvo passeando à noite por Nova York. Corvo e gralha são a mesma coisa, não são?

— Mais ou menos... acho.

— Guarde isso como prova! — ordenou Eve. — Quero que seja analisado. — Esfregou os dedos sobre os olhos, como que para espantar a fadiga. — A parente mais próxima é Brenda Wojinski, mãe... pesquise o endereço dela.

— Sim, senhora. — Peabody pegou seu computador de mão e então ficou simplesmente parada com ele, sentindo-se coberta de vergonha. — Tenente, eu queria me desculpar pelo comentário que fiz no local do incidente, e também pelo meu comportamento naquela hora.

— Não me lembro de nenhum comentário, Peabody, nem reparei em nenhum tipo de comportamento inadequado de sua parte naquela hora. — Eve pegou o disco no *tele-link* e o lacrou pessoalmente, para pesquisa, lançando um olhar significativo para

Peabody e dizendo: — Aproveite enquanto o gravador continua ligado e dê mais uma passada com ele por todo o apartamento.

Mesmo compreendendo tudo, Peabody inclinou a cabeça, afirmando:

— Sei que o gravador ainda está ligado, tenente. Quero que isto fique registrado. Fui insubordinada e saí da linha, tanto em nível pessoal quanto profissional.

Sua cabeça-dura!, pensou Eve, e por pouco não soltou um palavrão.

— Não houve insubordinação alguma, na minha opinião, policial. Não que eu me lembre...

— Dallas... — Peabody deu um suspiro. — Você sabe muito bem que agi mal. Ainda estava trêmula e com alguma dificuldade para lidar com a situação. Uma coisa é ver um corpo já morto, e outra, bem diferente, é ver uma mulher ser jogada três metros para cima no ar e cair feito uma boneca de pano na calçada. E ela estava sob minha vigilância.

— Fui dura com você.

— Sim, a senhora foi... e precisava ser. Achei que, pelo fato de a senhora conseguir manter a calma e ser capaz de desempenhar bem o seu trabalho, isso significava que não se importava com a vítima. Estava errada, e sinto muito.

— Aceito a sua declaração. Agora, registre também o que vou lhe dizer, Peabody. Você seguiu minhas ordens, seguiu os procedimentos adequados. Não teve culpa alguma pelo que aconteceu esta noite. Não poderia adivinhar o que ia acontecer. Agora, deixe toda essa história de lado, para podermos descobrir por que ela está morta.

Eve imaginava que a filha de um policial já sabia que, quando um tira bate na sua porta às cinco da manhã, é porque traz as piores notícias. E notou, no minuto que Brenda a reconheceu, que tinha razão.

— Ah, meu Deus, ah, meu Deus! Foi a mamãe?

— Não, não foi a sua mãe, sra. Wojinski. — Só havia um modo de dar a notícia, Eve bem sabia, e esse modo era ser direta: — Foi Alice. Podemos entrar?

— Alice? — Ela piscou os olhos arregalados e se apoiou no portal para não cair. — Alice?

— Acho que devíamos entrar. — Da forma mais gentil possível, Eve a tomou pelo braço e seguiu com ela para dentro de casa. — Vamos nos sentar um pouco.

— Alice? — tornou a perguntar. O pesar parecia estar rachando seus olhos vidrados e as lágrimas começaram a escorrer. — Não, não a minha Alice. Não a minha filhinha!...

Brenda se desequilibrou e parecia que seu corpo ia se liquefazer, escorrendo até o chão, mas Eve a segurou com firmeza e a encaminhou depressa para a poltrona mais próxima. — Sinto muito. Sinto pela sua perda, sra. Wojinski. Houve um acidente nesta madrugada e Alice foi morta.

— Um acidente? Não, não... deve haver algum engano. Foi outra pessoa. Não pode ter sido Alice. — Apertou com força o braço de Eve, com os olhos em prantos e um ar de quem está implorando. — Você não pode ter certeza de que o acidente foi com Alice.

— Mas foi... sinto muito.

Ela desabou então, enterrando o rosto entre as mãos e depois levando-as até a altura dos joelhos, de modo que o corpo formou uma bola, como defesa.

— É melhor eu preparar um chá para ela — murmurou Peabody.

— Sim, é uma boa... — Essa era a parte de seu trabalho que deixava Eve se sentindo mais indefesa, mais incapaz. Não havia solução para uma dor repentina como essa. — Há alguém que eu possa contactar para a senhora? Quer que eu ligue para a sua mãe? Ou o seu irmão?

— Mamãe... Ah, meu Deus, Alice! Como é que nós vamos agüentar esse golpe?

Não havia resposta para isso, pensou Eve. No entanto, eles agüentariam. A vida exigia isso, pois tinha que seguir em frente.

— Posso lhe dar um calmante ou entrar em contato com o seu médico, o que a senhora preferir.

— Mãe?...

Enquanto Brenda continuava a se embalar para a frente e para trás, Eve olhou às suas costas. O menino estava na porta do corredor, piscando de sono e com os olhos confusos, parecendo desnorteado. Seus cabelos estavam em desalinho, da cama, e ele usava um moletom velho com buracos na altura dos joelhos.

Era o irmão de Alice, lembrou Eve. Ela havia se esquecido dele.

Nesse momento, o menino focou os olhos em Eve, se mostrou subitamente alerta e muito adulto.

— O que houve? — quis saber. — O que aconteceu?

Como era mesmo o nome dele? Eve lutava, tentando se lembrar, mas então resolveu que não importava no momento. E se levantou. Ele era um menino alto, avaliou ela. Estava com vincos no rosto, causados pelo travesseiro, e seu corpo já estava posicionado para receber o golpe.

— Aconteceu um acidente. Sinto muito, mas...

— Foi com Alice. — Seu queixo tremeu um pouco, mas os olhos permaneceram fixos nos de Eve. — Ela está morta.

— Sim, eu sinto realmente...

Ele continuava a olhar para Eve no momento em que Peabody voltou com uma xícara de chá e a colocou, meio sem graça, sobre a mesa.

— Que tipo de acidente? — quis saber ele.

— Ela foi atropelada por um carro, nesta madrugada.

— O carro a atropelou e fugiu?

— Não. — Eve o observou com cuidado, um pouco pensativa. — Ela pulou na frente de um táxi. O motorista não conseguiu parar a tempo. Ainda estamos processando as informações e analisando o veículo, mas há uma testemunha que confirma o depoimento do motorista. Não acredito que a falta tenha sido dele. Ele não tentou fugir da cena do acidente e seus registros como motorista estão limpos.

O menino simplesmente concordou, com os olhos secos, enquanto o choro de sua mãe enchia a sala.

— Pode deixar que eu cuido dela — disse o menino. — Seria melhor se a senhora nos deixasse sozinhos agora.

— Certo. Se você tiver mais alguma pergunta, pode me encontrar na Central de Polícia. Sou a tenente Dallas.

— Sei quem a senhora é... deixe-nos sozinhos agora, por favor — tornou a pedir, e foi se sentar ao lado da mãe.

— Esse garoto sabe de alguma coisa — afirmou Eve, enquanto elas saíam para a rua.

— Também me pareceu... talvez Alice se sentisse mais à vontade conversando com ele do que com os outros membros da família. Tinham quase a mesma idade. Irmãos e irmãs vivem de implicância, mas confiam uns nos outros.

— Eu não saberia dizer... — Deu partida no carro, louca por um café. — Onde, diabos, você mora, Peabody?

— Por quê?

— Vou deixá-la em casa. Pode tirar uma soneca e se apresentar na central às onze da manhã.

— Isso é o que você vai fazer? Tirar uma soneca?

— É... — Provavelmente era mentira, mas servia para o que ela pretendia. — Para onde, então?

— Eu moro em Houston.

Eve fez uma careta e disse:

— Bem, já que vou sair do meu caminho mesmo, tanto faz que seja tão longe... — Seguiu para o sul. — Houston?... Peabody, esse é um bairro boêmio!

— Era a casa da minha prima. Quando ela resolveu se mudar de vez para o Colorado, a fim de fazer tapetes de tear, assumi o aluguel. Saiu mais barato...

— Uma história interessante a sua... provavelmente você passa todos os seus momentos livres circulando por bares cheios de poetas e clubes de arte com artistas performáticos.

— Bem... na verdade, prefiro freqüentar os bares só para solteiros. A comida é melhor.

— Provavelmente você conseguiria transar mais vezes se não pensasse tanto no assunto.

— Não, não funciona, já tentei fazer isso. — De repente soltou um bocejo muito alto. — Desculpe!

— Você tem todo o direito de estar cansada. Assim que se apresentar à central, vá verificar o resultado da autópsia. Quero ter certeza de que não há nada de estranho no relatório de substâncias tóxicas. Aproveite que você vai em casa e troque esse vestido ridículo.

— Não é tão ridículo assim... — Peabody se ajeitou no banco. — Alguns caras no Clube Aquarius pareceram gostar muito dele. Roarke também...

— Foi, ele mencionou o fato comigo.

— Mencionou? — Com o queixo caído, Peabody se virou para olhar Eve. — Verdade mesmo?...

Conversar abobrinhas, pensou Eve, *ajudava a acalmar a mente.*

— É verdade — confirmou. — Ele comentou que você estava muito atraente. E dei um soco nele... só por garantia.

— Atraente... meu Deus! — Peabody deu tapinhas no peito. — Vou ter que começar a desencavar outras roupas desse tipo entre as que a minha mãe fez para mim. Atraente... — Soltou um suspiro. — Roarke não tem nenhum irmão, primo ou tio que esteja disponível?

— Pelo que sei, Peabody, ele é uma figura única.

Ela o encontrou cochilando. Não na cama, mas sobre o sofá, na sala de estar da suíte principal. No momento em que ela entrou no quarto, ele abriu os olhos.

— Já vi que teve uma noite longa e difícil, tenente. — Esticou a mão para ela. — Venha até aqui.

— Vou tomar uma ducha e me encher de café. Tenho algumas chamadas a fazer.

Roarke se conectara à rede da polícia e sabia exatamente com o que ela estivera lidando durante toda a noite.

— Venha até aqui — repetiu, entrelaçando os dedos com os dela e puxando-a, até ela concordar, meio a contragosto. — Vai fazer alguma diferença se essas ligações forem feitas daqui a uma hora?

— Não, mas...

Então ele começou a puxá-la, até que ela caiu no sofá, sobre ele. Como sua briga para se desvencilhar dele não foi muito entusiasmada, ele conseguiu colocá-la deitada ao seu lado com um movimento rápido.

— Durma um pouco... — disse ele, baixinho. — Você está exausta e não há necessidade disso.

— Ela era tão jovem, Roarke...

— Eu sei. Deixe esse assunto do lado de fora, desligue um pouquinho.

— E os dados? Os arquivos pessoais de Frank? Descobriu alguma coisa?

— Vamos conversar a respeito depois que você acordar.

— Uma horinha, então... só um cochilo de uma hora... — Entrelaçando os dedos com os dele, ela se deixou mergulhar no sono.

CAPÍTULO CINCO

Dormir ajudou muito. Do mesmo modo que a ducha quente e a comida que Roarke pediu. Eve enfiava uma garfada de ovos mexidos na boca, enquanto analisava na tela os dados que ele desencavara.

— Isso parece mais um diário do que um relatório de investigação — decidiu ela. — Tem um monte de comentários pessoais e mostra que, obviamente, ele estava preocupado com Alice. "*Não estou certo sobre até que ponto eles influenciaram a mente dela ou a magoaram.*" Ele estava raciocinando mais como avô do que como tira. Você conseguiu isso no computador particular dele?

— Exato. Estava tudo codificado, e ainda havia uma senha para entrar. Acho que ele não queria que a mulher esbarrasse por acaso nessa história.

— Se estava assim tão protegido, como foi que você conseguiu acessar?

— Você não está realmente querendo que eu explique, está, tenente? — Roarke pegou um cigarro em uma cigarreira de madeira entalhada e ficou observando-o com cuidado.

— Não. — Eve deu mais uma garfada nos ovos mexidos. — Acho que não... de qualquer modo, as idéias pessoais de Frank e suas preocupações não vão ser de muita ajuda. O que preciso saber é o quanto ele descobriu e até que ponto levou sua investigação particular, antes de morrer.

— Ainda tem mais coisa... — Roarke começou a passar os dados pela tela. — Veja... aqui adiante ele fala em seguir Selina Cross, e faz uma lista com os nomes de alguns de seus... associados.

— Mas não há nada de mais, aí, ele fala de sua suspeita de que ela estava traficando drogas. Acreditava que ela realizava cerimônias inaceitáveis em seu clube e talvez em casa. Notou figuras suspeitas entrando e saindo de lá, mas tudo isso é baseado em emoções. Não há fatos. Acho que Frank ficou longe das ruas por muito tempo. — Eve colocou o prato de lado e se levantou. — Já que ele não queria envolver ninguém da polícia, por que não contratou um detetive particular, pelo menos, para não gastar as solas dos sapatos em investigações de rua? O que é isso aqui?...

Acho que ela me descobriu. Não dá para ter certeza, mas é quase como se Selina Cross estivesse me levando agora para onde ela quer que eu esteja. Vou ter que dar mais um passo à frente, e bem depressa. Alice está aterrorizada, vive implorando para que eu fique longe de Selina, e longe dela também. A pobrezinha passa tempo demais em companhia daquela tal de Isis. Talvez Isis seja só uma esquisitona inofensiva, mas não pode exercer boa influência sobre Alice. Já avisei a Sally que preciso trabalhar até mais tarde por esses dias. Hoje à noite, vou invadir... Selina passa todas as noites de quinta no clube. O apartamento deve estar vazio. Se eu conseguir entrar e encontrar alguma coisa, qualquer coisa que sirva de prova de que Alice viu uma criança ser assassinada, posso mandar um relatório completo para Whitney, um relatório anônimo. Selina vai pagar caro pelo que ela e seu amante nojento fizeram com a minha menininha. De um jeito ou de outro, ela vai pagar caro.

— Meu Deus!... Arrombamento, invasão de domicílio, busca ilegal e confisco não autorizado... — Frustrada, Eve passou as duas mãos pelos cabelos. — Que diabos ele estava pensando em fazer? Sabia muito bem que qualquer coisa que encontrasse sem um mandado de busca seria descartada no tribunal. Ele jamais conseguiria pegá-los desse jeito.

— Tenho a impressão de que ele não estava muito preocupado com tribunais não, Eve, queria justiça.

— E agora está morto, não está? E Alice também. Onde estão os outros dados que você achou?

Roarke fez surgir na tela o último registro:

A segurança era muito forte no prédio, não consegui passar por ela. Acho que andei longe das ruas por tempo demais. Talvez vá ter que arrumar alguém para me ajudar nisso, afinal. Mas vou conseguir que aquela bruxa pague caro, nem que seja a última coisa que eu faça!

— Isso é tudo. Esse registro foi feito na noite anterior à morte de Frank. Talvez haja mais coisas, sob um código diferente.

Então ele não conseguiu que ela pagasse, pensou Eve. *E parece que não teve tempo de buscar ajuda,* avaliou, sentindo fisgadas de alívio e dor. De qualquer modo, aqueles registros estavam longe de livrar Frank ou Feeney.

— Você disse que talvez haja mais coisas — disse Eve —, só que não pensa assim. No fundo, você não está achando que exista...

— Não, não estou. Há a questão do tempo, que era curto. E ele também não era tão esperto assim para lidar com dados eletrônicos — explicou Roarke. — Foi brincadeira de criança descobrir isso aí... mesmo assim, vamos dar outra olhada. Vou levar mais algum tempo para vasculhar o sistema e verificar se havia mais alguma coisa, só que isso vai ter que ficar para mais tarde. Tenho várias reuniões marcadas para agora de manhã.

Eve se virou para ele. *Engraçado,* pensou Eve. *Por um momento, se esquecera de que ele não estava trabalhando com ela.* Os negócios de Roarke e o ambiente deles ficavam em uma esfera muito diferente do trabalho dela.

— Tantos bilhões para ganhar e tão pouco tempo... — disse, olhando para ele.

— Verdade pura! Mas pode ser que eu consiga um tempinho para brincar um pouco mais com isso, à noite.

Eve sabia que ele mal olhara as cotações da Bolsa e não atendera a nenhuma das ligações matinais que choviam todo dia, logo cedo.

— Estou tomando muito do seu tempo — disse ela.

— Está mesmo... — Dando a volta no console, ele se encostou na quina, de frente para ela. — Vou querer como pagamento um bocado do seu tempo também, tenente. Um dia ou dois longe daqui, assim que conseguirmos agendar. — E nesse momento seu sorriso desapareceu. Tomou a mão dela e passou o polegar sobre o lindo trabalho entalhado na aliança dela. — Eve, não gosto de interferir em seu trabalho, mas dessa vez quero lhe pedir para ser extremamente cuidadosa ao lidar com esse caso.

— Uma boa policial sempre é cuidadosa.

— Não — disse Roarke, com os olhos fixos nos dela —, nem sempre... você é corajosa, esperta, dedicada, mas nem sempre é cuidadosa.

— Não esquente, porque já lidei com gente muito pior do que Selina Cross. — Deu-lhe um beijo de leve. — Agora tenho que ir, preciso verificar uns relatórios. Vou tentar avisar você, caso tenha que chegar tarde em casa.

— Então avise — murmurou ele, observando-a sair.

Ela estava enganada, refletiu. Duvidava muito de que ela alguma vez tivesse lidado com gente pior do que Selina Cross. E ele não tinha a intenção de deixá-la nisso sozinha. Dirigindo-se ao *tele-link*, Roarke ligou para sua assistente e conseguiu adiar ou cancelar as viagens para fora da cidade ou para fora do planeta que estivessem marcadas para os próximos trinta dias.

Pretendia ficar bem perto de casa. E de sua mulher.

— Nada de drogas — afirmou Eve, analisando o relatório toxicológico de Alice. — Nem álcool. Ela não estava sob a influência de nenhuma substância. Mas você a ouviu conversando com alguém que não estava ali, e de repente ela pulou na frente de um carro que vinha passando. Ela estava em um estado de completo terror, e o gatilho de tudo foi o cântico que ouviu pelo *tele-link*. Eles sabiam como atingi-la, como chegar até ela.

— Só que não é ilegal entoar cânticos pelo *tele-link*.

— Não... — refletiu Eve — ... mas é ilegal fazer ameaças através de um *tele-link* público.

— Você está forçando a barra — retornou Peabody. — Isso é apenas uma contravenção leve.

— Mas já é um começo... se conseguirmos provar uma ligação entre essa transmissão e Selina Cross, poderemos perturbá-la com isso. De qualquer modo, acho que já está mesmo na hora de nós a conhecermos. Que tal um pequeno passeio ao Inferno, Peabody?

— Ando louca para dar um pulinho lá...

— Quem não anda? — Mas antes de conseguir se levantar, Feeney entrou como um furacão em sua sala. Estava com olheiras e a barba por fazer.

— Por que você foi designada como investigadora principal no caso de Alice, Dallas? Foi um acidente de tráfego. Que diabos uma tenente da Divisão de Homicídios está fazendo com um caso de fatalidade nas mãos?

— Feeney...

— Ela era minha afilhada, e você nem me comunicou sobre o que aconteceu? Soube pela porcaria do noticiário!

— Desculpe, eu não sabia... sente-se, Feeney.

— Não quero me sentar! — Puxou o braço com força, quando Eve tentou tocar nele. Quero respostas, Dallas! Quero a porra de algumas respostas!

— Peabody — murmurou Eve, e esperou até que sua assistente saísse, fechando a porta em seguida. — Sinto muito, Feeney. Não sabia que você era padrinho dela. Falei com a mãe dela, com o irmão, e simplesmente imaginei que eles iam contar o que acontecera ao resto da família.

— Brenda está sob sedativos — rosnou Feeney. — Que diabos você esperava? Ela perdeu o pai e a filha com poucos dias de diferença um do outro. Jamie tem apenas dezesseis anos. Depois que o menino ligou para o médico, pedindo que viesse cuidar da mãe e tentou consolar a avó, eu já sabia das notícias pelo noticiário. Meu Deus, meu Deus, ela era só uma criança!...

E se virou para o outro lado, passando as mãos nos cabelos, enquanto murmurava:

— Eu costumava carregá-la nas costas, brincando de cavalinho, e levava doces para ela, escondido...

Então era assim que as pessoas ficavam ao perder alguém que amavam, pensou Eve. E sentiu-se grata por amar tão pouca gente.

— Por favor, sente-se aqui, Feeney. Você nem devia ter vindo trabalhar hoje.

— Já disse que não preciso me sentar! — Ele baixou um pouco a voz ao se virar para observar Eve com atenção. — Quero uma resposta, Dallas. Por que você foi designada para investigar o acidente de Alice?

Eve não podia hesitar, nem se dar ao luxo de mentir.

— Peabody foi testemunha do que aconteceu — começou ela, feliz por ao menos poder lhe dizer isso. — Estava em sua noite de folga, foi a um clube... e viu o que aconteceu. Isso a deixou abalada, Feeney, e ela me ligou. Foi um ato reflexo, imagino. Eu não estava bem certa sobre o que acontecera, então a orientei para que chamasse a emergência, protegesse o local do acidente, e fui pessoalmente até o local. Já que estava lá e tinha todos os dados, notifiquei os parentes mais próximos. Imaginei que seria mais fácil para a família se eu mesma cuidasse de tudo. — Levantou os ombros, terrivelmente envergonhada de estar ali usando velhos amigos. — Achei que era o mínimo que poderia fazer, em memória de Frank.

— E foi só isso?... — perguntou Feeney, sem desviar o olhar do rosto de Eve.

— O que mais poderia haver? Ouça, já peguei o relatório toxicológico. Ela não estava usando nada, Feeney. Não estava nem bêbada. Talvez ainda estivesse muito abalada por causa de Frank ou algo assim. Não sei... quem sabe ela não viu a droga do táxi?... Era uma noite horrorosa, enevoada, chuvosa.

— O canalha estava a toda a velocidade, não estava?

— Não. — Eve não podia lhe dar ninguém para culpar, não podia nem mesmo lhe dar esse duvidoso conforto. — O motorista estava dentro do limite de velocidade. Sua ficha de trânsito é limpa e ele passou no teste do bafômetro para álcool e drogas, feito no próprio local. Feeney... ela simplesmente pulou na frente do carro e não havia nada que ele pudesse fazer. Quero que você entenda bem esse ponto. Conversei pessoalmente com o motorista e investiguei toda a cena. Não foi culpa dele. Não foi culpa de ninguém.

Tinha que ser culpa de alguém, pensou Feeney. Ele não aceitava perder duas pessoas chegadas, uma atrás da outra, sem motivo.

— Quero conversar com Peabody! — avisou ele.

— Dê algum tempo para ela, por favor. — Novas camadas de culpa foram se acumulando sobre as que Eve já carregava. — Peabody ficou arrasada. Gostaria de distraí-la um pouco com outras coisas, até ela absorver o choque do que viu.

Feeney respirou fundo e expirou com tremor. Por baixo da dor terrível, havia um pouco de gratidão, pelo fato de alguém em quem ele confiava estar cuidando da afilhada.

— Então você vai dar o caso por encerrado, pessoalmente? E depois vai me passar todos os dados?

— Vou encerrar o caso, Feeney. Prometo a você.

— Certo. — Balançando a cabeça, passou as mãos no rosto. — Desculpe por eu ter pulado em cima de você assim que cheguei.

— Tudo bem, não foi nada. — Eve hesitou por um instante, e então colocou a mão em seu braço, apertando-o com carinho. — Vá para casa agora, Feeney. Não é uma boa você ficar por aqui hoje.

— Acho que vou fazer isso. — Colocou a mão na maçaneta. — Ela era um doce de menina, Dallas — disse, baixinho. — Ah, meu Deus, eu não agüento ir a outro funeral!...

Quando ele saiu, Eve se atirou na cadeira. Tristeza, culpa e raiva se misturavam em volta de sua garganta, como farpas. Tornando a se levantar, pegou a bolsa. Agora ela estava com o estado de espírito ideal para se encontrar com Selina Cross.

— Como é que você prefere fazer, Dallas? — perguntou Peabody ao saltar do carro diante de um elegante prédio antigo, no centro da cidade.

— Quero ser bem direta. Quero que ela saiba que Alice conversou comigo, e que ela é suspeita de assédio, tráfico de drogas e conspiração com fins de assassinato. Se ela tiver um pouco de cérebro, vai sacar que eu ainda não tenho nada de sólido, mas vou lhe colocar macaquinhos na cabeça.

Saltando do carro, Eve olhou para o alto do prédio, com suas janelas de vidros jateados e gárgulas que exibiam caretas.

— Se ela mora aqui, não deve estar muito mal de grana. Vamos ter que descobrir onde é que ela arruma todo esse dinheiro. Quero que seja tudo gravado, Peabody, e mantenha os olhos bem abertos. Vou querer saber de suas impressões depois.

— Pois posso lhe dar uma logo de cara. — Peabody prendeu o microgravador no paletó de seu uniforme e olhou para a janela redonda do último andar, com um vidro imenso e uma figura trabalhada em jato-de-areia. — Aquela imagem na janela é mais um pentagrama invertido. Um símbolo satânico. E aquelas gárgulas não parecem nem um pouco amigáveis. — Deu um sorriso fraco. — Se quer saber, elas me parecem até um pouco famintas.

— Eu quero impressões, Peabody. Tente manter as fantasias em um nível mínimo — reclamou Eve, aproximando-se da tela de segurança.

— Por favor, declare seu nome e a finalidade de sua visita — pediu uma voz.

— Tenente Eve Dallas e auxiliar. Somos do Departamento de Polícia da cidade de Nova York. — Levantou o distintivo, deixando-o ser escaneado. — Queremos ver Selina Cross.

— Estão sendo aguardadas?

— Não, mas não creio que ela vá se surpreender.

— Um momento, por favor.

Enquanto aguardava, Eve analisou a rua. Havia muito movimento, tanto de pedestres quanto de tráfego. Ela reparou, porém, que quase todas as pessoas que passavam usavam a calçada do outro lado da rua, e muitas delas olhavam para Eve e para o edifício com uma cara desconfiada.

O mais estranho é que não havia nenhum ambulante vendendo churrasquinho nem camelôs pelas redondezas.

— Estão autorizadas a entrar, tenente. Por favor, sigam até o elevador nº 1. Ele já está programado.

— Ótimo! — Eve deu uma olhada para cima e notou a sombra de alguém que se movia atrás da janela do último andar. — Pareça bem profissional, Peabody — murmurou, enquanto se aproximavam dos portões da frente, fortemente protegidos por grades. — Estamos sendo observadas.

As grades se afastaram e as fechaduras se abriram com um estalo. A luz em um painel de segurança embutido mudou de vermelha para verde.

— Tem um bocado de equipamento aqui para um simples prédio de apartamentos — comentou Peabody, e, tentando ignorar a agitação que sentiu no estômago, entrou logo atrás de Eve.

Mais parecendo uma sala de velório, o saguão era todo decorado em vermelho. A figura de uma serpente de duas cabeças se espalhava por sobre o carpete vermelho-sangue, e seus olhos dourados pareciam cintilar enquanto o animal observava uma figura coberta por um manto preto que passava uma faca curva em volta da garganta de um bode branco.

— A decoração é adorável! — Eve levantou uma sobrancelha ao ver que Peabody dava a volta com todo o cuidado para evitar pisar na cobra. — Peabody, tapete não pica!

— Nunca se sabe... — Olhou para trás ao entrarem no elevador. — É que detesto cobras! Meu irmão costumava pegar uma cobra no bosque e depois ficava correndo atrás de mim com o bicho enrolado na mão. Fiquei com fobia...

A subida foi tranqüila e rápida, mas houve tempo para Eve notar outra câmera de segurança na cabine pequena e toda revestida de espelhos escuros.

As portas se abriram para um espaçoso saguão com piso em mármore negro. Dois sofás em veludo vermelho estavam um de frente para o outro, junto de um portal em arco, e exibiam, nos braços, entalhes de lobos rosnando, em madeira. Um arranjo floral saía de um vaso que tinha o formato da cabeça de um javali.

— Folhas de acônito, muito venenosas — disse Peabody, baixinho. — Temos também beladona, dedaleira, testa-de-caveira, uma planta que provoca convulsões, e peiote, o cacto de onde se extrai a mescalina. — Encolheu os ombros diante do olhar espantado de Eve. — Minha mãe é uma botânica amadora. Posso lhe garantir que esse arranjo é muito especial.

— Interessante... afinal, a decoração comum é tão sem graça, não é?

Tiveram o primeiro impacto de um encontro face a face com Selina Cross exatamente do jeito que ela queria ser vista. No meio do portal em arco, usando um vestido colante preto que se arrastava no chão, com os pés descalços e as unhas pintadas em um tom violento de vermelho, ela parecia posar para uma foto. Sorriu.

Sua pele era branca como dentes de vampiro, e o vermelho em seus lábios grossos brilhava como sangue fresco. Os olhos eram verdes, parecendo os de uma gata, e seu rosto, estreito, como era de esperar de uma bruxa, não era exatamente bonito, porém, de forma assustadora, era misterioso e atraente. Os cabelos muito pretos desciam pelos ombros por sobre a roupa preta. Eram repartidos ao meio, mostrando um sulco branco que parecia ter sido feito a régua, e escorriam até a cintura.

A mão que estendeu exibia anéis em todos os dedos, até no polegar. As correntes de prata que estavam presas a cada um deles trançavam-se e formavam uma intricada rede que lhe cobria as costas da mão.

— Tenente Dallas e policial Peabody, certo? Que visitas interessantes em um dia tão monótono. Gostariam de vir para a minha... sala de estar?

— Está sozinha, sra. Cross? As coisas ficariam mais simples para nós se pudéssemos conversar com o sr. Alban também.

— Oh, que pena! — Ela se virou, a roupa de seda farfalhando enquanto passava de volta pelo arco. — Alban está ocupado esta manhã. Sentem-se. — Estendeu a mão, fazendo um arco, como que para exibir a sala de generosas proporções entulhada de mobília. Todas as cadeiras e poltronas exibiam cabeças, garras ou bicos de algum predador. — Posso lhes oferecer algo para beber?

— Não, nós dispensamos os refrescos. — Achando bem apropriado, Eve escolheu uma poltrona em cujos braços estava representado um cão de caça.

— Mas nem mesmo um café? É a sua bebida predileta, não é? — Encolheu os ombros, passando a ponta da unha, muito comprida, sobre o pentagrama tatuado acima da sobrancelha. — Sintam-se à vontade, então. — Com os mesmos gestos estudados, ela se recostou em um pequeno sofá curvo que tinha os pés largos e fendidos e deixou os braços estirados ao longo do corpo. — Afinal, em que posso ajudá-las?

— Alice Lingstrom foi morta nesta madrugada.

— Sim, eu sei. — Manteve o sorriso satisfeito, como se estivesse casualmente discutindo o clima. — Poderia lhe dizer que eu... testemunhei o acidente através do meu espelho mágico, mas imagino que vocês não iriam acreditar nisso. É claro que não desprezo a tecnologia, e muitas vezes assisto ao noticiário e a outras formas de entretenimento no telão. A informação já se tornou pública há horas.

— A senhora a conhecia, então...

— Claro! Ela foi minha discípula, por algum tempo. O que se mostrou uma experiência desagradável, devo acrescentar. Alice reclamou com a senhora a respeito da minha tutela. — Aquilo não era uma pergunta, mas ela assumiu um ar de quem esperava uma resposta.

— Se está querendo saber se ela me contou que foi drogada, sofreu abuso sexual e testemunhou uma atrocidade, então, sim, ela reclamou comigo.

— Drogas, sexo e atrocidades. — Selina lançou uma gargalhada baixa, que parecia um ronronar. — Quanta imaginação tinha a nossa Alice! Foi uma pena ela não a ter utilizado para ampliar a visão que tinha das coisas. Como é a sua imaginação, tenente Dallas? — Fez um gesto casual, levantando a mão coberta de correntes. Na pequena lareira de mármore, chamas explodiram e ganharam vida.

Peabody deu um pulo, sem conseguir evitar o susto, mas nenhuma das outras duas mulheres lhe deu atenção. Continuaram a olhar uma para a outra sem piscar, fixamente.

— ... Ou talvez eu possa chamá-la de... Eve? — perguntou Selina.

— Não. Pode me chamar de tenente Dallas mesmo. Está meio quente para acender a lareira, não está? E é muito cedo para truques de salão.

— É que eu gosto de calor. A senhora tem nervos excelentes, tenente.

— Sim, e tenho também uma baixa tolerância para artistas de circo, traficantes de drogas e assassinos de crianças.

— E eu sou tudo isso? — Selina tamborilou com as pontas das afiadas unhas vermelhas no braço do sofá, o único sinal externo de aborrecimento pela falta de reação de Eve às chamas. — Então prove!

— Vou provar. Onde estava na noite passada, entre uma e três da manhã?

— Estava aqui, em minha sala de rituais, em companhia de Alban e um jovem iniciante cujo nome é Lobar. Estávamos envolvidos em uma cerimônia sexual particular que avançou pela noite adentro, de meia-noite até quase amanhecer. Lobar é jovem e muito... entusiamado.

— Vou querer conversar com os dois.

— Poderá encontrar Lobar em qualquer noite da semana, entre oito e onze horas, em nosso clube. Quanto a Alban, não sei informar sobre sua agenda, mas geralmente ele está aqui ou no clube quase todas as noites. A não ser que a senhora acredite em magia, tenente, está perdendo o seu tempo. Há de convir que eu não poderia estar aqui trepando com dois homens muito interessantes e ao mesmo tempo estar lá fora, atraindo a pobre Alice para a morte.

— Então é isso o que se considera, sra. Cross, uma mágica? — Eve olhou para o fogo da lareira, que continuava crepitando, e fez cara de deboche. — Aquilo ali não passou de um truque barato, a arte de enganar os olhos da platéia. A senhora poderia conseguir na prefeitura, por dois mil créditos ao ano, uma licença para fazer truques como esse no meio da rua.

Os músculos de Selina se retesaram, enquanto ela se endireitava melhor na ponta do sofá. Seus olhos pareciam lançar mais chamas do que a lareira.

— Sou uma grande sacerdotisa, devotada ao Senhor das Trevas. Somos uma legião de seguidores e tenho poderes que a fariam chorar de dor.

— É muito difícil me fazer chorar, sra. Cross. — *Ora, a moça tem chiliques*, pensou Eve, com satisfação. *E um orgulho muito fácil de atingir.* — A senhora não está aqui lidando com uma menina de dezoito anos, facilmente impressionável, não, nem com seu avô assustado. Quem de vocês, dessa legião aí, ligou para Alice ontem à noite e tocou uma gravação com cânticos ameaçadores?

— Não faço idéia de sobre o que a senhora está falando. Aliás, sua presença está começando a me entediar.

— A pena preta no peitoril da janela foi um toque especial... Aliás, devia ser uma pena artificial, na minha opinião, mas Alice não saberia a diferença. A senhora curte andróides de estimação, sra. Cross?

Com um gesto largado, Selina levantou uma das mãos e a passou devagar pelos cabelos, respondendo:

— Eu não ligo para mascotes... de nenhum tipo.

— Não? Nem gatos, nem corvos?

— Ai, isso seria tão previsível... — comentou, com ar de enfado.

— Alice acreditava que a senhora tem o poder de assumir várias formas — afirmou Eve, vendo que Selina abria um sorriso. — Poderia nos oferecer uma demonstração desse pequeno talento?

As unhas de Selina começaram novamente a bater no braço da poltrona. O tom de Eve era tão insultante quanto uma bofetada.

— Não estou aqui para diverti-la, tenente. Nem para ser ridicularizada por sua mente pequena.

— Uma diversão, é esse o nome que dá? Então a senhora estava divertindo Alice com gatos, pássaros e cânticos de ameaça pelo *tele-link*? A menina não conseguia mais se sentir segura nem dentro da própria casa. Considerava-a uma ameaça assim tão grande?

— Ela não significava nada para mim, a não ser um lamentável fracasso.

— A senhora foi vista vendendo drogas ilegais para Frank Wojinski.

A mudança brusca de assunto fez Selina piscar. Ao curvar os lábios dessa vez, o sorriso não alcançou os olhos.

— Se isso fosse verdade, tenente, nós não estaríamos tendo esta conversa aqui em minha casa, e sim na sala de interrogatório. Sou especialista em ervas, tenho licença para comercializá-las e, às vezes, vendo substâncias perfeitamente legais.

— E a senhora tem uma plantação de ervas aqui?

— Para falar a verdade, sim, tenho, e as uso para destilar minhas poções e preparar medicamentos.

— Gostaria de ver isso. Por que não me mostra o local onde trabalha?

— A senhora vai precisar de um mandado judicial para entrar lá, e nós duas sabemos que não há motivos para que um juiz lhe conceda um.

— Tem razão. Acho que foi por isso que Frank não se deu ao trabalho de solicitar um mandado. — Eve se levantou lentamente e falou baixinho: — A senhora já sabia que ele estava na sua cola, mas suspeitava de que ele pudesse entrar aqui dentro? Não conseguiu ver isso na sua bola de cristal, não foi? — perguntou Eve, vendo que a respiração de Selina ficou mais curta e ofegante. — O que diria se eu lhe contasse que ele realmente esteve aqui em seu apartamento e documentou tudo o que viu e tudo o que encontrou?

— A senhora não tem nada. Nada! — Selina se lançou em pé como se projetada por uma mola. — Ele era um homem velho, pouco sagaz e com maus reflexos. Saquei que era um tira logo da primeira vez em que tentou me seguir. E ele jamais esteve aqui na minha casa. Não lhe contou nada quando estava vivo e não pode contar nada agora que morreu.

— Não? Mas, afinal... a senhora não acredita em conversar com os mortos, sra. Cross? Eu ganho a vida fazendo isso.

— E acha que eu não reconheço fumaça, espelhos e pistas falsas, tenente? — Seus seios espetaculares se apertaram contra o vestido, enquanto ela tentava voltar à respiração normal. — Alice era uma menina tola que achava que podia flertar com as forças das trevas e depois voltar correndo para sua magia branca patética e sua linda família. Pagou o preço por sua ignorância e covardia. Mas não nas minhas mãos! Não tenho mais nada a lhe dizer.

— Isso basta, por ora. Vamos, Peabody? — Começou a caminhar em direção ao arco. — Seu fogo está apagando, sra. Cross — disse, com um tom de voz moderado. — Logo, logo, não vamos ter mais nada, só um monte de cinzas.

Selina continuou onde estava, tremendo de raiva. Quando a porta se fechou e o sistema de segurança foi religado, ela formou duas bolas com os punhos fechados e gritou de ódio.

Um painel na parede se abriu para o lado. O homem que apareceu era alto e bronzeado. Seu peito reluzia e pulsava, com os músculos à mostra. A tatuagem sobre o coração mostrava um bode com grandes chifres. Sua única vestimenta era um roupão preto aberto, amarrado à altura da cintura de modo frouxo, com um cordão prateado.

— Alban! — Selina correu em sua direção e o envolveu com os braços.

— Estou aqui, meu amor. — Sua voz era profunda e transmitia calma. Na mão que acariciava o cabelo de Selina havia um grande anel de prata entalhado com a imagem de um pentagrama invertido. — Você não deve desequilibrar seus chacras.

— Fodam-se os meus chacras! — Ela chorava agora, de modo selvagem, socando o peito dele como uma criança batendo em seu tambor de brinquedo. — Eu a odeio, odeio! Ela tem que ser punida!

Com um suspiro, ele a soltou, deixando-a circular, enfurecida, pela sala, xingando e estilhaçando objetos de cerâmica. Ele sabia que a crise ia passar mais depressa se ele recuasse para ela dar vazão ao ódio.

— Eu a quero morta, Alban! Morta! Quero que ela sofra agonias insuportáveis, quero que grite pedindo misericórdia, quero que sangre, padeça e sangre ainda mais. Ela me insultou. E me desafiou! Só faltou rir na minha cara.

— Ela não acredita, Selina. Não possui a visão.

— Tiras! — Exausta, como sempre ficava depois de um acesso de cólera, ela desabou sobre o sofá. — Eu sempre os detestei, a vida inteira!

— Eu sei. — Pegando uma garrafa estreita e alta, ele lhe serviu um líquido denso e enevoado. — Precisamos ter cuidado com ela... é uma pessoa muito conhecida. — E lhe passou o cálice com a bebida. — Mas vamos pensar em alguma coisa, não vamos?

— Claro que vamos. — Selina tornou a sorrir, bebendo bem devagar a mistura fumegante. — Vamos preparar-lhe algo muito especial. O Mestre gostaria de algo bem... criativo no caso dela. — Então soltou uma gargalhada esganiçada, tombando a cabeça para trás. A polícia sempre fora o veneno de sua vida, até que ela descobriu um poder muito maior. — Vamos fazer com que ela acredite, não vamos, Alban?

— Sim, e ela vai acreditar...

Selina bebeu o líquido de uma só vez e teve uma sensação maravilhosa; sua mente, enevoada, encobriu todas as emoções conflitantes e ela deixou o cálice cair, dizendo:

— Venha até aqui e me possua! — Com os olhos brilhando, deixou-se escorregar para o chão. — Obrigue-me!

E quando ele cobriu o corpo dela com o dele, Selina virou a cabeça, arreganhou os dentes e os enfiou nos ombros do companheiro, até arrancar sangue.

— Machuque-me! — cxigiu ela.

— Com prazer — replicou ele.

E quando se afastaram para o lado, com sua violenta paixão saciada, ele permaneceu deitado, quieto, ao lado dela. Ela ia restaurar suas energias agora, ele bem sabia. Ia esfriar a cabeça, se acalmar e pensar.

— Devemos realizar uma cerimônia esta noite mesmo, Alban. Convoque toda a irmandade para uma missa negra. Precisamos de poder, Alban! Ela não é fraca e quer nos destruir.

— Não vai conseguir. — Com afeto, agora, ele acariciou-lhe o rosto. — Não poderia. Afinal, é apenas uma tira sem passado e com futuro curto. Mas você tem razão, é claro, vamos convocar a irmandade. Vamos realizar o ritual... e acho que devemos oferecer à tenente Dallas um ou dois sustos, para distraí-la. Assim, ela não vai ter tempo nem disposição para se preocupar com a pequena Alice por algum tempo.

Uma nova onda de excitação percorreu-lhe o corpo, uma onda escura que brilhou em seus olhos.

— Quem vai morrer? — perguntou ela.

— Ora, meu amor... — Ele a levantou, tornou a penetrá-la e suspirou ao sentir seus músculos apertarem-lhe o membro violentamente, com a força de um torno. — Tudo o que você tem a fazer é escolher.

— Você conseguiu deixá-la realmente revoltada! — Peabody tentava ignorar o suor de medo que só começou a secar em sua pele quando Eve ligou o carro e foi se afastando do prédio.

— Era essa a idéia... agora que eu sei que autocontrole não é o seu ponto forte, vou poder irritá-la novamente sempre que quiser. Ela é feita só de ego — decidiu Eve. — Imagine só... achar que íamos nos impressionar com um truquezinho barato como aquele do fogo acendendo sozinho.

— É... — Peabody conseguiu dar um sorriso, sentindo-se enjoada. — Imagine só que idéia...

Eve empurrou a bochecha com a língua e ficou decidindo se caçoava ou não de sua auxiliar, dizendo:

— Já que estamos no clima para enfrentar bruxas, vamos aproveitar e dar uma passadinha na loja Busca Espiritual, a fim de conhecer essa tal de Isis. — Olhou de lado para Peabody. Bem, talvez ela merecesse ser ridicularizada, afinal. — Quando a gente chegar lá, você vai poder comprar um talismã ou algumas ervas — disse, com ar solene. — Sabe como é... para afastar o Mal.

— Não pense que eu não vou fazer isso. — Peabody se ajeitou no banco. Fazer papel de tola era muito melhor do que ficar preocupada com alguma maldição.

— E depois que sairmos da loja de Isis, podemos ir comer uma pizza... com muito alho.

— Alho é para afastar vampiros.

— Ah, é? Então, podemos pedir emprestado ao Roarke algum daqueles revólveres antigos, com balas de prata.

— Isso é para lobisomens, Dallas. — Começando a se divertir com aquilo, Peabody olhou para cima, reclamando: — Já vi que você não vai ajudar muito se tivermos que nos defender de bruxaria.

— Mas o que é que assusta as bruxas, então?

— Não sei — admitiu Peabody —, mas garanto que vou descobrir!

Capítulo Seis

Fazer compras não era algo que Eve considerasse um dos pequenos prazeres da vida. Ela não gostava de olhar nem de circular em frente às vitrines, e também não era de ficar navegando em sites de compras eletrônicas. Evitava, sempre que possível, as lojas e butiques de Manhattan, fossem elas na superfície, acima ou abaixo das ruas. Tremia só de pensar em um passeio por um dos shoppings aéreos que havia na cidade.

Provavelmente, a sua resistência visceral ao consumo e às compras em geral foi a responsável pelo fato de que Isis sacou que ela era uma policial assim que colocou os pés dentro da Busca Espiritual.

Até que, em se tratando de uma loja, Eve a considerou tolerável. Não estava interessada nos cristais nem nos cartões, estátuas ou velas, embora reconhecesse que estavam expostos de forma atraente. A música de fundo era suave, mais um murmúrio do que uma melodia, e a luz incidia sobre os cristais em estado bruto, brincando através deles e das pedras polidas, formando lindos arco-íris.

O lugar, sentiu ela, tinha cheiro de florestas, de natureza... de verde.

Se era com bruxas que estava lidando, decidiu Eve, Isis e Selina não poderiam estar mais dramaticamente opostas no que dizia respeito à aparência. Selina era pálida, magra e felina. Isis era uma mulher do tipo amazona exótica, com cabelos ruivos muito cacheados que se moviam como chamas, olhos redondos pretos, além de malares que pareciam entalhados. Sua pele tinha o tom dourado que atestava uma herança racial mista, e suas feições eram largas e marcantes. Eve estimou sua altura em mais de um metro e oitenta. Seu corpo de curvas generosas e bem distribuídas devia pesar cerca de setenta e cinco quilos.

Usava um manto esvoaçante, longo, em um ofuscante tom de branco e preso por um cinto cravejado de pedras. Seu braço direito ostentava um bracelete dourado em espiral que ia do cotovelo até quase o ombro, e suas mãos grandes faiscavam e cintilavam com pelo menos uma dúzia de anéis.

— Sejam bem-vindas... — A voz combinava com ela, tinha um sotaque diferente e um tom gutural. Seus lábios se abriram, mas foi um sorriso mais de pesar do que de prazer. — Você deve ser a policial amiga de Alice.

Eve levantou a sobrancelha ao exibir o distintivo. Pelo jeito, ela tinha mesmo toda a pinta de policial. Além do mais, desde que conhecera Roarke, seu rosto aparecia na mídia o tempo todo.

— Sou Dallas. Você deve ser Isis.

— Devo ser... você está querendo conversar comigo. Com licença... — Foi até a porta de entrada. Com graça e leveza, do jeito que uma atleta pode ser graciosa e leve, virou para o lado de fora uma placa onde se lia a palavra "Fechada" manuscrita em caligrafia antiga, fechou a persiana sobre o vidro da porta e trancou a fechadura.

Ao se virar, seu olhar parecia mais intenso e sua boca, sombria.

— Você traz consigo sombras escuras que incomodam a minha luz. É ela, que deixa sua energia colada nas pessoas como uma espécie de... fedor. — Ao ver a cara feia de Eve, inclinou a cabeça para o lado, completando: — Estou me referindo a Selina, tenente. Um momento.

Foi até uma prateleira e começou a acender velas e incensos.

— Isso é para purificar e servir de escudo, a fim de nos proteger e defender. Você também tem suas sombras, Dallas — sorriu de leve para Peabody —, e não estou me referindo à sua auxiliar.

— Estou aqui para falar de Alice.

— Sim, eu sei. E está impaciente pelo que encara como tolices de vitrine. Não me importo. Toda religião deve estar aberta a questionamentos e mudanças. Querem sentar? — Indicou um canto onde havia duas cadeiras junto de uma mesa redonda cheia de símbolos entalhados. Tornou a sorrir para Peabody e disse: — Posso pegar outra cadeira lá atrás para você.

— Não, não precisa... eu fico em pé. — Peabody não conseguia resistir; seu olhar vagava em volta da loja e pousava de vez em quando em uma ou outra bugiganga bonita.

— Por favor, fique à vontade para olhar o que quiser.

— Não viemos aqui para fazer compras — disse Eve, sentando-se e lançando para Peabody um olhar de advertência. — Qual foi a última vez em que falou ou esteve com Alice?

— Na noite de sua morte.

— A que horas?

— Creio que por volta de duas da manhã. Ela já estava morta — acrescentou Isis, cruzando as mãos grandes e lindas.

— Você a viu depois de morta...

— Seu espírito veio à minha procura. Pode achar isso tolice, tenente, eu compreendo. Tudo o que posso lhe dizer é como as coisas são e como aconteceram. Eu estava dormindo e acordei de repente. Ela estava ali, ao lado da minha cama. Soube então que a perdera. Ela acha que ficou em falta... consigo mesma, com a família, comigo. Seu espírito está agitado e cheio de pesar.

— E seu corpo está morto, Isis. Essa é a minha preocupação.

— Sim. — Isis pegou na mesa uma pedra bem polida, em um tom claro de rosa, e a segurou. — Mesmo para mim, com minha fé e minhas crenças, é difícil aceitar a sua morte. Era tão jovem, tão brilhante... — Seus olhos grandes e escuros ficaram rasos d'água. —

Eu a amava muito, como a uma irmã mais nova. Não estava escrito, porém, que eu deveria salvá-la nesta vida. Seu espírito vai retornar, ela vai renascer. Sei que tornaremos a nos encontrar.

— Que ótimo! Vamos agora nos concentrar nesta vida. E nesta morte.

Isis piscou depressa para absorver as lágrimas antes que caíssem e conseguiu dar um sorriso rápido e sincero.

— Deve achar todo esse papo um tédio... você tem uma mente muito prática. Quero ajudá-la, tenente, por Alice. Por mim, talvez, e por você também... eu a reconheci quando chegou.

— Percebi.

— Não... eu a reconheci de outra época, de outro lugar... de outro plano. — Abriu as mãos. — A última vez em que vi Alice com vida foi no dia do funeral de seu avô. Ela se culpava pela morte dele, estava determinada a reparar o erro. Andou perdida por algum tempo, foi mal orientada, mas possuía um coração forte e radiante. Adorava a família. E tinha medo, muito medo do que Selina poderia fazer a ela, tanto ao seu corpo quanto à sua mente.

— Você conhece Selina Cross?

— Sim, já nos encontramos.

— Nesta vida? — perguntou Eve, com um tom seco, o que fez Isis tornar a sorrir.

— Sim, nesta vida e em outras. Ela não representa ameaça alguma para mim, mas é muito perigosa. Seduz os fracos, os confusos e aqueles que preferem trilhar o caminho dela.

— Selina afirma que é uma bruxa.

— Não é bruxa coisa nenhuma. — Isis deu de ombros e levantou a cabeça. — Nós, que seguimos esta Arte, o fazemos em plena luz e respeitamos um código rígido: *jamais fazer mal a ninguém.* Ela usa o patético poder que possui para invocar as trevas, a fim de explorar sua violência e sua repugnância. Nós sabemos muito bem o que é o Mal, Dallas. Nós duas já o vimos de perto... Não importa a forma sob a qual ele se apresente, isso não muda a sua própria natureza.

— Nisso eu concordo. Por que razão ela faria mal a Alice?

— Porque podia fazê-lo. Porque adoraria fazê-lo. Não há dúvida de que ela é a responsável pela morte da menina. Você vai ver que não será fácil provar isso, mas não vai desistir. — Isis manteve os olhos fixos nos de Eve, fitando-a por muito tempo, de forma profunda. — Selina vai se surpreender e se enfurecer por causa da sua tenacidade, da sua força. A morte ofende você, e a morte de alguém jovem sempre deixa seu coração em pedaços. Você se lembra muito bem de muitas coisas, mas não de tudo. Seu nome não é Eve Dallas, mas se transformou nela, e ela em você. Quando toma o partido dos que morreram e fica ao lado deles, nada a demove. Em seu passado, a morte dele foi necessária para que você pudesse viver, Dallas.

— Pare! — ordenou Eve.

— Por que permite que isso a assombre? — A respiração de Isis era curta e pesada, e seu olhar mais profundo e brilhante. — Sua escolha foi acertada. A inocência se perdeu, mas nasceu a força em seu lugar. Para alguns, as coisas devem ocorrer desse modo. E você vai precisar de toda essa força antes que este ciclo termine. Um lobo, um javali e uma lâmina de prata. Fogo, fumaça e morte. Confie no lobo, destrua o javali e sobreviva...

De repente, ela piscou. Seus olhos pareceram se enevoar quando ela levantou a mão e massageou a têmpora com os dedos. — Desculpe. Não tive a intenção. — Soltou um suspiro baixo e tornou a fechar os olhos, com a fronte franzida. — Uma dor de cabeça... terrível. Desculpe-me por um instante — disse e, levantando-se, trêmula, foi depressa para os fundos da loja.

— Caramba, Dallas, isso está ficando pra lá de esquisito... você sabe do que ela estava falando?

"*A morte dele foi necessária para que você pudesse viver.*" Seu pai, pensou Eve, fazendo de tudo para evitar um calafrio. Um aposento frio, uma noite escura e uma faca manchada de sangue nas mãos de uma criança desesperada.

— Não, não sei, é tudo baboseira! — As palmas de suas mãos estavam suadas e isso a deixou enfurecida. — Essa gente acha que precisa fazer truquezinhos baratos para manter as pessoas interessadas.

— Estudei no Instituto Kijinsky, em Praga — informou Isis, voltando para a loja. — Fui examinada lá. — Colocou uma pequena xícara de lado e conseguiu exibir um sorriso, enquanto sentia a dor de cabeça ceder. — Minhas habilidades psíquicas estão oficialmente registradas para aqueles que precisam de documentação. Mas eu lhe peço desculpas, Dallas. Não pretendia entrar em transe daquela forma. É muito raro isso acontecer sem que eu controle a ação de forma consciente.

Voltou a se sentar no mesmo lugar de antes e ajeitou as pontas do manto com um gesto gracioso, continuando:

— Seria um inferno indescritível ser capaz de penetrar nos pensamentos e nas lembranças das pessoas sem poder controlar isso ou bloquear o processo. Não gosto de bisbilhotar pensamentos pessoais. Isso dói... — acrescentou, voltando a massagear a têmpora. — Quero ajudá-la a terminar o que Alice pretendia fazer, para que ela possa descansar. Quero também, por motivos pessoais e egoístas, ver Selina pagar por tudo o que provocou. Farei o que for necessário e o que quer que você me permita para ajudar.

Confiança não era um sentimento fácil para Eve, e ela pretendia conferir com todo o cuidado o passado de Isis. Por ora, no entanto, poderia usar suas informações.

— Conte-me tudo o que sabe a respeito de Selina Cross.

— Sei que ela é uma mulher sem consciência ou padrão moral. O termo que você usaria é *sociopata*, mas acho que essa é uma palavra muito simples e muito limpa para o que ela é. Prefiro um termo mais direto: *diabólica*. É uma mulher esperta, com um talento especial para descobrir as fraquezas das pessoas. Quanto ao seu poder real, o que ela consegue ver, prever ou fazer, não sei informar.

— E quanto a Alban?

— Sei muito pouco ou quase nada a seu respeito. Selina o mantém sempre junto dela. Imagino que seja seu amante, e que ela o considere útil, senão já o teria despachado há muito tempo.

— E quanto a esse clube que ela possui?

— Eu não freqüento estabelecimentos desse tipo. — Isis sorriu de leve.

— Mas sabe a respeito dele?

— Ouço rumores, fofocas... — Levantou os ombros largos. — Cerimônias com magia das trevas, missas negras, ingestão de sangue. Estupros, assassinatos, infanticídios, invocação de demônios. — E então suspirou. — De qualquer modo, você deve ouvir a mesma coisa a respeito das pessoas ligadas à religião Wicca. Coisas divulgadas por pessoas que não possuem entendimento dos assuntos ligados à Arte; elas enxergam apenas velhas encarquilhadas cobertas de preto e lidando com olhos de salamandra sempre que pensam na palavra "bruxa".

— Alice afirma ter visto uma criança sendo assassinada.

— Sim, e acredito que viu mesmo. Não poderia ter inventado uma coisa dessas. Estava em choque e sentindo-se mal quando veio me procurar. — Isis apertou os lábios e estremeceu, expirando com força. — Fiz o que pude por ela.

— Tal como incentivá-la a ir até a polícia, a fim de relatar o que testemunhara?

— Isso cabia a ela decidir. — Isis tornou a levantar o queixo e encarou os olhos de Eve, que transmitiam uma raiva gélida. — Eu estava mais preocupada com a sua sobrevivência emocional e espiritual. A criança já estava perdida. Minha esperança era salvar Alice do mesmo destino. — Baixou os olhos, que tornaram a se encher de lágrimas. — Arrependo-me profundamente de não ter agido de forma diferente. No fim, falhei com ela, talvez por orgulho... — Tornou a olhar para Eve, dizendo:

— Você deve compreender o poder e o erro de se ter orgulho. Eu achava que podia lidar com isso, que era esperta o bastante, forte o bastante. Estava errada. Portanto, Dallas, para reparar minhas falhas, farei tudo o que quiser, colocarei à sua disposição todo o conhecimento e o poder com os quais a deusa me investiu.

— Só as informações já vão ajudar. — Eve olhou para ela com a cabeça meio de lado. — Selina nos deu uma pequena demonstração do que chamou de poder. Impressionou Peabody.

— Fui pega desprevenida — resmungou Peabody, observando Isis com cautela. Não se sentia preparada para outra demonstração. Para sua surpresa, e de Eve também, Isis lançou para trás a magnífica cabeça e deu uma gargalhada. Era como ouvir alegres sinos de bóias sinalizadoras em um porto enevoado.

— Devo invocar a força dos ventos? — Com uma das mãos pressionando o peito, ela deu mais uma risada. — Invocar os mortos ou fazer surgir chamas teatrais? Ora, Dallas, você não acredita em nada disso, seria um desperdício de tempo e energia, não? Talvez, porém, vocês estejam interessadas em assistir a um de nossos encontros. Vamos ter um, no fim da semana que vem. Posso providenciar isso.

— Vou pensar no assunto.

— Você faz cara de deboche — comentou Isis, com ar casual. — No entanto, traz no dedo o antiqüíssimo símbolo da proteção.

— O quê?

— Sua aliança de casamento, Dallas. — Com um sorriso calmo, Isis levantou a mão esquerda de Eve. — Tem entalhada nela o velho símbolo céltico para proteção.

Completamente surpresa, Eve olhou para a linda gravação que enfeitava sua fina aliança, dizendo:

— É apenas um enfeite.

— Não, é um entalhe muito específico e poderoso, feito para oferecer à pessoa que o usa proteção total contra qualquer mal. — Com ar divertido, levantou as sobrancelhas. — Estou vendo que não sabia disso... está realmente tão surpresa assim? Seu marido possui o sangue dos celtas, e você leva uma vida muito arriscada. Roarke a ama muito, e o que você usa nada mais é do que um símbolo disso.

— Prefiro fatos a superstições — disse Eve, já se levantando.

— E deve preferir mesmo — concordou Isis. — De qualquer modo, será muito bem-vinda ao nosso próximo encontro... se resolver aceitar o convite. Roarke também será bem-vindo — sorriu para Peabody —, bem como a sua auxiliar. Você aceitaria um presente meu?

— Isso é contra as normas.

— E as normas devem ser respeitadas. — Levantando-se, Isis foi até um dos balcões de exposição da loja e pegou um vaso, mais parecendo uma tigela, muito claro e com a boca larga. — Então, talvez queira adquirir isto. Afinal, perdi clientes em potencial por ter fechado a porta, a fim de conversar com você... vinte dólares.

— Parece-me justo. — Eve enfiou a mão no bolso, em busca de fichas de crédito. — Para que serve?

— Chamamos a isso "vaso de preocupações". Você deve se visualizar colocando aqui dentro todas as suas dores, pesares e preocupações. Depois, deixe-o em um canto e vá dormir sem sombras na mente.

— Então é um bom negócio! — Eve colocou as fichas de crédito sobre o balcão e esperou enquanto Isis embrulhava o vaso em um papel reforçado, para protegê-lo.

Eve chegou em casa cedo, um fato raro. Achou que poderia mergulhar no trabalho, no sossego de seu escritório. Ia entrar direto e passar sem dar atenção a Summerset, refletiu, enquanto estacionava o carro no fim da alameda. O mordomo ia simplesmente soltar uma exclamação de desdém e ignorá-la. Ela teria então umas duas horas, pelo menos, para pesquisar os dados sobre Isis, e depois entraria em contato com a dra. Mira, a psiquiatra da polícia, a fim de marcar uma hora para trocar idéias. Seria muito interessante, avaliou Eve, ouvir as avaliações de Mira a respeito de figuras como Selina Cross e Isis.

Mal chegou à porta e viu seus planos irem para o espaço.

A música pulsava, os ruídos retumbando pela porta da sala de visitas como pequenas explosões nucleares. Quase cambaleando, tentando avançar em meio às ondas sonoras, Eve colocou as mãos acima da cabeça, bateu palmas com força e berrou.

Ninguém precisava lhe dizer que era Mavis quem estava ali. Ninguém mais em todo o planeta poderia tocar notas conflitantes e dissonantes em um nível tão alto de decibéis. Ao alcançar o portal, o volume ainda estava muito alto. Suas ordens berradas para desligar o som não alcançaram o sensor de voz nem os ouvidos da única ocupante da sala.

Sozinha, espremida em uma microssaia fúcsia ofuscante, que combinava com os caracóis espiralados que saíam do alto de sua cabeça, Mavis Freestone estava deitada no sofá, fazendo o impossível: dormia como um bebê.

— Meu Jesus! — Já que os comandos de voz eram inúteis, Eve, corajosamente, arriscou os tímpanos e tirou as mãos dos ouvidos, saindo em direção da unidade embutida de controle remoto. — Desligar! Desligar! Desligar! — berrou ela, enquanto apertava todos os botões. O barulho parou de repente, no meio de uma explosão, e a fez gemer de alívio.

Os olhos de Mavis se abriram, arregalados, na mesma hora.

— Oi, Eve. Como é que estão as coisas?

— O quê? — perguntou Eve, balançando a cabeça com força para os lados, a fim de espalhar os sinos que sentia repicar dentro do cérebro. — O quê?...

— Esse é um grupo novo que descobri hoje de manhã. Mutilação é o nome da banda... eles são mais que demais!

— O quê? — repetiu Eve.

Dando uma risada, Mavis se levantou de um salto e foi, pulando, com seu corpinho até o armário das bebidas, dizendo:

— Estou precisando de um drinque. Acho que cochilei... é que fiquei acordada a noite toda nos últimos dias. Queria conversar com você a respeito de uns... lances.

— Sua boca está se movendo — observou Eve. — Você está falando alguma coisa comigo?

— Ah, não estava tão alto assim!... tome um drinque. Summerset falou que não havia problema se eu ficasse aqui esperando. Ele não sabia a hora que você ia chegar.

Eve lembrou que, devido a motivos que escapavam por completo à sua compreensão, o mordomo da casa, que andava sempre empinado, duro como um dois de paus, sentia atração por Mavis.

— Summerset deve estar em sua jaula, compondo poemas dedicados às suas pernas, Mavis.

— Ei, não é nada sexual o que ele sente. Simplesmente gosta de mim. E aí?... — Mavis brindou, batendo com sua taça contra a de Eve. — Roarke não está na área, está?

— Com essa música explodindo as paredes? — Eve bufou e tomou um gole. — Ele só pode estar na rua.

— Bem, então isso é bom, porque eu queria levar um lero com você. — E sentou girando a taça entre as mãos, sem dizer nada.

— Qual foi o problema? Você e Leonardo tiveram uma briga ou algo assim?

— Não, não... não dá para brigar com Leonardo, ele é um doce de coco. Está passando alguns dias em Milão, participando de um lance ligado ao mundo da moda.

— E por que você não foi com ele? — Eve se sentou, colocou os pés, sem tirar as botas, sobre a mesinha de centro de valor incalculável e cruzou as pernas na altura dos tornozelos.

— Tenho o meu show na boate Baixaria. Não posso deixar Crack na mão, porque ele sempre me deu o maior apoio.

— Humm... — Eve flexionou a musculatura dos ombros e começou a relaxar. A carreira de Mavis, que *executava* canções (era difícil usar a palavra *cantora* para definir seus talentos vocais), estava decolando. Houve algumas pedras no caminho, mas tudo já fora superado. — Eu não achava que você fosse continuar a trabalhar lá por mais tempo. Não depois de ter conseguido contrato com uma gravadora.

— Pois é, esse é o lance. O contrato. Você sabe, depois de descobrir que Jess estava me usando, e usando você e Roarke também, para seus jogos de mexer com a mente das pessoas,* eu não pensei que aquela gravação demo que fiz com ele fosse me levar a algum lugar.

— Mas o número era bom, Mavis, vibrante, único. Por isso é que você foi aprovada.

— Foi mesmo? — Tornou a se levantar, uma mulher baixa, com os cabelos eriçados e selvagens. — Descobri hoje que Roarke é o dono da gravadora que me ofereceu o contrato. — Tomando alguns goles do drinque, começou a andar de um lado para outro. — Sei que temos uma história de amizade, você e eu, Dallas, um lance de muito tempo, e agradeço por você querer me ajudar colocando Roarke na jogada, mas eu não me sinto bem a respeito. Só queria agradecer a você — virou-se para Eve, com os olhos prateados trágicos e vazios — e lhe dizer que vou rejeitar o contrato.

— Mavis, não faço a mínima idéia sobre o que você está falando. Está me dizendo que Roarke, o cara que mora aqui nesta casa, está produzindo o seu disco?

— A gravadora pertence a ele. É a Eclectic. Eles gravam todo tipo de música, desde clássica até estoura-tímpano. É a *melhor* gravadora, entende? Totalmente mais que demais! Foi por isso que fiquei tão empolgada com a proposta.

Eclectic, avaliou Eve. *A gravadora.* Tinha todo o jeito do Roarke mesmo.

— Olhe, Mavis, não sei de nada a respeito disso. Não pedi coisa alguma a Roarke por você, acredite!

— Não pediu? — Ela piscou e se sentou lentamente no braço da poltrona. — Sério mesmo?

— Estou falando sério — repetiu Eve. — E ele também não me contou. — *O que também era a cara dele.* — O que tenho a lhe dizer, Mavis, é que se a gravadora está lhe oferecendo um contrato é porque Roarke, ou sei lá quem ele colocou à frente do negócio, acha que você vale o investimento.

* Ver o livro *Êxtase Mortal*. (Todas as notas são do tradutor.)

Mavis começou a respirar fundo. Ela se preparara para fazer o sacrifício da abnegação, não querendo tirar vantagens de uma amizade. Naquele momento, porém, começou a balançar o corpo, dizendo:

— Mas talvez ele tenha armado tudo, como se fosse um favor.

— Para Roarke, negócios são negócios! — Eve levantou uma sobrancelha. — Eu diria que ele deve estar achando que você vai torná-lo ainda mais rico. E se fez isso como favor, o que duvido, você vai ter simplesmente que provar a ele que vale o contrato, não é mesmo, Mavis?

— É... — Soltou um longo suspiro. — Vou ter que botar pra quebrar! — E abriu um sorriso. — Você bem que podia dar uma passadinha na boate hoje à noite. Tenho umas músicas novas, e Roarke poderia avaliar de perto o seu mais novo investimento.

— Sou obrigada a dispensar o convite. Tenho um monte de trabalho. Tenho que descobrir tudo sobre o Clube Athame.

— Que diabos você anda fazendo por lá? — Mavis fez uma careta. — Aquele lugar é tétrico.

— Você conhece o clube?

— Só de nome e fama. Saiba que a reputação que ele tem está abaixo da linha da encrenca brava.

— Tem uma pessoa com quem preciso conversar que trabalha lá. Está ligada a um caso que estou investigando. — Eve pensou por um instante. Não havia ninguém que ela conhecesse e que pudesse ter mais a ver com coisas incomuns do que Mavis. — Você conhece alguma bruxa, Mavis?

— Conheço... mais ou menos. Duas garçonetes do Esquilo Azul estavam envolvidas com esse lance. Isso ainda foi na época em que eu enrolava as pessoas.

— E você acredita nessas coisas? Cânticos mágicos, feitiços e leitura de mãos?

— É a maior enganação — respondeu Mavis, virando a cabeça e assumindo um ar pensativo.

— Você não deixa de me surpreender — decidiu Eve. — Eu jurava que você sacava tudo a respeito e acreditava nesse tipo de história.

— Bem, participei de uma picaretagem dessas uma vez. Trabalhei como guia espiritual. Eu era Ariel, reencarnação de uma rainha do Reino das Fadas. Você ia ficar de queixo caído se eu lhe contasse sobre a quantidade de pessoas legais que me pagavam para eu entrar em contato com parentes mortos ou prever o futuro delas.

Para demonstrar, deixou a cabeça pender para trás, de repente. Suas pálpebras começaram a tremular e ela ficou com a boca mole. Lentamente, seus braços se elevaram, com as palmas das mãos voltadas para cima.

— Sinto uma presença aqui... — começou ela. — É alguém forte, que está em busca de contato e sofrendo muito. — Sua voz ficou mais grave e exibiu um sotaque indefinido. — Há forças das trevas que estão trabalhando contra você neste momento. Elas se escondem, esperando o momento certo para prejudicá-la. Tenha cuidado!

Abaixou os braços e sorriu, completando:

— Nesse momento, você avisa ao otário que precisa de toda a sua confiança, a fim de poder oferecer proteção contra as forças do mal. Tudo o que ele tem a fazer é colocar, digamos, mil paus em dinheiro, tem que ser em dinheiro, senão não funciona, em um envelope e depois lacrá-lo. Não se esqueça de dizer que o envelope precisa ser lacrado com uma cera especial, que você tem ali para vender. Depois, é só entoar uns mantras que você também ensina para o mané, aconselhando-o a enterrar o envelope em um local secreto na noite de lua nova. Depois que a lua completar um ciclo, ele pode desenterrar o envelope e entregá-lo a você de volta. A essa altura, as forças do mal terão desaparecido por completo.

— Só isso? E as pessoas traziam mesmo o dinheiro de volta e o entregavam para você?

— Bem, eu tinha que fazer um teatro mais elaborado, fazia uma pesquisa para poder citar nomes de pessoas da família dele, eventos e coisas marcantes. Mas, basicamente, era só isso. As pessoas querem acreditar.

— Por quê?

— Porque a vida sem essas coisas pode se tornar sacal demais!

Sim, pensou Eve, quando se viu novamente sozinha... Ela imaginava que a vida podia ser realmente horrível. A dela certamente fora, por longos períodos. Agora ela estava morando em uma mansão, com um homem que, por alguma razão, a amava. Ela nem sempre compreendia sua vida ou o homem com o qual a compartilhava, mas estava se ajustando. Tão bem, na verdade, que Eve decidiu não se enterrar no trabalho, e sim sair, em plena tardinha de outono e tirar uma hora para si mesma.

Estava cansada das ruas e calçadas, passarelas aéreas lotadas e esteiras rolantes entulhadas de gente. A amplitude de espaço que Roarke tinha condições de possuir ali, em plena cidade, sempre a deixara impressionada. O terreno da casa era imenso, mais se parecia com um parque bem cuidado, calmo e luxuriante, com a folhagem típica dos ricos assumindo os tons flamejantes do outono. O aroma era fornecido por flores especiais, que espalhavam no ar a suave fragrância rural dos campos em pleno mês de outubro.

Acima dela, o céu parecia quase sem tráfego aéreo e o pouco ruído que se ouvia era um murmúrio constante e digno. Nenhum dos ônibus aéreos trovejantes nem dos dirigíveis turísticos barulhentos ousava invadir o espaço aéreo sobre a propriedade de Roarke.

E o mundo que ela conhecia, e que a conhecia, ficava do outro lado dos portões, além dos muros, na escuridão desagradável.

Ali, ela podia se esquecer de tudo por algum tempo. Podia esquecer que Nova York existia, com suas mortes, fúrias... e sua arrogância perpétua e atraente. Ela precisava da quietude e do ar puro. Ao caminhar sobre a grama muito verde e densa, rodou a aliança no dedo, olhando para os peculiares símbolos nela representados.

Na parte norte do terreno, havia um caramanchão feito com varões de ferro trabalhado, que parecia quase fluido. As videiras que se entrelaçavam nas hastes de ferro e tombavam, penduradas de forma graciosa, estavam carregadas de flores em um tom forte de vermelho. Eve se casara com Roarke naquele local, em uma cerimônia tradicional, à moda antiga, onde votos eram trocados e promessas, feitas. Uma cerimônia, pensava ela naquele momento. Um ritual que incluía música, flores, testemunhas e palavras que vinham sendo repetidas ano após ano, em todos os lugares do mundo, através dos séculos.

Do mesmo modo, pensou ela, outras cerimônias também eram preservadas, e muitos acreditavam que elas atraíam poder. Desde os tempos de Caim e Abel, refletiu. Um plantava e o outro era pastor. Ambos ofereciam sacrifícios. Um deles foi aceito, o outro ignorado. A partir daí, podia se dizer que nasceu o Bem e o Mal. Cada um desses dois elementos precisava do equilíbrio e do desafio do outro.

E as coisas continuaram assim, desde então. A ciência e a lógica os desqualificaram, mas os rituais continuavam a existir, com incenso e cânticos, oferendas, ingestão de vinho, que simbolizava sangue...

E sacrifícios de inocentes.

Aborrecida consigo mesma, Eve passou as mãos pelo rosto. Filosofar era uma tolice inútil. Assassinatos eram praticados por mãos humanas. E eram também as mãos humanas as responsáveis por trazer justiça. Era esse, afinal, o equilíbrio definitivo entre o Bem e o Mal.

Sentando-se no gramado sob o caramanchão e as flores vermelho-sangue que pendiam, Eve respirou fundo, inspirando o aroma quente da noite que chegava.

— Esse não é um comportamento muito comum em você. — Roarke chegara por trás dela, sem fazer barulho, de forma tão inesperada que o coração de Eve deu um pulo quando ele se sentou na grama, ao seu lado. — Está entrando em comunhão com a natureza?

— Talvez eu tenha passado tempo demais em lugares fechados hoje... — Teve que sorrir ao vê-lo entregar para ela uma das flores vermelhas. Brincando com ela entre os dedos, ela observou as pétalas que giravam, antes de olhar para ele.

Roarke parecia relaxado, com os cabelos escuros caindo até perto dos ombros, enquanto se recostava apoiado no cotovelo e esticava as pernas, cruzando os pés na altura dos tornozelos. Eve imaginava que aquele terno lindo e caríssimo ia ficar com manchas da grama que acabariam por deixar Summerset horrorizado. Exalava um perfume másculo, igualmente caro. Uma fisgada de desejo atingiu-lhe o estômago.

— O dia foi um sucesso para você?

— Acho que vai dar para colocar o pão na nossa mesa por mais um ou dois dias.

— Não se trata do dinheiro, não é? — Ela passou os dedos nas pontas dos cabelos dele, enrolando-as. — O grande lance é o prazer de gerá-lo.

— Não, o lance é o dinheiro sim. — Sorriu para ela com os olhos. — Aliado ao prazer de gerá-lo. — Em um movimento rápido, que Eve já deveria estar esperando, ele inclinou o corpo na direção dela, segurou sua cabeça pela nuca, puxou-a na direção dele e desequilibrou-a, enquanto lhe aplicava um beijo ardente.

— Espere um instante, segure sua onda — disse ela, mas não foi rápida o bastante para se desvencilhar e acabou embaixo dele.

— Estou me segurando, querida. — Sua boca se fixou gulosamente na garganta de Eve, enviando pequenos estímulos de calor por todo o seu corpo, até os dedos dos pés.

— Quero conversar com você, Roarke.

— Certo. Vá falando enquanto eu livro você dessa roupa toda. Ora... ainda está com a sua arma. — Observou, soltando a correia do coldre. — Planejava atordoar algum animalzinho do jardim?

— Isso seria contra o regulamento. Roarke... — Ela o segurou pelo pulso no instante em que sua mão cobria, de forma casual, o seu seio. — Eu quero falar com você.

— E eu quero fazer amor com você. Vamos ver quem ganha.

O fato de que ele já conseguira abrir sua blusa e deixara seus seios ardendo de desejo deveria deixá-la enfurecida. Quando sua boca se fechou sobre aquela porção de pele tão sensível, os olhos de Eve ficaram quase vesgos de prazer. Mesmo assim, nada daquilo ia adiantar, pois ela não ia permitir que ele ganhasse o jogo assim tão depressa.

Deixou o corpo ficar mole, deu alguns gemidos e enterrou os dedos entre os cabelos dele, descendo com força até seus ombros.

— Seu paletó... — murmurou ela, tentando despi-lo. Quando ele mudou de posição para também se livrar das roupas, ela o pegou de jeito.

Era um princípio básico da luta corpo-a-corpo: jamais baixe a guarda. Eve fez um movimento de tesoura, lançou a perna sobre ele em um piscar de olhos e o prendeu de costas no chão, com um dos joelhos sobre a área entre suas pernas e um cotovelo sobre sua garganta.

— Você é ardilosa! — Ele calculou que conseguiria escapar do cotovelo, mas do joelho... havia coisas que um homem jamais estaria disposto a arriscar. Ele manteve os olhos nos dela, e então, lentamente e com todo o cuidado, passou as pontas dos dedos pelo seu torso nu, fazendo círculos em torno do seio. — Admiro essa qualidade em uma mulher.

— Você é muito fácil de subjugar. — O polegar dele continuava a acariciar de leve seu mamilo, fazendo sua respiração ficar mais curta. — Admiro isso em um homem.

— Bem, você realmente me imobilizou. — Ele desafivelou o cinto e abriu o zíper, fazendo com que os músculos do estômago de Eve tremessem. — Agora, seja gentil comigo.

Ela riu e afastou o cotovelo, envolvendo-lhe o rosto com ambas as mãos.

— Acho que não vou ser gentil não. — Abaixando a cabeça, atacou sua boca com a dela. Ouviu a respiração dele ficar densa, quando ele sugou o ar, e sentiu seus braços a envolverem, os dedos apertando-a com força. Seu gemido aumentou e ressoou na pulsação dela.

— Seu joelho! — conseguiu ele, afinal, balbuciar.

— Hein? — Com o desejo no nível máximo, quase rugindo por dentro, ela levou os lábios e os dentes para a garganta dele.

— O joelho, querida! — Eve se moveu com força para atacar sua orelha e quase esmagou a virilidade dele. — Seu joelho é muito eficiente! — falou ele, quase soprando.

— Oh!... desculpe. — Fazendo uma cara levada, ela abaixou o joelho, amoleceu o corpo e deixou que ele rolasse por cima dela. — Esqueci!

— Até parece, você podia ter causado algum dano permanente, sabia?

— Que nada! — Com um riso maroto, ela acabou de abrir as calças dele, puxando-as para baixo. — Aposto que conseguimos superar isso.

Os olhos dele ficaram escuros quando ela começou a massageá-lo com força, mas permaneceram abertos e voltados para ela quando seus lábios tornaram a se encontrar. O beijo, surpreendentemente suave, se misturou com a emoção forte e o desejo familiar.

O horizonte ao crepúsculo estava tão vermelho quanto as flores que explodiam em cor acima deles. As sombras eram longas e suaves. Eve ouvia pássaros cantando ao longe e também o farfalhar do vento por entre as folhas secas. O toque das mãos dele sobre seu corpo parecia um milagre, e espantava todo o horror e a dor do mundo no qual ela vivia.

Ela nem percebeu que precisava ser acalmada, pensou ele, enquanto a penetrava, sentindo-se também mais calmo, como se toda a excitação do momento fosse algo lento, quente e líquido. Talvez ele também não tivesse percebido que precisava daquilo, até abraçá-la daquela forma e tocá-la tão lá no fundo. O romance que pairava no ar, a luz que cedia e a submissão gradual de uma mulher tão forte eram coisas gloriosamente sedutoras.

Ele se sentiu à vontade dentro dela, olhando com atenção para o seu rosto quando o primeiro orgasmo a rasgou por dentro. Nesse instante, sentiu seu corpo se retesar, estremecer e, depois, ficar flácido, enquanto o dele continuava bombeando-a e preenchendo-a.

Ela mantinha os olhos abertos, tão fascinada pela intensidade do olhar dele quanto pelas ondas de prazer que se sucediam dentro dela. Tentou acompanhar-lhe o ritmo suave e liso como seda, mesmo sentindo que seu fôlego fraquejava. E quando viu aqueles escuros olhos de origem celta se nublarem, tornando-se turvos, ela emoldurou seu rosto em suas mãos e puxou sua boca de encontro à dela, a fim de saborear seu longo gemido de liberação total.

Quando seu corpo ficou largado e muito pesado sobre o dela, ele enterrou o rosto em seus cabelos, e ela o envolveu com os braços, de forma carinhosa e amiga.

— Eu deixei que você me seduzisse — afirmou ela.

— Hã-hã... — concordou ele.

— Não queria ferir seus sentimentos.

— Obrigado. Você agüentou tudo de forma valente também.

— É o treinamento. Tiras têm que ser valentes.

— Aqui está o seu distintivo, tenente — disse ele, depois de apalpar a grama em volta até encontrá-lo.

Ela soltou um riso abafado e deu um tapa no traseiro dele, ordenando:

— Agora saia de cima de mim! Você pesa uma tonelada!

— Continue me tratando assim, com palavras gentis, e só Deus sabe o que pode acontecer... — De forma preguiçosa, ele rolou para o lado, reparando que o céu mudara de azul enevoado para um tom de cinza-perolado. — Estou morrendo de fome. Você me distraiu, e agora já passa muito da hora de jantar.

— E vai passar ainda mais. — Ela se sentou e começou a vestir as roupas, de forma desajeitada. — Já teve sua sessão de sexo, meu chapa, agora é a minha vez. Precisamos conversar.

— Podemos conversar enquanto jantamos. — Suspirou ao ver o olhar duro como aço que ela lhe lançou. — Ou podemos conversar aqui, também. Problemas? — perguntou, passando o polegar de leve sobre a covinha no queixo de Eve.

— Vamos dizer apenas que eu tenho algumas perguntas a fazer.

— Talvez eu tenha as respostas. Pode começar...

— Em primeiro lugar... — Parou de falar na mesma hora e bufou. Ele estava sentado ali, ainda pelado, se parecendo muito com um gato satisfeito, com aquela pele brilhando. — Vista alguma coisa, está bem? Assim, *eu* é que vou acabar me distraindo. — Atirou a camisa na direção dele, que se limitou a sorrir. — Mavis estava à minha espera quando cheguei em casa.

— Ah... — Ele balançou a camisa, notou o estado deplorável em que ela estava, mas vestiu-a assim mesmo. — E por que não ficou para jantar?

— Vai se apresentar hoje na boate Baixaria. Roarke, por que você nunca me contou que era dono da gravadora Eclectic?

— Não é segredo para ninguém. — Enfiou as calças, entregando em seguida o coldre a Eve. — Eu possuo um monte de empresas.

— Você sabe sobre o que estou falando. — Ela precisava ser paciente naquela questão, lembrou a si mesma, porque era uma área delicada para todos os envolvidos. — A Eclectic ofereceu um contrato de gravação para a Mavis.

— Sim, eu sei.

— Eu sei que você sabe — rebateu ela, dando um tapa na mão dele, quando viu que ele tentava ajeitar seus cabelos. — Droga, Roarke, você podia ter me contado! Eu estaria preparada para quando ela viesse me perguntar a respeito disso.

— A respeito de quê? É um contrato padrão. Ela certamente vai arrumar um agente ou representante para dar uma olhada, antes de assinar, mas...

— Você fez isso por mim? — interrompeu ela, e seus olhos ficaram fixos no rosto dele.

— Fiz o que por você?

— Ofereceu o contrato de gravação para Mavis? — disse ela, entre dentes.

— Você não está planejando abandonar a luta em favor da lei para agenciar artistas, está? — Ele entrelaçou os dedos, virando a cabeça de lado.

— Não, claro que não, eu só...

— Bem, se é assim, esse assunto não tem nada a ver com você.

— Você não vai ter agora a cara-de-pau de me dizer que aprecia a música de Mavis.

— Música é um termo que não se aplica aos talentos de Mavis.

— Isso mesmo! — Cutucou o peito dele com o dedo.

— No entanto, seus talentos possuem, acredito, um bom potencial comercial. O objetivo da Eclectic é produzir e distribuir o trabalho de artistas com possibilidade de retorno financeiro.

— Então é um lance de negócios — disse e se recostou, apoiada nos cotovelos. — Puramente comercial.

— Naturalmente! Eu levo os negócios muito a sério.

— Você também pode estar me enrolando — disse, depois de um momento. — Você é bom nisso.

— Sou mesmo. — Satisfeito por saber que era um dos poucos que conseguiam enrolá-la, ele sorriu. — De qualquer modo, o acordo já foi fechado. Isso é tudo?

— Não. — Soltando um suspiro sibilante, ela se inclinou na direção dele e o beijou. — Obrigada por isso, de qualquer modo.

— De nada...

— Agora, o outro problema. Preciso ir até o Clube Athame hoje à noite, para investigar um cara. — Viu as faíscas em seus olhos e a tensão em seu maxilar. — Gostaria que você fosse até lá comigo. — Teve que morder a ponta da língua para impedir o riso ao ver os olhos dele se estreitarem ao se virar para ela.

— Simplesmente isso? É um assunto de polícia, mas você não vai criar caso por causa da minha presença?

— Não. Primeiro, porque você talvez possa me ser útil, e segundo, porque economiza tempo. A gente ia brigar por causa desse assunto e você ia acabar indo comigo do mesmo modo. Fazendo do meu jeito, eu peço para você ir, você vai e fica subentendido que quem está no comando sou eu.

— Muito esperta! — Pegou a sua mão e puxou-a, para colocá-la de pé. — Combinado, mas só depois do jantar. Eu não almocei.

— Tem mais uma coisa... por que você mandou entalhar um símbolo celta para proteção na minha aliança de casamento?

— Como é que é? — Ele se sentiu surpreso, mas tentou disfarçar o melhor que pôde.

— Não, dessa vez você não conseguiu me enrolar tão depressa. — Eve se sentiu satisfeita por ter percebido nele a surpresa diminuta e a tentativa de escondê-la. — Você sabe exatamente sobre o que estou falando. Uma das agradáveis bruxas da vizinhança descobriu tudo hoje.

— Entendo... — *Fui pego*, compreendeu ele, e tentou ganhar tempo levantando a mão dela, a fim de examinar a aliança. — O design do entalhe é muito atraente.

— Não tente me enrolar, Roarke! Sou uma profissional. — Ela deu um passo à frente, até que seus olhos ficaram no mesmo nível dos dele. — Você acredita mesmo nessas coisas, não é? Você realmente embarcou nessa história de abracadabra.

— Não se trata disso. — Ele se sentiu embaraçado e percebeu que não conseguira esconder o sentimento ao ver que ela juntou as sobrancelhas, dizendo:

— Você ficou sem graça! — Sua testa se levantou, tanto pela surpresa quanto por achar aquilo divertido. — Você jamais fica sem graça, por nada... isso é estranho. Que bonitinho!...

— Não fiquei sem graça. — *Mortificado* é o termo, não *sem graça*. — Eu simplesmente... não fico completamente à vontade quando tenho que dar explicações. Eu amo você — disse ele, e fez desaparecer o risinho de Eve. — Você arrisca a sua vida, uma vida que é essencial para mim, só pelo fato de você ser do jeito que é. Isto aqui... — passou o polegar sobre a aliança dela — ... é um pequeno escudo, muito pessoal.

— Isso é lindo, Roarke. De verdade. Mas você não acredita mesmo nessa maluquice de magia, acredita?

Seu olhar se levantou para fitar o rosto dela e, à medida que o crepúsculo se transformava em noite, seus olhos pareciam brilhar na escuridão. Como os de um lobo, pensou ela.

E era em um lobo, lembrou no mesmo instante, que ela devia confiar.

— Seu universo é relativamente pequeno, Eve. Não diria protegido, mas limitado. Você jamais viu a dança de um gigante nem sentiu o poder de pedras ancestrais. Jamais passou os dedos sobre uma inscrição em alfabeto Ogham entalhada no tronco de uma árvore petrificada, nem ouviu os ventos que parecem vozes sussurrando pela névoa que cobre os solos sagrados.

— De que se trata tudo isso, são tradições celtas? — Espantada, ela balançou a cabeça.

— Se quiser, trata-se disso, embora essas coisas não estejam limitadas a uma determinada raça ou cultura. Você tem os pés no chão. — Passou as mãos pelos braços dela, subindo até os ombros. — É quase brutal em seu foco preciso e sua honestidade. Eu já vivi... uma vida mais flexível, por assim dizer. Preciso de você, e vou usar o que me cair nas mãos para mantê-la a salvo. — Levantou a aliança, levando-a aos lábios. — Vamos dizer que isso é uma tentativa de proteger você por todos os lados.

— Certo. — Aquele era um aspecto novo dele, que ia levar algum tempo para ela explorar. — Escute, Roarke... você não tem uma sala assim, tipo... secreta, onde você dança nu entoando cânticos, tem?

— Eu tinha — respondeu ele, empurrando a bochecha por dentro com a língua, para não rir. — Só que resolvi transformar aquele espaço em um escritório. É mais versátil.

— Foi uma boa idéia. Muito bem, agora vamos jantar.

— Graças a Deus! — Ele a tomou pela mão e a foi levando em direção à casa.

Capítulo Sete

O Clube Athame tinha um certo ar de distinção que escondia algo de depravado, como um político corrupto que sai pela rua beijando bebês. Uma olhada em volta e Eve se convenceu de que preferia passar a noite toda em uma espelunca de baixo nível, agüentando bebida barata e suor fedorento.

Espeluncas não se davam ao trabalho de usar disfarces.

Balcões giratórios de vidro fumê com bordas cromadas dividiam o andar principal em dois níveis; as pessoas que preferiam uma visão mais elevada podiam circular mais lentamente, para conferir o movimento do lugar. O bar, instalado no centro, se lançava para fora em cinco pontos, cada um deles lotado de clientes empoleirados em bancos altos, desenhados para representar uma parte específica da anatomia masculina em proporções exageradamente otimistas.

Duas mulheres usando microssaias estavam sentadas com as pernas abertas sobre um par de gigantescos pênis, e riam sem parar. Um dos freqüentadores, com a cabeça raspada, estava ao lado delas, e de vez em quando enfiava a mão por baixo de suas blusas colantes.

Todas as paredes eram espelhadas e pulsavam com luzes vermelhas que se refletiam infinitamente em meio à névoa. Alguns dos nichos com mesas junto da pista de dança eram fechados, para oferecer mais privacidade, enquanto outros pareciam encobertos por vidro opaco; silhuetas de casais em vários estados de fornicação eram lançadas contra o revestimento, a fim de entreter a multidão. O piso dos nichos era revestido por uma camada de laca preta, e isso fazia com que eles parecessem flutuar em pequenas piscinas cheias de um líquido escuro.

Em uma plataforma elevada, a banda atacava, executando um rock pesado e desagradável. Eve se perguntou o que Mavis ia achar deles, com os rostos pintados com motivos selvagens, os peitos totalmente tatuados e tapa-sexos de couro preto com tachinhas prateadas. Decidiu que sua amiga provavelmente ia considerá-los mais que demais!

— E então, vamos sentar? — perguntou Roarke, murmurando em sua orelha. — Ou você vai fechar esta baiúca?

— Vamos subir — resolveu Eve —, para ter uma visão panorâmica. Que cheiro é esse?

Ele pisou na escada rolante logo atrás dela e respirou fundo, respondendo:

— Maconha, incenso... suor.

Eve balançou a cabeça. Havia algo que dava para sentir por cima de todos os aromas, algo metálico.

— Sangue! — reconheceu ela. — Sangue fresco.

Roarke também sentira o cheiro, como uma camada densa.

— Em um lugar como este — explicou —, eles devem colocar essa essência nas saídas de ar para levantar o astral.

— Encantador...

Saíram no nível superior. Ali, em vez de mesas e cadeiras, havia almofadões espalhados pelo piso, onde os clientes podiam se reclinar enquanto tomavam a bebida de sua preferência. Os que estavam em busca de companhia se debruçavam no gradil cromado, tentando achar algum parceiro ou parceira para levar para uma das salas privativas.

Havia umas dez dessas salas naquele nível, todas com pesadas portas pretas que exibiam placas com nomes como Perdição, Leviatã e outros menos sutis, na opinião de Eve, tais como Inferno e Danação.

Dava para imaginar direitinho o tipo de personalidade de alguém que pudesse achar esse tipo de convite sedutor.

Enquanto observava, um homem com os olhos vidrados pela bebida esfregava a mão lambuzada pelos tornozelos de sua acompanhante e veio subindo. Seus dedos desapareceram por entre suas pernas, por trás da saia muito curta, enquanto ela dava risadinhas. Tecnicamente, Eve poderia enquadrá-los por atentado ao pudor e prática sexual em público.

— De que isso ia adiantar? — comentou Roarke, lendo seus pensamentos. Sua voz estava calma. Alguém que olhasse para ele veria um homem ligeiramente entediado com o ambiente. Mas ele estava preparado para atacar ou defender, o que quer que se tornasse necessário. — Você deve ter coisas mais interessantes a fazer do que levar para o xadrez um casal cheio de tesão que veio do subúrbio.

Não ia adiantar realmente de nada, pensou Eve, enquanto ouvia o velcro da braguilha da calça do sujeito se abrindo.

— Como é que você sabe que eles vieram do subúrbio?

Antes de Roarke ter chance de responder, um homem atraente, com uma cabeleira muito cheia, loura, e ombros nus e brilhantes se agachou ao lado do casal ocupado. O que quer que tenha dito fez a mulher dar outra risadinha e agarrá-lo, dando-lhe um beijo babado.

— Por que não vem com a gente, então? — perguntou ela, com um sotaque estranho. — Podemos fazer um *manage e troá.*

Eve levantou a sobrancelha diante do provinciano massacre do termo francês e da casualidade com que o rapaz louro, que era segurança do clube, conduziu o casal cambaleante para longe dali.

— Subúrbio — confirmou Roarke, com ar de convencido. — Com certeza! E o segurança atuou com muita habilidade. — Ele inclinou a cabeça na direção do casal, que estava sendo levado por uma porta estreita. — Agora ele vai acrescentar o preço do quarto privativo na conta e pronto... ninguém sai prejudicado. — Ouviu-se uma explosão de risos femininos enquanto o segurança tornava a sair e fechava a porta. — Todos estão felizes.

— Alguém no subúrbio não vai estar muito feliz amanhã de manhã. O preço de um quarto privativo em um lugar como este deve ser de arrasar o orçamento. Enfim, o problema é deles. — Eve lançou o olhar pela multidão de rostos. As idades variavam de muito jovens (alguns deles deviam ter entrado com carteiras falsas) a muito maduros. O tipo de roupa e as jóias, no entanto, bem como os rostos lisos e os corpos sarados que pareciam ter saído de salões de embelezamento mostravam que a clientela era basicamente formada pela classe média-alta.

— Dinheiro não parece ser um grande problema por aqui. Já avistei pelo menos cinco acompanhantes autorizadas especiais, daquelas que cobram bem caro.

— Pois, pelos meus cálculos, já vi umas dez.

Eve levantou uma sobrancelha e acrescentou:

— Doze seguranças com armas de atordoar portáteis.

— Esse número bateu com minhas observações. — Enlaçando a cintura dela, Roarke a levou até o gradil. No andar de baixo, a pista de dança estava lotada, com corpos se esfregando de forma sugestiva em outros corpos. O som de gargalhadas loucas ecoava pelas paredes espelhadas e seguia para o andar de cima.

A banda continuava tocando em ritmo acelerado. As duas vocalistas estavam sendo amarradas por tiras de couro a correntes de prata que pendiam do teto. A música continuava a golpear, com o som pesado da bateria. Os clientes dançavam, aglomerando-se perto do palco, ávidos como uma turba disposta a linchar alguém. A participação da platéia tornou-se parte do espetáculo no momento em que um homem foi convidado e aceitou subir para despir as mulheres dos mantos esvoaçantes que usavam. Por baixo estavam nuas, exceto por estrelas brilhantes coladas nos mamilos e na genitália.

A multidão começou a entoar um cântico e a uivar, enquanto o sujeito da platéia as cobria com um óleo grosso e elas se contorciam, gritando e implorando por misericórdia.

— Eles estão no limite das regras para casas noturnas — murmurou Eve.

— Trata-se de arte performática. — Roarke observou o homem açoitar a primeira vocalista com um chicote de várias pontas. — Eles estão dentro dos limites permitidos.

— É, mas a simulação de um ato de humilhação incentiva esse povo a fazer a coisa de verdade, depois. — Rangeu os dentes ao ver um dos componentes da banda começar a esbofetear de leve a segunda vocalista, enquanto suas vozes cresciam em um dueto ardente. — Já era tempo da sociedade ter deixado para trás esse tipo de exploração da imagem feminina. Mas isso não aconteceu. Continuamos na mesma... o que essa gente está buscando?

— Estímulos. Do tipo mais rasteiro e cruel. — Sua mão acariciou a base das costas de Eve. Ela sabia como era ser amarrada, como era sofrer abusos sexuais. Não havia nada de artístico nem de divertido naquilo. — Não há necessidade de você ficar vendo isso, Eve.

— O que os faz proceder dessa maneira? — perguntou ela, quase para si mesma. — O que leva uma mulher a se deixar ser usada daquela forma, seja em simulação, seja de verdade? Por que ela não chuta o saco dele com toda a força?

— Ela não é você. — Beijando-a de leve na fronte, ele virou-a para o outro lado, com firmeza.

O gradil estava lotado de gente se espremendo para assistir ao show.

Quando começaram a circular pelo andar de cima, uma mulher usando um vestido comprido preto e totalmente transparente surgiu diante deles, dizendo:

— Sejam bem-vindos ao andar do nosso Mestre. Fizeram reserva?

Já era o bastante, pensou Eve, exibindo o distintivo, enquanto afirmava:

— Não estou interessada no que você tem a me oferecer.

— Estou falando de comida de boa qualidade e vinho — disse a atendente, tropeçando de leve nas palavras diante da identificação policial. — Vai descobrir que estamos dentro da lei aqui, tenente. De qualquer modo, se desejar conversar com a dona do clube...

— Já fiz isso. Quero ver Lobar. Onde posso encontrá-lo?

— Ele não trabalha neste andar. — Com a sutileza e a discrição de um *maître* de restaurante fino, a atendente encaminhou Eve de volta às escadas. — Se a senhora tiver a bondade de se dirigir ao andar de baixo, será bem recebida, e uma mesa estará à sua disposição ao chegar lá. Vou entrar em contato com Lobar e pedir que ele vá procurá-la.

— Ótimo! — Eve a avaliou e viu uma mulher atraente com vinte e poucos anos. — Por que trabalha aqui? — perguntou, e lançou o olhar na direção de um dos telões, onde uma mulher se esgoelava e lutava, tentando escapar enquanto era amarrada sobre uma placa de mármore. — Como consegue trabalhar nisso?

A atendente simplesmente olhou para o distintivo e sorriu docemente.

— Como a senhora consegue trabalhar nisso? — rebateu, olhando para Eve e se retirando em seguida.

— Estou me deixando envolver demais — admitiu Eve, enquanto seguiam para o andar principal. — Eu devia me controlar.

A banda continuava a tocar, e a música era ainda mais frenética agora. A performance passara a ser encenada em um imenso telão que preenchia toda a parede atrás do palco. Bastou uma olhada na cena para Eve descobrir o porquê daquilo. O clube não tinha licença para apresentar sexo ao vivo, mas uma pequena inconveniência como essa fora resolvida com o vídeo.

As vocalistas continuavam amarradas, cantando a plenos pulmões, sem sair do ritmo. Mas estavam atrás do palco agora. Suas imagens eram captadas por uma câmera; junto delas estava o sujeito da platéia e outro homem que vestia apenas uma máscara de javali.

— Porcos selvagens. — Foi tudo o que Eve comentou, e então se viu cara a cara com olhos vermelhos que brilhavam.

— Sua mesa está reservada. Acompanhem-me, por favor. — O rapaz sorriu, revelando dentes brilhantes, com os incisivos afiados para parecerem presas. Ele se virou. Seus cabelos pretos com pontas vermelhas como chamas desciam-lhe até a cintura por suas costas nuas. Abrindo a porta de um dos corredores privativos, seguiu à frente de Eve, dizendo: — Sou Lobar — e tornou a sorrir. — Estava esperando pela senhora.

Ele poderia ser considerado um rapaz bonito, se não fosse pelas presas de vampiro e os olhos de demônio. Daquele jeito, mais parecia uma criança crescida demais fantasiada para a noite de Halloween. Se ele já tinha dezoito anos, Eve deduziu que devia ter acabado de completar. Seu peito era fino, sem pêlos, e seus braços, magros como os de uma garota. Eve, porém, não achava que a tinta vermelha em seus olhos fosse a responsável pela perda da sua inocência. O jeito dele olhar, sim...

— Sente-se, Lobar.

— Claro. — Ele se largou sobre a cadeira. — Vou pedir um drinque... a senhora paga — avisou a Eve. — Se quer me alugar no horário de trabalho, tem que me compensar pelas gorjetas que vou perder. — Começou a apertar alguns botões no cardápio eletrônico e ajeitou a cadeira para poder ver o telão. — Grande show o desta noite.

Eve olhou para trás.

— O texto ainda precisa melhorar — comentou, com um tom seco. — Está com a sua carteira de identidade, Lobar?

Afastando os lábios para tornar a mostrar as presas, em um arremedo de sorriso, levantou as mãos espalmadas, respondendo:

— Não, não estou com ela agora. A não ser que a senhora ache que eu tenho bolsos secretos por dentro da pele.

— Qual é o seu nome verdadeiro?

— Lobar. — Seu sorriso desapareceu e seus olhos subitamente assumiram um ar de criança contrariada. — É quem eu sou. Não sou obrigado a responder às suas perguntas não, sabia disso?... Estou sendo prestativo.

— Sim, você é um cidadão admirável! — Eve esperou que o drinque que ele pedira surgisse pela fenda ao lado da mesa. Outro pequeno show, refletiu, ao ver o cálice aparecer expelindo fumaça de seu conteúdo cinza opaco. — Alice Lingstrom. O que sabe a respeito dela?

— Não muito, apenas que era uma piranha burra. — Experimentou o drinque. — Andou em nossa companhia por algum tempo, mas de repente saiu correndo, chorando. Por mim, foi até bom... o Mestre não precisa de gente fraca.

— O Mestre?

— Satanás. — Tornou a sorrir, tomando mais um gole e saboreando com calma a bebida.

— Você acredita em Satanás?

— Claro! — Ele se inclinou para a frente, deslizando a mão, com unhas muito compridas e pintadas de preto, na direção de Eve. — E ele acredita em você.

— Cuidado aí!... — murmurou Roarke. — Você é muito jovem e burro para perder a mão.

Lobar riu com ar de deboche, mas recolheu a mão de mansinho, perguntando:

— Este é o seu cão de guarda? O seu cão de guarda muito rico? Sabemos quem você é — disse, fixando os olhos vermelhos em Roarke. — Grande merda!... Você não tem poder algum aqui. Nem a sua amiguinha policial com cara de enfezada.

— Não sou a amiguinha policial enfezada dele não... — disse Eve, com a voz calma, lançando um olhar de advertência para Roarke. — Sou a amiguinha enfezada de mim mesma. Quanto ao lance do poder... — ela se recostou — ... eu tenho o poder de arrastar você até a Central de Polícia, direto para a sala de interrogatório. — Sorriu, deixando o olhar passear pelo peito nu de Lobar e os piercings de argola que brilhavam em seus mamilos. — O pessoal ia adorar a chance de dar uma boa olhada em você. Ele é uma gracinha mesmo, você não acha, Roarke?

— Com um estilo assim, tipo... aprendiz de diabinho. Você deve ter um dentista muito... especial. — Como estavam em uma cabine fechada, pegou um cigarro e o acendeu.

— Gostaria de fumar um desses — disse Lobar.

— Gostaria? — Dando de ombros, Roarke fez deslizar sobre a mesa, na direção dele, outro cigarro. Quando Lobar o pegou e ficou olhando para Roarke com ar de expectativa, ele sorriu. — Desculpe, mas... você quer fogo? Imaginei que fosse acendê-lo lançando chamas pelas pontas dos dedos.

— Não faço exibições para gente careta. — Lobar inclinou-se para a frente, tragando com força ao mesmo tempo em que Roarke acendia o cigarro com seu isqueiro. — Olhe, você quer saber a respeito de Alice, tenente, e não posso ajudá-la. Ela não fazia o meu tipo. Era inibida demais, sempre fazendo um monte de perguntas... é claro que eu a comi umas duas vezes, mas era um lance comunitário, uma suruba, entende? Nada pessoal...

— E na noite em que ela foi assassinada?

Ele soltou fumaça e deu mais uma tragada no cigarro. Jamais fumara tabaco puro antes, e a caríssima droga o fez ficar com a cabeça mais leve, sentindo-se relaxado.

— Naquela noite eu não a vi. Estava ocupado. Participei de uma cerimônia particular, com Selina e Alban. Ritos sexuais. Depois, continuamos a trepar quase a noite toda.

Deu mais uma tragada profunda, prendeu a respiração, como se estivesse fumando maconha de boa qualidade, e então expeliu a fumaça pelas narinas, com visível prazer.

— Selina gosta de transar com dois ao mesmo tempo — explicou —, e depois que acaba, gosta de ficar olhando e se aliviando sozinha. Já estava amanhecendo quando ela se sentiu saciada.

— E vocês três ficaram sozinhos a noite toda? Ninguém saiu, nem por alguns minutos?

— Essa é a vantagem de fazer a três. Ninguém precisa ficar esperando. — Moveu os ombros magros, baixando o olhar para os seios de Eve, de forma sugestiva. — Gostaria de tentar?

— Lobar, você não vai querer ser preso por assediar uma policial, vai? E eu gosto de homens, e não meninos magricelas com fantasias ridículas. Quem foi que ligou para Alice e tocou a gravação com os cânticos?

Ele tornou a ficar de cara emburrada, com o ego atingido. Se ela tivesse vindo sozinha, pensou, ele ia lhe ensinar umas coisinhas. Piranha era piranha de qualquer jeito, com distintivo ou não.

— Cânticos? Não sei do que está falando... Alice não representava nada! Todo mundo estava cagando e andando para ela, ninguém se importava.

— O avô dela se importava.

— Sim, e eu soube que ele morreu também. — Os olhos vermelhos brilharam ainda mais. — Velho bundão! Um burocrata, apertador de botões. Ele também não significava nada para mim.

— Mas significava o bastante para você se informar e descobrir que ele era um tira — argumentou Eve. — Um tira que chefiava um departamento. Como foi que soube disso, Lobar?

Percebendo que cometera um erro, ele apagou a guimba no cinzeiro, com golpes curtos e furiosos.

— Alguém deve ter comentado isso comigo. — Expôs novamente as presas em um sorriso largo. — Provavelmente, foi a própria Alice que contou, na hora em que estava sendo comida.

— Puxa, deve ser meio desabonador para a sua performance sexual o fato de uma mulher ficar falando a respeito do avô bem na hora em que você a está... comendo.

— Olhe, ouvi essa história em algum lugar, falou? — Agarrou o drinque, bebendo em grandes goles. — O que importa o lugar onde ouvi?... De qualquer modo, ele era velho.

— Você alguma vez o viu? Aqui?

— Vejo um monte de gente por aqui. Não lembro de nenhum tira velho. — Balançou a mão, em sinal de pouco caso. — Isso aqui fica bombando assim, na maior agitação, quase toda noite. Como é que vou saber quem entra e quem sai? Selina me contratou para manter um ou outro idiota na linha, e não para ficar prestando atenção em rostos.

— Selina tem um tremendo negócio aqui neste clube. Ela continua fazendo tráfico de drogas? Ela vende para você?

— Eu obtenho poder através da minha crença — afirmou ele, com um olhar maroto. — Não preciso de drogas ilegais.

— Alguma vez participou de sacrifícios humanos? Já retalhou uma criança para oferecê-la ao seu Mestre, Lobar?

— Isso deve ser alucinação de alguém de fora. — Bebeu de uma vez só o resto do drinque. — Gente como vocês gosta de fazer os satanistas parecerem monstros.

— Gente como nós — murmurou Roarke, dando uma olhada de cima a baixo em Lobar, passando pelos cabelos com as pontas vermelhas e as argolas que pendiam dos mamilos. — Sim, certamente é preconceito nosso, pois qualquer um pode ver que você simplesmente é um... devoto.

— Escute, trata-se de uma religião e existe liberdade religiosa neste país. Vocês querem empurrar o conceito de Deus por nossa goela abaixo? Pois bem, nós O rejeitamos. Rejeitamos a Ele e a todos os Seus fracos seguidores. E vamos governar quando chegarmos ao Inferno! — Arrastou a cadeira para trás e se levantou. — Não tenho mais nada a dizer.

— Tudo bem — disse Eve, baixinho, olhando fixamente para ele —, mas pense bem no assunto, Lobar. Tem gente que já morreu nessa história. Alguém tem que ser o próximo. Pode muito bem ser você.

— Ou pode ser você — replicou ele com os lábios trêmulos, que logo se firmaram, e em seguida saiu da cabine.

— Que rapaz simpático! — comentou Roarke. — Tenho certeza de que ele vai ser uma adorável aquisição para o Inferno.

— Pode ser para lá que ele está indo. — Depois de dar uma rápida olhada em torno, Eve enfiou o copo vazio em sua bolsa. —

O que quero descobrir é de onde ele veio. Posso investigar suas impressões digitais em casa.

— Ótimo! — Roarke se levantou e a conduziu pelo braço. — Só que eu quero tomar um bom banho antes. Este lugar parece que deixa uma espécie de gosma na pele.

— Ah, nisso eu concordo totalmente com você.

— Robert Allen Mathias — declarou Eve, lendo os dados em seu monitor. — Fez dezoito anos há seis meses. Nasceu em Kansas City, filho de Jonathan e Elaine Mathias, ambos diáconos da Igreja Batista.

— Filho de pastor — completou Roarke. — Os filhos de pastores às vezes se rebelam de forma radical. Parece que o nosso Bobby foi um deles.

— E tem um histórico de problemas — continuou Eve. — Acaba de aparecer na tela a sua ficha policial juvenil. Pequenos roubos, invasão de domicílio, gazetas constantes, assalto. Fugiu de casa quatro vezes antes de completar treze anos. Aos quinze, depois de pegar sem autorização um veículo para se divertir, foi fichado por furto de carro, e os seus pais o denunciaram como delinqüente. Cumpriu um ano em uma instituição estadual para menores. Acabou levando um chute na bunda e transferido para uma prisão, depois de tentar estuprar uma professora.

— Bobby é mesmo um encanto de pessoa — murmurou Roarke. — Sabia que havia uma razão para a vontade que eu tive de arrancar fora os olhinhos vermelhos dele. Não desgrudavam de seus seios.

— É... — De forma inconsciente, Eve passou a mão no peito, como se tentasse limpar algo repugnante. — O perfil psicológico é bem o que seria de esperar... tendências sociopáticas, perda de controle, impulsos violentos. A figura em questão guarda ressentimentos não resolvidos contra os pais e contra figuras de autoridade em geral, especialmente mulheres. Demonstra medo e má vontade diante de mulheres. Nível de inteligência, alto. Nível de violência, alto. Demonstra completa falta de consciência e interesse anormal pelas ciências ocultas.

— Então o que está fazendo solto pelas ruas? Por que não está em tratamento?

— Porque essa é a lei. A instituição tem que colocá-lo para fora ao completar dezoito anos. Até conseguir enquadrá-lo de novo, já como adulto, ele está limpo. — Eve estufou as bochechas e bufou com força. — É um pequeno canalha e muito perigoso, mas não há nada que eu possa fazer para detê-lo legalmente. Ele confirmou a declaração de Selina a respeito da noite em que Alice morreu.

— Foi instruído a fazer isso — argumentou Roarke.

— De qualquer modo, é o que vale... a não ser que eu consiga desmontar esse álibi. — Empurrou a cadeira para trás. — Tenho o seu endereço atual. Posso investigar, fazer perguntas pelos arredores e ver se os vizinhos podem me informar algo mais a respeito dele. Se eu conseguir alguma coisa e fizer um pouco de pressão, acho que nosso pequeno Bobby pode desmontar.

— E se não conseguir?

— Se não conseguir, continuamos cavando. — Ela esfregou os olhos. — Nós vamos conseguir pegá-lo. Mais cedo ou mais tarde, ele vai voltar aos hábitos de sempre: vai quebrar a cara de uma pessoa, atacar alguma mulher, cutucar alguém que não devia. Nesse dia, a gente o tranca dentro da jaula.

— Seu trabalho é terrível.

— Na maior parte do tempo — concordou Eve, e então olhou para Roarke, por trás do ombro. — Você está cansado?

— Depende... — Tornou a olhar para a tela, onde os dados a respeito de Lobar continuavam surgindo. Teve uma visão de Eve mergulhando mais fundo naquela pesquisa, avançando pela noite adentro através da podridão. Não se importou de dar um suspiro. — Do que está precisando?

— De você. — Ela sentiu o rubor no rosto quando ele alteou uma sobrancelha. — Sei que já está tarde, e foi um longo dia. Acho que eu tipo assim... gostaria de ficar com você, do mesmo modo que gostei da idéia de tomar um banho. Bem que eu precisava de algo para lavar essa imundície. — Meio sem graça, ela voltou a se virar para a tela, olhando fixamente para o monitor. — Besteira minha...

Para ela, era sempre difícil pedir, refletiu ele. Pedir qualquer coisa.

— Para lavar essa imundície, é?... não foi a proposta mais romântica que já recebi na vida — colocando as mãos nos ombros dela, ele começou a massageá-los, lentamente —, mas está longe de ser uma besteira. Desligar! — ordenou ele em voz alta e a tela se apagou. Girando a cadeira até colocá-la de frente, Roarke colocou Eve em pé. — Vamos para a cama.

— Roarke... — Ela o enlaçou com os braços e apertou com força. Não conseguia explicar como ou por que as imagens que vira naquela noite a deixaram tão abalada por dentro. Com ele ali, não precisava se sentir assim. — ... Eu amo você. — Sorrindo de leve, ela levantou a cabeça e fitou os olhos dele. — Está começando a ficar mais fácil de dizer... acho que estou gostando disso.

— Vamos para a cama — repetiu ele, dando uma risada curta e beijando-lhe o queixo —, e você vai poder dizer essa frase mais uma vez.

O ritual era antiqüíssimo e o objetivo, tétrico. Encapuzados e mascarados, os componentes da convenção se reuniram dentro da câmara privada. O cheiro de sangue fresco era forte. As chamas que se lançavam de velas pretas bruxuleavam e enviavam sombras escorregadias sobre as paredes, como aranhas em busca da presa.

Selina escolheu ser o altar da cerimônia e jazia nua, com uma vela queimando entre as coxas e uma tigela com sangue de sacrifício aninhada entre os seios generosos.

Sorriu ao olhar na direção do recipiente de prata que transbordava de notas e fichas de crédito, contribuições pagas pelos membros que desejavam ter o privilégio de participar. A riqueza deles era, agora, a riqueza dela. O Mestre a salvara de uma vida ganha nas ruas e a trouxera até ali, para um mundo de poder e conforto material.

Ela teria negociado a alma, com alegria, para obter tudo aquilo.

Naquela noite, haveria mais. Naquela noite, haveria morte e o poder que se obtinha a partir da submissão da carne e do derramamento do sangue. Eles não se lembrariam de nada, pensou. Ela adicionara drogas ao vinho misturado com sangue. Com as substâncias corretas na dosagem certa, todos ali fariam, diriam e seriam qualquer coisa que o Mestre determinasse.

Somente ela e Alban sabiam que o Mestre exigira um sacrifício, para a proteção deles, e tal exigência seria alegremente cumprida.

O grupo formou um círculo em volta dela, com os rostos cobertos e os corpos balançando para a frente e para trás, à medida que a droga, a fumaça e os cânticos os hipnotizavam. Em pé, atrás de sua cabeça, estava Alban, com a máscara de javali e o athame.

— Nós adoramos o Único — disse ele, com uma voz clara e bela.

— Satanás é o único — respondia o grupo.

— O que pertence a Ele, pertence a nós.

— Nós Te saudamos, Satanás!

Quando Alban levantou a tigela, seus olhos e os de Selina se encontraram. Pegando a espada, ele a enfiou nos locais que representavam os quatro pontos cardeais. Os príncipes do Inferno foram invocados, em uma lista de nomes muito longa e exótica. O fogo crepitava em um pote largo, escurecido e colocado sobre uma placa de mármore.

Ela começou a gemer.

— Destrói nossos inimigos!

Sim, pensou ela. *Destrói!*

— Traz dores e moléstias para os que querem nos fazer mal!

Muitas dores. Dores insuportáveis.

Quando Alban colocou a mão em sua carne, ela começou a gritar:

— Tomamos o que queremos, em Teu nome. Morte para os fracos! Sorte e riqueza para os fortes!

Alban deu um passo para trás, e embora fosse um direito seu tomar o altar antes dos outros, gesticulou para Lobar, dizendo:

— Recompensa para os leais. Possua-a! — comandou. — Conceda-lhe dor e também prazer.

Lobar hesitou por um instante. O sacrifício deveria acontecer antes. O sacrifício de sangue. O bode já deveria ter sido trazido e morto. Mas olhou para Selina e seu cérebro enevoado pelas drogas se abstraiu. Ali estava a mulher. A piranha! Ela o observava com olhos frios e provocantes.

Ele ia mostrar a ela, pensou. Ia mostrar-lhe que ele era um homem, afinal. Não seria como da última vez, no clube, quando ela o usara e humilhara em público.

Dessa vez, era ele quem ia se colocar no comando.

Despiu o manto, atirando-o de lado, e se aproximou dela.

Capítulo Oito

O barulho constante de um alarme que disparara fez Eve se virar na cama, xingando.

— Não pode ser hora de levantar... acabamos de vir para a cama.

— E não é mesmo... esse alarme é do sistema de segurança.

— O quê?! — Ela se sentou na cama, com rapidez. — Do *nosso* sistema de segurança?

Roarke já pulara da cama e vestia as calças, respondendo com grunhidos. Por instinto, Eve pegou a arma antes e pensou na roupa depois.

— Tem alguém tentando entrar aqui dentro?

— Pelo jeito, alguém já entrou. — Seu tom de voz era muito calmo. Como as luzes ainda estavam apagadas, ela só conseguiu ver a sua silhueta na difusa luz do luar que passava pela clarabóia acima da cama. Completando a silhueta, havia o contorno inconfundível de uma arma em sua mão.

— Onde é que você arrumou essa arma? Pensei que as suas pistolas estivessem todas trancadas. Droga, Roarke, isso é ilegal! Guarde essa arma!

Com toda a calma, ele carregou o tambor da Glock nove milímetros, muito antiga e proibida para uso.

— Não — disse simplesmente.

— Droga, droga! — Ela pegou o seu comunicador e o enfiou no bolso de trás dos jeans, pela força do hábito. — Você não pode usar essa coisa! Deixe que eu vou verificar... é o meu trabalho. Você pode ligar para a emergência e relatar a entrada de um possível intruso.

— Não — repetiu ele, já se encaminhando para a porta. Ela o alcançou com dois passos largos.

— Roarke, se há alguém no terreno ou dentro da casa e você atirar com essa arma, eu vou ter que prendê-lo na hora...

— Tudo bem.

— Roarke! — Ela o agarrou, enquanto ele alcançava a porta. — Existem procedimentos padrões para casos como esse, e existem também motivos para esses procedimentos. Chame a emergência.

Era a sua casa, ele pensou. Era a casa deles. Era a mulher dele, e o fato de ela ser uma policial não pesava em nada naquele instante.

— Tenente, você não vai ficar com cara de tacho se ligarmos para a emergência e for apenas um defeito no sistema?

— Nada do que você possui apresenta defeitos — resmungou ela, e isso o fez sorrir, apesar das circunstâncias.

— Ora, obrigado. — Ao abrir a porta, ele deu de cara com Summerset.

— Parece que alguém pulou o muro e encontra-se dentro da propriedade.

— Onde ocorreu a invasão?

— Setor 15, quadrante sudoeste.

— Ligue todas as câmeras e faça uma varredura geral. Acione o controle de segurança total para a casa, depois que sairmos. Eve e eu vamos verificar a parte externa. — De forma distraída, ele passou a mão pelas costas dela. — Até que é uma boa coisa morar com uma policial.

Eve olhou para a arma nas mãos de Roarke. Tentar desarmá-lo provavelmente não daria certo e eles iam perder muito tempo.

— Depois vamos ter uma conversinha a respeito disso — ameaçou, entre dentes. — Estou falando sério!

— Claro que está.

Eles seguiram lado a lado, desceram as escadas e passaram através da casa silenciosa.

— Eles não conseguiram entrar — disse Roarke, ao parar diante de uma porta que dava para um pátio largo. — O alarme que dispara quando alguém entra na casa é diferente. Mas conseguiram pular o muro.

— O que significa que podem estar em qualquer lugar.

A lua estava quase cheia, mas as nuvens eram espessas e escondiam sua luminosidade. Eve olhou com cuidado, tentando ver através do escuro, e notou as árvores frondosas e os imensos arbustos ornamentais. Tudo aquilo fornecia uma cobertura excelente para observação. Ou para uma emboscada. Ela não ouvia nada, a não ser o vento passando pelas folhas que se tornavam frágeis por estarem secas.

— Vamos ter que nos separar. Pelo amor de Deus, não use esta arma, a não ser que a sua vida esteja em perigo. A maioria dos invasores de domicílio não anda armada.

E a maioria dos invasores de domicílio, ambos sabiam, não brincava com a sorte invadindo a propriedade de um homem como Roarke.

— Tenha cuidado — disse ele, baixinho, e desapareceu como fumaça por entre as sombras.

Ele era bom, pensou Eve, tentando se tranqüilizar. Ela podia confiar no fato de que ele saberia lidar com aquilo e sair-se bem da situação. Usando a luminosidade fraca e incerta do luar como guia, ela se dirigiu para o lado oeste do terreno, e então começou a circundá-lo.

O silêncio era quase assustador. Ela mal conseguia ouvir os próprios passos sobre a grama densa. Por trás dela, a casa sobressaía na escuridão, uma estrutura magnífica de pedra e vidro, guardada naquele momento, pensou, por um mordomo esquelético e esnobe.

Seus lábios se curvaram em um sorriso. Ela adoraria ver um pobre e inocente ladrão dando de cara com Summerset.

Ao chegar ao muro, olhou com atenção, em busca de algum sinal de invasão. O muro tinha dois metros e meio de altura, quase um metro de espessura e era todo preparado com fios prontos para dar um desencorajador choque elétrico em qualquer coisa que pesasse mais de dez quilos. As câmeras de segurança e as luzes estavam instaladas a intervalos de seis metros uma da outra. Eve soltou um palavrão, baixinho, ao reparar que os finos raios de luz que varriam o terreno estavam piscando em vermelho, em vez de verde.

Circuito desligado... filho-da-mãe... Com a arma na mão e pronta para atirar, ela continuou a circular junto ao muro, indo agora em direção ao sul.

Roarke, por sua vez, seguia o próprio caminho em silêncio, usando as árvores como escudo. Ele comprara aquela propriedade oito anos antes, e a tinha remodelado e reaparelhado por completo, segundo as suas próprias especificações. Supervisionara pessoalmente o projeto e a implementação do sistema de segurança. De um modo muito verdadeiro, aquela era a sua primeira casa, o local que escolhera para se estabelecer, depois de muitos anos vagando de um lugar para outro. Por baixo do frio controle, enquanto pulava de sombra em sombra, havia uma efervescente e triturante fúria por saber que sua casa fora invadida.

A noite estava fria, clara, calma como uma tumba. Ele se perguntou se estaria prestes a enfrentar apenas um ladrão muito audaz. Talvez fosse apenas isso... ou talvez outra coisa muito mais perigosa. Um profissional contratado por um concorrente do mundo dos negócios. Um inimigo, pois ele não galgara toda a distância até chegar onde estava sem fazer alguns pelo caminho. Especialmente pelo fato de que muitos dos seus interesses já haviam estado do lado mais obscuro da lei.

Ou talvez o alvo fosse Eve. Ela também fizera inimigos, e inimigos perigosos... Olhou por trás do ombro e hesitou. Então, disse a si mesmo para não subestimar sua esposa. Não conhecia nenhuma mulher mais bem preparada para cuidar de si mesma.

Foi, porém, essa hesitação, essa necessidade instintiva de protegê-la, que fez sua sorte mudar. Ao parar entre as sombras, ele percebeu o som fraco de alguém se movendo. Roarke apertou com mais força o cabo da arma, deu um passo para trás e virou de lado, esperando...

A figura se movia lentamente, agachada. À medida que a distância entre eles ia diminuindo, Roarke começou a perceber um som ofegante de respiração nervosa. Embora não conseguisse ver o rosto do invasor, lhe pareceu que era homem, mais ou menos com um metro e sessenta de altura, e magro. Não viu arma alguma e então, pensando nas dificuldades que sua mulher ia ter de enfrentar para explicar por que seu marido atacara um intruso com um revólver proibido por lei, enfiou a Glock no cós da parte de trás das calças.

Ele se preparou, já louco por uma pequena luta corpo-a-corpo, e então se arremessou para a frente, quando a figura passou diante dele. Roarke já estava com o braço em volta do pescoço do invasor, com o punho pronto, já levantado, para o caso de alguma reação inesperada, quando percebeu que ele não era um homem, mas um rapazinho.

— Ei, seu desgraçado, me larga! Vou te matar! — berrou o jovem.

Um menino muito mal-educado e assustado, concluiu Roarke. A luta foi curta, e travada apenas pelo jovem, que esperneava. Levou poucos segundos para Roarke encostá-lo contra o tronco de uma árvore.

— Como é que você conseguiu entrar aqui, garoto? — quis saber Roarke.

A respiração do menino estava ainda mais ofegante, e seu rosto parecia o de um fantasma de tão pálido. Deu para ouvir o barulho de sua garganta, quando ele engoliu em seco, afirmando:

— Você é o Roarke! — Parou de espernear e tentou forçar um sorriso. — Você tem um sistema de segurança irado!

— Gosto de pensar que sim. — *Não era um ladrão*, decidiu Roarke, *mas certamente tinha peito para entrar ali.* — Como conseguiu passar pelo sistema irado?

— Eu... — Parou de falar de repente, arregalando os olhos, olhando por cima do ombro de Roarke. — Cuidado! Atrás de você!

Com uma calma impressionante, da qual o menino mais tarde ia se lembrar com admiração, Roarke girou nos calcanhares sem soltá-lo nem diminuir a força, dizendo:

— Peguei nosso intruso, tenente.

— Estou vendo. — Ela abaixou a arma, ordenando ao coração que voltasse ao ritmo normal. — Meu Deus, Roarke, é apenas um menino. Ele é... — Parou, estreitando os olhos. — Eu conheço esse menino!

— Então talvez possa nos apresentar.

— É Jamie o seu nome, certo? Jamie Lingstrom. O irmão de Alice.

— A senhora tem um bom olho, tenente. Agora, quer pedir a ele para parar de me estrangular?

— Acho que não... — Ela guardou a arma e se empertigou. — Que diabos você estava fazendo, invadindo uma propriedade particular no meio da madrugada? Seu avô era policial, menino, pelo amor de Deus! Quer acabar em uma instituição para menores?

— Olhe, saiba que eu não sou o pior dos seus problemas neste momento, tenente Dallas. — Fez uma tentativa de fazer a voz soar forte e valente, mas quase gaguejou. — A senhora está com um cadáver do lado de fora do muro... ele está mortinho da silva — acrescentou, e começou a tremer.

— Você matou alguém, Jamie? — perguntou Roarke, com calma na voz.

— Qual é, cara? Eu não, sem chance!... Ele já estava ali quando cheguei. — Morrendo de medo de que seu estômago pudesse se revirar mais e fazê-lo pagar um mico, Jamie tornou a engolir em seco, com mais força. — Vou mostrar onde ele está...

Se aquilo era algum truque, Eve o achou muito bom. Mas não podia se arriscar e disse:

— Tá legal, vamos lá... e se tentar fugir, meu chapa, mando-lhe um raio de atordoar, ouviu?

— Não faria sentido algum eu tentar fugir depois de ter tido todo esse trabalho para entrar, não acha? É por aqui. — Suas pernas estavam bambas, e ele torcia para que nem Eve nem Roarke percebessem que seus joelhos estavam batendo um contra o outro como duas castanholas.

— Gostaria de saber como conseguiu entrar — disse Roarke, enquanto caminhavam na direção do portão principal. — Como conseguiu desativar o sistema de segurança?

— É que gosto de brincar com eletrônica. É um *hobby*. Você tem um sistema realmente irado. O melhor!

— Eu também achava.

— Acho que eu não consegui desativar todos os alarmes... — Jamie olhou para ele, tentando exibir um sorriso fraco. — Vocês descobriram que eu havia entrado.

— E entrou mesmo — confirmou Roarke. — Como?

— Com isso... — Jamie pegou no bolso um aparelho que cabia na palma da mão. — É um misturador de sinais, feito para interferir em transmissões eletrônicas. Estou trabalhando nisso há uns dois anos. Ele decodifica quase todos os sistemas — explicou, franzindo a testa, quando Roarke agarrou o aparelho de sua mão. — Quando você ativa aqui — continuou, inclinando-se para apontar um botão —, ele faz uma varredura no sistema e clona o programa. É só esperar ele copiar tudo, passo a passo. Leva algum tempo, mas é muito eficiente.

Roarke olhou para o mecanismo. Era do mesmo tamanho que os games eletrônicos portáteis que uma de suas companhias fabricava. Na verdade, notou, alarmado, que a parte externa lhe era bem familiar.

— Você adaptou um game e o transformou em misturador de sinais? Fez isso sozinho? E conseguiu ler, clonar e quebrar o código do meu sistema de segurança?

— Bem, basicamente, é isso aí... — Os olhos de Jamie se turvaram ligeiramente, mostrando irritação consigo mesmo. — Devo ter deixado escapar alguma coisa, talvez um dos *backups*. O seu sistema realmente é ultra mais que demais! Gostaria de conhecê-lo melhor.

— Nem em sonho — resmungou Roarke, enfiando o aparelho no bolso.

Ao chegar à entrada, desarmou o sistema e abriu os portões manualmente, olhando de lado para Jamie, que esticava o pescoço, tentando ver o processo.

— Muito impressionante! — comentou Jamie. — Saquei que não conseguiria entrar por aqui. Foi por isso que resolvi pular por cima do muro. Precisei de uma escada.

— Uma escada! — exclamou Roarke, quase que para si mesmo, enquanto fechava os olhos. — O garoto subiu pela escada e pulou... Que gracinha! E as câmeras de segurança?

— Ah, eu as desliguei do outro lado da rua. O aparelho tem um alcance de mais de dez metros.

— Tenente! — Roarke agarrou Jamie pelo colarinho. — Quero que esse menino seja punido!

— Depois. Agora, onde está esse tal cadáver que você afirma ter visto?

— Siga pela esquerda. — O sorriso maroto desapareceu de seu rosto ao dizer isso e ele tornou a empalidecer.

— Fique aqui segurando esse menino, Roarke.

— Já está bem preso — replicou Roarke que não pretendia ficar ali de jeito nenhum. Empurrou o garoto para fora do portão à frente dele e encarou o olhar irritado de Eve com toda a calma. — A casa é nossa, e o problema é nosso.

Ela disse algo desagradável entre dentes e se virou para a esquerda. Não precisou ir muito longe. Ele não estava escondido nem disfarçado.

O corpo estava despido, preso a uma estrutura de madeira com o formato de uma estrela. Não, reparou Eve... era um pentagrama. Invertido, de forma que a cabeça, com os olhos sem vida como os de um boneco, e a garganta cortada estavam junto da calçada banhada em sangue. Os braços estavam esticados, e as pernas abertas em um largo "V". O centro do peito era um acúmulo confuso de sangue preto coagulado, e havia um buraco maior do que o punho de um homem.

Eve duvidava muito de que o médico-legista fosse encontrar um coração ali dentro quando abrisse o corpo para fazer a autópsia.

Ouviu um som abafado atrás dela e se virou a tempo de ver Roarke trocar de braço, a fim de colocar Jamie atrás dele, protegendo o menino e impedindo-o de ficar frente a frente com o corpo.

— Lobar — foi tudo o que ele disse.

— É... — Eve chegou mais perto. A pessoa que arrancara o coração da vítima também enfiara uma faca que atravessara um pedaço de papel e ficara encravada entre suas pernas. No papel estava escrito:

ADORADOR DO DEMÔNIO
ASSASSINO DE CRIANÇAS
QUEIME NO INFERNO!

— Por favor, você poderia levar o menino lá pra dentro, Roarke? — Olhou para a escada que ficara inclinada contra o muro — ... E livre-se disso. Deixe o garoto com Summerset, por ora. Não posso abandonar o local. — Ela se virou, com o rosto sem expressão e impassível. Seu rosto de tira. — Poderia também pegar o meu kit de trabalho?

— Sim. Venha comigo, Jamie.

— Eu sei quem ele é... — As lágrimas brilhavam nos olhos de Jamie, que piscavam sem parar. — É um dos canalhas que mataram a minha irmã. Espero que apodreça!

Ao sentir que a voz do menino ficou entrecortada, Roarke passou o braço em torno de seu ombro, garantindo:

— Ele vai apodrecer. Venha para dentro. Vamos deixar a tenente fazer o trabalho dela. — Lançando para Eve um último olhar, Roarke recolheu a escada e levou Jamie de volta aos portões.

Com os olhos ainda fixos no corpo, Eve pegou o comunicador.

— Emergência! Aqui é a tenente Eve Dallas falando.

— Emergência respondendo, pode falar.

— Comunicando um homicídio e requisitando ajuda. — Informou os dados necessários e guardou o comunicador. Virando-se na direção do outro lado da calçada, olhou a rua silenciosa e quieta, envolta em trevas e sombras que se misturavam no imenso parque. A leste, o céu começava a recolher a escuridão da noite e as estrelas já perdiam um pouco do seu brilho.

Assassinatos já haviam aparecido em sua vida antes e tornariam a aparecer. Mas alguém ia ter que pagar pela audácia de trazê-los para a porta de sua casa.

Tornou a se virar ao ver que Roarke voltava trazendo não só seu kit de trabalho, mas também o surrado casaco de couro.

— Começa a esfriar quando vai chegando o amanhecer — disse ele, entregando-lhe o casaco.

— Obrigada. Jamie está bem?

— Ele e Summerset estão olhando um para o outro com mútua desconfiança e desagrado.

— Eu sabia que eu ia gostar daquele garoto! Você pode tornar a entrar e servir de juiz se os dois começarem a lutar — disse-lhe Eve, enquanto pegava o spray selante e espalhava uma camada do líquido nas mãos e nas botas. — Já liguei para a emergência.

— Vou ficar.

Como ela já imaginava que ele faria isso, não discutiu e disse apenas:

— Então, faça algo de útil e grave a cena. — Pegou a câmera em seu kit e o passou para ele, cobrindo suas mãos com as dela. — Sinto muito.

— Você é muito esperta para se sentir culpada por algo que não foi responsabilidade sua. Ele não foi morto aqui, foi?

— Não. — Sabendo que Roarke tinha condições de funcionar como seu auxiliar até a chegada de Peabody, Eve tornou a se aproximar do corpo. — A quantidade de sangue é relativamente pouca... Ele deve ter tido a jugular cortada. Essa foi, provavelmente, a causa da morte. Vamos descobrir com certeza depois, mas os outros ferimentos devem ter sido todos *post-mortem*. De qualquer modo, se isso tivesse sido feito aqui, haveria poças vermelhas por toda parte e estaríamos quase nadando em sangue. Está com a câmera ligada?

— Sim.

— A vítima foi identificada como Robert Mathias, também conhecido como Lobar. Sexo masculino, branco, dezoito anos. O exame visual preliminar indica morte causada por um instrumento com lâmina que lhe cortou a garganta. — Esquecendo-se de todo o resto e concentrando-se no treinamento que tivera, pegou uma pequena lanterna e examinou a ferida do peito. — Lesões adicionais incluem um profundo ferimento no peito, provavelmente feito pela mesma arma. O coração da vítima foi removido. O órgão não se encontra no local onde o corpo foi encontrado. Preciso de alguns closes aqui — pediu a Roarke.

Pegando alguns instrumentos especiais, começou a medir as lesões.

— O ferimento da garganta tem dezesseis centímetros de comprimento e cinco de profundidade. — De forma rápida e competente ela descreveu, mediu e registrou as outras lesões. — Uma faca de cabo preto, com entalhes, foi deixada no corpo, pregada na genitália e segurando o que parece ser uma nota impressa por computador em papel especial.

Eve ouviu o som das sirenes ao longe se aproximando.

— Os policiais vão cercar o corpo e garantir a integridade do local — avisou Roarke. — Não há muito tráfego por aqui a esta hora da madrugada.

— Felizmente.

— O corpo foi amarrado com tiras de couro a uma estrutura em madeira com o formato de um pentagrama. A pequena quantidade de sangue e os padrões de coagulação indicam que a vítima foi morta e mutilada em outro local e transportada para cá. Deverá ser realizada uma varredura na área. Há possibilidade de ter havido uma invasão em uma propriedade privada, através do portão e dos muros. O corpo foi descoberto aproximadamente às quatro e trinta da manhã pela tenente Eve Dallas e Roarke, residentes no local.

Virando-se, começou a caminhar na direção do primeiro carro preto e branco que chegava e freou junto ao meio-fio.

— Quero que seja erguida uma tela de proteção imediatamente. Bloqueiem a rua nas duas direções, formando um perímetro a seis metros do corpo. Não quero curiosos por aqui nem a porcaria da mídia. Compreendido?

— Sim, senhora. — Os dois policiais saltaram do carro, foram para o porta-malas e tiraram a tela de proteção.

— Vou levar algum tempo aqui — avisou a Roarke. Pegando a câmera da mão dele, passou-o para um dos policiais. — Você devia entrar, para ficar de olho no garoto. — Com ar cansado, observou os policiais erguerem a tela. — Ele devia ligar para a mãe ou algo assim. Mas não quero que vá embora até ter a chance de conversar novamente com ele.

— Eu cuido disso. Vou cancelar meus compromissos agendados para hoje. Estarei disponível.

— Isso seria ótimo! — Fez menção de tocá-lo, queria muito aquilo, mas então lembrou que suas mãos cobertas com selante estavam manchadas de sangue e as abaixou. — Ajudaria se você conseguisse mantê-lo distraído, para afastar a mente do que viu, por ora. Que droga, Roarke, isso machuca!

— Um assassinato ritual — murmurou ele, compreendendo como Eve se sentia, colocou a mão sobre seu rosto. — Qual dos dois lados o cometeu?

— Acho que vou passar muito tempo interrogando bruxas. — Expirou com força, e então franziu os olhos ao ver Peabody vindo apressada pela rua, em sua direção. — Onde está o seu veículo, policial?

O uniforme de Peabody estava impecavelmente limpo e bem passado, mas seu rosto parecia afogueado e sua respiração era curta.

— Não possuo carro, tenente, e uso transporte público. O ponto mais próximo deste local fica a quatro quarteirões. — Lançou um olhar meio de lado para Roarke, como se ele tivesse culpa desse fato. — Gente rica não anda em coletivos.

— Bem, requisite a porcaria de um veículo para você — ordenou Eve. — Vamos entrar assim que terminarmos tudo aqui — disse a Roarke e se afastou. — O corpo está atrás da tela de proteção. Pegue a câmera com aquele policial que está com ela na mão. Não confio no olho dele para gravações, e suas mãos estão tremendo. Quero medições da poça de sangue e instantâneos das lesões, por todos os ângulos. Passe o selante em você... acho que os técnicos do laboratório não vão achar muita coisa aqui, mas não quero que nada fique comprometido. Vou fazer a avaliação preliminar da hora da morte. O legista já está a caminho.

Roarke a observou sair de perto dele, desaparecer atrás da tela de proteção e percebeu que Eve não tinha mais nada a lhe dizer, por ora.

Ao entrar em casa, encontrou Jamie, guardado por Summerset, que estava visivelmente irritado.

— Você não tem permissão para circular pela casa — ele avisou o jovem com rispidez. — Não toque em nada! Se quebrar alguma peça, mesmo que seja de cerâmica, ou sujar de terra um centímetro de tecido ou tapete, vou apelar para a violência.

Jamie continuava a andar de um lado para outro, colocando a mão nas estátuas que enfeitavam a pequena sala de visitas junto do saguão, pela qual Summerset tinha muita consideração.

— Nossa, agora estou morrendo de medo! Você realmente está me fazendo temer a ira de Deus, velhinho... — disse Jamie.

— Seus modos continuam deixando muito a desejar — comentou Roarke, entrando na sala. — Alguém já devia tê-lo ensinado a respeitar os mais velhos.

— É... esse alguém também devia ter ensinado o seu cão de guarda a ser mais educado com os convidados.

— Convidados não interferem em sistemas de segurança nem pulam muros, a fim de ficar andando de modo furtivo por propriedades particulares. Você não é um convidado.

Jamie desmontou. Era difícil encarar aqueles olhos azuis muito frios.

— Eu precisava ver a tenente. E não queria que ninguém soubesse.

— Da próxima vez, tente usar o *tele-link* — sugeriu Roarke. — Está tudo sob controle, Summerset. Deixe que eu lido com isso.

— Como queira... — Summerset lançou um último olhar, seco, na direção de Jamie, e então saiu do aposento a passos largos, com o corpo perfeitamente ereto.

— Onde foi que você encontrou o Conde Pé-no-Saco? — perguntou Jamie, atirando-se sobre uma poltrona. — No necrotério?

Roarke sentou-se no braço do sofá, pegou um cigarro e avisou:

— Summerset é capaz de devorar nanicos como você no café da manhã. — Acionou o isqueiro. — Já o vi fazer isso.

— Tá legal... — Mesmo assim, Jamie lançou um olhar cauteloso para a porta por onde Summerset saíra. Nada naquela casa parecia ser o que era, então ele achou melhor não subestimar o mordomo. — Por falar em café da manhã, vai rolar algum rango no pedaço? Já faz muitas horas desde que comi pela última vez.

— Está querendo dizer que espera que eu o alimente agora? — Soltou uma baforada.

— Bem, sabe como é... já que vou ficar por aqui mesmo, seria legal comer alguma coisa.

Pivetinho desaforado, pensou Roarke, com certa admiração. Só mesmo os jovens, imaginou, eram capazes de sentir fome depois de ver o que estava do lado de fora do muro.

— E o que tem em mente para o seu desjejum? Crepes, uma omelete, talvez algumas tigelas de sucrilhos com muito açúcar?

— Estava pensando mais em algo assim tipo uma pizza ou talvez um hambúrguer. — Exibiu um olhar de vitória. — Minha mãe é fanática por esse lance de alimentos nutritivos. Em casa, a gente só come essas merdas saudáveis.

— São cinco da manhã e você quer uma pizza?

— Pizza cai bem a qualquer hora.

— Talvez tenha razão. — E pensou que ele bem que poderia comer alguma coisa também. — Vamos à cozinha.

— Aqui dentro parece um museu... — comentou Jamie, enquanto seguia Roarke através do salão, com suas pinturas luminosas e antigüidades resplandecentes. — Estou falando isso no bom sentido — explicou. — Você deve estar nadando em dinheiro!

— Devo estar...

— As pessoas dizem que é só você colocar o dedo em alguma coisa e as fichas de crédito começam a jorrar.

— Elas dizem, é?...

— Dizem, e também que você não deve ter acumulado tudo isso só com lances legalizados, entende? No entanto, já que se enforcou com uma policial como Dallas, acho que deve estar tudo limpeza...

— Deve estar... — murmurou Roarke, passando por uma porta de vai-e-vem que dava para uma cozinha gigantesca.

— Uau! Que lance incrível! Você tem gente trabalhando aqui, preparando comida manualmente e tudo o mais?

— Costuma acontecer assim. — Roarke observou o menino circular pela cozinha, olhando os controles do fogão computadorizado e do refrigerador subzero. — Esta manhã, no entanto, não vai acontecer. — Foi na direção de um grande AutoChef. — O que vai ser, afinal? Pizza ou hambúrguer?

— Pode ser os dois? — Jamie deu um sorriso. — Acho que também conseguiria beber um balde de Pepsi.

— Vamos começar com uma lata. — Roarke programou o AutoChef e foi pessoalmente até a geladeira. — Pode se sentar, Jamie.

— Saco! — Mas manteve o olho em Roarke enquanto se deixava escorregar sobre o banco estofado da saleta de café da manhã.

Depois de pensar um pouco, Roarke se resolveu por duas latas, e as pegou do compartimento, quando elas caíram.

— Você deve estar louco para entrar em contato com a sua mãe — disse ao garoto. — Pode usar o *tele-link* aqui da cozinha.

— Não. — Jamie colocou as mãos embaixo da mesa e as esfregou nas calças. — Minha mãe está dopada. Não consegue lidar com o lance de Alice, e a tiraram do ar. Nós... o velório é hoje.

— Entendo. — E como realmente entendia, Roarke resolveu deixar o assunto de lado. Entregou a bebida a Jamie e pegou dentro do AutoChef uma pizza grande, com a mussarela ainda borbulhando. Colocou-a sobre a mesa, acompanhada de um hambúrguer.

— Serviço classe A! — Com o apetite típico dos jovens, Jamie agarrou o hambúrguer e deu a primeira dentada. — Cara! Caraca, isso é carne! — disse, com a boca cheia. — Carne de verdade!

Foi difícil para Roarke manter o rosto sério.

— Você preferia carne de soja? — perguntou, com educação. — Talvez uma pizza de legumes?

— Nem pensar! — Jamie limpou a boca com as costas da mão e sorriu. — Tá bom demais! Obrigado.

Roarke pegou dois pratos e um cortador de pizza. Começou a dividi-la em fatias.

— Imagino que invadir domicílios abra o apetite — comentou.

— Não, estou sempre com fome mesmo... — Sem fazer cerimônia. Jamie transferiu a primeira fatia para o prato. — Minha mãe diz que isso é comum em idade de crescimento, mas a verdade é que realmente gosto de comer. Ela vive preocupada com as porcarias que devoro, então sou obrigado a trazer comida de verdade escondida para dentro de casa. Você sabe como as mães são...

— Não, na verdade não sei, mas aceito a sua palavra. — E por jamais ter tido um espírito assim tão jovem quanto Jamie, ou tão inocente, Roarke se serviu de uma fatia e se preparou para curtir a imagem do menino devorando todo o resto.

— Os pais são legais. — Jamie encolheu os ombros, alternando dentadas na pizza e no hambúrguer. — Nunca vejo o meu pai, pelo menos já faz alguns anos. Ele mudou de mala e cuia para a Europa. Mora na Comunidade da Manhã, perto de Londres.

— Um lugar bem-estruturado, todo programado e estritamente residencial — completou Roarke. — Lá é tudo muito organizado.

— É... e muito sacal também. Até a grama é programada para crescer. Mas ele curte, ele a nova mulher dele, que é muito gata... Já é a terceira com quem ele se casa. — Tornou a encolher os ombros, bebendo a Pepsi. — Ele não curte muito esse lance de ser pai não... Isso deixava Alice muito aborrecida. Para mim, tanto faz...

Não, pensou Roarke. No fundo, não devia ser assim tão fácil não... As mágoas estavam ali dentro. Era estranha a quantidade de traumas permanentes que um pai podia provocar em uma criança.

— Sua mãe não voltou a se casar?

— Não, ela não está nessa não. Ficou muito pra baixo quando meu pai vazou. Eu tinha seis anos. Estou com dezesseis agora, e ela ainda acha que sou uma criança. Tive que empentelhar a vida dela durante semanas para ela me autorizar a tirar carteira de motorista. Mas ela é legal... Só que é meio... — Parou de falar, olhando para o prato vazio, como se estivesse se perguntando como é que toda aquela comida chegara ali. — Ela não merece isso. Faz o melhor que pode. Adorava o meu avô. Eles eram muito chegados. E agora Alice. Alice era muito esquisita, mas...

— Era sua irmã... — disse Roarke, baixinho — ... e você a amava.

— Isso não deveria ter acontecido com ela. — Levantou o olhar, devagar, olhando para Roarke com uma espécie de fúria terrível. — Quando eu encontrar quem a maltratou, quando descobrir as pessoas que fizeram isso com ela, vou matá-las!

— Tenha cuidado com o que você fala, Jamie. — Eve entrou na cozinha. Seus olhos estavam sombrios e o rosto, pálido de cansaço. Embora tivesse trabalhado com todo o cuidado, havia manchas de sangue em seus jeans. — É melhor colocar de lado qualquer plano de vingança e deixar a investigação para os tiras.

— Eles mataram a minha irmã.

— Ainda não ficou provado que a sua irmã foi vítima de homicídio. — Eve seguiu direto para o AutoChef e programou café. — Você já se meteu em muita encrenca — acrescentou, antes que o menino tivesse a chance de falar — e não precisa piorar a situação discutindo comigo.

— Seja esperto — disse Roarke, ao ver Jamie tornar a abrir a boca para falar. — Fique frio!

Peabody chegou também e ficou em pé na cozinha silenciosa. Observou o menino e sentiu uma fisgada. Tinha um irmão daquela idade. Com isso em mente, exibiu um sorriso radiante.

— Pizza no café da manhã! — exclamou, com um tom de voz muito alegre. — Tem mais?

— Sirva-se! — convidou Roarke, dando um tapinha no banco, como convite. — Jamie, esta é a policial Peabody.

— Meu avô conhecia você. — Jamie a avaliou com olhos cautelosos e observadores.

— Conhecia? — Peabody se serviu de um pedaço de pizza. — Acho que nunca nos encontramos. Embora eu o conhecesse. Todos na central sentiram muito a sua morte.

— Ele sabia a respeito de você. Uma vez, ele me disse que Dallas estava moldando você.

— Peabody é uma policial — interrompeu Eve — e não um pedaço de argila. — Aborrecida com aquilo, pegou o último pedaço de pizza e deu uma dentada, reclamando: — Isso aqui ficou frio.

— É ótimo frio. — Peabody deu uma piscada para Jamie. — Nada melhor do que pizza fria no café da manhã.

— Então coma enquanto tem chance. — Seguindo o próprio conselho, Eve deu mais uma dentada. — Vamos ter um longo dia pela frente... — e pousou os olhos direto em Jamie — ... a começar por agora. Até você estar com um tutor ou representante presente, não posso gravar seu depoimento nem interrogá-lo oficialmente. Você compreende isso?

— Claro, não sou idiota. E não sou criança. Posso...

— Pode ficar calado — interrompeu Eve. — Com ou sem representante aqui, posso jogar você no xadrez do juizado de menores por invasão de propriedade particular... se Roarke resolver apresentar queixa.

— Eve, acho que, na verdade...

— E você fique calado também. — Ela se virou para ele, frustrada e fatigada. — Isso não é um jogo, é assassinato. E a mídia já está lá fora, sentiram cheiro de sangue. Você nem vai conseguir colocar o pé fora de casa sem que eles pulem em cima.

— E você acha que isso me incomoda?

— Incomoda a mim! Essa droga toda incomoda a mim, e muito! Meu trabalho não deve chegar aqui dentro. Ele nunca deve entrar aqui! — Parou de falar, olhando para o outro lado.

Era aquilo, compreendeu Eve de repente, que a estava corroendo por dentro e escapando ao seu controle. Havia sangue em sua casa e ela foi a pessoa que o trouxera.

Mais controlada, tornou a se virar, dizendo:

— Nada disso vem ao caso agora. Você tem algumas explicações a dar — disse e olhou para Jamie. — Quer fazer isso aqui ou lá na central, assim que eu entrar em contato com a sua mãe?

Ele não disse nada por um momento, simplesmente ficou olhando para Eve como se estivesse medindo forças. Aquele era o mesmo olhar, Eve notou, que ela o vira exibir ao ser comunicado de que sua irmã estava morta. Era um ar muito adulto e controlado.

— Eu sei quem é aquele cara morto. Seu nome é Lobar, um dos canalhas que mataram a minha irmã. Eu o vi.

Capítulo Nove

Os olhos de Jamie assumiram um ar cruel e furioso. Eve não tirou os olhos dele ao espalmar a mão sobre a mesa, inclinando-se na direção do menino e dizendo:

— Você está me contando que viu Lobar matar a sua irmã?

— Não. — A boca de Jamie se remexia como se estivesse mastigando as palavras e as achasse muito amargas. — Mas eu sei. Sei que ele foi um deles. Eu o vi com ela. Vi todos eles. — Seu queixo estremeceu e sua voz ficou entrecortada, fazendo Eve se lembrar de que ele tinha apenas dezesseis anos. Seu olhar, no entanto, continuava a parecer o de uma pessoa muito vivida. — Eu entrei lá, uma noite. Naquele apartamento no centro.

— Que apartamento?

— O da Selina Assombração e do Alban Babacão. — Encolheu os ombros, mas o movimento era mais de nervoso do que de arrogância. — Assisti a um dos shows demoníacos deles. — Sua mão já não estava tão firme quando ele pegou a lata e engoliu de uma vez só o restinho de Pepsi.

— Eles o deixaram assistir à cerimônia?

— Eles não me *deixaram* assistir a nada. Nem sabiam que eu estava lá. Pode-se dizer que simplesmente me convidei. — Olhou para Roarke. — O sistema de segurança deles está longe de ser irado como o seu.

— Essa é uma boa notícia — reagiu Roarke.

— Você tem andado muito ocupado — disse Eve, sem baixar o tom de voz. — Planeja seguir a carreira de arrombador e ladrão?

— Não — disse sem sorrir. — Quero ser um policial... como você.

Eve expirou com força, passou as mãos no rosto e se sentou, avisando:

— Policiais que têm o hábito de fazer invasões ilegais acabam do lado errado das grades.

— Eles estavam com a minha irmã.

— Como assim? Estavam mantendo Alice lá contra a vontade dela?

— Eles esculhambaram com a mente dela. É a mesma coisa.

Área sensível, refletiu Eve. Ela na podia voltar atrás no tempo e impedir o menino de invadir uma propriedade particular. Seu avô, que sempre fora um policial absolutamente íntegro, lembrou, também tentara fazer a mesma coisa. O neto simplesmente conseguira a façanha.

— Olhe, eu vou lhe fazer um favor porque gostava muito do seu avô. Vamos manter isso fora do caso. No que se refere às suas declarações, você jamais esteve lá. Nunca colocou os pés naquele apartamento, compreendeu?

— Certo. — Levantou um ombro. — Pode ser, qualquer coisa serve...

— Conte-me tudo o que viu. Não exagere os fatos nem faça especulações.

— Vovô sempre me dizia a mesma coisa. — Seus lábios sorriram de leve.

— Isso mesmo. Se quer mesmo ser um policial, tente me oferecer um bom relatório agora.

— Combinado, tá legal!... Alice andava circulando pela Cidade dos Bizarros, certo? Faltava às aulas e jogava frases soltas, insinuando que ia parar de estudar. Mamãe estava muito abalada com aquilo. Pensava que era por causa de algum cara, mas eu sabia que não era. Não que Alice estivesse me contando alguma coisa, porque deixara de falar comigo.

Nesse ponto, parou de falar, e seus olhos ficaram sombrios e tristes. Então balançou a cabeça e suspirou, continuando:

— O lance é que eu a conhecia muito bem. Se fosse um cara, Alice ia ficar toda melosa, com olhar sonhador e abobada. Nesse caso, era bem diferente. A princípio, achei que ela andava experimentando. Estou falando de drogas ilegais. Soube que minha mãe conversou com meu avô e ele levou um papo com Alice, mas ninguém estava chegando a lugar algum. Então achei melhor pesquisar. Segui minha irmã algumas vezes. Achei que seria bom, para começar a prática de ficar vigiando alguém, entende? Ela nunca me sacou. Nenhum deles me sacou. Muita gente não se toca com crianças nem as vê. Quando vêem, acha que são idiotas e inofensivas.

— Ora, mas eu não acho você inofensivo, Jamie... — comentou Eve, com os olhos fixos no menino.

Os lábios dele se torceram, tentando dar um sorriso afetado. Percebeu que a declaração de Eve não era exatamente um elogio.

— Então, fiquei na cola dela e fui até aquele clube — continuou. — O tal de Clube Athame. Foi a primeira vez que tive que ficar de fora. Não estava preparado para aquilo. Ela entrou às dez horas e saiu por volta de meia-noite, acompanhada pela Patrulha dos Malignos.

Tornou a rir meio sem graça quando Eve levantou uma sobrancelha.

— Certo... — Voltou ele, tentando consertar a narrativa. — O objeto da vigilância evadiu-se do estabelecimento em companhia de três indivíduos, dois do sexo masculino e um do sexo feminino. A polícia já tem as descrições dos suspeitos, então posso simplesmente dizer que este investigador identificou-os mais tarde como sendo

Selina Cross, Alban e Lobar. Eles procederam na direção leste, a pé, então adentraram uma estrutura residencial multiunitária, de propriedade de Selina Cross. Este investigador observou as luzes se acenderem no último andar. Depois de avaliar suas opções, o investigador decidiu entrar no prédio. O sistema de segurança foi ludibriado com um mínimo de esforço técnico. Posso tomar outra Pepsi?

Sem dizer nada, Roarke pegou a lata vazia, lançou-a no aparelho para reciclagem e pegou outra para o menino.

— Estava muito silencioso lá dentro — continuou Jamie, abrindo a lata. — Tudo parecia morto... escuro. Tinha uma minilanterna comigo, mas não a usei. Subi as escadas internas e contornei as exigências do sistema de reconhecimento palmar, bem como as câmeras de segurança. As fechaduras também não foram muito difíceis de abrir. Percebi que eles achavam que ninguém ia ter coragem de ir tão longe sem convite, entende? Caí dentro, mas o lugar estava vazio. Não entendi nada... eu os vira entrar, vira a luz, mas o lugar estava vazio. Então dei um rolé pela área. Havia uns troços meios doidos lá dentro. E tudo tinha um cheiro assim... estranho, tipo aquele incenso esquisito que a gente encontra em lojas do pessoal do movimento para a Família Livre, só que diferente. Muito esquisito... e havia também uma estátua lá dentro. Um sujeito com cabeça de porco-selvagem, corpo de homem e um pau monstruoso batendo continência.

Ele parou e ficou vermelho ao se lembrar de que estava falando na presença de mulheres, ainda que policiais.

— Desculpe... — disse, baixinho.

— Eu já vi paus batendo continência antes — disse Eve, com a voz branda. — Continue.

— Certo. Então eu estava ali, olhando para a estátua, e um cara entrou. *Merda, me ferrei*, pensei na hora, mas ele não me viu. Pegou um troço dentro de uma gaveta, tornou a se virar e vazou. Não olhou nem uma vez para o canto onde eu estava. — Jamie balançou a cabeça e tomou um gole do refrigerante, enquanto revivia a experiência e o medo que quase o fizeram se borrar nas calças. — Cheguei ao portal a tempo de vê-lo atravessando uma parede. Passagem secreta — explicou, com um riso curto. — Pensei que só havia isso em vídeos antigos. Esperei uns dois minutos e fui atrás dele.

Nesse ponto, Eve simplesmente tornou a colocar as mãos no rosto, apertando-o tanto que os nós dos dedos o marcaram.

— Você foi atrás dele? — perguntou.

— Fui. Minha sorte estava em um bom dia... Havia uma escada, muito estreita. Acho que era feita de pedra. Dava para ouvir música. Não exatamente música, era mais assim, tipo vozes cantarolando alguma coisa sem abrir os lábios. E o cheiro estranho estava mais forte. A escada virava e dava em uma sala que tinha mais ou menos metade do tamanho desta cozinha e paredes espelhadas. Havia um monte de velas e mais estátuas com tesão. Estava tudo enfumaçado. Havia alguma coisa na fumaça, porque comecei a sentir a cabeça leve. Tentei me segurar para não respirar muito fundo.

Olhou para a bebida em sua mão. Contar essa parte ia ser mais difícil, avaliou. Pior do que ele achou que pudesse ser.

— Havia uma plataforma elevada, toda entalhada. Os entalhes pareciam palavras, acho, mas não deu para ver direito. Alice estava deitada em cima dela. Estava nua. Os outros três estavam em pé em volta dela, balbuciando alguma coisa. Parecia que estavam cantando, mas não consegui entender as palavras. Estavam fazendo coisas com ela, e uns com os outros também.

Teve que engolir em seco novamente. Seu rosto estava branco como cera, e havia pontos vermelhos nas bochechas.

— Estavam usando uns brinquedinhos sexuais, e ela... ela os deixava fazer aquilo. Os dois. Ficou ali, deixando-os fazerem tudo, enquanto a piranha da Selina Cross ficou só olhando. Alice simplesmente deixou que eles fizessem tudo...

Sem perceber, Eve esticou o braço, pegou a mão dele e deixou o menino apertar seus dedos até parecer que ia lhe quebrar os ossos.

— Não consegui mais ficar ali. Estava enjoado vendo tudo aquilo, e havia a fumaça e os sons. Tinha que cair fora! — Seus olhos ficaram molhados quando levantou a cabeça. — Ela não teria permitido que eles fizessem tudo aquilo com ela se não estivesse com a mente alterada. Alice não era uma vagabunda, não era...

— Eu sei. Você contou tudo isso a alguém?

— Não consegui. — Passou as costas da mão sobre o rosto. — Minha mãe ia morrer só de ouvir essa história. Eu queria jogar tudo aquilo na cara de Alice, porque fiquei muito revoltado. Mas também não consegui. Estava com vergonha por tê-la visto daquele jeito, acho. Ela era minha irmã...

— Está tudo bem.

— Voltei ao clube duas noites depois e consegui entrar.

— Eles deixaram você entrar?

— Arrumei uma identidade falsa. Em lugares como aquele, eles não ligam a mínima se você tiver cara de doze anos, desde que a identidade afirme outra coisa. A segurança é mais forte lá dentro. Eles têm scanners, eletrônicos e humanos, todos com as butucas ligadas e em toda parte. Avistei Alice com aquele tal de Lobar, o medonho. Eles subiram para o andar de cima e foram lá para o nível dos bacanas. Não consegui subir, mas cheguei perto o bastante para ver quando eles tornaram a sumir. Saquei que devia haver algum quarto lá em cima também, como aquele no apartamento. Estava pensando em achar um jeito de entrar lá qualquer hora, depois do clube fechar, mas então Alice caiu fora e se afastou deles. Foi procurar a tal de Isis e ficou lá por algum tempo, arrumou um lugar para morar e um emprego. Nunca mais voltou ao clube nem ao apartamento.

Deu um suspiro e continuou:

— Pensei que ela tinha se estabilizado, que sacara o tipo de gente do mal e horrorosa que eles eram. Ela voltou a conversar um pouco comigo.

— E ela lhe contou sobre as pessoas com as quais se envolvera?

— Não exatamente. Falou apenas que cometera um engano, um terrível engano. Disse que estava tentando pagar pelos erros que cometera limpando o troço que haviam colocado em seu cérebro. Vi que ela estava apavorada, mas, quando soube que conversara com o meu avô, achei que as coisas todas iam se ajeitar. Foram eles que o mataram também?

— Não temos provas disso, e não vou conversar sobre esse assunto com você — acrescentou Eve ao ver que ele levantou os olhos, assustados, e a fitou. — E você também não deve conversar a respeito de nada disso com ninguém! Não deve chegar perto daquele clube nem do apartamento. Se fizer isso e eu descobrir, e pode estar certo de que acabo descobrindo, vou lhe colocar um bracelete de localização e você não vai conseguir nem arrotar sem o sistema dedurar e eu ficar sabendo.

— Mas é a minha família...

— Sim, eu sei. E se quer ser um policial, é melhor aprender desde já que se você não conseguir ser objetivo, não poderá fazer seu trabalho.

— Meu avô não conseguiu ser objetivo — disse Jamie, baixinho — e agora está morto.

Sem resposta para aquela observação, Eve se levantou, dizendo:

— O nosso problema agora é tirar você daqui e conseguir manter o seu envolvimento longe da mídia. Os repórteres estão acampados no portão.

— Sempre existe uma alternativa — comentou Roarke. — Vou providenciar isso.

Eve concordou com a cabeça, sabendo que ele teria uma saída, sem dúvida.

— Preciso trocar de roupa e ir para a central — disse ela. — Peabody... — Lançou um olhar de lado, muito significativo, na direção de Jamie. — Você fique por aqui, me esperando.

— Sim, senhora.

— Ela está querendo lhe dizer para ficar aqui e me vigiar como um cão de guarda — resmungou Jamie, quando Eve e Roarke saíram da cozinha.

— É mesmo — concordou Peabody, mas lançou para o menino um sorriso de cumplicidade. — Quer mais uma Pepsi?

— Acho que sim.

Peabody se levantou, foi brincar com o compartimento de onde saíam as bebidas da geladeira e se serviu de uma xícara do magnífico café de Roarke.

— E então, desde que idade você sonha em ser tira, Jamie?

— Desde que nasci.

— Eu também. — Ela se acomodou para ficar de papo com o menino.

— Vou tirá-lo daqui por via aérea — Roarke comunicou a Eve, que se lavara e trocava de roupa no quarto.

— Por via aérea?

— Sim, estava pensando em pegar o minielicóptero para dar uma volta mesmo.

— Essa região está fora da área autorizada para uso de helicópteros particulares.

— Repita isso quando estiver usando distintivo — disse e, como era esperto, disfarçou o riso dando uma tossida forte.

— Leve-o para casa, sim? Eu agradeceria... — disse ela, resmungando alguma coisa para si mesma, enquanto vestia uma blusa limpa. — Aquele garoto tem é sorte de estar vivo!

— Ele tem iniciativa, é brilhante e muito focado no que quer. — Sorriu ao pegar o aparelho que confiscara do menino, admirando-o. — Puxa, se eu tivesse um desses aqui com a idade dele... ah, as possibilidades!...

— Você já faz maravilhas com seus dedinhos mágicos.

— É verdade. — Enfiou o aparelho no bolso. Ia mandar um de seus engenheiros analisar o brinquedo para fazer um igualzinho. — Acho que a juventude de hoje em dia não sabe apreciar a satisfação de trabalhar com as mãos. Se o jovem Jamie desistisse dos seus planos de trabalhar para as forças de combate ao crime, acho que poderia arrumar um bom lugar para ele em meu pequeno mundo.

— Nem fale nisso! Você iria corrompê-lo.

Roarke colocou um aparelho no pulso; tinha pouco mais que a espessura de um papel e era todo feito de ouro.

— Você se saiu muito bem com ele, querida. Foi firme, mas sem ser fria. Usou de um estilo agradável, autoritário e ao mesmo tempo maternal.

— Hein?! — Ela piscou.

— Você é muito boa para cuidar de crianças. — Deu um sorriso ao vê-la empalidecer. — Isso me fez imaginar...

— Sai dessa! Ei, se toca! — aconselhou ela, afivelando o coldre. — Vou para a central agora, fazer meu relatório e passar para Whitney os dados que não estarão registrados. Oficialmente, o nome de Jamie não vai ficar ligado a isso. Tenho certeza de que, se for necessário, vocês dois vão inventar uma história bem plausível para contar para a mãe dele.

— Isso é moleza... — disse Roarke, empurrando a bochecha com a língua.

— Humm... pela minha avaliação preliminar, Lobar foi assassinado às três e trinta da manhã. Isso foi mais ou menos uma hora depois de sairmos do clube. É difícil dizer há quanto tempo ele já estava ali, jogado na calçada em frente ao muro, mas eu chutaria uns quinze minutos, mais ou menos, antes da chegada de Jamie. É pouco provável que a pessoa que largou Lobar ali tenha ficado circulando pela área. Mas se ela ficou e viu Jamie, o menino pode ter se tornado um alvo. Quero aquele garoto sob vigilância, mas até que Whitney libere, não vou poder usar um tira para fazer isso.

— Quer que eu coloque um de meus confiáveis funcionários para vigiá-lo?

— Não, mas é o que vou ser obrigada a pedir... — Virando-se para o espelho, passou os dedos pelos cabelos, na falta de uma escova. — Estou trazendo esse caso para dentro de casa, de várias formas... desculpe.

— Você não pode separar o que faz de quem você é, nem espero que o faça. — Caminhou até onde ela estava, virou-a na direção dele e emoldurou seu rosto com as mãos. — O que atinge você, atinge a mim. É isso que eu espero, e é também o que quero.

— O último caso que me atingiu pessoalmente quase matou você. — Colocou as mãos sobre os pulsos dele, apertando-os em um gesto de carinho. — Preciso demais de você... e a culpa é sua!

— Exato! — Ele abaixou a cabeça e a beijou. — Isso também é exatamente o que eu quero. Vá trabalhar, tenente.

— Estou indo. — Seguiu a passos largos para a porta, mas então parou e olhou para trás. — Olhe, não quero ser informada pelo Departamento de Trânsito que o meu marido andou fazendo firulas pelo céu em seu mini-helicóptero.

— Você não vai ser informada disso. Eu sei subornar muito bem.

Isso a fez rir, enquanto descia para pegar Peabody e enfrentar a primeira onda de ataque implacável da mídia.

Mal acabara de colocar o cinto de segurança quando ouviu o ronronar grave de um motor muito caro. Franzindo ligeiramente as sobrancelhas, olhou para leste e viu o elegante helicóptero se elevar, com sua cabine espelhada e o giro constante de suas hélices prateadas. Ele circulou em volta do carro, como se estivesse brincando com ela, e então, de forma ilegal, afastou-se dali zunindo como uma bala.

— Uau! Que momento! Que máquina! Aquele era o Roarke? Você viu só?... — Peabody esticou o pescoço para fora do carro, a fim de dar uma última olhada. — Viu só que rapidez?...

— Cale a boca, Peabody!

— Nunca andei de helicóptero particular. — Com um suspiro longo, Peabody se ajeitou no banco. — Esse aí faz os aparelhos que o Departamento de Trânsito usa parecerem carroças voadoras.

— Você costumava ficar mais intimidada quando eu a mandava calar a boca.

— Isso era antigamente. — Sorrindo, Peabody cruzou as pernas nos tornozelos. — Você lidou com o menino muito bem, tenente.

— É que eu sei como conduzir um interrogatório, Peabody. — Levantou os olhos com impaciência.

— Nem todo mundo sabe lidar com adolescentes. Eles são meio brutos... e frágeis. Aquele ali já viu mais na vida do que deveria nessa idade.

— Eu sei. — Acontecera o mesmo com ela própria, lembrou Eve. Talvez por isso ela o compreendesse. — Prepare-se, Peabody. Os tubarões já estão circulando e vindo para cima de nós!

Peabody fez uma careta ao ver o bando de repórteres se acotovelando do lado de fora dos portões. Havia minicâmeras, gravadores e olhares famintos.

— Nossa, espero que eles peguem o meu melhor ângulo — disse Peabody.

— Achei que você estava sentada nele.

— Obrigada. É que eu ando malhando muito. — De modo automático, Peabody tirou o sorriso do rosto e assumiu uma expressão profissional e neutra, enquanto murmurava: — Não estou vendo Nadine.

— Mas ela está por aí... — Eve acionou o controle para abrir os portões. — Nadine Furst jamais perderia um lance desses. — Calculando o tempo, passou com o carro no instante exato, a tempo de evitar que a frente do carro batesse nas grades de ferro que se abriam. Os repórteres se lançaram na frente do carro, engolfando-o, enquanto miravam suas câmeras e berravam perguntas. Uns dois se mostraram corajosos ou então idiotas demais para colocar o pé dentro do terreno, o que caracterizava invasão de propriedade particular. Eve reparou neles e colocou o volume do alto-falante externo do carro no máximo.

— A investigação está prosseguindo — anunciou, com a voz amplificada. — Ao meio-dia, será feito um pronunciamento oficial. Qualquer representante da mídia que invada esta propriedade será não apenas processado, como também perderá o acesso a qualquer dos dados que serão divulgados. — Tornou a fechar os portões, quase esmagando alguns pés, que começaram a pular no meio da confusão.

— Onde é que se enfiaram os policiais que deixei de guarda?

— Devem ter sido devorados vivos a essa altura. — Peabody olhou para o repórter que estava com a cara esmagada do lado de fora do seu vidro e pediu: — Este aqui até que é bonitinho, tenente. Tente não estragar seu rosto.

— Quem escolheu foi ele. — Continuou dirigindo. Alguém pulou da frente do carro, apoiando-se no pára-choque, e soltou um palavrão. O carro deu um solavanco e ouviu-se um grito muito alto.

— Acho que você passou por cima do pé dele. Dez pontos para a tenente! — exclamou Peabody, discretamente empolgada com aquilo. — Agora, veja se consegue tirar do mapa aquela ali... a mulher com pernas quilométricas, de *tailleur* verde. Vai lhe garantir mais cinco pontos.

A repórter agarrada ao pára-brisa escorregou para fora quando Eve deu um golpe de direção.

— Droga, essa você perdeu, Dallas! Também, não dá para acertar todos...

— Peabody... — Eve balançou a cabeça, pisou fundo no acelerador e seguiu em direção ao centro — ... às vezes você me preocupa.

Eve planejava ver o comandante Whitney logo, mas não se surpreendeu ao avistar Nadine Furst esperando, de tocaia, junto à escada rolante do primeiro andar da Central de Polícia.

— Noite agitada, hein, Dallas?...

— Foi mesmo, e continuo agitada e cheia de coisas para resolver. Vai haver uma entrevista coletiva com a imprensa ao meio-dia.

— Mas você já podia me adiantar alguma coisa agora... — Nadine conseguiu forçar o caminho e entrou na escada rolante logo atrás de Eve. Não era uma mulher volumosa, mas era rápida e esperta. Não dava para ser a repórter mais famosa dos noticiários ao vivo sem desenvolver reflexos rápidos. — Só uma dica, Dallas. Algo que eu possa oferecer ao público na minha vinheta de dez da manhã.

— Um cara foi morto — disse Eve, sem muito papo. — A identificação só será tornada pública depois que o parente mais próximo for notificado.

— Então você já sabe o nome da vítima. Tem alguma pista de quem rasgou a garganta dele?

— Na minha opinião profissional, foi uma pessoa com um instrumento cortante na mão — disse Eve, seca.

— Hã-hã... — Os olhos de Nadine se estreitaram. — Há um bochicho por aí de que foi deixada uma mensagem na cena do crime. E que foi um assassinato ritualístico.

Sempre a droga das informações que vazavam, pensou Eve.

— Não posso comentar nada a esse respeito.

— Espere um minuto! — Ao chegar ao topo da escada, Nadine pegou Eve pelo braço. — Se quiser que eu segure alguma informação até você liberar, você sabe que farei isso. Por favor, me dê pelo menos uma dica e me deixe trabalhar.

Confiar na mídia era algo arriscado, mas ela já confiara em Nadine antes, e isso beneficiara as duas. Como elemento de pesquisa, Eve sabia que Nadine era um instrumento bem afinado. Disse então:

— Se foi um assassinato ritualístico, fato que ainda não foi determinado nem deve ser levado ao ar, o meu próximo passo seria reunir todos os dados relacionados com grupos dedicados a seitas ou cultos especiais e que estão estabelecidos nesta cidade, registrados ou não, bem como os nomes de seus membros.

— Mas existe todo tipo de seita, Dallas.

— Então é melhor partir logo para o trabalho. — Soltou o braço, antes de soltar mais uma migalha para Nadine. — Engraçado, agora que estou pensando no assunto, "culto" deve ser a raiz da palavra "oculto"... ou talvez seja apenas uma coincidência.

— É, talvez seja... — Nadine entrou rapidamente na escada ao lado, que descia. — Pode deixar que eu tiro a sua dúvida.

— Isso foi muito esperto — decidiu Peabody.

— Só espero que continue assim. Vou direto para a sala do Whitney. Quero que descubra para mim os nomes de todos os policiais que estavam no local onde o corpo foi desovado nesta madrugada. Vou ter um papo particular com cada um deles a respeito de gente que divulga informações confidenciais da polícia.

— Ai! Essa vai doer!

— Pode ter certeza de que sim — murmurou Eve, seguindo em direção ao elevador.

Whitney não a deixou esperando. Eve reparou, enquanto se sentava diante dele, que o comandante não dormira mais do que ela na noite anterior.

O Departamento de Assuntos Internos está reclamando a respeito do caso Wojinski. Estão forçando a barra para abrirmos uma investigação oficial a respeito de sua morte.

— E o senhor não consegue segurar esse inquérito?

— Só até o fim do expediente, logo mais.

— Meu relatório talvez ajude. — Eve pegou um disco na bolsa. — Não existe prova absolutamente alguma de que o sargento Wojinski estivesse consumindo drogas ilegais. Todas as indicações apontam para o fato de que ele estava tentando atingir Selina Cross. Seus motivos são pessoais, comandante, mas até mesmo o Departamento de Assuntos Internos vai conseguir compreendê-los. Tenho as declarações de Alice gravadas, já as transcrevi na íntegra e as coloquei no relatório. Na minha opinião, ela foi drogada e teve a sua... ingenuidade explorada. Foi sexualmente usada. Envolveu-se com a seita fundada por Selina Cross e Alban. Quando rompeu com o grupo, foi ameaçada e ficou amedrontada. Por fim, recorreu a Frank.

— E por que a jovem se desligou deles?

— Na gravação, ela alega ter testemunhado o assassinato ritualístico de uma criança.

— O quê? — Os nós dos dedos do comandante ficaram brancos quando ele apertou com toda a força a borda da mesa. — Ela testemunhou um assassinato, relatou isso a Frank e ele não abriu uma investigação?

— Alice esperou algum tempo antes de contar ao avô, comandante. E não existem provas que sirvam de apoio às suas alegações. Não posso substanciá-las neste momento. Tudo o que posso garantir é que Alice acreditava ter presenciado um assassinato. Estava apavorada, temendo por sua vida. Ela também se sentia responsável pela morte do avô. Acreditava piamente que ele fora assassinado como represália às investigações particulares sobre Selina Cross que estava realizando. Alice alegou que Selina Cross tinha conhecimento técnico de substâncias químicas e basicamente envenenou Frank.

— Não temos dados concretos para provar uma armação como essa.

— Ainda não. Alice estava certa de que seria a próxima vítima e morreu na mesma noite em que me apresentou sua declaração. Ela também acreditava que Selina Cross conseguia mudar de forma.

— Como assim?

— Achava que Cross podia assumir a forma de diversos animais. Um corvo, por exemplo.

— Ela achava que Selina Cross podia se transformar em um corvo e sair voando? Nossa, Dallas, os rapazes do Departamento de Assuntos Internos vão adorar essa história.

— Uma coisa como essa não precisava ser real, bastava ela acreditar. Alice era uma jovem aterrorizada e atormentada por essas pessoas. Encontrei uma pena preta no peitoril de sua janela na noite em que morreu, uma pena artificial, por sinal, e havia mensagens ameaçadoras em seu *tele-link*. Eles a estavam atormentando muito, comandante, pode ter certeza disso. O que Frank fez foi tentar proteger a família. Talvez tenha abordado o problema de modo errado, mas era um bom policial. E morreu como um bom policial. O Departamento de Assuntos Internos não vai conseguir mudar isso.

— Vamos fazer de tudo para que eles não consigam. — Guardou o disco. — Por ora, esse assunto fica só entre nós.

— Feeney...

— Não nesse momento, tenente.

Eve decidiu que não ia ser enxotada daquele jeito, como uma mosca, e trincou os dentes.

— Comandante, minha investigação, até esse ponto, descarta qualquer conexão entre a investigação particular que o sargento Wojinski estava efetuando e o capitão Feeney. Não encontrei rastro algum de que Feeney tenha manipulado ou pesquisado irregularmente qualquer registro ou informação, a fim de ajudar Frank.

— E você realmente acredita que Feeney iria deixar algum rastro, Dallas?

— Eu saberia do seu envolvimento. — Eve manteve os olhos fixos em Whitney. — Feeney está sofrendo muito, tanto por seu amigo quanto por sua afilhada, e não sabe de coisa alguma, além da versão oficial. Ele não sabe de nada, comandante, e tem o direito de saber.

Aquilo ia deixar marcas no relacionamento dele com Eve, e Whitney sabia. Ia deixar marcas em todos os envolvidos, mas era algo que não podia ser evitado.

— Não posso levar os direitos pessoais do capitão Feeney em consideração, Dallas. Pode acreditar, o Departamento de Assuntos Internos não levará. Todos os dados aqui são sigilosos e você deve divulgar apenas o necessário. Trata-se de uma questão delicada. Você vai ter que lidar com ela.

— Então vou lidar... — Aquilo abriu um buraco no seu estômago, mas ela concordou, balançando a cabeça.

— Que conexão existe entre tudo isso e o corpo que foi encontrado do lado de fora de sua casa na última madrugada?

Sem outra escolha, ela seguiu o treinamento e divulgou todos os dados.

— Trata-se de Robert Mathias, também conhecido como Lobar, sexo masculino, branco, dezoito anos. Meu relatório sobre a *causa mortis* é ferimento profundo na garganta, mas, além disso, o corpo foi mutilado. A vítima era membro da seita de Selina Cross. Eu também o entrevistei ontem em seu emprego no Clube Athame, de propriedade de Selina.

— As pessoas com quem você fala acabam morrendo muito depressa, Dallas.

— Ele era o álibi de Selina para a noite em que Alice foi morta. Era o álibi dela e de Alban. Ele mesmo confirmou isso durante a conversa que teve comigo. — Abriu a bolsa. — A vítima não foi morta no local, e deixaram o corpo lá de uma forma específica, que indica assassinato ritualístico. — E colocou uma das fotos do morto sobre a mesa de Whitney.

— A arma do crime foi provavelmente a faca que espetaram em sua genitália — continuou Eve. — Trata-se de um athame, um punhal ritual. Supostamente, os seguidores da religião Wicca usam um athame sem fio, cego, e o utilizam apenas para demarcar espaços de trabalho e símbolos. — Pegou outra foto, um close da nota. — Esta mensagem parece indicar que o assassinato foi efetuado por um inimigo da Igreja de Satanás.

— Igreja de Satanás — murmurou Whitney. A foto do morto não o deixou abalado, provocou-lhe apenas uma sensação de cansaço. Ele já vira imagens demais iguais àquela. — Este termo é um oximoro perfeito... um paradoxo. Alguém se sentiu desgostoso com essas práticas de ocultismo e tirou a vítima de cena.

— O local em que ele foi encontrado certamente foi preparado para indicar isso. Essa é uma possibilidade, e também uma linha de investigação que pretendo seguir.

— Você está achando que Selina Cross está por trás disso... — Levantou os olhos da foto. — Suspeita de que ela tenha executado o próprio álibi?

— Ela executaria o próprio filho, se tivesse algum. Acho que é muito esperta — continuou Eve —, e acho também que é louca. Vou fazer uma consulta com Mira a respeito disso. Também acho que ela teve um prazer especial ao cometer o crime e esfregá-lo na minha cara. Ela não precisava mais dele. Essa foi a declaração que fez ao largá-lo lá.

— Converse novamente com ela — concordou Whitney, devolvendo as fotos — e também com esse Alban.

— Sim, senhor. — Ela guardou as fotos. — Há mais um problema. É algo... delicado.

— O que foi?

— Evitei qualquer referência a isso no relatório oficial. Alterei ligeiramente o horário dos acontecimentos. Segundo o registro, Roarke e eu fomos acordados pelo alarme do sistema de segurança, que disparou no momento em que o corpo foi colocado em contato com o muro que circunda a propriedade. Extra-oficialmente, porém, devo relatar ao senhor que não fomos nós os primeiros a descobrir o corpo. Quem o descobriu foi Jamie Lingstrom.

— Meu Deus! — reagiu Whitney, após um longo minuto, e pressionou os olhos com os dedos. — Como aconteceu isso?

Eve pigarreou e ofereceu um relato rápido e sucinto de tudo o que aconteceu depois do alarme ter disparado. Concluiu tudo com o que Jamie lhe contara à mesa do café.

— Não sei o quanto dessas informações o senhor vai querer passar para o Departamento de Assuntos Internos. A declaração de Jamie corrobora a alegação de Alice sobre Frank estar tentando armar uma cilada para Selina.

— Vou filtrar tudo o que puder. — Continuou a esfregar os olhos. — Primeiro foi a neta, e agora, o neto.

— Acho que dei uma boa sacudida no menino, o bastante para mantê-lo na linha.

— Dallas, os adolescentes são incrivelmente difíceis de se deixar abalar. Eu já passei por isso.

— Quero que ele tenha alguma proteção, bem como vigilância constante. Por conta e iniciativa próprias, eu posso arranjar isso.

— Você quer dizer que Roarke pode arranjar isso. — Levantou uma sobrancelha.

— O menino será vigiado. — Eve cruzou as mãos.

— Vamos deixar isso assim, por enquanto. — Ele se recostou. — Um misturador de sinais portátil, feito em casa, você disse? Um aparelho que o menino adaptou, a fim de conseguir enganar o sistema de segurança externo daquela fortaleza em que você mora?

— Assim parece...

— E onde está o aparelho? Você não o devolveu para o menino, não é?

— Não sou idiota — reagiu ela, como se tivesse recebido um tapa. — Roarke ficou com ele. — Ao completar a frase e pensar no fato, seu treinamento transpareceu e ela franziu os olhos sem querer.

— Roarke ficou com ele... — A despeito da situação, Whitney jogou a cabeça para trás e soltou uma gargalhada. — Essa foi ótima! Você entregou a chave do galinheiro na mão da raposa! — Ao perceber a cara feia que Eve fez, Whitney abafou o riso. — Estou apenas tentando ressaltar o lado mais leve e engraçado da situação, tenente.

— Sim, senhor... Rá-rá-rá... Vou pegar o aparelho de volta.

— Não quero ofendê-la, Dallas, mas se está aceitando apostas, arrisco cem dólares como não vai conseguir arrancar o aparelho de Roarke. De qualquer modo, diga-lhe que, extra-oficialmente, o departamento agradece muito pela sua assistência e cooperação.

— Desculpe-me, comandante, mas não vou transmitir esse recado a Roarke. Isso iria subir-lhe à cabeça. — Reconhecendo que estava sendo dispensada, ela se levantou. — Comandante, Frank estava limpo. O Departamento de Assuntos Internos vai confirmar isso. Quanto à sua morte ter sido natural ou induzida, isso vai ser mais difícil de estabelecer. Eu bem que poderia usar os serviços do capitão Feeney...

— Você sabe que não necessita de Feeney neste caso, Dallas, pelo menos não dos dotes investigativos dele. Aprecio os seus sentimentos, mas isso tudo fica apenas entre nós, até eu determinar o contrário. Talvez você se veja sentada nesta mesa, um dia — disse ele —, e observou as sobrancelhas dela se unirem em sinal de surpresa. — Decisões muito difíceis deverão ser tomadas desta cadeira por você. E pode acreditar que dar ordens desagradáveis é tão frustrante quanto recebê-las. Mantenha-me informado.

— Sim, senhor. — Eve saiu, sabendo que não queria a cadeira, nem o posto, nem as responsabilidades dele.

Capítulo Dez

A primeira coisa que Eve fez foi informar o parente mais próximo sobre a morte de Lobar. Depois de fazer isso, passou alguns minutos pensando sobre o conceito de família. Eles nem se importaram. O rosto da mulher na tela do *tele-link* permanecera impassível. Era como se Eve estivesse lhe comunicando a morte de um estranho, e não do filho que ela colocara no mundo e criara. Agradeceu pelas informações, com toda a educação, não fez perguntas e concordou que os restos mortais do filho fossem despachados para casa, assim que liberados.

Eles lhe dariam, a mãe declarara, um enterro cristão e decente.

Eve imaginou que ela faria a mesma coisa pelo cão da casa.

O que será que calcificara os seus sentimentos a esse ponto?, perguntou-se Eve. *Se é que havia algum sentimento, para começar. O que fazia uma mãe demonstrar tanta dor, como a mãe de Alice fizera, e outra receber a notícia da morte do filho sem derramar uma lágrima sequer?*

O que será que sua própria mãe sentira quando ela nasceu? Será que ela ficara feliz ou simplesmente sentira alívio ao ver que a intrusa que morara em seu corpo por nove meses finalmente fora despejada dali?

Eve não tinha lembrança alguma de sua mãe, nem mesmo a recordação difusa de uma presença feminina em sua infância. Lembrava-se apenas do pai, do homem que a arrastara de um lugar para outro e a mantinha trancada em quartos sujos. O homem que a estuprara. E as lembranças dele, depois de tantos anos sendo negadas, eram agora muito mais claras.

Talvez o destino de algumas pessoas fosse o de viverem sem família, pensou. *Ou simplesmente conseguir sobreviver a ela.*

Por se ver tomada por pensamentos sombrios, foi com sentimentos conflitantes que Eve ligou para a dra. Mira, a fim de marcar uma consulta. Depois de intimidar sua secretária, obrigando-a a encaixá-la em um dos horários do dia seguinte, pegou a bolsa, chamou Peabody pelo comunicador e saiu.

Não deixou de reparar a expressão de cautela no rosto da auxiliar ao parar o carro na porta do prédio de Selina, mas ignorou o fato. Estava começando a chover. Era uma garoa estranha e fria que caía de um céu que subitamente se tornara escuro e pesado. O vento soprava com força, assobiando ao longo dos desfiladeiros representados pelas ruas, e parecia morder os pedaços de pele que encontrava descobertos.

Do outro lado da calçada, um homem rumava para leste, encurvado sob um guarda-chuva preto. Subitamente se virou e entrou em uma loja onde se via uma caveira sorridente e as palavras "O Arcano" pintadas na porta.

— Um dia perfeito para fazermos uma visita à empregadinha de Satanás. — Peabody fez uma expressão, obviamente falsa, de quem estava se divertindo e, disfarçando, acariciou um galhinho de erva-de-são-joão que enfiara no bolso. Era o conselho que sua mãe lhe dera para protegê-la de magia negra. A intrépida Peabody descobrira que acreditava em bruxas, afinal.

Passaram pela mesma rotina da segurança, só que dessa vez a espera foi maior e mais desagradável, pois a chuva começou a apertar. Terríveis raios em forma de forcado golpeavam o céu e pareciam ter dentes vermelhos nas pontas. Eve olhou para cima, e então se virou para a assistente. Seu sorriso foi duro e frio quando ela confirmou:

— É... um dia perfeito!

Ao entrar, deixaram um rastro molhado no piso da portaria, depois no elevador e no saguão do apartamento de Selina Cross.

Dessa vez, foi Alban quem as recebeu.

— Tenente Dallas — disse e exibiu a mão, maravilhosamente esculpida e enfeitada por um único anel de prata ricamente trabalhado —, sou Alban, companheiro de Selina. Infelizmente, ela está meditando. Não me sinto à vontade para perturbá-la.

— Deixe-a meditar. Você serve, por ora.

— Bem, então, entrem e sentem-se, por favor. — Seus modos eram sofisticados, levemente formais, e não combinavam com a roupa colante de couro preto que usava, e que deixava seu torso totalmente à mostra. — Querem beber alguma coisa? Um pouco de chá, talvez, para afastar o frio? Aconteceu uma mudança brusca e interessante no tempo.

— Não, não queremos nada. — Eve achou que era preferível uma dose de Zeus a qualquer coisa preparada naquele lugar.

O ar sombrio do ambiente combinava com o resto, decidiu Eve. *A luz indefinida, o chiado da chuva e o chacoalhar das janelas pelo vento. Então ali estava Alban, com seu lindo rosto de poeta e corpo de deus guerreiro. Um perfeito anjo caído.*

— Gostaria de saber onde você se encontrava na noite passada, entre três e cinco horas da manhã.

— Três e cinco horas da manhã? — Ele piscou, como se estivesse com dificuldades para traduzir as palavras. — Na noite passada... ou na madrugada de hoje, melhor dizendo. Ora, eu estava aqui. Acho que voltamos do clube um pouco depois das duas, e ainda não saímos de casa hoje.

— Nós?

— Selina e eu. Tivemos um encontro de bruxos, que acabou por volta de três da manhã. Abreviamos um pouco o fim da cerimônia, pois Selina não estava se sentindo bem. Normalmente continuamos recepcionando os convidados depois do evento, ou então seguimos em frente com um grupo menor, em rituais privados.

— Mas não fizeram isso na noite passada.

— Não. Como disse, Selina não estava se sentindo bem e fomos para a cama cedo. Cedo para nós — explicou ele com um sorriso. — Somos criaturas noturnas.

— Quem participou do encontro de bruxos?

O sorriso de Alban se desfez e ele assumiu uma expressão séria, quase calculada, argumentando:

— Ora, tenente, religião é um assunto privado. Mesmo nos dias de hoje, gente como nós é perseguida. Nossos membros apreciam a discrição.

— Mas um dos seus membros foi assassinado sem a mínima discrição, ontem à noite.

— Não! — Ele se levantou lentamente, mantendo a mão apoiada no braço da poltrona, como se tentasse manter o equilíbrio. — Sabia que alguma coisa horrível devia ter acontecido. Selina parecia tão perturbada... — Respirou fundo, como se para preparar o corpo e a mente. — Quem foi?...

— Lobar. — Foi Selina quem disse o nome da vítima, ao mesmo tempo em que entrava por uma passagem em arco, muito estreita. Estava terrivelmente pálida e os olhos de gata pareciam sombrios. Usava o cabelo preto solto e um decote profundo que exibia boa porção do busto generoso. — Foi Lobar — repetiu. — Acabei de ver, na névoa. Alban!... — Pressionou a mão sobre a cabeça, balançando o corpo para a frente.

— Tremendo show! — murmurou Eve ao ver Alban correr através da sala para amparar Selina e abraçá-la com carinho. — Você viu na névoa? — Eve jogou a cabeça para o lado. — Isso é muito útil... talvez eu também devesse dar uma olhada nessa névoa, para ver se consigo enxergar quem cortou a garganta do rapaz.

— Não vai aparecer nada na névoa para você, a não ser a sua ignorância. — Apoiada em Alban, Selina caminhou muito devagar até o sofá. Sentou-se, fazendo o manto farfalhar, e levantou a mão para seu companheiro, dizendo: — Estou bem...

— Meu amor. — Ele tomou-lhe a mão, levando-a aos lábios. — Vou lhe trazer um calmante.

— Sim, sim, obrigada.

Ela abaixou a cabeça e colocou-a entre as mãos quando ele se retirou sem fazer barulho. Ah, como era difícil segurar o sorriso de gata e não ver as imagens do ritual, tão gloriosas que continuavam a aparecer, repassadas em sua cabeça junto com as lembranças do sacrifício e do sangue.

Só ela e Alban saberiam avaliar a excitação e o poder proporcionados pelo momento em que Lobar foi oferecido ao Mestre.

Apenas ela conseguiria compreender por inteiro a emoção de ter oferecido aquele sacrifício com as próprias mãos. Seu corpo estremeceu com um prazer denso, provocado pela lembrança. O modo como os olhos de Lobar haviam se encontrado com os dela, a forma como o cabo do athame se moldara, frio e firme, à sua mão. E então o sangue quente que jorrara como uma fonte, quando ela o usou.

Imaginando o choque e a fúria que Eve devia ter sentido ao encontrar Lobar tão cuidadosamente posicionado junto à entrada de seu próprio santuário, Selina quase soltou um riso abafado. Pressionou os dedos contra os lábios, como se estivesse sufocando um soluço.

Alban era um gênio, pensou, pois só mesmo um verdadeiro gênio poderia ter criado uma ironia tão maravilhosa.

— As visões podem ser uma bênção ou uma maldição — continuou, com a voz fraca, como se estivesse exausta. — Prefiro pensar nelas como bênçãos, embora me causem tamanha dor. A perda de Lobar é terrível!

— Que grande atriz você é, hein?...

A cabeça de Selina se levantou de repente e seus olhos brilharam mais de ódio do que de dor.

— Não deboche dos meus sentimentos, Dallas. Você acha que poderes como os meus fazem com que eu não sinta as coisas? Pois eu as sinto, as experimento. Eu sangro! — acrescentou e, com um movimento rápido como um raio, enfiou uma das unhas compridas e letais na palma da própria mão. Sangue surgiu de imediato, escuro e vermelho.

— Não era preciso fazer uma demonstração — disse Eve, com toda a calma. — Eu sei que você sangra. Lobar também, com certeza!...

— Sua garganta. Sim, foi isso mesmo o que eu vi na névoa. — Esticou a mão na direção de Alban, que chegava de volta trazendo uma vasilha rasa, de prata. — Mas eu vi mais, algo além disso... — E pegou a tigela, levando-a lentamente até os lábios. — Mutilação... Ah, como eles nos desprezam!

— Eles?

— Os que fazem magia branca... os fracos.

Pegando um pedaço de pano preto em seu bolso, entregou-o a Alban. Ele levantou a mão ferida de Selina e levou-a até seus lábios. Depois, com invejável eficiência, amarrou-lhe o pano em volta da palma, fazendo o sangue estancar. Selina sequer se dignou a olhar para ele.

— Eles... os que vêem nosso Mestre com ódio — continuou — e praticam a magia dos tolos.

— Então, na sua opinião, trata-se de um assassinato com razões religiosas?

— Claro! Não tenho dúvidas a respeito disso. — Acabou de tomar o líquido calmante e colocou a vasilha de lado. — ... Você tem, tenente?

— Tenho muitas dúvidas sim; enfim, sou obrigada a investigar tudo do modo antiquado. Não posso ligar para o diabo, a fim de pedir conselhos. Lobar esteve aqui na noite passada?

— Sim, até pouco antes das três. Logo a seguir, ele ia receber a marca... — Selina suspirou, passando as unhas pintadas de vermelho para cima e para baixo no braço de Alban. — Um de seus últimos atos na vida foi unir seu corpo com o meu.

— Então você fez sexo com ele ontem à noite...

— Sim. Sexo é um fator importante em nossos rituais. Eu o escolhi, ontem à noite. — Ela tornou a estremecer ao lembrar que a escolha fora dela, e a façanha de matá-lo também. — Alguma coisa deveria ter me alertado do que estava para acontecer.

— Um pássaro, talvez. Um pássaro grande e preto. — Levantando uma sobrancelha, Eve analisou o rosto de Alban. — Quer dizer que não há problema algum para você, Alban, ficar assistindo enquanto outros homens fazem sexo com a sua... companheira? Quase todos os homens são um pouco territoriais e possessivos. E talvez escondam ressentimentos prejudiciais.

— Não acreditamos em monogamia. Achamos isso um conceito limitado e tolo. Sexo é prazer, e não colocamos limites em nossos prazeres. Sexo consensual em um lar particular ou em um clube licenciado para isso não é contra as suas leis, tenente — disse e sorriu. — Estou certo de que você mesma o pratica.

— E você gosta de ficar olhando, Alban?

— Isso é um convite? — Levantou as sobrancelhas. Ao ouvir o risinho que Selina não conseguiu segurar, chegou mais perto dela e pegou sua mão. — Viu só?... Você já está se sentindo melhor.

— Seu pesar passou rápido, não foi, Selina?

— Tem que ser assim! — concordou ela, balançando a cabeça para Eve. — A vida é para ser vivida. Vá procurar quem fez isso e talvez o encontre. A punição do nosso Mestre, porém, é maior e mais terrível do que qualquer castigo que você possa inventar.

— Seu Mestre não faz parte dos meus interesses. Assassinato sim. Já que vocês eram tão ligados ao falecido, talvez me deixem dar uma olhada pelo apartamento.

— Consiga um mandado e será bem-vinda. — O calmante tornara seus olhos um pouco nublados, mas sua voz estava bem forte quando ela se levantou. — Você é mais tola do que imaginei a princípio, se acredita que eu possa ter alguma coisa a ver com isto. Lobar era um dos nossos. Era leal. É contra a nossa lei fazer mal a um membro leal da seita.

— Ele conversou comigo ontem à noite, em uma cabine privativa do clube. A névoa lhe mostrou as coisas que ele me contou, Selina?

— Você vai ter que procurar outras águas para pescar, Dallas. — Seus olhos mudaram e se tornaram ainda mais sombrios. — Estou cansada, Alban. Acompanhe-as até a porta. — Saiu como se deslizasse, passando novamente sob a porta em arco.

— Não há nada que possamos fazer para ajudá-la, tenente. Selina precisa repousar agora. — Olhou para o portal por onde ela saíra, com preocupação nos olhos. — Tenho que ir cuidar dela.

— Ela o treinou muito bem, não foi? — Com um leve desdém na voz, Eve se levantou, perguntando: — Você também sabe fazer truques, Alban?

Com ar entristecido, ele balançou a cabeça, dizendo:

— Minha devoção a Selina é muito pessoal. Ela tem poderes, e os poderosos têm necessidades. Eu as satisfaço, e sou grato por isso. — Caminhando de volta até o saguão, abriu a porta. — Gostaríamos de pegar o corpo de Lobar assim que ele for liberado. Realizamos uma cerimônia especial para nossos mortos.

— A família dele também, e ela vem antes de vocês.

— Quais os dados que temos a respeito desse tal de Alban? — quis saber Eve no momento em que elas colocaram o pé na rua, sob a chuva que se tornara muito forte.

— Praticamente nada. — Peabody entrou no carro e na mesma hora começou a se sentir mais à vontade. Sabia que era tolice alimentar a esperança de jamais precisar voltar àquele prédio, mas mesmo assim torcia por isso. — Ele não tem antecedentes e quase nenhum passado. Talvez tenha outro nome de nascença além desse, mas não consegui achar nada.

— Mas há mais. Sempre há mais...

Nem sempre, pensou Eve, tamborilando no volante com os dedos impacientes. Uma vez ela investigara outra figura suspeita e também não encontrara quase nada a respeito de seu passado. E o suspeito também tinha apenas um nome: Roarke.*

— Torne a procurar — ordenou a Peabody, saindo com o carro.

— Engraçado, não é? — continuou, enquanto Peabody começava a pesquisar no computador do carro. — ... Quase não há movimento aqui neste quarteirão, mas quando viramos a esquina... — Ao fazer isso, foi atingida por uma cacofonia ruidosa e tranqüilizadora dos muitos veículos que se movimentavam lentamente pela chuva. Pessoas davam corridas rápidas pelas calçadas, fugindo da chuva, seguiam pelas passarelas rolantes e se amontoavam para se proteger sob marquises. Dois vendedores ambulantes atuavam em esquinas opostas, encurvados sob toldos precários, e trocavam olhares insatisfeitos um com o outro.

— As pessoas possuem instintos dos quais nem elas mesmas têm noção. — Ainda um pouco desconfortável, Peabody olhou para trás, como se esperasse que alguma coisa não exatamente humana pudesse estar se arrastando atrás delas. — Aquele edifício tem uma energia muito pesada.

— É só um monte de tijolos e vidros, Peabody.

— Sim, mas os lugares costumam assumir a personalidade das pessoas que moram neles.

Um carro virou a esquina na frente delas, buzinando com estardalhaço para o mar de pedestres que atravessavam a rua, garantidos pelo sinal de "siga". Insultos verbais e gestos obscenos foram trocados entre o motorista e os pedestres, e alguém cuspiu no chão.

Vapores subiam das grades de ventilação do metrô, formando nuvens sujas. A névoa se juntava à fumaça fedorenta que vinha de uma carroça de churrasquinhos, obviamente ilegal, que tentava abrir caminho pela massa compacta de gente molhada. Acima do nível da rua, uma passarela aérea estremeceu e parou de deslizar de repente, provocando uma enxurrada de xingamentos e reclamações dos usuários.

---

* Ver *Nudez Mortal.*

Mais ao alto, um dirigível para turistas transmitia, a todo o volume, uma gravação onde eram exaltadas as vantagens e maravilhas de se viver em um ambiente urbano.

Peabody respirou fundo como se quisesse se limpar por dentro, satisfeita por se ver de volta às ruas da Nova York arrogante e cheia de gente que ela compreendia tão bem.

— Veja a casa de Roarke, por exemplo — continuou ela, com sua teoria sobre o astral dos prédios. — É grande, elegante e intimidadora, mas também sexy e misteriosa. — Estava ocupada demais lidando com o computador para perceber o olhar divertido que Eve lhe lançou. — Agora, a casa dos meus pais: é toda aberta, acolhedora, mas um pouco confusa.

— E quanto à sua casa, Peabody? Como é que ela é?

— Temporária — respondeu Peabody, sem pestanejar. — Dallas, esse computador do seu carro não está cooperando muito... não estou conseguindo enviar a requisição dos dados para o... — Parou de falar ao ver Eve se inclinar e dar um soco forte no painel, junto da tela. Uma imagem apareceu tremendo e vacilando, como se estivesse com medo. — Ah, melhorou!... — decidiu Peabody, pedindo dados sobre Alban.

Alban... não tem outro nome nem sobrenome. Nasceu em 22 de março de 2020, em Omaha, estado de Nebraska.

— Engraçado — interrompeu Eve —, ele não tem cara de quem foi alimentado com leite fresco e mingau de farinha de milho. O computador continuou, parecendo soluçar:

Identidade... número 31666-LRT-99. Pais desconhecidos. Estado civil: solteiro. Não há informações sobre profissão. Não há dados financeiros.

— Interessante. Pelo jeito, ele está vivendo como parasita de Selina. Dados criminais, todos os registros.

Sem registros criminais.

— Grau de instrução?

Desconhecido.

— Nosso rapaz apagou ou conseguiu alguém que apagasse todas os seus registros — disse Eve a Peabody. — Você não consegue chegar quase aos quarenta anos sem gerar mais dados do que esses. Ele tem contatos importantes em algum lugar...

Ela ia precisar de Feeney, pensou com mau humor. Feeney poderia vasculhar os arquivos, mesmo os apagados, para conseguir dados adicionais. Em vez de recorrer a ele, porém, ia ser novamente obrigada a pedir a ajuda de Roarke, envolvendo-o ainda mais no caso.

— Droga! — Estacionou o carro na porta da loja Busca Espiritual e franziu a testa ao ver a placa que dizia "Fechada". — Vá dar uma olhadinha, Peabody. Talvez Isis esteja lá dentro.

— Você tem uma sombrinha ou uma capa?

— Está tentando ser engraçada? — Eve arqueou uma sobrancelha.

Peabody simplesmente soltou um suspiro, abriu a porta do carro e saiu correndo pela calçada. Patinhando nas poças d'água e enfrentando a chuva forte, olhou para dentro da loja, pela vitrine. Tremendo um pouco, voltou, balançando a cabeça ensopada, e deu um gemido quando Eve moveu o polegar, indicando o apartamento que ficava sobre a loja. Resignada, Peabody seguiu, com dificuldade, pela lateral do prédio, subiu um lance de escadas com degraus muito barulhentos e alguns momentos depois estava de volta, com a roupa encharcada e pingando.

— Ninguém atende — disse a Eve. — Não há sistema de segurança, a não ser o galhinho de erva-de-são-joão, aparafusado por uma verruma acima da porta.

— Ela tem um apanhado de verrugas preso na porta? Isso é nojento!

— Eu não disse apanhado de verrugas, e sim aparafusado por verruma! — Apesar do uniforme encharcado e os cabelos pingando, Peabody não agüentou e soltou uma boa gargalhada. — É uma planta... erva-de-são-joão. — Com o mesmo ar divertido, enfiou a mão no bolso e pegou o seu raminho. — Como esse aqui. É para proteção. Ele nos resguarda do mal.

— Você carrega plantas dentro do bolso, policial?

— Agora carrego — confirmou Peabody, guardando a plantinha. — Quer um pouco?

— Não, obrigada. Prefiro confiar na minha arma para me resguardar do mal.

— Pois eu não tiro esse raminho do bolso.

— Se para você isso funciona... — Eve olhou em volta. — Vamos dar uma entradinha naquele café ali do outro lado da rua. Talvez eles saibam nos informar por que a loja está fechada em plena manhã de um dia de semana.

— Talvez preparem um café decente — comentou Peabody, e deu dois espirros, um atrás do outro. — Se eu pegar um resfriado forte, vai ser de amargar! Levo semanas para ficar boa quando me resfrio.

— Talvez você precise de uma plantinha que afaste os germes comuns. Pode carregá-la por aí, junto com a outra — e deixando o assunto morrer, Eve saltou do carro, digitou o código para trancar o veículo, atravessou a rua em uma corrida curta e entrou no Café Olé.

Até que o toque mexicano na decoração do lugar não era mau, decidiu. As cores vibrantes, especialmente o laranja, criavam uma atmosfera ensolarada mesmo em um dia feio como aquele. Talvez ficasse longe, em estilo, da generosa vila que Roarke possuía na Costa Oeste do México, mas até que havia um charme peculiar ali, com suas flores de plástico e os touros em papel machê. Uma agitada música *mariachi* fluía pelos alto-falantes.

Talvez devido à chuva, ou por causa do ambiente, o fato é que havia uma multidão ali dentro. Ao olhar em volta, porém, Eve notou que as pessoas que lotavam o lugar, sentadas às mesas, não estavam devorando pratos de tortilhas. A maioria dos clientes, encurvada sobre pequenas xícaras, consumia algo que cheirava a café de soja requentado.

— O campeonato de beisebol está quase acabando, não está, Peabody?

— Beisebol? — Peabody tornou a espirrar. — Acho que sim... Meu esporte predileto é futebol.

— Hã-hã... acho que há um jogo importante rolando, uma semifinal ou algo assim. E um monte de grana vai mudar de mãos por aqui.

Peabody estava começando a sentir as vias respiratórias congestionadas, um mau sinal, mas a cabeça ainda estava funcionando, e ela compreendeu o que Eve dissera.

— Você acha que essa loja é fachada para encobrir uma casa de apostas?

— Só um palpite... talvez possamos usá-lo. — Foi na diagonal, atravessando o salão até o balcão, onde viu um sujeito com cara de poucos amigos. Baixo, moreno e com olhar desconfiado.

— Quer algo para comer aqui ou é para viagem?

— Nenhum dos dois — começou ela, mas demonstrou piedade ao ouvir Peabody fungar. — Um café para minha acompanhante. E algumas respostas.

— Café eu tenho... — girou o corpo para servir um líquido denso e escuro em uma xícara pouco maior do que um dedal — ... respostas, não.

— Talvez fosse melhor ouvir as perguntas antes.

— Dona, estou com a casa cheia. Sirvo café. Não tenho tempo para papo furado. — Largou a xícara sobre o balcão e já estava se preparando para sair da frente delas, mas Eve o agarrou pelo pulso.

— Quanto a casa está pagando para as apostas no jogo de hoje? — perguntou ela.

Os olhos dele se moveram com rapidez para a direita e a esquerda antes de se fixarem em Eve. Então notou Peabody e o uniforme que vestia.

— Não sei do que a senhora está falando, dona.

— Sabe sim, e se eu e minha auxiliar resolvermos ficar aqui por uma ou duas horas, seus negócios vão escorrer pelo ralo. Pessoalmente, estou cagando e andando para eles, sejam quais forem. Mas eu poderia começar a me interessar, de repente. — Ainda segurando o pulso do homem com firmeza, Eve virou a cabeça e olhou fixamente para dois dos homens sentados na ponta do balcão.

Levou menos de dez segundos para eles resolverem ir tomar café em outro lugar.

— Quanto tempo você aposta que vai levar para eu esvaziar todo o salão?

— O que quer de mim? Já paguei a minha contribuição deste mês. Estou limpo.

Eve o largou. Ficou aborrecida ao descobrir que ele contava com a cobertura da polícia. Isso não a deixou surpresa, apenas chateada.

— Não vou interferir com nada do que rola por aqui, a não ser que você me irrite. Conte-me tudo a respeito da loja do outro lado da rua... a Busca Espiritual.

Ele bufou e pareceu relaxar. Ela não estava atrás dele, então. Sentindo-se mais disposto a cooperar, tornou a encher a xícara de Peabody e, em seguida, pegou um trapo, começando a limpar o balcão. Afinal, ele gerenciava um estabelecimento limpo.

— Quer saber a respeito da bruxa? Ela nunca vem aqui. Não bebe café, se é que me entende.

— A loja está fechada hoje.

— Está? — Apertou os olhos para tentar olhar pela vidraça, através da chuva. — Isso não é comum.

— Qual foi a última vez em que a viu?

— Merda, deixe ver... — Coçou a nuca. — Parece que eu a vi ontem. Foi na hora de fechar?... Sim, foi isso mesmo! Ela fecha às seis horas, e eu estava lavando os vidros da frente. É preciso lavar os vidros todo dia nesta cidade. A sujeira parece pular da rua para grudar nas janelas.

— Aposto que sim. Então ela fechou a loja às seis horas. E depois?

— Saiu com o cara com quem ela mora. Foram caminhando pela rua. Não usam transporte público.

— E não tornou a vê-la hoje?

— Agora que mencionou o fato, acho que não. Ela mora em cima da loja, sabe? Quanto a mim, moro do outro lado da cidade. "Vida pessoal e negócios não se misturam", esse é o meu lema.

— Alguém ligado a ela já veio aqui alguma vez?

— Não... alguns clientes, certamente. E alguns dos meus vão até lá em busca de algum feitiço. Convivemos bem, e ela nunca me trouxe problemas. Chegou até mesmo a trazer um presente de aniversário para a minha mulher. Um lindo bracelete com pedras coloridas. É meio caro aquele troço, mas as mulheres bem que gostam de um brilho...

Deixou o trapo de lado e ignorou o pedido de um cliente que pediu café na ponta do balcão.

— Escute, ela está encrencada? Pelo que sei, ela é legal... Meio esquisita, talvez, mas não faz mal a ninguém.

— O que sabe a respeito da moça que costumava trabalhar lá? Uma jovem, com dezoito anos mais ou menos. Loura...

— A assustada? Claro, eu costumava vê-la entrar e sair da loja. Vivia olhando para trás por sobre o ombro, como se estivesse com medo de alguém pular em cima dela por trás gritando "Boo!".

Pois alguém fez isso, pensou Eve.

— Obrigada. Se reparar que Isis voltou, dê uma ligada para mim. — Colocou um cartão sobre o balcão, junto com algumas fichas de crédito para pagar o café.

— Tudo bem... não gostaria de vê-la em apuros. Ela é legal, apesar de pirada. Ei!... — Levantou os dedos quando Eve já se virava para ir embora. — Falando em gente pirada, vi um cara muito doido, anteontem, quando estava fechando a loja.

— Que tipo de doido?

— Era só um cara... bem, talvez fosse uma mulher. Não deu para ver, porque ele estava todo coberto por um manto preto, com capuz e tudo. Ficou ali parado junto do meio-fio, do lado de cá da calçada, e olhando para a casa dela, do outro lado. Ficou ali em pé um tempão, só olhando... fiquei até arrepiado! Fechei a loja e saí andando na outra direção. Andei o dobro do caminho até o ponto do ônibus na outra rua, mas não gostei do jeitão esquisito dele. E sabe da maior? Quando olhei para trás, não havia mais ninguém lá, só um gato. Muito bizarro... uma doideira, não acha?

— É... — murmurou Eve — ... doideira.

— Eu também vi um gato — disse Peabody, quando elas caminhavam de volta para o carro. — Estava na calçada, quando Alice foi morta.

— Tem um monte de gatos pela cidade.

Mas Eve se lembrou do que vira na rampa. Tinha pêlo brilhoso, todo preto e um ar de mau.

— Vamos tornar a procurar por Isis mais tarde. Quero conferir uma coisa com o médico-legista, antes de dar declarações para a mídia — continuou Eve, digitando um código na maçaneta para abrir o carro enquanto ouvia Peabody espirrar mais uma vez. — Talvez ele tenha alguma coisa para o seu resfriado lá no necrotério.

— Prefiro passar em uma farmácia, se você não se importar — reagiu Peabody, esfregando a mão sob o nariz. — Não quero o dr. Morte tratando de mim, a não ser que seja absolutamente necessário.

Já de volta em sua sala, enquanto Peabody foi colocar um uniforme seco e se encher de remédios que não exigiam receita e haviam lhe custado uma fortuna, Eve analisava o relatório da autópsia de Lobar.

Acertara a hora da morte ao fazer o relatório preliminar, bem como a causa. Também, descobrir a causa não representava muita coisa, refletiu, pois era difícil alguém deixar de reparar um corte profundo como aquele, com um metro de largura, além da cratera no peito. E olhe só, quem diria?... Havia traços de um alucinógeno, um estimulante e um bloqueador mental, todos ilegais, em sua corrente sangüínea.

Então ele morrera sexualmente saciado e doidão. Eve imaginava que algumas pessoas diriam que isso não era um mau negócio. Por outro lado, a maioria delas nunca sentiu uma faca rasgando a sua garganta.

Pegou a arma lacrada e a olhou com atenção. Não havia impressões digitais, é claro, e ninguém esperava que houvesse. Também não havia sangue, a não ser o da vítima. Observou o cabo preto, todo entalhado com símbolos e letras que não significavam nada para ela. Parecia antiga e rara, mas ela duvidava muito de que esse fato pudesse ajudá-la a descobrir o dono. O comprimento da lâmina estava dentro dos limites da legalidade, e um punhal daquele tipo não exigia registro.

Mesmo assim, ela ia conferir em antiquários, cutelarias e, ela imaginava, lojas de artigos de bruxaria. Aquilo ia demorar só algumas semanas, pensou, contrariada, e provavelmente não levaria a lugar algum.

Já que ela ainda tinha vinte minutos antes de enfrentar a mídia, virou-se para o computador e começou a pesquisar. Mal se conectara e começara a informar ao sistema as características da arma quando Feeney entrou na sala e fechou a porta.

— Ouvi dizer que você teve um despertar desagradável nessa madrugada.

— Foi... — O estômago de Eve se contorceu, não pela lembrança do que fora deixado em sua casa, mas por saber que ia ter de pesar cada palavra para conversar com Feeney. — Esse não é o tipo de pacote que gosto de receber.

— Precisa de ajuda no que está pesquisando? — Sorriu, com o rosto cansado. — Estou atrás de trabalho, para me manter ocupado.

— Está tudo sob controle, mas se eu precisar, aviso você.

Ele foi até a estreita janela da sala dela e voltou para a porta. Parecia exausto, pensou Eve. Tão cansado. Tão triste...

— Como foi o lance? Você conhecia o cara?

— Não exatamente. — *Ah, Deus, como é que ela ia fazer?* — Havia conversado com ele uma vez, ao investigar um caso no qual estava trabalhando, mas o papo não deu em nada. Talvez ele soubesse mais do que estava contando. Agora, vai ser difícil descobrir ao certo. — Respirou fundo, odiando a si mesma. — Acho que foi alguém querendo indiretamente atingir a mim, ou a Roarke. A maioria dos tiras consegue manter o próprio endereço oculto das pessoas. Eu não... — Encolheu os ombros.

— É o preço que está pagando por ter se apaixonado por uma celebridade. Está feliz, Eve? — perguntou, de forma inesperada, virando-se para avaliar a expressão dela.

— Claro. — Eve se perguntou se o ar de culpa estava estampado em sua testa como um luminoso em néon.

— Ótimo, então. Ótimo. — Voltou a passear pela sala, balançando o pacote de amêndoas açucaradas que sempre trazia no bolso e já não tinha apetite para curtir. — É difícil ter este emprego e manter uma vida pessoal decente ao mesmo tempo. Frank conseguiu.

— Eu sei.

— O velório de Alice é hoje à noite. Você vai lá?

— Não sei, Feeney. Vou tentar.

— Estou arrasado, Dallas, arrasado de verdade. Minha esposa está com Brenda agora. Ela está devastada, simplesmente devastada! Não podia mais ver aquilo, por isso vim até aqui. Só que não estou conseguindo me concentrar em nada.

— Por que não volta para casa, Feeney? — Eve se levantou, estendeu a mão e pousou-a em seu braço. — Simplesmente vá para casa. Talvez você e sua mulher devessem viajar por alguns dias. Você tem folgas e pode usá-las. Fuja de tudo isso.

— Talvez... — Seus olhos, com duas olheiras imensas, ficaram sem expressão. — Como é que se pode fugir de uma coisa que nos acompanha o tempo todo?

— Olhe, Roarke possui um lugar muito legal no México. É fabuloso lá!... — Ela estava sem jeito, desesperada para agradá-lo, e sabia disso. — Tem uma vista inacreditável e a casa é toda equipada. Só podia ser mesmo. — Conseguiu dar um sorriso. — Afinal, pertence a Roarke. Posso arrumar tudo com ele e você pode ir para lá. Leve sua família...

— Levar a família — repetiu devagar, achando a idéia quase tranqüilizadora. — Talvez eu aceite. Parece que nunca temos tempo para passar com a família. Vou pensar no assunto — decidiu. — Obrigado.

— Não é nada, a casa é de Roarke e está lá sem ninguém usar. — Ela se virou para a mesa com a cabeça longe, sem conseguir enxergar nada à sua frente. — Agora desculpe, Feeney. Tenho que me preparar para a entrevista coletiva.

— Claro. — Forçou um sorriso para ela. — Sei o quanto você adora isso. Depois eu a aviso se nós resolvermos ir para esse lugar que você ofereceu.

— Sim, por favor. — Ficou olhando para a tela, até ela apagar. Cumprira as ordens, lembrou a si mesma... fizera o que era certo.

Por que, então, estava se sentindo uma traidora?

Capítulo Onze

Eve foi uma das últimas pessoas a chegar ao velório e estava se sentindo grata por Roarke ter ido com ela. Tudo lhe pareceu muito familiar, pois a sala era a mesma do velório de Frank; os cheiros eram os mesmos e muitas das pessoas também eram as mesmas.

— Odeio isso — murmurou. — Morte esterilizada.

— Serve de conforto.

Eve olhou para o lugar onde Brenda estava sendo consolada pela mãe e pelo filho, enquanto lágrimas lhe desciam lentamente pelo rosto. Exibia o olhar vitrificado e delicado, típico das pessoas que estão sob o efeito de calmantes muito fortes.

— Será que serve de algum conforto?

— Fecha um ciclo — corrigiu ele, tomando as mãos frias de Eve entre as suas. — Para alguns...

— Quando chegar a minha hora, não faça isso, Roarke. Reaproveite as partes que conseguir, queime o resto e acabou-se!

— Não fale isso — pediu ele, sentindo um aperto no coração e segurando a mão dela com mais força.

— Desculpe. Tenho tendência para pensamentos mórbidos em lugares como este. Olhe ali... — Parou de vagar com o olhar pela sala ao avistar Isis. — Lá está a minha bruxa.

Roarke seguiu o olhar de Eve e analisou a mulher imponente com cabelos ruivos, da cor do fogo, que vestia um manto simples, branco como neve. Ela se mantinha em pé ao lado do caixão, junto de um homem um palmo mais baixo do que ela. Ele usava um terno simples, em estilo quase conservador, também branco. Estavam de mãos dadas.

— Quem é o homem que está com ela?

— Não o conheço. Pode ser um dos membros de sua seita ou algo desse tipo. Vamos conferir.

Eles se movimentaram através da sala e, como se tivessem combinado, se colocaram exatamente ao lado do casal. Eve olhou para Alice, com o rosto agora controlado e finalmente calmo. A morte tinha o dom especial de deixar as pessoas com o rosto relaxado e um ar tranqüilo... depois que a agressão passava.

— Ela não está aqui — disse Isis, baixinho. — Seu espírito continua em busca de paz. Pensei... pensei que fosse encontrá-la aqui. Sinto muito por nos termos desencontrado hoje, Dallas. Estávamos reunidos em memória de Alice.

— Você não estava na loja nem em casa.

— Não. Resolvemos nos reunir em outro lugar, para realizar nossa própria cerimônia. O senhor que trabalha do outro lado da rua me contou que você esteve à minha procura. — Um sorriso leve se insinuou em volta de sua boca. — Ele ficou preocupado quando soube que uma policial andava atrás de mim. Tem um bom coração, apesar de sua falta de estabilidade espiritual — disse e deu um passo atrás para apresentar o homem ao seu lado. — Este é Chas. Meu companheiro.

Os anos de treinamento ajudaram Eve a manter o rosto sem expressão, mas ela estava muito surpresa. Ele era um homem comum, na mesma medida em que Isis era uma mulher espetacular.

Seus cabelos eram louros, meio desbotados e muito finos. Seu corpo era quase frágil, com ombros estreitos e pernas curtas. O rosto quadrado e sem feições marcantes seria demasiado comum se não fosse pelos olhos surpreendentes, em um tom profundo de cinza. Quando sorriu, foi com a doçura que obriga as pessoas a sorrir de volta.

— Sinto muito conhecê-la sob circunstâncias tão tristes. Isis me disse que você era dona de uma alma muito forte e determinada. Vejo que tinha razão, como sempre.

Eve quase piscou ao ouvir sua voz. Tinha um tom de barítono, profundo e suave, o tipo de voz que qualquer cantor de ópera adoraria possuir. Ela se pegou olhando fixamente para a boca que se movia e imaginando um boneco de ventríloquo. Aquele não era o tipo de voz que alguém pudesse atribuir a um corpo e a um rosto como aqueles.

— Preciso conversar com você assim que possível. — Olhou em volta, como se estivesse à procura de um lugar para onde pudesse escapar, a fim de interrogá-la de forma discreta, mas viu que ia ter de esperar. — Este é Roarke — apresentou Eve.

— Sim, eu sei — disse Isis, oferecendo-lhe a mão. — Já nos encontramos.

— Já? — reagiu ele, com um sorriso educado, mas curioso. — Não me imagino esquecendo o rosto de uma mulher tão linda.

— Foi em outra época, em outro lugar... — seus olhos se mantiveram fixos nos dele — ... em outra vida. Uma vida que você certa vez salvou.

— E fui muito sábio ao fazer isso.

— Sim, foi. E gentil. Talvez algum dia, ao revisitar o condado de Cork, você encontre uma pedra que se sobressai em meio a um campo não cultivado... e então se lembrará. — Tirando do pescoço a cruz de prata que usava, entregou-a a ele. — Você me deu um talismã naquela ocasião, parecido com esta cruz celta. Imagino que tenha sido por isso que senti vontade de usá-la hoje. Foi para fechar um círculo.

O metal, em contato com a sua mão, pareceu-lhe mais quente do que deveria e remexeu em algumas lembranças enevoadas que Roarke não fez questão de explorar.

— Obrigado — agradeceu simplesmente, guardando a cruz no bolso.

— Um dia devo retribuir o favor que me fez — completou ela, virando-se em seguida para Eve. — Estamos à sua disposição para conversar quando quiser, tenente Dallas. Não é, Chas?

— Claro que sim, a qualquer hora que lhe for mais conveniente. Teriam interesse em assistir à nossa cerimônia? Gostaríamos muito de compartilhar essa experiência com vocês. Está marcada para depois de amanhã, à noite. Temos um pequeno lugar no campo. É calmo, muito privativo e, quando o tempo coopera, perfeito para rituais ao ar livre. Espero que vocês...

Parou de falar de repente e seus impressionantes olhos acinzentados se tornaram mais escuros. Seu corpo magro se mexeu, assumindo uma rigidez que Eve reconheceu de imediato como a postura de alguém que acaba de se colocar em guarda.

— Ele não é um de nós — disse.

Eve olhou em torno e avistou um homem de terno preto. Seu rosto era incrivelmente pálido, emoldurado por um cabelo muito preto, com pontas cuneiformes. O terno caro e a pele descorada emprestavam-lhe a aparência de alguém adoentado e, ao mesmo tempo, bem-sucedido.

Encaminhou-se na direção do caixão, mas reparou no grupo que já estava lá. Em um movimento brusco, girou o corpo nos calcanhares e correu para fora.

— Vou verificar — anunciou Eve.

Ela já estava se movendo a passos largos quando Roarke a alcançou, dizendo:

— *Nós* vamos verificar.

— Seria melhor se você ficasse lá dentro, em companhia deles.

— Vou ficar em companhia de você.

— Não me venha tolher os movimentos e acabar com o meu estilo — reagiu Eve, lançando-lhe um olhar de frustração.

— Nem sonharia em fazer isso.

O homem que se retirava já estava quase correndo para alcançar a porta de saída. Eve só precisou tocar em seu braço para provocar-lhe um susto.

— O que foi? O que quer de mim? — Ele se desvencilhou dela, empurrando a porta com força e saindo para enfrentar a noite chuvosa. — Eu não fiz nada!

— Não? Ele parece muito culpado para alguém que é inocente, não acha, Roarke? — Tornou a agarrá-lo pelo braço, apertando com mais força dessa vez, a fim de impedir que ele fugisse correndo como um coelho assustado. — Acho que o senhor devia me mostrar a sua identidade.

— Não devo lhe mostrar nada!

— Não é necessário — disse Roarke com um tom de voz suave, agora que conseguira olhar melhor para o homem. — Thomas Wineburg, não é? Do Grupo Financeiro Wineburg. Você está segurando uma figura perigosa, tenente. Um banqueiro! Da terceira geração de uma família de grandes capitalistas. Ou será da quarta?

— Sou da quinta — disse Wineburg, tentando assumir um ar de desprezo ao olhar para alguém que sua família considerava um novo-rico, com fortuna obtida de forma não muito decente. — Não fiz nada que justifique ser importunado por alguém da polícia acompanhada pela escória do mundo das finanças.

— Eu sou da polícia — afirmou Eve, olhando para Roarke. — A escória do mundo das finanças só pode ser você...

— Ele está apenas revoltado pelo fato de eu não usar o seu banco em minhas transações — reagiu Roarke, lançando-lhe um sorriso de lobo. — Não é isso, Tommy?

— Não tenho nada para conversar com você.

— Bem, então pode falar comigo — disse Eve. — Por que tanta pressa?

— Eu... tenho um compromisso do qual havia me esquecido. E já estou atrasado!

— Então uns minutinhos a mais não vão fazer diferença. O senhor é amigo da família da falecida?

— Não.

— Ah, entendi! Simplesmente, então, o senhor gosta de matar o tempo, em uma noite chuvosa, dentro de uma sala de velório. Ouvi dizer que essa é a nova onda para os solteiros.

— Eu... eu entrei no prédio errado.

— Acho que não... o que veio ver aqui? Ou quem?

— Eu... — Seus olhos se arregalaram quando Isis e Chas apareceram, saindo pela porta. — Fiquem longe de mim!

— Desculpe, Dallas — explicou Isis. — Ficamos preocupados quando vimos que vocês estavam demorando a voltar. — Desviou o olhar exótico para o rosto de Wineburg. — Sua aura é escura e turva — afirmou. — Tem interesse pelo oculto, sem acreditar por completo. Brinca com poderes que estão além do seu alcance. Se não mudar de rumo, em breve encontrará a maldição!

— Mantenha essa mulher longe de mim! — Ainda tentando escapar da mão firme de Eve, Wineburg se encolheu todo.

— Ela não está machucando ninguém. O que sabe a respeito da morte de Alice, sr. Wineburg?

— Não sei de nada. — Seu tom de voz ficou mais agudo. — Não sei de coisa alguma a respeito de nada. Errei de endereço. Tenho um compromisso. A senhora não pode me deter!

Não, ela realmente não podia, mas podia pelo menos deixá-lo um pouco assustado.

— Não posso prendê-lo, mas posso levá-lo para a Central de Polícia e brincar com o senhor por algum tempo, até o seu advogado conseguir chegar lá para libertá-lo. Isso não ia ser divertido?

— Eu não fiz nada. — E para surpresa e leve repulsa de Eve, ele começou a soluçar como um bebê. — A senhora tem que me deixar ir embora. Não faço parte de nada disso!

— Não faz parte do quê?

— Fui lá apenas pelo sexo. Só isso. Apenas pelo sexo. Não sabia que alguém ia morrer. Havia sangue em toda parte. Em toda parte! Meu Deus, eu não sabia!

— Onde havia sangue? O que o senhor viu?

Wineburg continuava a soluçar, e quando Eve ajeitou o corpo e diminuiu um pouco a pressão em seu braço, ele enfiou-lhe o cotovelo ossudo na barriga, o que a fez voar com violência sobre Roarke, com tanta força que os dois caíram de costas na calçada.

Mais tarde, Eve ia se xingar por ter permitido que ele a pegasse desprevenida, com o seu choramingo. Naquele momento, porém, o que fez foi se levantar com alguma dificuldade. Sugou o ar com força para recuperar as forças e saiu correndo atrás dele.

Filho-da-mãe... era só nisso que Eve conseguia pensar. Ele a deixara sem ar e a impedira de xingar alto ou de lhe dar voz de prisão, se ele não parasse na mesma hora.

Pegou a arma no instante em que ele se virou e entrou em uma garagem subterrânea, desaparecendo em meio ao mar de veículos.

— Merda! — Pelo menos ela conseguiu ar suficiente para soltar o palavrão, e logo em seguida olhou para trás, irritada com Roarke, que chegava correndo logo atrás. — Saia daqui! Que droga, Roarke, imagino que ele esteja desarmado, mas você eu tenho certeza! Ligue para a emergência se quiser fazer algo de útil.

— O dia em que vou deixar um banqueiro bebê-chorão me jogar de bunda no chão e escapar ileso ainda não chegou. — Desviou, entrando em uma passagem entre os carros, circulando para pegá-lo pelo outro lado, o que a deixou de cara feia.

A iluminação do lugar era ofuscante, mas a oportunidade para se esconder era infinita. Os ecos dos passos de alguém que corria rebatiam pelas paredes, pelo piso e pelo teto baixo. Confiando em seu instinto, Eve se moveu para a esquerda.

— Wineburg, você não está se ajudando agindo dessa forma! Já vai ser fichado por agressão a uma policial. Se sair por conta própria, sem que eu precise ir aí para desentocá-lo, posso aliviar um pouco a sua barra.

Agachada, ela seguia ao longo de cada uma das estreitas fileiras entre os carros, se abaixava para olhar por baixo deles e seguia para a fileira seguinte.

— Roarke, pare de correr por um instante, droga, para que eu consiga localizá-lo. — Os ecos diminuíram um pouco, permitindo que Eve escutasse com mais atenção, seguisse em frente e virasse à esquerda, correndo ainda mais depressa. Ele estava subindo a rampa, decidiu ela. Tinha esperança de escapar pelo andar de cima.

Ao subir a rampa, ela girou o corpo e se preparou, apontando a arma ao ouvir passos atrás dela... era Roarke.

— Eu devia saber. — Foi tudo o que conseguiu dizer ao vê-lo ultrapassá-la, correndo. Ela foi em frente e continuou a perseguição. — Ele está pensando em ir para os andares de cima! — gritou na direção de Roarke. — O idiota continua correndo e vai acabar se colocando em um beco sem saída. Tudo o que precisava fazer era parar e se agachar atrás de um pneu... eu ia precisar de um batalhão para localizá-lo.

— Ele está apavorado. Quando você está apavorado, corre... — Olhou para Eve e se sentiu ridiculamente revigorado quando os dois chegaram à rampa do andar seguinte. — Pelo menos, alguns fazem isso.

Então os passos silenciaram. Eve esticou o braço para manter Roarke parado no lugar, prendeu a respiração e aguçou os ouvidos.

— Que diabo de som é esse?

— É um cântico.

— Minha nossa! — Seu coração deu um pulo. Saiu correndo novamente, no exato momento em que um brado longo e aterrorizante cortou o ar. O grito alucinante parecia continuar, sem fim, muito alto, de forma horrível e inumana. Então parou e fez-se um silêncio sepulcral. Eve pegou o comunicador, sem diminuir o passo. — Policial precisando de reforço! Policial precisando de reforço! Edifício-garagem na esquina da rua 49 com a Segunda Avenida. Repetindo: aqui é a tenente Eve Dallas! Estou perseguindo um... ora, que droga, responda!

— Aqui é da emergência, tenente Eve Dallas, por favor, repita.

Ela nem se deu ao trabalho de verificar o corpo estendido em uma poça de sangue que começava a se espalhar sobre o piso de concreto. Uma olhada nos olhos da vítima, arregalados de terror, e no cabo entalhado de um punhal que estava espetado em seu coração já foram o suficiente para determinar a morte.

Wineburg correra na direção errada.

— Preciso de reforço, agora! Acaba de acontecer um homicídio. O criminoso, ou os criminosos, ainda deve estar nas dependências. Envie todas as patrulhas disponíveis para este endereço. Ordene que eles bloqueiem as saídas e efetuem uma busca minuciosa. Preciso também de meu kit de serviço e de minha auxiliar.

— Entendido! Patrulhas a caminho! Emergência desligando!

— Tenho que fazer uma busca — disse a Roarke.

— Eu compreendo.

— Não estou com o meu galhinho de proteção, senão eu o emprestaria para você. Preciso que fique aqui, junto do corpo.

— Ele não vai a lugar algum — disse Roarke, olhando para Wineburg estendido no chão e sentindo um pouco de pena.

— Preciso que fique aqui — repetiu ela —, caso eles voltem por esse lado. Não banque o herói!

— E você também — disse ele, concordando com a cabeça.

— Droga! — Eve deu uma última olhada no corpo e desabafou, com a voz cansada: — Eu devia tê-lo segurado com mais força.

E se afastou dali, agachando-se e caminhando bem devagar, olhando para os carros e os cantos da garagem, mas sem muita esperança.

Ele já a vira trabalhar antes, observara e admirara a sua eficiência. Apreciara a área delimitada e completamente focada que ela criava em torno dos mortos. Roarke se perguntou se ela chegava a compreender o porquê de agir daquela forma, ou como conseguia, ao examinar com objetividade um corpo sem vida e violentamente assassinado, ver através do pesar que assombrava os próprios olhos.

Jamais perguntara nada disso a ela. E duvidava de que algum dia fosse fazê-lo.

Observou-a enquanto ela ordenava a Peabody que gravasse a cena do crime por outro ângulo, e a viu chamar um policial em um canto. Certamente ele era um recruta que não estava agüentando muito bem o horror do que via. Eve mandou-o resolver alguma coisa fora dali, e Roarke imaginou que ela fizera isso para que ele se sentisse à vontade para passar mal sem que ninguém testemunhasse.

Alguns daqueles profissionais jamais se acostumavam com o sangue ou o fedor dos intestinos das vítimas, que se aliviavam no momento da morte.

As luzes eram furiosamente brilhantes e realmente não tinham piedade. A ferida no coração sangrara em profusão. Ela vestira um conjunto preto e colocara saltos altos para ir ao velório. Agora, tanto os sapatos quanto a roupa ficariam arruinados. Ela estava ajoelhada ao lado do corpo, desfiando as meias no concreto enquanto removia a arma do crime, agora que a cena já fora devidamente gravada.

Ela colocou a arma em um saco plástico apropriado e o lacrou, para servir de prova, mas Roarke conseguira dar uma boa olhada nela. O cabo era marrom-escuro, possivelmente feito com o chifre de algum animal. No entanto, não havia dúvida alguma a respeito da similaridade dessa arma com a que fora deixada cravada na vítima anterior. Um athame. Um punhal ritualístico.

— Mau sinal! — disse ela.

Roarke emitiu um som de concordância, enquanto via Feeney se aproximar, vindo em sua direção. Roarke notou que ele estava com a aparência fragilizada, o que era incomum. Eve tinha razão por estar preocupada com ele.

— Sabe alguma coisa a respeito disso, Roarke? Não consegui entender muita coisa, ouvi apenas que Dallas estava conversando com um sujeito do lado de fora do velório quando ele fugiu e acabou morto.

— Foi o que aconteceu. Ele parecia nervoso por causa de alguma coisa. Aparentemente, tinha motivos para isso. — Roarke não queria se envolver com o problema entre Eve e Feeney e decidiu se manter de fora. — Espero que aceite o convite de Eve para passar alguns dias com a família em nossa casa no México.

— Ainda vou resolver sobre isso com a minha esposa. Muito obrigado. — Levantou os ombros em seguida e afirmou: — Acho que ela não precisa de mim por aqui. Vou para casa. — Mas ficou analisando a cena do crime por mais um minuto. A fadiga em seus olhos ocultava um policial astuto. — Que troço estranho um sujeito ser atacado aqui nessa área. O punhal sofisticado que cravaram no cara deixado ontem na porta de sua casa era parecido com esse, não era?

— O outro tinha um cabo preto. E era de metal, acho.

— É. Bem... — Ele se balançou para a frente e para trás sobre os calcanhares. — É melhor eu ir para casa.

Passou por Eve com cuidado, para evitar chegar muito perto da cena do crime sem passar spray selante nos sapatos. Ela olhou para cima, distraída, limpando o sangue das mãos com um trapo. Acompanhou a figura de Feeney, até se assegurar de que ele saíra de vista. Levantando-se, passou as mãos ainda não limpas de todo pelos cabelos.

— Podem ensacá-lo! — autorizou, e foi até Roarke. — Vou até a central para fazer o relatório, enquanto ainda estou com os fatos frescos na cabeça.

— Tudo bem — disse e pegou-a pelo braço.

— Não, você deve ir para casa. Vou de carona com alguém da equipe.

— Vou levá-la.

— Mas Peabody...

— Peabody pode ir de carona com alguém da equipe. — Ela precisava de alguns minutos, ele sabia, para poder relaxar. Apertou um botão em seu aparelho de pulso para emitir um sinal para o motorista.

— Vou me sentir uma idiota, saltando de uma limusine na porta da Central de Polícia — resmungou.

— É mesmo? Pois eu não. — Foi caminhando com ela até a saída da garagem e deu a volta pela calçada até chegar à porta do salão onde ocorria o velório. A limusine surgiu de imediato, parando junto ao meio-fio. — Você pode dar uma respirada pelo caminho — sugeriu ao entrar logo depois dela —, e posso tomar um conhaque. — Serviu-se de uma garrafa de cristal e, conhecendo bem Eve, programou um café para ela.

— Bem, já que vamos ter um tempinho juntos, Roarke, você pode aproveitar e me contar o que sabe a respeito de Wineburg.

— Era um daqueles irritantes rapazes riquinhos e paparicados.

Eve tomou um gole do café quente e encorpado que lhe foi servido em uma xícara de fina porcelana e lançou um olhar longo e frio para Roarke, para sua limusine luxuosa e para o conhaque caríssimo, dizendo:

— Você é um rapaz riquinho...

— Sou. — Sorriu. — Mas paparicado?... Certamente não. — Balançou o conhaque dentro da taça, mantendo o sorriso. — Esse fato evita que eu seja irritante.

— Você acha? — O café ajudou e fez os seus circuitos começarem a trabalhar de forma mais afinada. — Então ele era um banqueiro. Administrava o Grupo Financeiro Wineburg.

— É pouco provável... seu pai ainda é forte e saudável. Tommy era peixe pequeno, uma espécie de subordinado. O tipo de sujeito que recebe do papai um título inútil e uma sala imensa. Devia torrar todo o dinheiro que caía em sua conta bancária, encaminhava alguns formulários na empresa e em seguida saía para a consulta semanal com a esteticista.

— Entendi, você não gostava dele.

— Na verdade, eu nem o conhecia pessoalmente. — Balançou a bebida mais uma vez de forma casual e tomou outro gole. — Simplesmente conheço o tipo. Não tenho negócios com os Wineburg. No início da minha... carreira, precisei de financiamento para alguns projetos. Eram projetos legalizados — acrescentou ao ver o olhar especulativo de Eve. — Eles não me deixaram nem passar pela porta. Eu estava abaixo do padrão de sua clientela. Então arrumei financiamento em outro lugar e consegui me dar bem. As Organizações Wineburg não aceitaram muito bem o meu sucesso.

— Então eles são uma instituição conservadora, fundada e administrada pela família.

— Exato!

— Seria embaraçoso para o pai ver o primogênito... ele era o primogênito?

— Se existe algo do tipo primogênito de segunda classe, ele era.

— Bem, seria embaraçoso vê-lo envolvido com satanismo, além de não ficar bem na foto do piquenique anual da empresa.

— A diretoria toda ia ficar branca de choque, e então, sendo da família ou não, o pequeno Wineburg ia levar um pé na bunda.

— Ele não me pareceu o tipo de sujeito que se arrisca a passar por isso, mas nunca se sabe... Sexo, ele disse. Foi só pelo sexo... ele pode ter sido um dos sujeitos que estavam lá na noite que Alice descreveu. Sentiu-se culpado e apareceu no velório. Uma coisa eu garanto: estava apavorado. Ele viu alguma coisa, Roarke, viu alguém ser assassinado, eu sei disso! Se eu tivesse conseguido levá-lo para a delegacia, ia acabar arrancando a história toda dele. Acho que levaria menos de dez minutos para dobrá-lo.

— Pelo jeito, mais alguém também achava isso.

— Alguém que estava bem ali, de olho no lance. Vigiando-o. Vigiando o velório.

— Ou vigiando você — concluiu Roarke. — O que é mais provável.

— Tomara mesmo que estivessem me vigiando, porque, quando menos esperarem, eu me viro, pulo em cima deles e ataco direto na jugular. — Olhou para cima quando a limusine parou na porta da Central de Polícia. Ligeiramente sem graça, ela olhou pela janela, a fim de ver se não havia nenhum tira circulando pela área. Se eles a avistassem descendo daquele carrão, iam ficar de zoação por vários dias. — Agora, vamos nos ver só em casa. Vou levar umas duas horas.

— Eu espero.

— Não seja ridículo. Vá para casa.

Ele simplesmente se recostou no banco e ordenou ao monitor que lhe informasse a lista com as cotações do dia na Bolsa de Valores.

— Eu espero — repetiu, servindo-se de mais um conhaque.

— Cabeça-dura! — murmurou ela ao sair, e então se encolheu toda ao ouvir alguém chamá-la pelo nome.

— Dallas... você resolveu aparecer aqui na favela para trabalhar um pouco em companhia dos pobretões?

— Não enche, Carter! — reagiu, e entrou depressa, antes que a irritação causada pela sua risada a fizesse quebrar-lhe a cara.

Uma hora depois, ela já estava de volta, com cara de cansada e soltando fagulhas de raiva.

— Carter acabou de anunciar pelos alto-falantes que minha carruagem já estava à espera. Que idiota! Não sei se dou um chute na bunda dele ou na sua.

— Chute a dele — sugeriu Roarke, e envolveu-a com o braço. Ele já acabara de ver as cotações e trocara o trabalho pelo prazer. Assistia a um filme antigo na tela do carro.

Ela sentiu no ar o cheiro de tabaco do mais caro, e gostaria de poder dizer que aquilo a irritava. A verdade, porém, é que a deixava mais calma, bem como o braço dele em seu ombro e o velho filme em preto e branco.

— Que filme é esse?

— Humphrey Bogart e Lauren Bacall. O primeiro filme que fizeram juntos. Ela estava com dezenove anos, acho. Preste atenção nessa cena...

Eve esticou as pernas e ouviu Bacall perguntar a Bogart se ele sabia assobiar, e seus lábios se agitaram.

— Esperta... — comentou Eve.

— É um bom filme. Precisamos vê-lo inteiro, qualquer hora dessas. Você está tensa, tenente.

— Talvez.

— Vamos ter que cuidar disso. — Ele se virou para o lado, servindo-lhe um cálice com haste comprida, cheio de um líquido com cor de palha. — Beba.

— O que é isso?

— Vinho... apenas vinho.

Ela cheirou a bebida, com ar desconfiado. Era bem capaz de ele ter colocado algum calmante na bebida, e ela sabia disso.

— Olha lá, hein... vou ter que trabalhar um pouco quando chegar em casa, e preciso estar com a mente alerta.

— Mas você vai ter que parar para descansar em algum momento... relaxe. Sua cabeça pode ficar alerta pela manhã.

Ele tinha razão. Ela estava com dados demais na cabeça, e nenhum deles estava adiantando. Com aquela, já eram quatro mortes, e ela não estava nem um pouco mais perto da solução. Talvez sair do ar por algumas horas a fizesse enxergar melhor.

— Quem quer que tenha assassinado Wineburg, agiu de forma rápida, silenciosa... e astuta, atingindo-o direto no coração. Corte a garganta de alguém e você vai se cobrir todo de sangue. Atinja o coração e a morte vem depressa, com o mínimo de sujeira.

— Hum-hum... — Roarke começou a massagear a nuca de Eve. Aquilo sempre funcionava para acabar com o seu estresse.

— Chegamos quanto tempo depois? Trinta, quarenta segundos? Foi rápido, muito rápido. Se Wineburg fraquejou, pode haver mais gente na mesma situação. Preciso conseguir a lista dos membros dessa seita. Tem que haver um modo. — Tomou um gole do vinho. — Sobre o que você e Feeney estavam conversando?

— México. Pare de se preocupar com tudo.

— Certo, certo. — Recostou a cabeça para trás, fechando os olhos pelo que lhe pareceu três segundos. Quando tornou a abri-los, eles já haviam passado pelos portões e o carro já estava parando na porta de casa. — Eu dormi?

— Por mais ou menos cinco minutos.

— Aquilo era só vinho mesmo?

— Pode acreditar. O próximo passo do nosso programa é um banho quente.

— Um banho agora não tem nada... — Reconsiderou ao pisar dentro de casa. — Bem, na verdade a idéia me parece muito boa.

Dez minutos depois, enquanto a água enchia a banheira e formava redemoinhos sob o poder dos jatos, a idéia começou a lhe parecer ainda melhor. Mas ela arqueou uma sobrancelha quando viu Roarke começar a se despir.

— Para quem é o banho, afinal, para mim ou para você?

— Para nós. — Deu-lhe um tapa no traseiro, empurrando-a na direção da banheira.

— Por mim, tudo bem. Vou lhe dar a oportunidade para explicar tudo sobre essa história de salvar a vida de uma linda mulher.

— Humm... — Ele deslizou para dentro da água cheia de espuma, colocando-se de frente para ela. — Bem, não posso me responsabilizar por fatos que aconteceram em uma vida passada. — Entregou a Eve outra taça de vinho que ele tivera a perspicácia de encher. — Ou posso?

— Não sei. Não existe aquela teoria segundo a qual as pessoas repetem as coisas que fizeram ou aprendem com elas? — Segurou a taça acima da cabeça e submergiu com a cabeça para trás, voltando à superfície logo em seguida, com um gemido de prazer. — Você acha que era amante dela?

Pensando bem na resposta que ia dar, ele fez deslizar a ponta do dedo para cima e para baixo da perna de Eve, e disse, por fim:

— Se ela tinha a aparência que tem agora, eu espero que sim.

— Sei... — Lançou-lhe um sorriso azedo. — Você tem mesmo cara de quem procurava mulheres grandes, lindas e exóticas. — Encolhendo os ombros, bebeu mais vinho e brincou com a haste comprida da taça. — Muita gente acha que você fugiu totalmente do seu estilo, que não tinha nada a ver com o meu.

— Muita gente?

— Claro. — Ela bebeu todo o resto do vinho e colocou a taça de lado. — Sinto os olhares e os sussurros quando temos que ficar fazendo sala para alguns dos seus sócios ricos e esnobes. Não posso culpá-los por se perguntarem o que deu em você. Eu não sou grande, nem linda, nem exótica.

— Não, não é. É magra, adorável, forte. Não é de admirar que eu tenha caído de quatro.

Eve se sentiu ridícula e desconcertada. Ele conseguia fazê-la ficar assim só com o jeito de olhar para ela.

— Não estou querendo elogios — murmurou.

— O que me surpreende é você ter dado alguma importância ao que algum dos meus sócios possa pensar de nós dois.

— Eu não dou importância. — Droga, ela ia acabar estragando as coisas. — Estava apenas fazendo uma observação. O vinho deve estar deixando a minha língua solta.

— Você me deixa aborrecido, Eve... — sua voz estava perigosamente fria, um sinal que ela reconhecia bem — ... ao criticar o meu gosto dessa forma.

— Ah, deixa isso pra lá!... — Tornou a mergulhar a cabeça, voltando à superfície depressa, quando as mãos dele a seguraram pela cintura. — Ei, o que está tentando fazer, me afogar? — Piscou para fazer escorrer a água dos olhos e viu que ele realmente parecia chateado. — Escute, Roarke...

— Não, escute você, e escute bem! — Esmagou sua boca contra a dela, de forma ardente, faminta e apressada, deixando-a tonta e excitada. — Vamos passar para a terceira parte do programa um pouco mais cedo — disse ele, o que deu a ela a chance de sugar um pouco de ar para os pulmões. — Agora eu vou lhe mostrar por que eu não fugi nem um milímetro do meu estilo ao me envolver com você, tenente, nem um milímetro! Eu não cometo erros.

Ela lançou-lhe um olhar de deboche, apesar de sentir o sangue fervilhar sob a pele.

— Esse papo arrogante de sempre não funciona comigo não. Já disse que tudo deve ter sido efeito do vinho.

— Você não vai poder culpar o vinho pelo que vou fazer com você — prometeu ele, inclinando as mãos de forma que seus polegares se colocaram no espaço vulnerável entre a coxa dela e a virilha. — Você não vai poder colocar a culpa no vinho quando eu a fizer gritar.

— Eu não vou gritar. — Mas sua cabeça tombou para trás quando um gemido saiu dos seus lábios. — Mal consigo respirar quando você faz isso.

— Então não respire. — Ele a levantou pelas costas até que seus seios surgissem acima da linha d'água, enquanto suas mãos trabalhavam sem parar na parte de baixo. Abaixando a cabeça, cravou os dentes em um ponto onde a água escorria. — Vou possuí-la agora, e você vai me deixar fazer isso.

— Não quero ser possuída, a não ser que eu também possua você. — Mas no instante em que seus braços tentaram enlaçá-lo, ele provocou-lhe um orgasmo, seu corpo corcoveou e os braços ficaram moles.

— Dessa vez, não... — Subitamente, ele se sentiu ávido por ela, exatamente como ela estava naquele momento, com o corpo mole, aberto e descuidado.

— Como você consegue fazer isso? — Suas palavras saíram fracas e engroladas. Ele quase riu, embora o desejo estivesse tão forte que chegava a doer. Sem dizer nada, ele ficou em pé e a pegou no colo. Seus olhos estremeceram, tentando permanecer abertos, enquanto ele a carregava para fora da banheira.

— Quero você na cama! — disse. — Quero você toda molhada, por dentro e por fora. Quero que o seu corpo estremeça quando eu tocá-lo. — Ele a colocou de costas sobre o lençol, levando a boca direto para a sua garganta. — Quero saborear você!

Ela parecia bêbada, sem controle e dócil demais para se sentir chocada, enquanto as mãos dele voltaram a trabalhar. Ela empinou o corpo, em busca dele, mas ele se deixou escorregar por cima dela e veio descendo pelo seu corpo úmido, com as mãos ágeis e a boca apressada. Ela não conseguia acompanhar o ritmo dele. Agora seu corpo ficara rígido, como um punho cerrado, pronto para golpear. Ela gozou de forma violenta e abrupta, sem conseguir ouvir o próprio grito.

Ele tomava tudo o que queria. Tudo. O sangue dele pulsava mais depressa e se tornava mais quente a cada vez que ele a fazia ultrapassar os próprios limites. A pele dos dois estava molhada e quente, banhada em suor enquanto ele continuava a reger os acontecimentos de forma implacável.

Quando a necessidade de estar dentro dela se tornou insuportável, ele a elevou um pouco e abriu mais as suas pernas, até senti-las dobradas e apertando a sua cintura. E quando os braços dela o enlaçaram com força, seu corpo tremendo de encontro ao dele, ele apertou-lhe os quadris e a penetrou de uma vez só, em uma estocada profunda.

Sua boca encontrou o seio dela e sentiu a batida selvagem e descompassada do seu coração por baixo da carne úmida. Quando ela tornou a alcançar o clímax, apertando-lhe o membro com os músculos como se fossem mãos de ferro em luvas de seda, ele se segurou.

— Olhe para mim! — Ele arqueou o corpo dela, sentindo os quadris que se mexiam e o corpo que estremecia sob o dele. Uma nova onda de excitação o atingiu quando ele se impulsionou mais fundo dentro dela. — Olhe para mim, Eve. — Ele passeava as mãos pelo corpo dela, moldando cada curva enquanto continuava com novas investidas, lentas e constantes. A respiração dele se acelerou e seu controle parecia estar sobre um cordão fino que se desfiava.

Ela abriu os olhos. Estavam vidrados, pesados, mas olhavam para ele.

— Você é a mulher certa! — disse ele, colando ainda mais seu corpo com o dela. — Você é a única!

Sua boca tornou a se lançar sobre a dela, encontrando-a aberta e faminta, enquanto ele se esvaziava dentro de seu corpo.

Pela primeira vez, ele dormiu antes dela. Eve ficou deitada no escuro, ouvindo-o respirar, roubando um pouco do calor do corpo dele enquanto o dela esfriava. Já que ele estava dormindo, ela acariciou seu cabelo.

— Eu amo você — murmurou ela. — Amo tanto que me sinto uma idiota por causa disso.

Dando um suspiro, deixou-se acomodar junto dele, fechou os olhos e se obrigou a esvaziar a mente.

Ao seu lado, Roarke sorria no escuro.

Ele jamais dormia antes dela.

CAPÍTULO DOZE

Em seu escritório em um andar muito alto no centro, que pairava sobre a cidade, Roarke estava dando por encerrada a última reunião da manhã. Originalmente, fora planejado que ele ia concluir aquela negociação em Roterdã, mas ele arranjara as coisas de forma a participar da reunião através de via holográfica, a fim de permanecer perto de casa. Perto de Eve.

Estava sentado à cabeceira de sua reluzente mesa de conferências e sabia que sua imagem estava sendo projetada em uma mesa similar, no outro lado do oceano. Sua assistente sentava-se à sua esquerda e lhe entregava todos os papéis importantes, para a sua aprovação e assinatura. Seu tradutor estava à sua direita, para servir de apoio caso ele tivesse algum problema com o fone computadorizado que usava, programado para decodificar idiomas.

A diretoria da ScanAir estava sentada nas outras cadeiras em volta da mesa. Ou, melhor dizendo, as suas imagens estavam. Aquele havia sido um ano muito bom para as Empresas Roarke e suas subsidiárias. No entanto, não havia sido um ano agradável para a ScanAir, que vinha de uma série de anos seguidos no vermelho. Roarke estava lhes fazendo um favor ao encampar a empresa.

Pelas expressões sisudas nos rostos de vários dos rostos holográficos, eles não pareciam muito agradecidos.

A companhia precisava de ajustes, o que significava que as confortáveis posições que algumas daquelas pessoas ocupavam teriam que ser enxutas, com redução de salários e responsabilidades. Alguns cargos seriam até mesmo eliminados. Roarke já selecionara vários homens e mulheres que estavam dispostos a se transferirem para Roterdã, a fim de recolocar a companhia aérea nos eixos.

Enquanto a tradução era lida em um tom monótono por uma voz gerada por computador, ele observava os rostos e a linguagem corporal dos executivos. De vez em quando conferia com o tradutor algumas sutilezas do texto, bem como questões de sintaxe.

Ele já conhecia cada frase e cada termo do contrato de aquisição do controle da empresa. Roarke não estava pagando o que a diretoria esperava. Os diretores, por sua vez, torciam para que o exame da situação da companhia não tivesse revelado algumas das suas dificuldades financeiras mais delicadas e bem escondidas.

Roarke não podia culpá-los por isso. Ele teria feito o mesmo. Suas avaliações, porém, eram sempre abrangentes e mostravam tudo.

Ele assinou seu nome em cada cópia, datou o documento e passou os contratos para sua assistente assinar também, como testemunha, e selar o acordo. Ela se levantou e colocou os contratos em um fax a laser. Segundos depois, a cópia já atravessara o oceano e estava sendo assinada pela outra parte.

— Minhas congratulações por sua aposentadoria, sr. Vanderlay — cumprimentou Roarke de forma simpática ao ver os contratos já assinados chegando de volta para ele. — Espero que o senhor a aproveite bem.

Isto foi recebido por um neutro aceno de cabeça e um agradecimento formal. Os hologramas se apagaram.

— As pessoas nem sempre parecem gratas quando recebem grandes quantidades de dinheiro, não lhe parece, Caro? — perguntou Roarke para a secretária, recostando-se na cadeira, com ar divertido.

— Não, senhor. — Ela estava muito bem arrumada, com os cabelos brancos como neve e ofuscantes, que combinavam com um estilo glorioso. Levantando-se, ela pegou os documentos em papel, bem como os discos da transação gravados, para arquivá-los. Seu conjunto elegante, de cor ferrugem, exibia um par de pernas maravilhosamente torneadas. — Parecerão ainda menos agradecidos quando o senhor transformar a ScanAir em uma companhia de sucesso. Em menos de um ano, eu diria.

— Dez meses. — Ele se virou para o tradutor com um ar grato. — Obrigado, Petrov, seus serviços foram inestimáveis, como sempre.

— O prazer foi todo meu, senhor. — Petrov era um andróide, projetado por uma das companhias de pesquisa científica de Roarke. Era magro e vestia um terno escuro muito bem cortado. Seu rosto era atraente, mas não tanto a ponto de distrair o interlocutor, e fora projetado para simular um homem de meia-idade com ar confiável. Vários exemplares daquele modelo haviam sido vendidos para a ONU.

— Gostaria de fazer uma hora de intervalo, Caro, antes da próxima reunião. Tenho alguns assuntos pessoais para resolver.

— O senhor está com um almoço marcado para uma hora da tarde com os administradores da Sky Ways, a fim de discutir a compra da ScanAir, bem como estratégias publicitárias.

— Aqui mesmo ou fora do prédio?

— Aqui, senhor, na sala de refeições para executivos. O senhor aprovou o cardápio na semana passada — sorriu ela —, antes mesmo de conhecer o resultado final das negociações com a ScanAir.

— Certo, lembrei-me agora... estarei lá. — Saiu por uma porta lateral que dava para a sua sala. Antes de ir para a mesa, trancou todas as fechaduras. Não era estritamente necessário fazer isso. Caro jamais entraria ali sem se anunciar primeiro, mas em certas questões valia a pena ser cauteloso. O trabalho que tencionava realizar não poderia aparecer em seus registros. Seria melhor fazer aquilo em casa, mas ele estava com a agenda apertada. E Eve, lembrou, também estava.

Já sentado diante do computador em sua mesa, ligou o campo de interferência que servia para bloquear qualquer rastreamento que fosse feito pelo CompuGuard, o sistema anti-hackers da polícia. Qualquer atividade nessa área não era bem-vista pela lei e os castigos eram pesados.

— Computador! — ordenou ele. — Quero dados sobre os membros da filial nova-iorquina da Igreja de Satanás, dirigida por Selina Cross.

Pesquisando... Os dados estão protegidos pela lei de privacidade e proteção às atividades religiosas. Requisição negada.

Roarke simplesmente sorriu. Ele adorava um desafio.

— Bem — disse ele —, acho que podemos fazer você mudar de idéia a respeito disso. — Preparando-se para se distrair, despiu o paletó do terno, arregaçou as mangas e pôs-se a trabalhar.

Também no centro, Eve andava de um lado para outro dentro do consultório da dra. Mira, lindo e projetado para acalmar as pessoas. Ela, porém, jamais se sentia completamente relaxada ali. Confiava nas avaliações de Mira, sempre fora assim. Há alguns meses, passara a confiar na médica também em nível pessoal... na medida do possível. Mas isso não a deixava relaxada.

Mira sabia mais a respeito dela do que qualquer outra pessoa. Mais até, Eve suspeitava, do que ela mesma. Encarar alguém com este tipo de intimidade e conhecimento sobre ela não era nada relaxante.

Mas Eve não fora até ali para falar de assuntos pessoais, e fez questão de lembrar isso a si mesma. Estava ali para falar de assassinato.

Mira abriu a porta e entrou. Seu sorriso era suave, caloroso e pessoal. Ela sempre parecia tão controlada, tão... perfeita, decidiu

Eve. Jamais espalhafatosa nem desarrumada, a médica passava uma sensação de calma e competência. Naquele dia, em vez da roupa de costume, Mira usava um vestido reto, em um tom claro de cor de abóbora e um casacão com um único botão, que combinava e tinha o mesmo comprimento do vestido, um pouco acima do joelho. Seus sapatos eram em um tom ligeiramente mais escuro do que o da roupa e tinham aqueles saltos estonteantemente altos que algumas mulheres usavam por escolha, algo que deixava Eve sempre impressionada.

Mira ofereceu-lhe as duas mãos como cumprimento, um gesto de afeição que deixava Eve confusa e ao mesmo tempo satisfeita.

— Que bom vê-la de volta em boa forma, pronta para a luta, Eve. Não teve mais problemas com o joelho?

— Como? — Com um leve franzir das sobrancelhas, Eve olhou para baixo, lembrando-se então do ferimento que sofrera ao resolver um caso, recentemente. — Ah, não... os paramédicos fizeram um bom trabalho. Até me esquecera a respeito disso.*

— Um efeito colateral do *seu* trabalho. — Mira se acomodou em uma das suas aconchegantes poltronas. — Acho que deve ser algo congênito.

— Como assim?

— Essa capacidade de esquecer a dor e os traumas, tanto os do corpo quanto os da mente, e seguir em frente, fazendo o mesmo trabalho. Sempre acreditei que as mulheres são boas policiais e boas médicas por possuírem essa resistência inerente. Por que não se senta, toma um pouco de chá e me diz o que posso fazer para ajudá-la?

— Obrigada por ter me encaixado em seus horários apertados. — Eve se sentou, remexendo-se um pouco, meio agitada. Sempre se sentira inclinada a escancarar a alma quando se via ali naquela sala, em companhia daquela mulher. — É a respeito de um caso no qual estou trabalhando. Não posso lhe dar muitos detalhes, pois há restrições internas.

---

* Ver *Êxtase Mortal.*

— Entendo... — Mira programou chá no AutoChef. — Conte-me tudo o que puder.

— Uma das envolvidas é uma jovem de dezoito anos, brilhante e aparentemente muito impressionável.

— É a idade das descobertas, das explorações. — Mira pegou o chá que fumegava, servindo-o em delicadas xícaras de porcelana, e ofereceu uma delas a Eve, que aceitou a bebida, embora soubesse que não iria apreciá-la, pois não era muito de beber chá.

— Suponho que sim — concordou ela. — Essa jovem tem uma boa família e é muito ligada a ela. Apesar de um pai ausente, ela possui um núcleo familiar grande, com avós, primos, esse tipo de coisa. Ela não era... não é — corrigiu Eve — uma pessoa sozinha.

Mira fez que sim com a cabeça. *Eve fora uma pessoa sozinha*, pensou a psiquiatra. *Brutalmente sozinha.*

— Bem, esta moça andava interessada em religiões antigas, culturas e cultos ancestrais, e os estava estudando. No decorrer deste último ano, desenvolveu um certo interesse pelas chamadas ciências ocultas.

— Humm... isso também é bem típico. Os jovens exploram diferentes fés e crenças, a fim de encontrar, construir e consolidar suas próprias doutrinas. As ciências ocultas, com seu misticismo e muitas possibilidades, mostram-se extremamente atraentes.

— Ela acabou se envolvendo com satanismo.

— Como amadora, apenas por curiosidade?

Eve franziu o cenho. Esperava que Mira demonstrasse algum tipo de surpresa ou ar de desaprovação. Em vez disso, continuava a tomar chá com um educado sorriso atento que brincava em sua boca.

— Se está querendo saber se a menina estava apenas brincando com o assunto, eu diria que ela acabou indo mais fundo.

— Tornou-se uma iniciada?

— Não estou bem certa do que isso significa.

— Bem, dependendo da seita, pode haver algumas variações. De um modo geral, isso implica na exigência de um período de espera antes de fazer os votos, momento acompanhado de uma marca física, geralmente sobre ou próximo da genitália. O iniciado seria então aceito na convenção de bruxas, através de uma cerimônia. Tal cerimônia consiste em um altar, um altar humano, provavelmente feminino, colocado dentro de um círculo. Os príncipes do Inferno são invocados e o iniciado, ou iniciados, se ajoelha. O simbolismo que acompanha esse ritual poderia ainda envolver fumaça, o soar de um sino, terra trazida de um cemitério, de preferência recolhida do túmulo de uma criança. Nesse momento, o iniciado recebe para beber um pouco de água, às vezes vinho misturado com sangue ou urina. Nesse momento, o sumo sacerdote ou sacerdotisa marca o iniciado com um punhal cerimonial.

— Um athame.

— Sim. — Mira sorriu, como uma professora satisfeita com a resposta de uma aluna brilhante. — Embora seja ilegal, caso o grupo consiga, sacrificarão em seguida um cabrito. Em algumas seitas, o sangue do cabrito é misturado com o vinho e consumido. Depois de feito isso, o grupo se entrega a práticas sexuais. O altar pode ser usado por todos, ou muitos dos reunidos no local. Isso deve ser considerado uma obrigação, mas também um prazer.

— Até parece que você já participou de um ritual desses, doutora.

— Desse tipo não, mas obtive autorização para assistir a uma cerimônia do Sabá de Litha, certa vez. Foi fascinante...

— Mas você não acredita realmente nesses troços, acredita? — Aturdida, Eve colocou a xícara de lado. — ... Invocar o demônio, por exemplo.

— Acredito que exista o Bem e o Mal, Eve — respondeu Mira, levantando uma sobrancelha suavemente arqueada —, e de modo algum descarto a possibilidade da existência do Bem supremo ou do Mal supremo. Em minha profissão, como na sua, vemos exemplos de ambos em demasia, o bastante para que reconheçamos sua realidade.

Quem cometia o mal eram os humanos, pensou Eve. *O Mal era humano.*

— Mas adorar o demônio? — reagiu ela.

— As pessoas que escolhem dirigir o foco de suas vidas, e podemos dizer de suas almas, para essa crença geralmente o fazem atraídas pela liberdade, pela estrutura e pela celebração do egoísmo. Outras são seduzidas pela promessa de poder... e muitas pelo sexo.

"Foi só pelo sexo." Foi exatamente isso o que Wineburg dissera, soluçando, antes de morrer, lembrou Eve.

— Essa jovem, Eve, foi atraída em primeiro lugar pelo intelecto. O satanismo tem séculos de existência e, como a maioria das religiões pagãs, persegue o cristianismo. Por que sobrevive e, em certas épocas, chega até mesmo a crescer? Porque está cheio de segredos, pecados e sexo, e seus rituais são misteriosos e elaborados. Essa moça, pertencendo a uma família presente e que a protegia, deve ter se perguntado se já não era hora de se rebelar contra o *status quo.*

— A cerimônia que você descreveu foi semelhante à descrita por ela — afirmou Eve. — Só que ela estava apenas começando a observar os rituais, e foi sexualmente usada. Era virgem e suspeito que tenha sido drogada.

— Entendo. Sempre existem seitas que divergem do que está estabelecido em seus conceitos e leis. Algumas podem até mesmo ser perigosas.

— A memória da jovem dava uns brancos, e ela se tornou extremamente devotada a dois dos membros, quase a ponto de se tornar sua escrava. Chegou a se afastar da família e dos estudos. Até o dia em que testemunhou o assassinato ritualístico de uma criança.

— Sacrifício humano é uma prática ancestral e deplorável. — Mira tomou mais um pouco do chá, de forma delicada. — Se houve envolvimento com drogas, é altamente provável que ela tenha se tornado dependente dessas pessoas. Isso explicaria os brancos em sua memória. Imagino que ao testemunhar o assassinato ela tenha se chocado a tal ponto que se afastou do culto e de seus rituais.

— Ela estava aterrorizada. Não buscou ajuda na família nem denunciou o incidente. Em vez disso, buscou uma bruxa.

— Uma bruxa ligada à magia branca, decerto... uma devota Wicca?

— Ela fez algo que poderia ser considerado como uma reviravolta de cento e oitenta graus. — Eve apertou os lábios. — Começou a queimar velas brancas, em vez de pretas. Vivia em um constante estado de pânico e afirmava que um dos membros se transformara em corvo.

— Mudança de forma... — Pensativa, Mira se levantou para programar mais chá. — Isso é interessante.

— Ela acreditava que eles iriam matá-la, e que já haviam feito isso com alguém muito próximo dela, embora tal morte esteja oficialmente registrada como devida a causas naturais. Não tenho dúvidas de que eles a atormentavam, e encontraram uma forma de iludi-la e amedrontá-la. Acho que um pouco disso foi facilitado por sua própria vergonha e complexo de culpa.

— Você deve ter razão. Emoções influenciam o intelecto.

— Até que ponto? — quis saber Eve. — O bastante para fazê-la ver coisas que não estavam lá? O bastante para fazê-la fugir apavorada de uma visão e se atirar na frente de um carro que a matou?

— Ela está morta, então... — Mira tornou a se sentar. — Sinto muito. Você tem certeza de que ela fugiu de uma imagem ilusória?

— Tenho. Uma observadora treinada estava no local. Não havia nada lá, exceto... — Eve acrescentou, torcendo o nariz: — ... um gato preto.

— A imagem tradicional e familiar. Só isso pode ter sido o bastante para jogá-la no abismo. Porém, mesmo que o gato tenha sido colocado em seu caminho com a finalidade de assustá-la, vai ser muito difícil você enquadrar isso como assassinato.

— Eles brincavam com a cabeça dela, drogaram-na, possivelmente usaram hipnose. Atormentavam-na com truques e ligações para seu *tele-link*. Então, finalmente, a empurraram. Para mim, isso é homicídio, e vou fazer com que o promotor se convença disso.

— Levar religiões para a sala do tribunal, particularmente religiões não reconhecidas em grande escala, é uma tarefa difícil.

— Não estou atrás de facilidades. As pessoas por trás desta seita são sujas, e acredito que já mataram quatro pessoas ao todo, só nas últimas duas semanas.

— Quatro? — Mira fez uma pausa e pousou a xícara sobre o pires. — O corpo que foi encontrado perto de sua casa... os detalhes que vi na mídia não foram objetivos. Há alguma conexão entre os casos?

— Sim. Ele era um iniciado e teve a garganta cortada por um athame, que foi deixado espetado entre suas pernas com uma nota que condenava o satanismo. Ele estava amarrado a uma placa com a forma de um pentagrama invertido.

— Mutilação e assassinato. — Mira apertou os lábios. — Se isso foi obra de pessoas ligadas à religião Wicca, é estranho... algo muito afastado de suas crenças.

— Pois é... mas as pessoas fazem coisas estranhas e contra suas crenças o tempo todo — disse Eve, impaciente. — Nesse momento, no entanto, suspeito de que o crime foi praticado por um membro, ou membros da seita da vítima. Outro homem foi morto na noite passada, também por um athame. Seguramos a notícia, para que nada fosse divulgado nos noticiários matinais, mas vai estar estampado em toda a mídia em questão de horas. Eu estava no local, perseguindo a vítima, e não cheguei a tempo.

— Ele foi morto tão depressa assim, sem um ritual? Com uma policial em sua perseguição? — Mira balançou a cabeça. — Isso foi um ato de arrogância ou desespero. Na minha opinião, se foi cometido pelas mesmas pessoas, mostra uma ousadia crescente.

— E também um gostinho especial... o sangue pode ser algo que vicia. Gostaria de saber qual é o tipo de personalidade da pessoa que comanda uma seita como essa. Há uma mulher que possui uma extensa ficha criminal envolvendo sexo ilegal e tráfico de drogas. Ela é bissexual. Administra um clube e vive bem. Seu companheiro é um homem forte que cuida dela, e ela gosta de se exibir — acrescentou Eve, lembrando-se do truque da lareira. — Esta mulher se diz clarividente, é irritadiça e tem um temperamento instável.

— O orgulho é provavelmente a sua maior fraqueza. Caso esteja em uma posição de poder e autoridade, provavelmente não admite desrespeito. Ela é realmente uma clarividente?

— Está falando sério?

— Eve... — suspirou Mira, baixinho. — Habilidades psíquicas existem, sempre existiram. Estudos já provaram isso.

— Sei, sei... — Eve balançou a mão, afastando a idéia. — Os estudos do Instituto Kijinsky, por exemplo. Tenho um relatório detalhado a respeito da bruxa branca, fornecido por eles, que asseguram que ela está muito acima da média em termos de paranormalidade.

— E você não concorda com o Instituto Kijinsky?

— Bolas de cristal e quiromancia? Ora, vamos, você é uma cientista!

— Sim, sou, e como tal, aceito que a ciência é algo fluido. Ela muda à medida que aprendemos mais a respeito do Universo e das coisas que o habitam. Muitos cientistas respeitados acreditam que nós nascemos com o que poderíamos denominar de sexto sentido, ou de sentido intensificado, se desejar. Alguns de nós o desenvolvem, outros o bloqueiam. A maioria de nós o mantém em algum nível. Chamamos de instinto, pressentimentos ou intuições. Você mesma confia nisso.

— Confio em evidências e em fatos.

— Mas tem pressentimentos, Eve, e a sua intuição também é um instrumento muito afinado. Roarke também... — Sorriu ao ver Eve unir as sobrancelhas em uma expressão de estranheza. — Um homem não consegue subir tão alto sem os instintos fortes para fazer o movimento exato na hora certa. A magia, se preferir um termo mais romântico, existe.

— Você está me dizendo que acredita ser possível ler mentes e lançar feitiços?

— Nesse instante, posso intuir perfeitamente o que vai pela sua cabeça. — Riu a doutora, terminando de tomar o chá. — "A dra. Mira só pode estar de brincadeira comigo!"

— Chegou perto. — Os lábios de Eve se abriram em um sorriso relutante.

— Deixe-me dizer uma coisa, já que creio que isso é parte do que veio buscar aqui. Feitiçaria, negra ou branca, existe desde a aurora da humanidade. E onde existe poder, existem também benefícios e abusos. Isso também faz parte da natureza humana. Não podemos, através de todo o nosso conhecimento científico e técnico, destruir um dos lados sem prejudicar o outro. O poder exige cuidados, assim como as crenças, e é por isso que temos nossas cerimônias e rituais. Precisamos da estrutura, do conforto e também dos mistérios que eles contêm.

— Não tenho problemas com cerimônias e rituais, dra. Mira, a não ser quando eles cruzam as fronteiras da lei.

— Concordo. Mas a lei também pode ser fluida. Ela se transforma e se adapta.

— Mas um assassinato sempre é um assassinato. Não importa se foi perpetrado com uma lança com ponta de pedra lascada ou com uma arma a laser — seus olhos se tornaram sombrios e ferozes — nem se foi feito com a ajuda de fumaça e espelhos. Vou encontrar o assassino e nenhuma mágica no mundo vai me impedir de alcançar isso.

— Não. — Uma pequena sensação de medo, diminuta, porém preocupante, e que poderia ser chamada de pressentimento, fez o estômago da dra. Mira se retorcer. — Concordo com isso. Você também tem poder, Eve, e vai colocá-lo em rota de confronto. — Cruzou as mãos. — Posso lhe fornecer um material mais detalhado sobre satanismo e Wicca, se isso ajudar.

— Gostaria de saber com o que estou lidando, e agradeceria muito por esse material. Você poderia me fornecer um perfil de um membro típico das duas seitas?

— Não existe um membro típico, do mesmo modo que não há membros típicos na fé católica ou no budismo. O que posso fazer é generalizar certos tipos de personalidade que são com freqüência atraídos pelas ciências ocultas. A sacerdotisa Wicca que a jovem procurou também é suspeita?

— Não é a principal, mas é suspeita sim. Vingança é um motivo muito forte, e se os satanistas continuarem aparecendo na minha frente com punhais ritualísticos enterrados em órgãos vitais, eu não vou poder desprezar a possibilidade de vingança. — Sem conseguir resistir, Eve passou a língua pela frente dos dentes, completando: — Porém, suponho que era mais provável ela lançar uma maldição sobre as vítimas.

— Verifique as unhas e os cabelos das suas vítimas, e também das outras que possivelmente aparecerem. Se alguma maldição estiver envolvida no crime, deve haver sinais de unhas e cabelos cortados recentemente.

— Ah, é?... Vou fazer isso, então. — Eve se levantou. — Obrigada pela ajuda.

— Envio-lhe o material até amanhã.

— Ótimo! — Começou a sair, mas parou. — Você parece conhecer muitas coisas a respeito desse assunto. Isso é o tipo de coisa que se estuda para ser psiquiatra?

— Em certa medida, sim, mas tenho um interesse mais pessoal no assunto, e já o estudei bastante. — Seus lábios se abriram em um sorriso. — Minha filha é wiccana.

— Ah... — O queixo de Eve caiu. O que poderia ela dizer diante disso? — Bem, então isso explica tudo. — Desconfortável, enfiou as mãos nos bolsos, perguntando: — Sua filha mora por aqui?

— Não, ela reside em Nova Orleans, pois acha que há menos restrições por lá. Talvez eu não consiga ser muito objetiva nesse assunto, Eve, devido às circunstâncias, mas acho que se você pesquisar a respeito vai descobrir que a religião Wicca é um tipo de fé adorável, muito generosa e ligada à terra.

— Claro... — Eve foi saindo de fininho em direção à porta. — Vou assistir a um encontro amanhã à noite.

— Depois, quero que me conte o que achou. E se houver alguma pergunta que eu não seja capaz de responder, certamente minha filha ficaria feliz em conversar com você.

— Eu lhe conto. — Saiu, dirigindo-se para o elevador e soltando o ar com um sopro. *Então a filha de Mira é uma feiticeira, pelo amor de Deus,* pensou. *Aquela era uma novidade e tanto!*

Eve foi direto à central com a intenção de pegar Peabody para irem juntas à casa de Wineburg. Ela queria dar uma olhada em seu estilo de vida, seus arquivos e registros pessoais. Tinha o palpite de que um sujeito como ele mantinha uma lista particular com nomes e lugares.

Os técnicos já haviam efetuado as buscas de rotina, sem encontrar nada de interessante, mas ela achou que talvez tivesse mais sorte.

Encontrou Peabody na sala de detenção, ao passar por ali, e lhe disse:

— Encontre-me no meu carro em quinze minutos. Quero verificar minhas mensagens e fazer umas ligações.

— Sim, senhora. Tenente...

— Mais tarde! — cortou Eve, passando direto, sem perceber o momento em que sua auxiliar contraiu o rosto.

A razão para isso estava à espera dela, dentro de sua sala.

— Feeney? — Eve tirou o casaco e o atirou sobre uma cadeira. — Resolveu ir para o México? Se foi isso, vai ter que ligar para Roarke, a fim de combinar os detalhes. Ele deve estar... — Parou de falar na mesma hora, quando viu Feeney se levantar, passar por ela e fechar a porta, deixando-os a sós. Foi preciso apenas olhar para o seu rosto para descobrir.

— Você mentiu para mim, Eve! — Havia um tremor em sua voz que vinha tanto da raiva quanto da mágoa. Seus olhos, porém, estavam firmes e frios. — Você mentiu descaradamente para mim. Eu confiei em você, que andava investigando Frank pelas minhas costas, por cima do seu cadáver.

Não havia como negar nem perguntar como ele descobrira. Eve sabia que ele ia acabar sabendo de tudo.

— Estava rolando uma investigação interna. Whitney queria que eu limpasse o nome de Frank, e é o que estou fazendo.

— Investigação interna porra nenhuma! Ninguém era mais limpo do que Frank.

— Sei disso, Feeney. Eu estava...

— Mesmo assim, investigou. Xeretou em seus arquivos, e fez tudo isso escondido de mim.

— É como deveria ser feito.

— Papo furado! Fui eu quem treinou você! Você ainda estaria usando farda até hoje se eu não a tivesse colocado aqui. E você me apunhalou pelas costas. — Chegou mais perto dela, com os punhos fechados ao lado do corpo.

Ela preferia que ele os usasse.

— Você abriu uma investigação sobre Alice, com suspeita de homicídio. Ela era minha afilhada e você nem sequer teve a decência de me contar que suspeitava de que um filho-da-mãe a matara? Deixou-me de fora do inquérito e mentiu para mim. Olhou bem na minha cara e mentiu para mim!

— Sim. — Seu estômago parecia um bloco de gelo.

— Achava que ela podia ter sido drogada, estuprada e assassinada e me deixou de fora?

Ele tivera acesso aos relatórios, compreendeu Eve. Os arquivos estavam lacrados e codificados, mas isso não serviria de barreira se Feeney tivesse farejado algo. E pelo jeito foi o que acontecera, devido à morte de Wineburg.

— Eu não poderia, Feeney — disse ela, com a voz firme. — Mesmo se não estivesse cumprindo ordens, não poderia colocá-lo na investigação. Você era muito chegado à família. Não poderia ser objetivo nem dar assistência em uma investigação envolvendo alguém que era quase da sua família.

— E que diabos você sabe a respeito de família? — explodiu ele, fazendo-a se sentir sacudida. Sim, ela preferia os punhos.

— Estava cumprindo ordens? — continuou ele, com amargura, atacando-a sem dó. — Que porra de ordens? É essa a sua desculpa, Dallas? Esse é o motivo para me tratar como um recruta de fraldas? "Tire umas férias, Feeney. Aproveite a casa do meu maridinho rico lá no México." — Seus lábios se retraíram em um risinho sarcástico. — Isso ia ser ótimo para você, não é, Eve? Tirar-me do caminho, me jogar para escanteio, bem longe de você, já que eu não ia ter utilidade dessa vez.

— Não. Por Deus, Feeney...

— Já encarei tiroteios junto com você... — Sua voz subitamente mudou de tom e fez a garganta de Eve arder. — Confiei em você. Confiaria a qualquer tempo e em qualquer lugar, mas agora... Nunca mais! Você é boa no que faz, Dallas, mas é fria. Vá para o inferno!

Ela não disse nada quando ele saiu, deixando a porta balançando, semi-aberta. Não havia o que dizer... ele descobrira e viera com tudo para cima dela.

— Dallas! — Peabody entrou correndo pela porta. — Eu não consegui...

Eve a cortou simplesmente levantando um dedo e virando-se de costas. Lentamente, com inspirações profundas, ela conseguiu acalmar o estômago. Mesmo assim, restara a dor. Ela ainda conseguia sentir o cheiro dele na sala. O cheiro daquela colônia idiota que a mulher sempre lhe comprava.

— Vamos dar mais uma busca na casa de Wineburg, Peabody. Pegue suas tralhas.

Peabody abriu a boca para falar alguma coisa, mas desistiu. Mesmo que soubesse o que dizer, achou que qualquer observação que fizesse não seria bem recebida.

— Sim, senhora — assentiu, simplesmente.

Eve se virou para ela. Seus olhos estavam sem expressão, frios, controlados.

— Então, vamos nessa!

Capítulo Treze

Ela estava de péssimo humor quando voltou para casa. Revirara a casa de Wineburg de cabeça para baixo, seguindo cada passo e refazendo tudo o que os técnicos já haviam feito. Durante três horas, ela e Peabody haviam remexido em closets, gavetas, rodaram arquivos e rastrearam cada uma das gravações do *tele-link*.

Encontraram duas dúzias de ternos e sapatos tão reluzentes que Eve conseguira ver neles o reflexo de sua própria cara amarrada, além de vasculharem uma coleção de discos, todos com músicas incrivelmente chatas. Embora ele tivesse uma espécie de cofre, o conteúdo não servira de muita coisa. Os dois mil dólares em dinheiro vivo, os dez mil em fichas de crédito e a extensa coleção de vídeos pornográficos poderiam dar uma idéia de como era o sujeito, mas não ajudavam em nada a descobrir quem o matara.

Ele não mantinha nenhum tipo de diário, e em sua agenda havia datas e horários marcados, mas muito pouco a respeito do propósito de cada encontro, pessoal ou profissional. Seus registros financeiros eram ordenados e precisos, como era de esperar em se tratando de alguém que fazia do dinheiro a sua ocupação. Todas as despesas e ganhos estavam cuidadosamente registrados. Vultosas quantias eram trocadas de fichas de crédito por dinheiro vivo e retiradas a cada bimestre de sua conta, durante um período de dois anos da vida cheia de ostentação de Wineburg. Embora tal movimentação servisse para dar a Eve uma noção sólida do elevado padrão de vida que Selina usufruía, as retiradas estavam todas registradas como despesas pessoais.

A coincidência de datas entre os compromissos noturnos bimestrais e as retiradas em dinheiro nos últimos dois anos também não eram suficientes para estabelecer uma conexão de Wineburg com a seita que Selina dirigia.

O nome dela não era sequer mencionado em parte alguma.

Ele era divorciado, sem filhos, e morava sozinho.

Eve batera de porta em porta, entrevistando os vizinhos. Descobriu que Wineburg não era do tipo sociável. Raramente recebia visitas, e ninguém nas redondezas fora curioso o suficiente para prestar atenção a um dos raros visitantes, a fim de oferecer uma descrição deles.

Ela saiu com as mãos abanando, uma sensação de ardência no estômago e um sentimento de frustração que aumentava a cada minuto. Sabia, sem sombra de dúvida, que Wineburg era um dos membros da seita de Selina, tinha certeza de que ele pagara regiamente a ela por esse privilégio, a princípio com dinheiro e depois com a própria vida. Só que não estava nem um pouco mais perto de conseguir provar isso, além de sentir que a sua mente não estava tão focada no caso quanto deveria.

Quando ela ia para casa, o rosto zangado de Feeney e suas palavras amargas começaram a aparecer em sua cabeça como um filme, e a frustração se chocou com a dor.

Ela fizera mais do que simplesmente decepcioná-lo, e sabia disso. Ela o traíra ao seguir fielmente o treinamento que recebera dele mesmo. Cumprira as ordens, agira como uma boa policial. Fizera o seu trabalho.

Mas não fora amiga dele, pensou, com as têmporas latejando devido ao estresse. Pesara as suas lealdades e, por fim, escolhera o trabalho, em vez do coração.

Fria, ele a chamara, lembrava naquele momento, e fechou os olhos com força. Fria, era o que ela fora.

O gato veio caminhando silenciosamente na direção dela no instante em que Eve colocou o pé em casa, serpenteando por entre suas pernas assim que entrou no saguão. Ela continuou andando, xingando baixinho ao tropeçar nele. Summerset surgiu de uma porta lateral, informando:

— Roarke está à sua procura.

— Ah, é? Pois eu estava ocupada. — Deu um chute leve, com impaciência, em Galahad. — Ele já está em casa?

— Ainda não. A senhora poderá encontrá-lo em seu escritório.

— Vou falar com Roarke quando ele chegar em casa. — Ela queria um drinque, algo forte e inebriante. Reconhecendo o perigo e a fraqueza representados pela vontade de usar a bebida como muleta, deu meia-volta antes de entrar na sala de estar e tomou a direção oposta. — Não estou em casa para mais ninguém. Compreendeu?

— Certamente — respondeu Summerset, todo empertigado.

Ao vê-la sair apressada, Summerset se agachou, pegou o gato e o acariciou, algo que jamais faria se houvesse alguém por perto para observá-lo.

— A tenente está muito infeliz — murmurou Summerset. — Talvez devêssemos dar um telefonema.

Galahad ronronou e esticou o pescoço, demonstrando gostar dos dedos compridos e ossudos de Summerset. Sua afeição mútua era um pequeno segredo entre os dois.

Ver o mordomo com o gato teria deixado Eve surpresa, mas ela não estava com a cabeça em nenhum dos dois. Subiu as escadas, passou pela área da piscina e do jardim internos e foi direto para o salão de ginástica. Esforço físico, ela sabia bem, servia para bloquear problemas emocionais.

Deixando a mente vazia, vestiu uma roupa de ginástica preta. Programou o aparelho de atividades físicas para levá-la através de uma série brutal de exercícios de resistência, rangendo os dentes enquanto a voz curta e direta, gerada por computador, a mandava agachar, levantar, esticar, manter a posição e repetir.

Já fizera um número satisfatório de séries mais pesadas no momento em que resolveu trocar de aparelho, indo para a máquina de aeróbica. A unidade composta a levou por uma corrida massacrante, ladeiras muito inclinadas, depois descidas bruscas e, por fim, uma sucessão infindável de lances de escadas. Ela programara a máquina para lhe oferecer vários terrenos, e sentiu a mudança de textura na superfície de corrida, indo do asfalto simulado, passando pela areia, grama e terra. Tudo isso foi muito interessante, mas não estava fazendo desaparecer a dor que sentia na barriga.

Você pode correr, pensou, com uma fúria sombria, *mas não consegue se esconder.*

Seu coração batia depressa, sua roupa estava molhada de suor, mas suas emoções continuavam frágeis como vidro. O que precisava mesmo, decidiu enquanto vestia as luvas macias e protetoras, era socar alguma coisa.

Ela jamais tentara enfrentar o andróide boxeador. Aquele era um dos mais novos brinquedinhos de Roarke. A unidade tinha uma compleição de peso-médio: um metro e oitenta de altura, oitenta e cinco quilos e músculos firmes. Boa escolha, decidiu Eve, com as mãos nos quadris, enquanto o avaliava de cima a baixo.

Digitou o código no painel. Houve um leve zumbido no momento em que os circuitos foram ligados. O andróide abriu os olhos castanhos e perguntou, com um ar educado:

— Gostaria de uma luta?

— Sim, meu chapa, eu gostaria de uma luta.

— Escolha boxe, caratê em estilo coreano ou japonês, tae kwon do, kung fu, luta de rua. Programas de autodefesa também estão disponíveis. O contato com o corpo é opcional.

— Quero um *mano a mano* direto — disse ela, dando um passo para trás e colocando-se em posição. — Contato total.

— Deseja rounds cronometrados?

— Claro que não! Continuamos sem parar até um dos dois cair duro, meu chapa... nocaute! — Curvou os dedos em um gesto de "pode vir".

— Entendido. — Ouviu-se um leve ruído da unidade que se autoprogramava. — Sou aproximadamente trinta quilos mais pesado do que você. Se preferir, meu programa inclui um *handicap* de...

Ela levantou o punho com força e muito depressa, atingindo-o no queixo e lançando sua cabeça para trás.

— Esse é o meu *handicap*. Agora, vem!

— Como queira... — Ele abaixou o corpo em posição defensiva, como ela, e começou a rodeá-la. — Você não indicou se deseja utilizar interjeições vocais no programa. Provocações, insultos... — Deu um passo para trás, a fim de se equilibrar, pois o pé dela alçara vôo e o atingira bem no estômago. — Cumprimentos ou exclamações de dor adequados ao golpe também estão disponíveis.

— Ô carinha... quer vir para cima de mim, pelo amor de Deus?

Ele foi, com uma força e rapidez que a fizeram cambalear para trás, quase perdendo o equilíbrio. Era disso, decidiu enquanto girava sobre o corpo e o atingia com as costas da mão, que ela estava precisando. Agora sim!

Ele bloqueou seu golpe seguinte, trocou o peso do corpo de um pé para outro e com um movimento rápido enlaçou o pescoço dela com o braço. Eve fincou o pé no chão, deu-lhe uma cotovelada e o atirou por cima do ombro. Ele mal caiu e já se colocara novamente em pé, antes que ela tivesse a chance de pular sobre ele.

O punho enluvado do andróide fez uma sólida conexão com o plexo solar dela, forçando-a a soltar o ar dos pulmões com toda a força e provocando-lhe uma fisgada na cabeça. Dobrada para a frente, ela caiu de cabeça sobre o peito do pé do oponente.

Roarke entrou no salão uns dez minutos depois, exatamente no instante em que sua mulher voava pelo ar e seguia escorregando pelo tatame. Levantando uma sobrancelha, encostou-se no portal e se acomodou para assistir à luta.

Ela nem teve tempo de se colocar novamente em pé, pois o andróide já estava em cima dela. Diante disso, ela o agarrou pelos tornozelos, girou o corpo, o levantou no ar e o arremessou. Sua mente agora era um espaço em branco, totalmente em branco. Sua respiração estava pesada e dava para sentir o gosto de metal que vinha do seu próprio sangue dentro da boca.

Ela partiu contra seu adversário como uma tempestade de granizo, fria e implacável. Cada golpe, cada soco e cada chute dado ou recebido parecia cantar por dentro de seu corpo com um ódio gélido e primitivo. Seus olhos estavam sem expressão naquele instante, devido à violência, e seus punhos impiedosos se concentravam na cabeça do andróide, fazendo-o recuar e recuar, sem conseguir se manter parado.

Franzindo o cenho, Roarke se empertigou. Ela estava muito ofegante, quase soluçando, mas não parava. Quando o andróide cambaleou e caiu de joelhos, ela se agachou para o golpe final.

— Fim do programa! — ordenou Roarke em voz alta, e segurou o braço rígido de sua mulher que já estava pronta para arrancar a cabeça do robô, ligeiramente torta a essa altura. — Assim você vai danificar a máquina — disse, com a voz calma. — Ela não foi projetada para morrer.

Eve se inclinou para a frente, apoiando as mãos nos joelhos, a fim de retomar o fôlego. Sua mente estava cheia de imagens vermelhas, raivas e fúrias com a cor do sangue e que ela precisava clarear.

— Desculpe — disse ela. — Acho que me empolguei. — Olhou para o andróide, que continuava de joelhos, com a boca um pouco frouxa e os olhos sem vida como os de um boneco. — Vou rodar um programa para fazer o diagnóstico dele.

— Não se preocupe com isso. — Tentou virá-la de frente para ele, mas ela se desvencilhou e atravessou o salão para pegar uma toalha. — Você estava a fim de uma luta?

— Acho que precisava golpear alguma coisa ou alguém.

— Será que eu sirvo? — Ele estava sorrindo de leve, até o momento em que ela abaixou a toalha. A raiva desaparecera de seu rosto, deixando apenas uma expressão de dor e tristeza nos olhos. — O que foi, Eve? O que aconteceu?

— Nada. Apenas tive um dia difícil. — Atirando a toalha para o lado, ela foi até a unidade de refrigeração em busca de uma garrafa de água mineral. — Até agora a casa de Wineburg está interditada, mas não havia nada lá para nos ajudar. Os técnicos também não acharam nada na garagem, e eu nem esperava que achassem. Acabei de aplicar uns socos em Selina Cross e em Alban, o Magnífico. — Olhou para o andróide. — Fui a uma consulta com Mira. A filha dela é uma devota da religião Wicca... É mole ou quer mais?

Não era trabalho, avaliou ele, *o que colocara aquela infelicidade dolorosa nos olhos dela.*

— O que houve, Eve?

— Já não basta? Vai ser muito difícil conseguir uma avaliação objetiva de Mira, já que a própria filha anda lançando feitiços por aí. E ainda tem a Peabody. Pegou um tremendo resfriado e sua cabeça deve estar tão cheia de catarro que eu sou obrigada a falar tudo para ela pelo menos duas vezes, senão as palavras não alcançam o seu cérebro.

Estava falando rápido demais, como ela mesma notou. As palavras estavam se atropelando para fora da boca e ela não conseguia interromper o fluxo.

— De grande ajuda ela vai ser se continuar tossindo e espirrando o dia todo do meu lado. A mídia já colocou o bloco na rua, com tudo sobre Wineburg, e o fato de que você e eu estávamos na cena do crime também já caiu em boca de Matilde. Meu *tele-link* está congestionado de tantos recados da porra dos repórteres, além das informações confidenciais, que continuam vazando por todo lado. Feeney até já descobriu que eu estava investigando essa história pelas costas dele.

Ah, pensou Roarke, *chegamos ao foco do problema.*

— Ele bateu muito forte?

— E por que não deveria? — Sua voz se alterou quando ela se virou e buscou na raiva uma forma de esconder a dor. — Ele confiava em mim. Menti para ele, bem na sua cara.

— E que escolha você tinha?

— Sempre há uma escolha. — Pareceu morder as palavras, arremessando na parede a garrafa de água, ainda pela metade, fazendo-a cair no chão, quicar e começar a despejar o líquido sobre o piso. — Sempre há uma escolha! — repetiu. — Eu fiz a minha. Sabia como ele estava se sentindo com relação a Frank, com relação a Alice, e mesmo assim o bloqueei, deixei-o de fora de toda a história. Segui as ordens. Caminhei direitinho sobre a linha, conforme me ordenaram.

Dava para sentir a dor aumentando como se tentasse ser vomitada, espelhando a água da garrafa, mas ela fez força para se segurar, continuando:

— Feeney estava com a razão em tudo o que jogou na minha cara. Tudo! Podia ter seguido junto com ele, correndo por fora.

— E foi isso que você foi treinada a fazer? Foi isso que ele mesmo ensinou a você durante o treinamento?

— Foi ele que me fez — disse Eve, com raiva. — Eu devo isso a ele. Devia ter lhe contado tudo o que estava rolando.

— Não. — Deu um passo na direção dela, segurando-a pelos ombros. — Não, não devia nem conseguiria.

— Mas tinha que ter conseguido! — berrou. — Tinha que ter... juro por Deus que desejava ter feito isso. — Cobriu o rosto com as mãos e desmontou por completo. — Ah, meu Deus... e agora, o que vou fazer?

Roarke a abraçou com carinho. Eve raramente chorava, só em último caso, e sempre que suas lágrimas finalmente conseguiam romper as barreiras, jorravam em uma abundância cruel.

— Ele precisa de algum tempo. É um policial, Eve. Uma parte dele, no fundo, já compreende a sua posição. O resto precisa apenas de tempo para a poeira assentar.

— Não. — As mãos dela o agarraram pela camisa e se mantiveram ali. — O jeito como ele olhou para mim... eu o perdi, Roarke. Eu o perdi! Juro que preferia perder meu distintivo.

Ele esperou até que as lágrimas acabassem de jorrar e notou seu corpo muito trêmulo. Havia tantas emoções fortes dentro dela, pensou Roarke, balançando-a para a frente e para trás enquanto suas mãos continuavam a apertar e soltar a parte de trás do seu paletó. Aquelas eram emoções que ela passara a vida reprimindo, e por isso se tornavam ainda mais potentes sempre que conseguiam se libertar.

— Droga! — Ela soltou o ar devagar, ainda tremendo. Sua cabeça estava dolorida, seus pensamentos pareciam abafados e sua garganta ardia. — Odeio fazer cenas! Isso não ajuda em nada.

— Ajuda mais do que imagina. — Passou a mão pelos seus cabelos, pegando-lhe a ponta do queixo para levantar o rosto. — Você precisa comer e desfrutar de uma boa noite de sono para poder fazer o que precisa ser feito.

— E o que eu preciso fazer?

— Encerrar o caso. Depois de fazer isso, vai conseguir deixar todo o resto para trás.

— É... — Apertou as mãos sobre as bochechas molhadas e quentes. — Encerrar o caso. Esse é o grande objetivo. — Soltou um suspiro sibilado. — Isso é a porra do meu trabalho!

— Isso é justiça. — Passou o polegar sobre a covinha de seu queixo. — Não é?

— Já nem sei mais... — Ela levantou a cabeça para olhar para ele com os olhos vermelhos e inchados, sentindo-se exausta.

Ela não comeu nada, e ele não a pressionou. Já passara por momentos de grande pesar na vida e sabia que comida não era a resposta. Pensou em forçar a barra para que ela tomasse um sedativo, embora soubesse que convencê-la disso ia ser uma situação difícil de encarar. Sentiu-se satisfeito ao ver que ela resolvera ir para a cama cedo.

E saiu do quarto dando uma desculpa para Eve, alegando que ia participar de uma videoconferência.

Do seu escritório, observou pelo monitor a imagem dela se remexendo na cama de um lado para outro, até que finalmente ela parou e pegou no sono. O que ele precisava fazer não ia levar mais de uma ou duas horas. Ele sabia que nesse tempo ela não ia acordar nem dar pela sua falta.

Roarke jamais estivera na casa de Feeney. O prédio de apartamentos parecia confortável, embora antigo. Possuía um bom sistema de segurança e decoração despretensiosa. Roarke achou que o lugar combinava com o morador. Como não desejava correr o risco de ter sua entrada negada, conseguiu enganar o alarme e abrir a fechadura da porta de entrada do edifício.

Isso era algo que combinava com ele.

Ao entrar na pequena portaria, sentiu o cheiro de uma recente dedetização. Embora aprovasse a intenção, não gostou do cheirinho leve, porém desagradável, que permanecia no ar, e fez questão de guardar a informação com cuidado na memória, para lidar com o problema mais tarde.

Afinal, ele era o dono do prédio.

Entrou no elevador e pediu o terceiro andar. Ao saltar, reparou que o carpete do corredor precisava ser trocado. O ambiente, no entanto, era bem iluminado e os *leds* que piscavam nas câmeras de segurança provavam que elas estavam funcionando com eficiência. As paredes estavam limpas e eram grossas o bastante para abafar os sons, com exceção de um ou outro ruído que denunciava movimento por trás das portas fechadas.

Uma distante batida musical, uma rápida explosão de gargalhadas, o choramingo agitado de um bebê. Vida, pensou Roarke, em um estilo agradável. Tocou a campainha na porta de Feeney e esperou.

Manteve os olhos com sobriedade na tela de segurança e continuou a olhar fixamente para ela, mesmo ao ouvir a voz irritada de Feeney que surgiu pelo intercomunicador, perguntando:

— Que diabos você quer aqui? Anda freqüentando favelas agora?

— Não creio que este prédio possa ser qualificado como favela.

— Qualquer lugar é uma favela, comparado ao palácio em que você mora.

— Pretende discutir as diferenças de estilo entre nossas moradias aí de dentro ou vai me convidar para entrar?

— Perguntei o que você quer aqui.

— Você sabe por que estou aqui. — Levantou a sobrancelha, certificando-se de que o insulto a seguir era suficiente, antes de lançá-lo: — Você tem peito para me encarar frente a frente, não tem, Feeney?

Esta pergunta teve, como Roarke imaginava, um efeito imediato. A porta se escancarou. Feeney estava parado sob o portal, bloqueando a entrada com a massa compacta de seu corpo, já preparado para a briga e com o rosto enrugado brilhando de fúria.

— Esse assunto não é da sua conta, Roarke.

— Pelo contrário... — Ele se manteve onde estava, mantendo a voz firme e calma. — É especificamente da minha conta, mas não creio que seja da conta de seus vizinhos.

Rangendo os dentes, Feeney deu um passo para trás, ordenando:

— Entre, diga o que tem a dizer e caia fora!

— Sua esposa está em casa? — perguntou Roarke, quando Feeney bateu a porta com força.

— Foi a um encontro com amigas. — Inclinou a cabeça para a frente, parecendo um touro, e avaliou Roarke, pronto para atacar. — Se quiser quebrar a minha cara, pode tentar, vá em frente! Eu não me incomodo de socar de volta esse seu rostinho bonito.

— Meu Deus, ela é igualzinha a você! — Balançando a cabeça, Roarke circulou pela sala de estar. Parecia aconchegante, decidiu. Não muito arrumada... o telão exibia um jogo de beisebol, sem som. O batedor girou o corpo e a bola voou em completo silêncio. — Quanto está a partida?

— Os Yanks estão na frente por um ponto e o jogo está no final da sétima entrada — informou ele. Quase ofereceu uma cerveja a

Roarke, mas conseguiu se segurar a tempo e tornou a enrijecer o corpo. — Ela lhe contou tudo, não foi? Para você ela passou todos os lances, desde o início.

— Ela não recebera ordens para não me contar, e achou que eu poderia ajudá-la.

Ele poderia ajudar, pensou Feeney, sentindo um gosto amargo na boca. *Seu maridinho rico e badalado poderia ajudá-la, mas seu antigo instrutor, seu velho parceiro, não... O homem que trabalhara lado a lado com ela durante dez anos, com muito orgulho e, por que não reconhecer, afeto, esse podia ser deixado de fora.*

— O fato de poder ajudar não o torna menos civil. — Seus olhos cansados mostraram mágoa. — Você nem mesmo conhecia Frank.

— Não, eu não o conhecia, mas Eve sim. E gostava dele.

— Fomos parceiros de rua, eu e Frank. Éramos amigos, quase como se fôssemos da família um do outro. Ela não tinha o direito de me chutar para fora desse caso. É isso o que sinto, e foi isso que joguei na cara dela.

— Tenho certeza de que fez isso. — Roarke se virou do telão e ficou de frente para Feeney, encarando-o olho no olho. — O que quer que tenha dito a Eve, deixou-a arrasada.

— Ah, feri um pouco os seus sentimentos, apenas... — Feeney se afastou e pegou uma garrafa de cerveja que estava pela metade. Mesmo olhando para ela por trás de uma névoa muito turva de fúria, ele notara a devastação tomar conta de seus olhos quando ele a agrediu verbalmente, e se convencera a não dar a mínima para aquilo. — Ela vai superar... — Bebeu goles longos, sabendo que o sabor da cerveja não ia cobrir o amargor que grudara em sua garganta. — Vai continuar realizando bem o seu trabalho. Só que não vai mais fazer isso com a minha ajuda.

— Eu lhe disse que ela ficou arrasada, e falei sério. Há quanto tempo a conhece, Feeney? — A voz de Roarke ficou mais dura, exigindo atenção. — Dez anos, onze?... Quantas vezes você a viu desmoronar? Imagino que consiga contar com os dedos de uma só mão as vezes em que viu isso. Pois bem, eu a vi desmoronar esta noite. — Respirou devagar. Mostrar-se exaltado não era a melhor tática naquele momento, para nenhum dos dois. — Se pretendia acabar com ela, pode estar certo de que conseguiu.

— Eu só disse a ela como é que as coisas eram, simplesmente isso... — A culpa já estava se esgueirando. Matou o resto da cerveja que havia em seu copo de um só gole, determinado a afastar aquela sensação. — Os tiras se apóiam, Roarke, precisam confiar uns nos outros ou não chegam a parte alguma. Ela estava investigando Frank a fundo. Devia ter vindo me procurar.

— É isso que você teria aconselhado que ela fizesse? — argumentou Roarke. — Esse é o tipo de policial que você ajudou a criar? Não foi você que esteve na sala de Whitney, recebendo ordens diretas e fazendo o trabalho conforme lhe mandavam — continuou, sem dar chance de Feeney responder — ... e sofrendo por causa disso.

— Não. — Uma nova onda de amargor passou por dentro de Feeney. — Realmente, não fui eu. — Ele se sentou, aumentando deliberadamente o som do telão e olhando para a antiga batalha que se desenrolava diante de seus olhos.

Teimoso, cabeça-dura, irlandês filho-da-mãe, pensou Roarke, sentindo ao mesmo tempo fisgadas de solidariedade e impaciência com o homem à sua frente. — Escute, Feeney, você me fez um favor uma vez — lembrou Roarke. — Foi logo que me envolvi com Eve e a magoei porque eu entendera mal uma situação.* Você esclareceu as coisas para mim, e por isso estou disposto a lhe fazer um favor do mesmo tipo.

— Não quero nenhum favor seu.

— Mas vai tê-lo mesmo assim. — Roarke se sentou em uma poltrona confortavelmente estofada e se serviu da cerveja quase vazia de Feeney. — O que sabe a respeito do pai dela?

---

* Ver *Nudez Mortal.*

— Como?... — Confuso diante daquilo, Feeney virou a cabeça e olhou para Roarke. — O que isso tem a ver com qualquer outra coisa?

— Tem tudo a ver com ela. Você sabia que ele a espancava, torturava e estuprava repetidamente, até ela completar oito anos?

Um músculo se repuxou no maxilar de Feeney quando ele se virou para o telão e tornou a tirar o som do aparelho. Ele sabia que Eve fora achada em um beco aos oito anos, com o braço quebrado, depois de ter sofrido abusos sexuais. Isso tudo estava em seus arquivos lacrados, e Feeney jamais trabalhara com alguém sem conhecer primeiro os dados de seu passado. Mas não sabia que fora o pai dela a pessoa que fizera tudo aquilo. Chegara a suspeitar, certa vez, mas não sabia com certeza. Seu estômago se retorceu e suas mãos apertaram o braço da poltrona.

— Sinto muito em saber disso. Ela nunca tocou no assunto.

— Ela nem sequer se lembrava de tudo. Ou, o que é mais provável, se recusava inconscientemente a lembrar. Até hoje tem pesadelos e *flashbacks.*

— Você não devia estar me contando isso. Não é um assunto que lhe diga respeito.

— Ela diria a mesma coisa, mas eu estou lhe contando mesmo assim. Ela construiu a si mesma, se transformou no que é hoje, e você a ajudou a conseguir isso. Ela enfrentaria qualquer coisa por você, Feeney... e você sabe disso.

— Tiras sempre apóiam tiras. Esse é o trabalho.

— Não estou falando de trabalho. Eve ama você, e o amor é um sentimento que não surge com muita facilidade para ela. É difícil para ela sentir afeto, e mais difícil ainda demonstrar. Uma parte dela talvez esteja sempre preparada para receber um golpe, uma traição qualquer. Você é que vem sendo o pai dela há dez anos, Feeney. Ela não merecia ser destruída por dentro mais uma vez.

Roarke se levantou e, sem dizer mais nada, foi embora.

Sozinho, Feeney passou as mãos pelo rosto e as levou até o cabelo ruivo, um pouco ralo. Então simplesmente deixou que elas lhe caíssem no colo.

Eram seis e quinze quando Eve rolou para o lado e piscou, ofuscada pela luz que entrava e batia em seu rosto. Roarke gostava de ser acordado pela luz da manhã. A não ser nas vezes em que ela saía de mansinho da cama, antes dele, acabava acordando com o sol na cara, pois não se lembrava de acionar a tela de privacidade das janelas, antes de deitar.

Sentiu-se letárgica, sem energia, e decidiu que o motivo era ter dormido demais. Lentamente, começou a se arrastar para fora da cama.

O braço de Roarke balançou no ar e a segurou.

— Ainda não! — Sua voz estava rouca e seus olhos continuavam fechados quando ele a puxou de volta para junto dele.

— Já acordei mesmo. Posso aproveitar para começar a trabalhar mais cedo — disse e se desvencilhou. — Estou na cama há mais de nove horas, não vou conseguir dormir mais.

Ele abriu um dos olhos e foi o bastante para reparar que ela realmente estava com uma aparência descansada.

— Você é detetive — lembrou ele. — Aposto que se investigasse bem, ia acabar descobrindo a espantosa realidade de que existem outras atividades que podem ser feitas na cama, além de dormir. — Os lábios dela abriram um sorriso quando ele rolou para o lado e se colocou por cima dela, dizendo: — Deixe-me dar uma dica.

Ela não se surpreendeu ao sentir que ele já estava com o membro rígido, nem com o fato de se sentir pronta para recebê-lo com tão poucas preliminares. Ele se deixou escorregar lentamente para dentro dela, de forma suave e profunda, e observou o resto de sono desaparecer dos seus olhos, que ficaram subitamente alertas.

— Acho que já percebi a dica. — Levantou os quadris, acompanhando o seu ritmo preguiçoso e descontraído.

— Você pega as coisas muito depressa... — Abaixou os lábios, apertando-os sobre o espaço de pele que ficava abaixo do maxilar. — Adoro este ponto aqui — murmurou ele. — E este aqui também... — Sua mão foi subindo lentamente pelas costelas dela até envolver-lhe um dos seios.

A sensação de excitação foi doce, simples e a fez suspirar.

— Não se esqueça de me avisar quando chegar a um lugar que não lhe agrade — pediu ela, enlaçando-o com os braços e as pernas. Ele tinha um corpo firme, estava muito quente e as batidas do seu coração de encontro ao dela lhe provocaram uma sensação de conforto. O prazer foi aumentando, se sobrepondo em camadas translúcidas que flutuavam em sua mente e se amplificavam através do corpo.

— Quero que você goze agora, para eu ver... — Mordiscou-lhe os lábios, para a seguir enfiar a língua, enlaçando-a com a dela, enquanto a beliscava com os lábios e sugava. — Goze! — repetiu ele. — Devagarzinho...

— Bem... — A respiração dela já estava começando a ficar ofegante, e gemidos leves escapavam-lhe pela garganta. — Já que está pedindo com tanto jeitinho...

O clímax invadiu-a, rolando por cima dela como uma onda imensa e persistente. Ela sentiu quando ele a seguiu, pegando a mesma corrente, e apertou seu rosto contra o dele.

— Será que isso é como aquela história do biscoito?

— Hein?!...

— Você sabe... "coma um biscoitinho, você vai se sentir melhor". — Emoldurou o rosto dele com as mãos, elevando-o enquanto ele dava uma risada. — E então... você estava tentando fazer com que eu me sentisse melhor?

— Certamente que sim! Funcionou bem, para mim. — Abaixou a cabeça para beijá-la docemente. — Estava sentindo desejo por você. Sempre estou assim...

— É engraçado o jeito como os homens conseguem acordar com a cabeça de baixo raciocinando melhor do que a de cima

— É isso que nos faz ser o que somos. — Ainda rindo, ele a girou, colocando-a por cima dele, e deu-lhe um tapa no traseiro, convidando: — Vamos tomar uma ducha... vou lhe dar mais um biscoito.

Trinta minutos mais tarde, ela saiu cambaleando do chuveiro e entrou no cilindro secador de corpo. Roarke era um mestre na arte de mudar a atmosfera e o astral dela, pensou ainda tonta. Ia do sexo largado para o divertido, depois para o ardente, arrebatador e entorpecedor, tudo no curto espaço de uma manhã.

Como o seu organismo ainda parecia estar meio lento, ela apoiou a mão na borda do tubo, enquanto jatos de ar quente eram soprados em torno dela. Quando ele saiu do chuveiro, ela levantou um dedo para ele em sinal de advertência, dizendo:

— Fique longe de mim. Se tornar a me agarrar, vou lhe dar um golpe para deixá-lo estatelado no chão. Estou falando sério... tenho que ir trabalhar.

— Gosto de fazer amor com você de manhã. — Cantarolou baixinho, enquanto pegava uma toalha. — Você só se liga por completo quando é acordada pela emergência ou quando eu a seduzo.

— Bem, estou ligada agora. — Saiu do tubo secador, passando os dedos pelos cabelos. Mantendo-se a uma distância segura dele, esticou o braço para pegar um roupão. — Vá lá para fora, ver as cotações das ações pelo mundo, ou algo desse tipo.

— Pretendo fazer isso. E você vai querer comer — acrescentou ao sair do banheiro. — Vou programar alguma coisa para o nosso café da manhã.

Ela se preparou para dizer que não estava com fome, pois realmente não estava. No entanto, bem sabia que, sem combustível, não ia conseguir rodar o dia inteiro.

Ao voltar para o quarto, ele já estava vestindo uma camisa, com os olhos grudados no monitor da mesa de café, onde sempre via as manchetes do dia e dados financeiros. Passou direto por ele e foi até o closet, onde escolheu calças cinza, simples.

— Desculpe ter feito aquela cena ontem à noite.

— Você estava chateada... — levantou o olhar, vendo que ela estava de costas para ele enquanto vestia uma blusa — ... e tinha todo o direito de estar.

— Mesmo assim, agradeço por você não ter feito com que eu me sentisse uma idiota.

— E como se sente agora?

— Tenho uma tarefa a cumprir. — Levantou um dos ombros, pois chegara àquela conclusão enquanto se revirava na cama, tentando pegar no sono. — O que vou fazer é simplesmente cumpri-la. Talvez... bem, talvez se eu conseguir cumpri-la de forma adequada, Feeney não fique com tanto ódio de mim quando tudo for solucionado.

— Ele não odeia você, Eve. — Ao ver que ela não comentou mais nada sobre aquilo, deixou o assunto de lado. Já programara a refeição matinal no AutoChef embutido. — Acho que um pouco de presunto com ovos vai nos fazer bem para começar o dia.

Pegou o café primeiro e o levou até a mesa da pequena sala de refeições que havia em um dos cantos do quarto.

— Isso faz bem para começar qualquer dia. — Assumiu um sorriso de determinação, indo pegar ela mesma a comida. Ordenou ao telão que se ligasse no Canal 75, enquanto comia os ovos mexidos deliciosos.

Franziu o cenho ao reparar na repórter que estava no ar ao vivo. Ela estava toda maquiada e brilhante como uma boneca de porcelana, e ainda não eram nem sete e meia da manhã. Anunciava a morte de Wineburg.

— Apesar do fato de a tenente Eve Dallas, da Divisão de Homicídios do Departamento de Polícia de Nova York, estar na cena do crime, a poucos metros do local onde aconteceu o assassinato, a polícia continua sem pistas. A investigação prossegue. Esta é a segunda morte por esfaqueamento que tem conexão com a tenente

Dallas em apenas dois dias. Ao ser perguntada se os dois casos estão ligados, Dallas se recusou a tecer comentários.

— Até uma criança de dez anos cega de um olho consegue ver que os crimes têm ligação um com o outro, pelo amor de Deus! — Eve estava comendo de forma automática, e, de repente, colocou o prato de lado. — Aquela piranha da Selina Cross deve estar sentadinha na filial do inferno onde mora, rindo à toa enquanto assiste a isso.

Levantando-se de um salto, começou a andar de um lado para outro. Roarke viu nisso um bom sinal. Ela se mostrava muito zangada e, portanto, não estava com pena de si mesma. Recheou seu croissant com geléia de morango recém-preparada.

— Vou colocar as mãos nela, juro por Deus! Vou colocar as mãos naquela vaca, por todos eles! Preciso provar a conexão de Wineburg com ela. Se conseguir fazer isso, vou poder provocá-la mais um pouco. Talvez isso não me garanta um mandado de busca para virar a casa dela pelo avesso, mas posso deixá-la com o cu piscando!

— Bem, então... — Roarke limpou as pontas dos dedos com um guardanapo de linho azul-claro e o colocou de lado — ... talvez eu possa ajudá-la com relação a isso.

Ao ver que ela continuava a caminhar de um lado para outro, resmungando sozinha, ele se levantou e pegou um disco lacrado em uma gaveta.

— Tenente!... — chamou, balançando o disco.

— Que foi?... Estou pensando!

— Então não quero interromper o seu fluxo de pensamentos com uma lista banal onde estão os nomes de todos os membros da seita de Selina Cross. — Com um semi-sorriso no rosto, ficou batendo com o disco na palma da mão e esperou os olhos dela ficarem mais brilhantes e se lançarem na direção dele.

— A lista? Você conseguiu a lista com os nomes dos membros? Como?

— Você não quer mesmo saber, quer? — Ele deixou a cabeça tombar para o lado.

— Não! — respondeu ela de imediato. — Acho que não quero saber... diga-me apenas que o nome dele está aí. — E fechou os olhos por um instante. — Diga-me simplesmente que Wineburg está nessa lista.

— Certamente que está...

— Eu amo você! — O sorriso dela se abriu, brilhante e quente.

— Sei que sim... — Roarke entregou-lhe o disco.

Capítulo Quatorze

Feeney queria ver Whitney antes de mais nada. Sendo assim, foi à casa dele bem cedo, pois o assunto era pessoal. Eles dois também já tinham um longo caminho percorrido juntos, pensou Feeney, enquanto estacionava o carro em frente à linda casa de dois andares em um bairro elegante. Já estivera ali várias vezes em visitas sociais ao longo dos anos. A mulher do comandante adorava dar festas.

Seu espírito, porém, não estava nada sociável quando ele caminhou pela calçada pavimentada com pedrinhas em direção à casa, enquanto a vizinhança ainda despertava. Alguns metros além, um cão ladrava de forma cadenciada e monótona. Aquele latido não tinha o leve som metálico de eco, característico dos cães eletrônicos; exibia uma força e uma vibração que mostravam que aquele era um cão de carne e osso. O tipo de cão que fazia cocô no jardim, pensou Feeney, balançando a cabeça, e logo depois se coçava todo para se livrar das pulgas.

Folhas soltas se agitavam alegremente ao longo da rua, a maioria delas voando direto para os gramados. Gramados que eram, em um bairro como aquele, tão bem cuidados que mais pareciam elementos religiosos.

Feeney, na verdade, não curtia muito a vida em bairros residenciais, pois isso significava que o morador tinha de varrer, cortar a grama, regar as plantas ou contratar alguém para fazer tudo isso por ele. Criara a família na cidade e utilizara os parques públicos. Afinal, todos pagavam impostos para tê-los, então por que não usá-los? Flexionou os músculos dos ombros, sentindo-se inquieto e desconfortável com o silêncio matinal.

Anna Whitney atendeu às batidas na porta e, embora não estivesse à espera de visitas àquela hora da manhã, já estava bem apresentável, vestindo uma roupa de ginástica toda enfeitada. Seus cabelos claros ondulavam com estilo, e sua maquiagem era sutil e perfeita. Seus lábios abriram um sorriso de boas-vindas. Mas seus olhos talvez tenham piscado mais depressa, de surpresa e curiosidade, porém, acostumada ao papel de esposa de policial, ela não fez perguntas.

— Feeney, que prazer recebê-lo! Entre, por favor, e aceite um café. Jack já embarcou na segunda xícara, ele está na cozinha.

— Desculpe vir incomodá-la em casa, Anna. Preciso tomar alguns minutos do comandante.

— Claro! E como está Sheila? — perguntou enquanto seguia na frente pelo corredor, levando-o em direção à cozinha.

— Está bem, obrigado.

— Ela parecia ótima da última vez em que a vi. Seu novo cabeleireiro é fantástico. Jack, trouxe-lhe companhia para o café. — Entrou na cozinha, notando o olhar de surpresa e especulação nos olhos do marido. Sentiu que devia se retirar de fininho. — Bem, vou deixar vocês dois batendo papo. Tenho um monte de coisas para fazer agora de manhã. Feeney, dê lembranças minhas a Sheila.

— Farei isso. Obrigado, Anna. — Esperou até que a porta se fechasse, sem tirar os olhos do rosto de Whitney nem por um segundo, e disse: — Mas que droga, Jack!

— Esse assunto devia ser discutido no trabalho, Feeney.

— Não estou falando com o meu comandante, estou falando com você, Jack. — Feeney levantou o indicador. — Estou falando com alguém que conheço há vinte e cinco anos, alguém que conhecia Frank. Por que me deixou de fora desse caso? Por que ordenou a Dallas que mentisse para mim?

— Essa foi uma decisão minha, Feeney. A investigação precisava ser conduzida por um número mínimo de pessoas, apenas as necessárias.

— E eu não era necessário...

— Não. — Whitney cruzou as mãos grandes. — E não precisava saber de nada.

— Frank e eu criamos alguns dos nossos filhos juntos. Alice era minha afilhada. Frank e eu fomos parceiros em rondas de rua durante cinco anos. Nossas esposas eram como irmãs. Quem você pensa que é para decidir que eu não precisava saber que ele estava sendo investigado?

— O seu comandante — disse Whitney, de forma ríspida, colocando o café ainda fumegante de lado. — As razões que você acaba de me apresentar são as mesmas nas quais me baseei para tomar a decisão.

— Você me deixou de fora! Sabia muito bem que os recursos da Divisão de Detecção Eletrônica, na qual trabalho, precisavam ser utilizados. Vocês precisavam decifrar dados criptografados.

— Os dados foram apenas parte do problema — disse Whitney, com a voz firme. — Não havia registro de problemas cardíacos nos arquivos médicos, nem o registro de conexão em nível pessoal ou profissional de Frank com algum traficante de drogas químicas ilegais com ficha na polícia.

— Frank não tinha nada a ver com drogas ilegais.

— Sim, realmente não havia nenhum dado a esse respeito — continuou Whitney. — Só que o amigo mais chegado dele é também o melhor detetive eletrônico da cidade.

— E você achou que eu tivesse adulterado arquivos oficiais?! — Os olhos de Feeney se arregalaram e ele chegou a ficar pálido. — Você colocou Dallas para me investigar também?

— Não, não acho que você tenha adulterado arquivos, mas era uma porta que eu não podia deixar desguarnecida com o Departamento de Assuntos Internos fungando na minha nuca. Quem você teria escolhido para fazer um trabalho desse tipo, Feeney? — quis saber Whitney, com um gesto de impaciência. — Eu sabia que a tenente Dallas faria um trabalho meticuloso e completo, e que seria capaz de colocar o traseiro na reta para limpar o nome de Frank e o seu. Além disso, sabia também que ela tinha alguns... contatos que poderiam ajudá-la a acessar os tais dados criptografados.

Inundado pela emoção, Feeney se virou e ficou olhando para fora da janela limpíssima, vendo o quintal com um gramado cuidadosamente cortado e cheio de majestosas flores outonais.

— Você a colocou em uma situação delicada. Ordenou que ela desempenhasse um papel podre, Jack! É isso o que acontece quando as pessoas atingem o comando? Colocam as próprias fileiras contra a parede?

— Sim, é isso o que acontece. — Whitney passou os dedos pelos cabelos pretos que estavam começando a ficar grisalhos. — Você faz o que tem que ser feito e assume os atos. Eu estava com o Departamento de Assuntos Internos me rondando. Minha prioridade era limpar o nome de Frank e proteger a sua família de outros traumas. Dallas foi minha melhor escolha. Você a treinou, Feeney, sabe que ela era a minha melhor escolha.

— Sim, eu a treinei — concordou Feeney, sentindo-se enjoado.

— E o que teria feito em meu lugar? — quis saber Whitney. — Seja sincero, Feeney. Alguém chega com um tira morto... e ele foi visto comprando drogas ilegais de uma traficante fichada que estava sob vigilância. Então você descobre, pela autópsia, que havia drogas em seu organismo no momento de sua morte. Seu instinto lhe diz que não é possível e que não havia jeito de ele estar envolvido em algo sujo. Talvez o seu coração também esteja lhe dizendo a mesma coisa, porque você ainda se lembra do tempo em que ambos eram recrutas. O Departamento de Assuntos Internos, no entanto, não lida com instintos e não tem coração. O que você teria feito em meu lugar?

Como acabara de passar uma noite em claro pensando no assunto e abordando todos os ângulos, Feeney balançou a cabeça, respondendo:

— Não sei o que teria feito. Só sei que não queria o seu posto... comandante.

— Você teria que ser louco para querer um posto como o meu. — O rosto largo de Whitney relaxou um pouco. — Dallas fez de tudo e conseguiu limpar o nome de Frank, e deixou você totalmente de fora apenas nas primeiras vinte e quatro horas da investigação. Ela teve pouco mais de uma semana para trabalhar, e já conseguiu abrir um caminho. Com seus relatórios, tenho conseguido segurar os caras do Departamento de Assuntos Internos. Eles não estão muito satisfeitos com o fato de Frank ter armado tudo por conta própria, mas aliviaram a pressão.

— Isso é bom — Feeney enfiou as mãos nos bolsos, enquanto se virava. — Ela é realmente muito boa em seu trabalho. Minha nossa, Jack, eu peguei pesado com ela!

— Devia ter vindo a mim antes. — As sobrancelhas de Whitney se uniram em sinal de preocupação. — Cobrar satisfações dela foi muito errado, Feeney. Fui eu quem deu as ordens.

— Encarei tudo pelo lado pessoal. Tornei as coisas pessoais. — E se lembrou de como ela olhara para ele, com o rosto pálido e os olhos sem expressão. Ele já vira pessoas com aquele olhar antes... vítimas, refletiu naquele momento, gente que já se acostumara a levar socos na cara. — Preciso consertar as coisas com ela.

— Ela acabou de me ligar, poucos minutos antes de você chegar. Está seguindo uma nova pista, trabalhando em casa.

— Gostaria de uma permissão para tirar duas horas para tratar de assuntos pessoais, comandante — pediu Feeney, balançando a cabeça como quem sabe o que deve ser feito.

— Concedida!

— E gostaria de entrar na investigação.

— Isso vai depender de Dallas. — Whitney se recostou, considerando o pedido. — Ela é a investigadora principal desse caso. Estamos com as cartas todas na mesa agora, mas é ela quem escolhe a própria equipe.

— Atenda ao *tele-link,* por favor, Peabody... — Eve continuava a pesquisar os registros que passavam pela tela, enquanto o *tele-link* tocava insistentemente. Era espantosa a quantidade de nomes que ela conhecia, a partir dos dados sociais, políticos e profissionais das pessoas. Duvidava muito de que um ano atrás ela reconhecesse tantos daqueles nomes, mas a sua ligação com Roarke lhe ampliara os horizontes.

— Médicos, advogados — murmurou ela. — Caramba! Esse cara já veio até jantar aqui em casa. E acho que Roarke já dormiu com essa mulher aqui... essa dançarina... está estrelando um musical de sucesso na Broadway, e suas pernas têm um quilômetro de comprimento.

— Nadine quer falar com você — anunciou Peabody, perguntando a si mesma se Eve estava falando sozinha ou realmente queria compartilhar aquelas informações pessoais. Tossiu forte, espirrou e especificou, com a voz áspera: — Nadine Furst, do Canal 75...

— Perfeito! — Eve limpou a tela, só para garantir, e se virou para o *tele-link,* perguntando: — E então, Nadine, qual é a história?

— Você é a grande história, Dallas. Duas pessoas mortas! É perigoso ser apresentado a você...

— Ora, mas você ainda está respirando.

— Até agora, pelo menos. Achei que talvez você pudesse se interessar em alguns dados que apareceram na minha mesa. Podemos fazer uma troca.

— Mostre suas cartas, Nadine, e talvez eu mostre as minhas.

— Quero uma entrevista exclusiva, gravada na sua casa, onde você aparecerá analisando os dois assassinatos a faca, e tem que ir ao ar na edição de meio-dia.

Eve nem se deu ao trabalho de soltar uma exclamação de desdém e fez uma contraproposta:

— Entrevista genérica sobre a investigação, gravada na minha sala na polícia, e para a edição da noite.

— O primeiro corpo foi achado na sua casa, e é por isso que eu queria gravar lá.

— Foi encontrado do lado de fora, na calçada, e você não vai entrar em minha casa.

Nadine bufou... a reclamação foi para si mesma, pois sabia que aquilo não ia comover Eve.

— Pelo menos eu quero a entrevista para a edição de meio-dia.

Eve olhou para o relógio e fez cálculos, considerando tudo.

— Posso liberar a sua entrada em minha sala para as onze e quarenta e cinco da manhã. Se eu conseguir resolver tudo, estarei lá para recebê-la. Se não conseguir...

— Droga, Eve, nós precisamos de tempo para editar a matéria. Quinze minutos não dá nem para...

— É o suficiente, Nadine, para alguém tão boa como você. Só quero ver se suas informações vão compensar o tempo que vou perder.

— Tá bom, mas pelo menos se arrume, para não aparecer com cara de catadora de lixo em meu programa — reagiu Nadine. — Faça alguma coisa interessante com o cabelo, pelo amor de Deus!

Em vez de responder, Eve encerrou a transmissão.

— Que obsessão é essa que as pessoas tanto têm pelos meus cabelos e pelas minhas roupas, hein?... — Passou os dedos pelos famosos cabelos, com a cara amarrada.

— Mavis comentou comigo que esse seu corte já passou da validade há muito tempo, e que você precisa marcar uma hora com a estilista. Leonardo também anda reclamando disso.

— Você anda de amizade com a Mavis, é?

— Já fui assistir ao seu show duas vezes. — Assoou o nariz com força. Esses medicamentos liberados para venda sem receita eram pura enganação, decidiu ela. — Gosto de ver Mavis no palco.

— Bem, eu não tive tempo de marcar hora com estilista nenhuma — resmungou Eve. — Quanto aos cabelos, eu mesma dei uma picotada neles há uns dois dias.

— É, dá para notar... — Eve apertou os olhos e, diante disso, Peabody sorriu docemente, completando: — Ficaram lindos!

— Baba-ovo!... — Eve tornou a ligar o monitor. — Agora, se já terminou com as críticas a respeito da minha aparência, talvez queira pesquisar alguns desses nomes.

— Reconheço alguns deles. — Peabody se inclinou por cima do ombro de Eve. — Louis Trivane: advogado bam-bam-bam das celebridades... livra as estrelas de apuros legais. Marianna Bingsley: herdeira de uma rede de lojas de departamentos e devoradora-de-homens profissional. Carlo Mancinni, guru do aprimoramento cosmético, é médico, mas uma pessoa precisa ser muito rica para que ele sequer considere a possibilidade de fazer escultura corporal nela.

— Já conheço as figuras, Peabody. Agora, preciso de fatos do passado, dados pessoais, financeiros, médicos e possíveis passagens pela polícia. Quero os nomes de seus maridos, mulheres e cães. Quero saber quando e como cada um deles entrou em contato com Selina Cross e o motivo de terem decidido que Satã era um cara legal.

— Isso vai levar dias! — disse Peabody, com cara de tristeza, fazendo Eve se lembrar de Feeney com pesar. — Vou levar muito tempo, mesmo pesquisando os dados no Centro Internacional de Pesquisas Criminalísticas (CIPC).

Eve não disse nada. O Centro Internacional de Pesquisas Criminalísticas era a fonte dos maiores orgulhos e alegrias de Feeney.

— Se ao menos eu conseguisse algum detetive eletrônico para me ajudar, poderíamos fazer isso na metade do tempo, talvez em menos ainda... — Peabody encolheu os ombros. — Então, por onde quer que eu comece?

— Começamos por Wineburg. Cave bem fundo aí, e também em Lobar... Robert Mathias. Depois, passe para o topo da lista e vá descendo. Eu pego do final e vou subindo. Tente rastrear grandes retiradas de dinheiro a intervalos regulares. Garanto que vamos ter uma idéia do que precisamos quando nos encontrarmos, no meio da lista.

Eve estreitou os olhos, pensando. Os dados financeiros da seita de Selina talvez estivessem protegidos pela Lei de Privacidade, já que era uma religião registrada. Mesmo assim havia uma chance, mínima que fosse, de ela ser arrogante o bastante para fazer depósitos em sua conta pessoal.

Era só verificar. Por outro lado, ela teria de decidir se os dados iam poder ser usados, caso conseguisse acessá-los. Além do mais, para acessá-los, ela ia precisar de Roarke.

Era melhor esperar um ou dois dias, decidiu. Uma vez estimada a quantia que os membros depositavam no bolso de Selina, ela poderia tornar a avaliar os valores individualmente.

Ia ser difícil convencer a promotoria a enquadrar contribuições religiosas como extorsão, mas já era um começo.

— Se fizermos a conexão de Wineburg com a seita de Selina Cross, posso rebocá-la para interrogatório. Acho que podemos fazer isso, digamos, às onze e meia.

— Você está com entrevista marcada com Nadine para as onze e quarenta e cinco.

— Eu sei. — O sorriso de Eve se ampliou. — Acho que o lance vai funcionar...

— Hein?

— Não vai ser culpa minha se uma repórter xereta descobrir que estou interrogando Selina Cross enquanto investigo dois homicídios recentes, somar dois mais dois...

— E jogar a história no ar.

— Isso pode balançar alguns desses importantes e refinados satanistas. Tem gente que começa a dar com a língua nos dentes assim que começamos a sacudi-los um pouco. Consiga-me alguns dados e vou poder sacudi-los com mais força ainda.

— Tiro o meu chapéu para você.

— Não faça isso ainda, é melhor ver se a idéia funciona antes. Pode usar este equipamento. Vou usar um dos aparelhos de Roarke para dar o primeiro passo. Computador, copie o disco e imprima esta lista! — Olhou para trás ao sentir que vinha entrando alguém e ficou muda. — Cancelar ordem! — murmurou, e se preparou para tomar outra esculhambação de Feeney.

— Peabody... — Feeney lançou para a auxiliar de Eve um olhar calmo, com os olhos cansados — ... preciso de um instante a sós com a sua tenente.

— Senhora?... — Mesmo tendo se levantado, Peabody esperou pela autorização de Eve para se retirar.

— Tire alguns minutos de folga, Peabody. Vá tomar um café.

— Sim, senhora. — Ela saiu, sentindo fagulhas de tensão no ar.

Eve não disse nada, simplesmente se colocou em pé. Seu corpo estava preparado, ele notou, não para se defender, mas para absorver o próximo golpe. Seus olhos mantinham-se cuidadosamente sem expressão. A mão que se apoiava na mesa, porém, tremia de leve. Ele olhou para o tremor por um instante, surpreso e envergonhado por ser o causador daquilo.

— O seu mordomo... Summerset me disse que eu podia subir direto. — Estava quente no quarto, mas ele não tirou o sobretudo amarrotado. Em vez disso, enfiou as mãos nos bolsos. — Agi muito mal com você ontem. Vir para cima de você não foi correto, Eve. Você estava fazendo o seu trabalho.

Ele viu os lábios dela tremerem, como se estivessem prestes a falar ou emitir algum som. Então ela tornou a firmá-los, sem dizer nada. Parecia ter sido açoitada.

"*Você a deixou arrasada.*"

"*O pai dela a espancava, torturava e estuprava.*"

"*Você vem sendo o pai dela há dez anos.*"

Como ele ia conseguir lidar com aquilo? E como poderia ignorar tudo?

— As coisas que eu falei... eu não devia ter dito nada daquilo. — Tirou as mãos do bolso, esfregando-as com força no rosto. — Nossa, Dallas, eu sinto muito!

— Você falou tudo aquilo de coração? — As palavras saíram antes de ela conseguir impedi-las. Levantando a mão, ela se virou e olhou para fora da janela, sem conseguir ver nada.

— Queria ter falado, porque estava revoltado naquela hora. — Foi até ela com as mãos balançando no ar, sem finalidade. — Sei que não tenho desculpas para o que fiz — começou. Ele a tocou, mas afastou os dedos ao sentir que ela se encolheu toda. — Não tenho desculpas — repetiu, depois de respirar fundo. — Você tem toda a razão de se afastar de mim. Eu fui com tudo em cima de você, e não devia ter feito isso.

— Agora você já não confia mais em mim. — Ela passou as costas da mão sobre a face, com vergonha por ter deixado uma lágrima solitária escorrer.

— Isso não é verdade, Dallas. Não existe ninguém em quem eu confie mais. Escute aqui, droga... é preciso apontar uma arma a laser para a minha cabeça, e só assim eu peço desculpas para a minha própria esposa. Estou lhe dizendo que sinto muito. — Com impaciência, ele a agarrou pelo braço e a virou de frente para ele. Ela congelou. Seus olhos ficaram brilhantes, com as lágrimas reluzindo, porém, graças a Deus, elas não caíram. — Não venha com esse olhar feminino para cima de mim não, Dallas. Não consigo chutar a minha própria bunda com mais força do que já estou fazendo. — Levantou o queixo, apontando para ele com a ponta de um dos dedos. — Vá em frente! Um direto de direita, pode socar! Vai ficar apenas entre nós o fato de você ter agredido um oficial superior.

— Eu não quero agredir você, Feeney!

— Droga, eu tenho um posto superior ao seu e estou mandando! Aplique um soco na minha cara!

A sombra de um sorriso surgiu nos lábios dela. Ele estava com uma aparência péssima, avaliou ela, com aqueles olhos de camelo cansado brilhando de raiva e frustração.

— Talvez eu cumpra essa ordem, mas só depois de você se barbear. Essa barba toda espetada vai acabar arranhando os nós dos meus dedos.

— Você está ficando molenga mesmo... — Uma sensação de alívio o inundou ao notar o leve sorriso nos lábios dela. — Levar essa vida de grã-fina com aquele irlandês filho-da-mãe dá nisso...

— Eu arranquei o couro de um andróide boxeador ontem à noite. E ele é um dos melhores do arsenal de Roarke.

— Sério mesmo? — disse e se inchou todo de orgulho, sentindo-se ridículo.

— Fingi que ele era você — provocou ela, cutucando a bochecha por dentro da boca com a língua.

Ele sorriu, pegou um saco com amêndoas açucaradas no bolso e ofereceu a ela, dizendo:

— Detetives eletrônicos não precisam usar os punhos. Eles usam o cérebro.

— Você me ensinou a usar ambos.

— E a cumprir ordens — acrescentou, com os olhos novamente pousados nela. — Ficaria envergonhado se você tivesse se esquecido disso. Você fez o certo, Dallas. Por Frank, pelo departamento... e por mim — afirmou ele, reparando que os olhos dela tornaram a se encher de lágrimas. — Não, não faça isso! — Sua voz estremeceu com o pedido. — Não comece com essa história molhada. É uma ordem!

— Não estou fazendo nada — reagiu ela, passando as costas da mão sob o nariz.

Ele esperou um momento, apenas para ter certeza de que ela não ia abrir a torneira, deixando os dois sem graça. Ao ver que seus olhos estavam secando, concordou com a cabeça, aliviado.

— Ótimo! — Balançou o saquinho de amêndoas na mão. — E agora, quando é que você vai me deixar entrar no caso?

Ela abriu a boca para dizer algo, mas tornou a fechá-la.

— Estive com Whitney — disse Feeney, quase com vontade de rir. Aquela era a policial que ele treinara. Firme, resoluta e correta. — Fui tirar satisfações com ele cara a cara, na cozinha de sua casa.

— Foi mesmo? — Eve levantou as sobrancelhas. — Essa cena eu queria ter visto!

— O problema é que, depois do papo, fui obrigado a concordar com ele. O comandante pegou a melhor policial para o trabalho. Soube que você cortou um dobrado para tirar o Departamento de Assuntos Internos de cena e limpar o nome de Frank... e o meu também — acrescentou. — E sei também que você está correndo atrás de quem o matou, e Alice também. — Nesse ponto, ele teve que tomar fôlego, porque aquilo ainda machucava muito. — Quero entrar no caso, Dallas. Para ser franco, quero tirar esse peso da minha cabeça. Whitney disse que dependia apenas de você.

A tensão saiu como um peso retirado dos seus ombros. Ela poderia fazer aquilo por ele, e por ela também.

— Vamos cair dentro então, Feeney — convidou ela.

Eve ficou tão satisfeita por estar com Selina Cross na sala de interrogatório que nem se lembrou de que o melhor ainda estava por vir, pois ela estaria sendo representada por Louis Trivane. Ao abrir a porta da sala A, lançou sorrisos luminosos para ambos.

— Sra. Cross, aprecio muito a sua cooperação. Como vai, dr. Trivane?

— Tudo bem, Eve...

— Tenente Dallas, por favor — corrigiu ela, arrancando o sorriso do rosto. — Isto não é uma reunião social, doutor.

— Vocês já se conheciam? — Os olhos de Selina se mostraram gélidos quando ela olhou fixamente para o advogado.

— Seu representante conhece o meu marido, socialmente. Aliás, eu conheço um grande número de advogados nesta cidade, sra. Cross, e isso não afeta o meu desempenho no trabalho nem o deles. Vamos gravar o depoimento.

Eve ligou o gravador e recitou os dados pertinentes ao caso. Depois de informar oficialmente à interrogada sobre os seus direitos de permanecer calada e utilizar os serviços de um advogado, ela se sentou.

— Vejo que resolveu fazer valer o seu direito de ter um advogado presente, sra. Cross.

— Certamente! Já fui por demais assediada verbalmente pela senhora, tenente Dallas. Prefiro continuar a ser molestada diante de um gravador.

— Eu também... — Eve sorriu. — A senhora tinha um relacionamento com Robert Mathias, também conhecido como Lobar.

— Ele *era* Lobar — corrigiu Selina. — Foi esse o nome que escolheu.

— *Era* certamente é a palavra adequada, já que o sr. Mathias se encontra no freezer do necrotério. Junto de Thomas Wineburg. A senhora tinha algum relacionamento com ele também?

— Não, não tive o prazer de ter sido apresentada a este cavalheiro.

— Ora, mas isso é curioso... ele era um membro de sua seita.

Selina empinou o queixo, afastou Trivane quando ele se aproximou para cochichar algo em seu ouvido e disse:

— A senhora não pode esperar que eu reconheça os nomes de todos os membros de minha igreja, tenente. Nós somos... — espalmou as mãos sobre a mesa — ... legião.

— Bem, então talvez essas imagens refresquem a sua memória. — Eve abriu uma pasta, pegou uma foto e a atirou sobre a mesa, na direção de Selina. Instantâneos de pessoas mortas sempre eram horríveis.

Selina pegou a foto e um leve sorriso dançou-lhe nos lábios. Um dos dedos, novamente preso a uma pequena rede de correntes nas costas de sua mão, acompanhou a trilha de sangue vermelho-escuro que escorria do corpo na foto, e ela disse:

— Não posso afirmar com certeza. Sempre nos reunimos no escuro. — Seu olhar se encontrou com o de Eve. — É o nosso costume...

— Pois eu posso afirmar com certeza. Tanto ele quanto Lobar eram conhecidos seus, e ambos foram mortos por um punhal no estilo do que é utilizado em seus rituais.

— Um athame, sim... não somos a única religião que usa tal instrumento em uma cerimônia. Creio que, depois desses atos de violência, a polícia deveria estar mais preocupada em nos proteger e não em nos acusar. Obviamente, existe uma pessoa, ou um grupo de pessoas, interessada em nos eliminar.

— Eu achava que vocês tinham proteção própria. O seu mestre não cuida de seus seguidores?

— Seu deboche serve apenas para demonstrar sua ignorância.

— E fazer sexo com um delinqüente de dezoito anos serve apenas para demonstrar a sua. A senhora também fez sexo com Thomas Wineburg?

— Já lhe disse que nem sequer tenho certeza se sei quem ele era. Se o conhecia, no entanto, provavelmente fiz sexo com ele.

— Selina! — Trivane a cortou com a voz firme. — A senhora está conduzindo as declarações de minha cliente, tenente. Ela já afirmou que não consegue identificar esta vítima.

— Mas o conhecia sim... vocês dois o conheciam. Ele era um "furão". Sabe o que significa "furão" no jargão da polícia, sra. Cross? Um informante. — Eve se levantou e se inclinou, colocando o seu corpo mais próximo de Selina. — A senhora ficou preocupada com as coisas que ele poderia ter me contado? Foi por isso que arranjou tudo para que morresse? A senhora o estava seguindo? — Lançou o olhar na direção de Trivane por um instante. — Talvez a senhora mande seguir todos os seus... devotos.

— Vejo tudo o que preciso ver na névoa.

— Sei... na névoa! A versão psíquica do voyeurismo. Foi muito arriscado para Wineburg ir até o velório... por que motivo a senhora acha que ele queria ver Alice morta? Wineburg havia estado lá na noite em que ela foi drogada e estuprada? A senhora deixou que ele a possuísse?

— Alice era uma iniciada, de bom grado.

— Ela era uma criança e muito confusa. A senhora gosta de atrair os jovens, não é? Eles são muito mais interessantes do que os baixinhos idiotas, como Wineburg. Possuem corpos mais firmes e mentes mais maleáveis. Gente do tipo de Wineburg ou do tipo do nosso distinto advogado aqui servem apenas para fornecer grana ou pelo toque de classe. Os outros, como Alice, são tão macios, não?... Tão tenros...

— Ela era mesmo... — Selina levantou a cabeça de forma arrogante, olhando através dos cílios pretos e espessos. — Ela desfrutava e era desfrutada. Não precisava ser atraída, Dallas. Foi ela que me procurou.

— E agora está morta. Três mortes. Os membros do seu grupo devem estar ficando nervosos... — Eve sorriu com malícia para Trivane — ... eu estaria.

— Mártires não são novidade, Dallas. As pessoas vêm sendo mortas por causa de sua fé há séculos e, mesmo assim, a fé sobrevive. Nós sobreviveremos... vamos triunfar!

— Pois ele não triunfou. — Eve pegou outra foto e a atirou sobre a mesa.

Era Lobar, com o corpo mutilado bem retratado, sob as luzes brilhantes da cena do crime, o corte em sua garganta aberto como se representasse um grito de pavor.

Foi para Trivane que Eve olhou. Seus olhos piscaram muito rápido, demonstrando horror. Sua pele ficou pálida e seu peito se arqueou, subindo e descendo em espasmos ofegantes.

— Ele não sobreviveu nem triunfou — disse Eve. — Não é verdade, sra. Cross?

— Sua morte servirá de símbolo. Ele não será esquecido.

— A senhora possui um athame?

— Sim. Possuo vários, naturalmente.

— Como este aqui? — Pegou mais uma foto, dessa vez um close da arma que fora espetada no corpo de Lobar. O sangue cobria toda a lâmina.

— Possuo vários — repetiu Selina —, alguns deles muito parecidos com este, como era de esperar. No entanto, não reconheço o objeto que aparece nesta foto.

— Alucinógenos foram encontrados no organismo de Lobar. A senhora usa drogas em seus rituais.

— Sim, algumas ervas e produtos químicos. Todos dentro da lei.

— É?... Nem todas as substâncias encontradas no organismo de Lobar estavam dentro da lei.

— Não posso ser responsabilizada pelas escolhas que outras pessoas fazem.

— Mas ele esteve com a senhora na noite em que morreu. Ele consumiu drogas?

— Tomou o vinho do ritual. Se ingeriu alguma outra coisa, foi sem o meu conhecimento.

— A senhora tem antecedentes como traficante...

— E já paguei meus débitos com a sociedade. A senhora não tem nada de concreto contra mim, tenente.

— Tenho três corpos. De pessoas ligadas à senhora. Tenho um policial morto, e ele também estava ligado à senhora. Estou fechando o cerco, sra. Cross. Pouco a pouco...

— Saia da minha cola!

— Ou...?

— Você conhece a dor, tenente? — A voz de Selina ficou mais grave e baixa. — Por acaso conhece a dor que vai corroendo o estômago como se fossem gotas de ácido se espalhando por dentro do corpo? A pessoa implora por piedade, mas ela não chega. A dor se transforma em agonia, e a agonia é mais forte que o prazer. Ela se torna tão intensa, tão indescritível, que se uma faca cair nas mãos da pessoa ela é capaz de cortar as próprias tripas para se livrar da fonte da agonia.

— E isso aconteceria comigo? — perguntou Eve, friamente. — Realmente aconteceria?

— Posso lhe provocar isso. Posso lhe causar muita dor.

Eve sorriu, mas seu sorriso foi lento e sem humor.

— Agora, finalmente, entramos no nível de ameaça a uma funcionária do Departamento de Polícia. Isso vai lhe proporcionar algum tempo no xadrez, até seu advogado conseguir libertá-la...

— Sua piranha! — Furiosa ao ver que caíra em uma armadilha tão bem preparada e de forma tão infantil, Selina deu um pulo, colocando-se de pé. — Não pode me prender por isso!

— Claro que posso, quer ver?... "Selina Cross, a partir deste momento a senhora está presa por fazer ameaças de agressão física a uma policial."

Selina foi muito rápida, mas os reflexos de Eve estavam em forma e conseguiram bloquear o primeiro golpe da acusada, que voara em cima dela. O segundo ataque, porém, a atingiu, e sua garganta foi arranhada por unhas afiadas e letais. Eve sentiu o cheiro do próprio sangue e ofereceu a si mesma o prazer de levantar o cotovelo com toda a força, atingindo em cheio o queixo da oponente.

Os olhos pretos pareceram rolar para cima e perderam o brilho.

— Parece que vamos ter que acrescentar resistência à prisão, doutor. O senhor vai ter muito trabalho nas próximas horas.

Ele não movera um músculo sequer. Trivane continuava sentado, os olhos arregalados, analisando as fotos dos mortos. Quando Feeney abriu a porta, acompanhado por um policial, Eve concordou com a cabeça e determinou:

— Pode fichá-la por ameaças verbais e resistência à prisão.

Selina cambaleou quando Eve a entregou ao policial. Seus olhos, porém, ficaram mais focados e se fixaram no rosto de Eve com um ódio borbulhante. Começou a murmurar algo, entoando um cântico que aumentava e diminuía de intensidade, de forma quase musical. Revirando a cabeça, ela olhou por trás do ombro enquanto o policial a carregava dali.

Eve passou os dedos no pescoço, fazendo uma cara feia quando os viu manchados de sangue.

— Conseguiu entender o que ela estava resmungando, Feeney?

— Pareceu latim, só que ela maltratou o idioma. — Feeney pegou um lenço e o entregou para Eve. — Sei disso porque minha mãe me obrigou a aprender essa língua quando eu era pequeno. Tinha esperanças de que eu me tornasse padre.

— Veja se consegue transcrever cada palavra através da gravação. Talvez consigamos aumentar ainda mais o número de acusações contra ela. Merda, isso arde!... Interrogatório encerrado! — acrescentou, registrando a hora, a data e desligando o gravador. — Dr. Trivane?... Deseja falar alguma coisa comigo?

— Como?... — Ele olhou para ela, engoliu em seco e balançou a cabeça. — Vou cuidar de minha cliente, tenente, assim que ela acabar de ser fichada. Essas acusações não vão mantê-la presa por muito tempo.

— Pois eu acho que vão... — Estendeu os dedos ensangüentados na direção dele. — Olhe só para isso, Louis. — E chegou mais perto dele, esfregando os dedos sob o nariz dele. — Esse sangue pode ser o seu da próxima vez.

— Vou ver a minha cliente — repetiu, e seu rosto continuava branco como cera quando saiu correndo da sala.

— Aquela piranha é pirada! — comentou Feeney.

— Agora me conte alguma novidade, meu amigo.

— Ela odeia a sua raça! — disse ele, com satisfação, feliz por estar novamente em campo. — Acho que você já sacou isso também. Ela jogou um vodu em você.

— Hein?

— Uma praga — piscou ele. — Não se esqueça de me avisar se começar a sentir alguma cólica. Você está começando a atingi-la.

— Ainda não é o bastante — murmurou Eve. — Mas estou apostando minhas fichas no advogado. Vamos mantê-lo sob proteção, Feeney. Não quero que ele apareça morto antes de abrir o jogo. Reparei bem no jeito que ele olhou para a foto de Lobar. Sentiu choque, e em seguida fez uma expressão de quem reconhecia o morto. — Balançou a cabeça. — Não podemos perdê-lo. — Olhando para o relógio, cantarolou de satisfação, dizendo: — Olhe só... está bem na hora da minha entrevista ao vivo com a Nadine.

— Não quer que alguém dê uma olhada nesse pescoço ensangüentado, Dallas? Você está horrível!

— Depois — disse e saiu, andando a passos largos. Nadine não ia deixar de perceber os arranhões. Nem os olhos da câmera, que tudo captam...

— Que diabos aconteceu com você? — quis saber Nadine, parando na mesma hora e olhando para o relógio.

— Tivemos um pequeno problema na sala de interrogatório.

— Você chegou em cima da hora, Dallas, vamos entrar no ar em dois minutos. Não há tempo para limpar isso.

— Ótimo, então vamos em frente desse jeito mesmo...

— Teste de voz e de luminosidade — declarou Nadine à operadora de câmera. Pegou um pequeno estojo de pó compacto e retocou a maquiagem enquanto se sentava, comentando: — Pelo jeito, esses arranhões foram feitos por uma mulher... quatro unhas compridas e cruéis, pelos sulcos paralelos.

— É... — Eve apertou as feridas de leve com um lenço já manchado. — Se alguém ficar curioso para saber quem fez isso, mande-o verificar quem foi fichado esta manhã.

— É uma boa idéia... — Os olhos de Nadine ficaram mais brilhantes e ela ronronou: — Você não fez nada com o seu cabelo.

— Eu o cortei.

— Quis dizer que você não fez nada de útil... no ar em trinta segundos. Tudo pronto, Suzanna?

A operadora fez um sinal positivo com o polegar.

— Esse sangue fresco vai ficar muito bem no ar. Vai dar um toque simpático à entrevista.

— Puxa, obrigada, Nadine. — Eve se recostou na cadeira e cruzou uma das pernas sobre o joelho. — Agora vamos ver se acabamos logo com isso, Nadine. Você ainda não me mostrou as suas cartas.

— Então aqui vai uma prévia... Que bruxo do pedaço é filho do famoso David Baines Conroy, assassino em série que está atualmente cumprindo pena por cinco homicídios na prisão de segurança máxima da Estação Ômega, sem direito à condicional?

— Quem...

— Se liga... — disse Nadine, com um tom doce na voz, feliz por ter captado a atenção de Eve. — ... Quatro, três... — e contou os dois últimos segundos com os dedos, abaixo da altura alcançada pela câmera. No momento exato, olhou direto para a lente com um olhar sóbrio, dizendo: — Boa-tarde. Aqui fala Nadine Furst, apresentando uma entrevista ao vivo, com exclusividade. Estamos com a tenente Eve Dallas, em sua sala na Central de Polícia...

Eve estava preparada para as perguntas. Conhecia Nadine muito bem, o bastante para não se deixar abalar pela informação que acabara de ser jogada em seu colo segundos antes de o programa entrar no ar, como imaginava que Nadine gostaria que acontecesse. Respondeu a tudo de forma objetiva e cuidadosa, e sabia que estava fazendo a audiência do Canal 75 e da própria Nadine subir a cada segundo da entrevista.

— O departamento está procedendo com a possibilidade de os casos terem ligação uns com os outros, como as evidências parecem indicar. Embora armas de diferentes tipos tenham sido deixadas no local dos assassinatos, elas possuem similaridades.

— Poderia descrevê-las, tenente?

— Não posso comentar nada a esse respeito.

— Mas eram punhais.

— Eram instrumentos pontiagudos e cortantes. Não estou autorizada a dar mais detalhes. Fazer isso poderia prejudicar as investigações.

— A segunda vítima... a senhora o estava perseguindo no momento de sua morte. Por quê?

Eve estava preparada para esta pergunta, e decidira explorá-la em benefício próprio, respondendo:

— Thomas Wineburg nos oferecera indícios de conhecer informações que poderiam ser úteis para a resolução do caso.

— Que tipo de informações?

Nenhuma, pensou Eve, mas manteve o olhar sereno e firme, repetindo:

— Não estou autorizada a divulgar isso. Posso adiantar apenas que nós conversamos, e então ele se mostrou agitado e fugiu. Eu o persegui.

— E ele foi morto.

— Correto. Fugir não lhe adiantou de nada.

Parecendo aborrecida pelo fato de seu diretor avisá-la pelo fone de ouvido que o tempo estava acabando, Nadine deu por encerrada a entrevista, virando-se para Eve assim que a câmera foi desligada e dizendo:

— Agora estamos só nós duas. Suzanna!... — Nadine simplesmente gesticulou em direção à porta e a operadora saiu da sala. — Olhe, Eve, não posso revelar a fonte...

— Tudo bem, solte a língua.

— Certo... — Nadine se recostou na cadeira e cruzou as lindas pernas. — Charles Forte assumiu legalmente o nome de solteira de sua mãe há doze anos, depois de seu pai ter sido condenado pelo assassinato ritualístico de cinco pessoas. Acredita-se que ele matou inúmeras outras, mas isso jamais foi provado. Os corpos nunca foram encontrados.

— Conheço bem a história de David Baines Conroy, mas não sabia que ele tinha um filho.

— É informação sigilosa, protegida pela Lei de Privacidade. A família toda cortou os laços que a ligavam ao nome de Conroy. A mãe de Charles Forte se divorciou do marido e se estabeleceu em outra cidade alguns anos antes de Baines Conroy ser pego. O menino tinha dezesseis anos quando sua mãe o pegou e carregou com ela. Acabara de completar vinte e um quando o pai foi julgado e condenado. Minhas fontes afirmam que o filho assistiu a todo o julgamento, sem deixar de comparecer um dia sequer.

Eve se lembrou do homem baixo e discreto que conhecera no velório de Alice. O filho de um monstro... quanto dessa herança poderia ser transmitida pelo sangue? Lembrou-se na mesma hora de seu próprio pai e quase estremeceu.

— Obrigada pelas informações, Nadine. Se elas trouxerem algum resultado, vou ficar lhe devendo uma.

— É, vai mesmo... levantei um monte de dados sobre todas as seitas espalhadas pela cidade. Nenhum deles é tão dramático quanto a história que acabei de lhe passar, mas podem levar a alguma coisa. Nesse meio-tempo, se você estava na sala de interrogatório com alguém revoltado o bastante para voar na sua jugular, devo concluir que temos um suspeito?

— Não posso comentar nada a esse respeito. — Eve ficou observando as unhas. Muita gente devia comentar também que ela estava precisando ir à manicure. — Sabe, Nadine, as câmeras externas são proibidas na sala de detenção.

— Não é uma pena?... De qualquer modo, obrigada pela dica, Dallas. Vou manter contato.

— Certo. — Eve a observou sair da sala, e não teve dúvidas de que Nadine estava indo direto para a sala de detenção... e que Selina Cross ia ter seu nome divulgado pela mídia antes do noticiário do meio-dia terminar.

Considerando tudo, decidiu, *até que não fora uma manhã desperdiçada.*

Franzindo o cenho, vasculhou as gavetas em busca de um estojo de primeiros socorros.

Capítulo Quinze

— Não vou conseguir chegar em casa a tempo de me aprontar. — Eve se comunicava com Roarke pelo *tele-link* enquanto buscava, no computador, todos os dados sobre David Baines Conroy. — Será que você não poderia me pegar aqui no trabalho às seis horas? Podíamos ir daqui direto para a festa das bruxas, no campo.

— Tudo bem, com a condição de que a viagem não seja feita em seu veículo. — Roarke levantou uma das sobrancelhas de modo elegante, e então apertou os olhos para ver melhor e pediu: — Chegue um pouco mais perto da tela, querida... O que houve com você dessa vez? — perguntou.

— O que quer dizer com "dessa vez"? Estou muito ocupada!

— Quero saber o que houve dessa vez com o seu pescoço.

— Ah, isso... — Passou os dedos sobre as feridas, ainda em carne viva. Ela não conseguira achar o estojo de primeiros socorros. — Foi uma pequena diferença de opiniões. Eu ganhei...

— Naturalmente que sim... mas coloque alguma coisa nessas feridas, tenente. Devo chegar aí por volta de seis e meia. Podemos jantar a caminho.

— Certo. — *Jantar a caminho?...* — Espere um minuto. Não me apareça aqui com a limusine.

— Seis e meia — disse e simplesmente sorriu.

— Estou falando sério, Roarke, não traga a... — Estalou a língua em sinal de desaprovação, reclamando: — Droga! — Com um suspiro, voltou ao computador.

O CIPC era uma boa fonte para aquele tipo de pesquisa, avaliou Eve, passando por vários arquivos e fazendo pausas ao notar fatos relevantes sobre David Baines Conroy.

Divorciado, tem apenas um descendente, do sexo masculino, de nome Charles. Esse filho nasceu em 22 de janeiro de 2025, e sua mãe, Ellen Forte, conseguiu a custódia da criança.

Grande novidade, refletiu Eve. *Assassinos em série dificilmente mantinham a custódia dos filhos.*

— Vamos direto ao assunto — murmurou ela. — Computador, quero acusações e condenações.

Acusado e condenado... Assassinato em primeiro grau, sob tortura, com estupro post-mortem, *mutilação e desmembramento de Doreen Harden, sexo feminino, cor parda, com vinte e três anos. Sentença: prisão perpétua em penitenciária de segurança máxima, sem direito a condicional.*

Acusado e condenado... Assassinato em primeiro grau, acompanhado de estupro, morte por tortura e posterior desmembramento de Emma Tangent, sexo feminino, negra, com vinte e cinco anos. Sentença: prisão perpétua em penitenciária de segurança máxima, sem direito a condicional.

Acusado e condenado... Assassinato em primeiro grau, acompanhado de sodomia, estupro, morte por tortura e desmembramento de Lowell McBride, sexo masculino, branco, com dezoito anos. Sentença: prisão perpétua em penitenciária de segurança máxima, sem direito a condicional.

Acusado e condenado... Assassinato em primeiro grau, acompanhado de estupro, morte por tortura e desmembramento de Darla Fitz, sexo feminino, cor parda, com vinte e três anos. Sentença: prisão perpétua em penitenciária de segurança máxima, sem direito a condicional.

Acusado e condenado... Assassinato em primeiro grau, sodomia, estupro post-mortem, *morte por tortuta e desmembramento de Martin Savoy, sexo masculino, cor parda, com vinte anos. Sentença: prisão perpétua em penitenciária de segurança máxima, sem direito a condicional.*

O condenado encontra-se atualmente cumprindo sentença na Penitenciária da Estação Ômega.

Suspeito de doze outros assassinatos, casos ainda em aberto. Provas insuficientes para indiciação. Os investigadores principais de cada caso estão à disposição para maiores esclarecimentos.

— Computador, quero a lista dos investigadores principais de todos os crimes — ordenou Eve, observando a lista de nomes e os dados que iam surgindo na tela. — Você andou passeando bastante por aí, não foi, Conroy? — falou baixinho ao notar que os detetives encarregados de cada caso estavam espalhados por todo o país.

Eve ainda era adolescente quando o caso Conroy tomou conta de todos os noticiários, mas se lembrava dos raptos, dos membros da família chorosos, diante das câmeras, implorando a Conroy que lhes contasse onde escondera os restos mortais de seus entes queridos. Lembrava-se de policiais com ar sombrio dando declarações, e visualizou o próprio Conroy, com seu rosto sereno marcado por olhos escuros e ferozes.

Na época, todos o chamaram de demônio, recordou. O Anticristo... esse era o termo usado por todos para descrevê-lo em uma tentativa, talvez, de separá-lo da raça humana.

No entanto, ele fora humano o bastante para conceber um filho. E esse filho estava em sua lista de suspeitos. Talvez ela tivesse se focado demais em Selina Cross.

O filho demonstrava ter atração pelo poder, refletiu. E feitiçaria tinha tudo a ver com poder, não é mesmo? Ele conhecia, comprovadamente, pelo menos uma das vítimas. E duas outras foram mortas por facas. Conroy se mostrara muito habilidoso no passado com facas.

Ele também se considerava um instrumento de Deus, recordou, analisando os dados. Sim, ali estava uma de suas declarações incoerentes, notou ela, destacando o arquivo e exigindo:

— Computador, quero o áudio deste arquivo.

Carregando arquivo...

— Sou uma força que está acima de todos — afirmava a voz de Conroy, com uma dicção maravilhosa e quase musical. A voz do filho, lembrou Eve, era igualmente carismática. — Sou o instrumento de um deus de vingança e dor. O que faço em Seu nome é grandioso. Tremam diante de mim, pois jamais serei derrotado. Sou Legião.

— Você é lixo — corrigiu Eve. *Legião...* Selina Cross usara o mesmo termo. Interessante... *Será que Conroy enveredara pelo satanismo,* perguntou-se, *ou pela feitiçaria? E será que o filho fora atraído para as mesmas áreas de atuação?*

Até que ponto, ponderou ela, *Charles Forte sabia das atividades do seu pai? E como se sentia a respeito?*

— Computador, apresente informações sobre Charles Forte, morador desta cidade e conhecido anteriormente pelo nome de Charles Conroy, filho de David Baines Conroy.

Pesquisando...

Quando as informações surgiram, anunciadas por um bipe, Eve tamborilou com os dedos sobre o tampo da mesa e as avaliou. A mãe levara o filho para Nova York, o que significava, refletiu Eve, que o rapaz viajara de volta até a sua cidade de origem para assistir ao julgamento. Ele se dera a todo esse trabalho, provavelmente entrando em conflito com a mãe. Largou a faculdade de farmácia no segundo período. Muito interessante. Registrado como atendente especializado em substâncias químicas, trabalhou na fabricação e clonagem de drogas farmacêuticas. Pulou de cidade em cidade, notou ela. Como seu querido pai. Finalmente, se estabeleceu em Nova York, como co-proprietário da loja Busca Espiritual.

Recostando-se na cadeira, Eve passou os dedos, de forma casual, pela garganta arranhada. Não se casara, não tivera filhos e nunca fora preso. Por palpite, solicitou algo a mais:

— Computador, informe todos os seus dados médicos.

Charles Forte teve a mão quebrada aos seis anos. Também aos seis anos, sofreu uma leve concussão, acompanhada de lesões abdominais. Aos sete, queimaduras de segundo grau nos antebraços. Também aos sete, concussão e tíbia fraturada.

A lista continuava nesse ritmo por toda a sua infância, em um padrão tão constante que fez o estômago de Eve se apertar.

— Pare! — comandou ela. — Informe a probabilidade de ele ter sido vítima de abuso infantil.

Probabilidade: noventa e oito por cento.

— E por que cargas d'água as autoridades não perceberam este fato?

Os registros médicos indicam que os diversos atendimentos foram feitos em vários hospitais em cidades diferentes, em um período de dez anos. Não há registro nos arquivos da Agência Nacional de Prevenção de Abusos e Proteção da Criança.

— Idiotas! Idiotas! — Eve passou as mãos no rosto, apertando com força o local onde uma dor de cabeça começava a surgir, em sua fronte. Aquilo era parecido demais com o que acontecera com ela. — Quero uma listagem com os tratamentos psiquiátricos ou perfis psicológicos disponíveis — exigiu.

O objeto da pesquisa cadastrou-se voluntariamente na Clínica Miller, para ser atendido como paciente externo. Seu médico foi o dr. Ernest Renfrew, de fevereiro de 2045 a setembro de 2047. Os arquivos com dados médicos estão indisponíveis. Não há outras informações.

— Tudo bem, já temos material para começar a trabalhar. Abra um arquivo novo com o nome de Charles Forte, caso número 34299-H, e copie todos os dados. Cruze referências com Conroy. Desligue-se quando completar a tarefa. — Levantou os olhos ao ver Feeney, que colocara a cabeça no portal, avisando:

— Selina Cross acabou de ser liberada.

— Sim, o que é bom dura pouco.

— Alguém já examinou esses arranhões de gato aí?

— Vou ao ambulatório. Você tem um minuto?

— Claro.

— David Baines Conroy.

— Você tirou esse nome do fundo do baú — disse Feeney, soltando um assobio curto e sentando-se, à vontade, sobre a ponta da mesa. — Esse canalha era um doente mental! Fatiava as vítimas depois de acabar com elas. Guardava os pedaços em uma geladeira de isopor. Tinha um trailer e viajava por toda parte... pregando.

— Pregando...?

— Bem, talvez este não seja exatamente o termo. Ele se apresentava como uma espécie de Anticristo. Falava um monte de baboseiras a respeito de anarquia, liberdade para gozar os prazeres da carne, abrir os portões do inferno, esse tipo de coisa. Parece que pegou a maioria das vítimas na estrada. Quase todas as pessoas que morreram eram acompanhantes autorizados itinerantes. Pelo menos três delas foram reconhecidas como acompanhantes registradas. Prostitutas sempre foram alvos fáceis para tarados.

— Mas ele foi declarado mentalmente sao, pois enfrentou um julgamento.

— É... conseguiu passar nos testes de sanidade mental. Legalmente, era normal. No fundo, porém, era um pirado total.

— Mas tinha família...

— Sim, sim, isso é verdade. — Feeney fechou os olhos, como se tentasse se lembrar dos detalhes. — Eu ainda estava trabalhando no Departamento de Homicídios naquela época e não houve um tira sequer em todo o planeta que não tenha se interessado pelo caso. O acusado jamais cometeu nenhum dos crimes aqui nesta cidade, pelo menos que a gente saiba, mas eu me lembro de que ele tinha uma esposa... Ela era muito pálida e tinha cara de assustada. Abandonou o marido, parece que antes de ele ser pego. E havia também uma criança... um filho. O garoto era de assustar.

— Por quê?

— Tinha os olhos iguaizinhos aos do pai, só que pareciam não ter vida, entende? Lembro que achei, na época, que qualquer dia a polícia ia se ver perseguindo o filho. O menino tinha toda a pinta de quem ia seguir os passos do pai. Então ele e a mãe desapareceram, protegidos pela Lei de Privacidade, e nunca mais se ouviu falar deles.

— Até agora. — Eve manteve os olhos fixos em Feeney. — Vou me encontrar com o filho de Conroy hoje à noite. Em uma convenção de bruxas.

Roarke chegou de limusine. Ela tinha certeza de que ele faria isso, só para deixá-la irritada. E teria continuado irritada se não percebesse, ao entrar, que o AutoChef do veículo tinha um bom estoque de comida italiana.

Eve já estava devorando um prato de manicotti antes mesmo de eles cruzarem a ponte Jacqueline Onassis. Apesar disso, balançou a cabeça para os lados diante do burgundy que Roarke despejou em uma taça.

— Hã-hã... estou de serviço — recusou, com a boca cheia.

— Pois eu não estou. — Ele provou um pouco e observou seu rosto. — Por que não foi tratar desses arranhões? — perguntou, passando os dedos com carinho sobre as feridas em sua garganta.

— Fiquei amarrada na cadeira a tarde toda, trabalhando.

— Amarrada? Ora, isso é algo que ainda não experimentamos. — Sorriu com gosto quando a viu arregalar os olhos. — Foi só uma idéia. Assisti à gravação de seu pequeno *tête-à-tête* com Nadine, na Central de Polícia. Fiquei surpreso por você conceder esta entrevista.

— Foi uma troca, e aproveitei bem a parte que me coube. — Inclinando-se para a frente, levantou a tela de privacidade para separá-los do motorista. — É melhor contar tudo a você antes de nos juntarmos às festividades desta noite. — E explicou-lhe com detalhes a nova linha de investigação que ela estava tomando, experimentando em seguida uma das azeitonas graúdas da tigela de petiscos. — Isso tudo fez Charles Forte subir vários degraus em minha lista de suspeitos — concluiu.

— Pelos pecados que o pai cometeu?

— Às vezes, é assim que as coisas acontecem.

Roarke não disse nada por um momento. Ambos tinham motivos para sentir desconforto com esta teoria.

— Você é quem sabe, tenente, mas não seria mais plausível que circunstâncias como essa o empurrassem para o pólo oposto?

— Mas ele conhecia Alice e sabe manipular substâncias químicas. O avô dela estava com drogas químicas no organismo ao morrer, e ela sofrera alucinações. As outras duas vítimas sofreram assassinatos ritualísticos, e Charles Forte pertence a uma seita. Não posso ignorar todos esses fatos.

— Ele me pareceu a antítese do homicida.

Eve remexeu nos aperitivos e espetou um pequeno pimentão marinado, afirmando:

— Certa vez eu me deixei enganar por uma velhinha simpática, baixinha, que parecia ser a vovozinha predileta de qualquer pessoa.

Ela dava abrigo a gatos abandonados e preparava biscoitinhos para as crianças da vizinhança, além de cuidar de lindos gerânios que espalhava sobre os peitoris das janelas da sala. — Saboreando o petisco, Eve pegou mais um. — A doce velhinha atraiu meia dúzia de meninos para a sua casa e usou os órgãos internos das crianças para alimentar os gatos, antes de conseguirmos agarrá-la.

— Que história encantadora! — Roarke colocou o prato sobre uma mesinha retrátil. — Você está certa. — Colocando a mão no bolso, pegou o amuleto que Isis lhe dera na antevéspera e o colocou no pescoço de Eve.

— Para que isso agora?

— Fica melhor em você do que em mim.

— Conversa fiada! — Estreitou os olhos ao olhar para ele. — Você está sendo supersticioso.

— Não, nada disso... — mentiu ele, colocando o prato vazio de Eve sobre o dele antes de ela conseguir se virar, começando a desabotoar-lhe a blusa em seguida.

— Ei, o que está fazendo?

— Passando o tempo... — Suas mãos espertas e ágeis foram descendo com rapidez até lhe cobrirem os seios. — Temos ainda uma hora pela frente até chegarmos lá, indo de carro.

— Eu não vou transar na parte de trás de uma limusine em movimento! — avisou ela. — Isso é...

— Uma delícia — completou ele, substituindo as mãos pela boca.

Eve estava se sentindo complacente e relaxada no momento em que a limusine tomou uma via secundária, rural e estreita. Ali as árvores existiam em abundância, as estrelas pareciam mais brilhantes e a escuridão era completa. As árvores altas e quase desfolhadas pelo outono formavam um arco acima da estrada, como se fosse um túnel. Ela notou os olhos brilhantes e dourados de um animal, talvez uma raposa, que atravessou a estrada e desapareceu no bosque.

— Feeney e Peabody continuam atrás de nós?

— Hein? — Roarke enfiou a camisa para dentro das calças. — Acho que sim. Querida, você está vestindo a blusa do avesso — avisou ele com a voz calma enquanto sorria.

— Droga! — Eve lutou para tirar a blusa, ajeitou-a, revirando as mangas com a mão, e tentou novamente. — Não fique com essa cara de convencido não. Eu apenas fingi estar gostando...

— Querida Eve — ele tomou sua mão e beijou-a —, você é tão generosa comigo.

— Se você acha... — Tirando o amuleto do pescoço, colocou-o por cima da cabeça de Roarke. — Use-o você... — e antes que ele pudesse fazer alguma objeção, ela completou: — Por favor.

— Você não acredita mesmo nisso, não é?

— Não — ajeitando o cordão para dentro da camisa dele, ela deu uma batidinha em seu peito —, mas você parece que sim. Seu motorista sabe o caminho?

— As informações que Isis deu sobre o trajeto foram programadas no painel. — Olhou para o relógio. — Pelos meus cálculos, devemos estar quase chegando.

— Pois para mim parece que estamos no meio do nada. — Olhou para fora da janela. Viu apenas escuridão, fracas silhuetas de árvores e mais escuridão. — Gostaria de estar em meu próprio território. É difícil acreditar que estamos a pouco mais de duas horas de distância de Nova York.

— Você é realmente uma típica moradora de cidade grande.

— E você não é?

— O campo pode ser um lugar interessante para se visitar, por temporadas curtas. — Deu de ombros. — Toda essa quietude pode renovar suas forças.

— Pois me deixa inquieta. — Eles viraram em outra estradinha sinuosa. — Além do mais, tudo tem a mesma cara e não acontece nada aqui. Não há... ação — decidiu ela. — Quando a gente está cercada por todo esse verde dentro do Central Park, ou do Greenpeace Park, aí sim... há grandes probabilidades de topar com um assaltante, no mínimo um traficante, quem sabe uma prostituta sem licença ou um bando de pervertidos. — Ao olhar para Roarke, viu que ele estava rindo dela. — O que foi?

— A vida junto de você tem muito mais... cor.

— Sei... — Ela deu uma risada de deboche, colocando o coldre. — Até parece que a sua vida era cinzenta e seu mundinho desbotado e sem vida antes de eu aparecer. Todos aqueles vinhos, mulheres e um monte de grana... devia ser um tédio só!

— A chatice era indescritível — concordou ele, com um suspiro. — Eu poderia ter me afogado em todo aquele enfado se você não tivesse me jogado na cara as suspeitas de um ou dois assassinatos.*

— Viu só? Aquele foi o seu dia de sorte. — Ela notou o brilho das luzes por entre as árvores no momento em que o automóvel começou a subir uma ladeira íngreme, com muitos sulcos na pista. — Graças a Deus estamos chegando! E parece que a festa já começou.

— Tente não debochar, viu? — Roarke deu um tapinha em seu joelho. — Isso ofenderia nossos anfitriões.

— Não vou debochar — disse ela, com uma cara zombeteira. — Quero impressões. Não apenas sobre Charles Forte, mas sobre todo mundo. E se você reconhecer algum dos participantes, avise-me. — Pegando um pequeno aparelho na bolsa, guardou-o no casaco.

— Um microgravador? — Roarke estalou a língua. — Acho que isso é ilegal. Sem mencionar a deselegância.

— Não sei do que está falando.

— Além do mais, desnecessário — acrescentou ele. Virando o pulso para cima, apertou um minúsculo botão ao lado do relógio. — Este aqui é muito mais eficiente. Pode ter certeza de que sei o que estou falando, pois fabrico os dois modelos. — Sorriu quando o carro parou junto de uma pequena clareira. — Acho que chegamos.

Eve avistou Isis logo de cara. Era impossível não notá-la. O manto branco e transparente que ela usava parecia brilhar na escuridão como se estivesse iluminado pelo luar. Seus cabelos estavam

* Ver *Nudez Mortal.*

soltos e eram muito compridos, escorrendo-lhe dos ombros. Uma tiara de ouro cravejada de pedras coloridas envolvia-lhe a cabeça. Seus pés longos e estreitos estavam descalços.

— Abençoados sejam — cumprimentou ela, deixando Eve sem ação ao beijá-la nos dois lados do rosto. Recebeu Roarke da mesma maneira, e então tornou a se virar para Eve. — Você está ferida. — E antes de Eve ter tempo de responder, ela colocou os dedos sobre os arranhões. — Veneno!

— Veneno? — Eve teve visões de unhas terríveis embebidas em uma poção de ação lenta que circulava aos poucos através de sua corrente sangüínea.

— Não se assuste, não se trata de veneno físico, e sim espiritual. Sinto Selina aqui... — Seus olhos permaneceram fixos nos de Eve, enquanto ela abaixava a mão e tocava o seu ombro. — Isso não é bom para nenhum de nós. Mirium, por favor, receba os nossos outros convidados — pediu ela a uma mulher de pele escura e baixa estatura no momento em que o calhambeque de Feeney apareceu sacolejando ladeira acima. — Chas vai cuidar desses ferimentos.

— Está tudo bem. Vou ao ambulatório amanhã de manhã.

— Não creio que isso seja necessário. Por favor, venha por aqui. Não é muito saudável você manter vestígios dela em seu corpo, mesmo tão pequenos.

Isis foi à frente, indicando o caminho em volta da clareira. Eve conseguiu avistar um círculo amplo, formado por velas brancas enfileiradas. Pessoas estavam do lado de fora do círculo, batendo papo, observou Eve, como se estivessem em um coquetel na cidade. As roupas variavam. Havia mantos, ternos, saias longas e curtas.

Eram umas vinte pessoas, avaliou Eve, que iam dos dezoito ao oitenta anos, em uma mistura de raças e gêneros. Não havia nenhum tipo específico. Geladeiras portáteis estavam espalhadas em torno, o que explicava o fato de vários dos membros estarem tomando drinques. A conversa era realizada em voz baixa, com uma ou outra risada ocasional que sobressaía em meio ao murmúrio.

Chas se levantou de uma cadeira ao lado de uma mesa dobrável e se virou ao ver que eles se aproximavam. Usava uma roupa composta de uma só peça em um tom de azul e sapatos macios na mesma tonalidade. Sorriu ao reparar o olhar desconfiado que Eve lançou para os objetos que estavam sobre a mesa.

— Instrumentos de trabalho dos bruxos — explicou ele.

Havia cordões vermelhos, um punhal com cabo branco... *um athame*, pensou Eve. E viu mais velas, um pequeno gongo de latão, um chicote, uma espada de prata, garrafas coloridas, tigelas e taças.

— Interessante.

— Hoje vamos realizar um ritual antigo, que exige ferramentas antigas. Mas a senhora está ferida! — Deu um passo na direção dela, levantando a mão e parando ao notar o olhar de advertência que Eve lhe lançou. — Desculpe. Isso deve estar doendo.

— Chas tem o dom da cura. — Isis curvou os lábios, abrindo um sorriso com ar de desafio. — Considere isso apenas uma demonstração. Afinal, você veio até aqui para observar, não foi? E seu companheiro está usando uma proteção.

E eu também, pensou Eve, sentindo-se confortada pelo peso da arma que levava.

— Então, tudo bem. Faça a sua demonstração. — Colocou a cabeça meio de lado, convidando Chas a examinar os arranhões.

Os dedos dele eram surpreendentemente frios, incrivelmente suaves e macios, movendo-se sobre sua pele esfolada. Ela manteve os olhos fixos nele, reparou quando ele os focou e pestanejou.

— A senhora teve sorte — murmurou ele. — O resultado não alcançou as intenções. Poderia agora deixar sua mente relaxar?

O olhar dele se elevou e se fixou no dela.

— A mente e o corpo são uma coisa só — continuou ele, baixinho, com aquela voz adorável. — Um guia o outro, um cura o outro. Deixe-me libertá-la disso.

Eve sentiu uma espécie de calor irradiar-se por dentro dela, indo dos pontos em que os dedos dele tocaram até sua cabeça, e seguindo por todo o corpo, até que uma espécie de entorpecimento veio chegando. Ela sentiu um ligeiro sobressalto, se colocou em alerta e o viu sorrir suavemente, afirmando:

— Não vou machucá-la.

Virando-se para o lado, pegou uma garrafa âmbar, tirou a rolha e espalhou um líquido claro, com perfume floral, nas mãos.

— Isto é um bálsamo, uma antiga receita com ingredientes modernos. — Começou a esfregar suavemente o líquido, seguindo com os dedos os sulcos que as unhas de Selina haviam aberto. — Isso vai purificar seus tecidos e não haverá mais desconforto.

— Você manja de produtos químicos, não é?

— Isto é feito à base de ervas... — pegou um lenço no bolso e o usou para limpar os dedos — ... mas, sim, entendo de substâncias químicas.

— Gostaria de conversar com você a esse respeito... — esperou um segundo, com os olhos penetrantes colados nele — ... e também sobre o seu pai.

Ela viu que aquilo o deixou perturbado, pela forma com que suas pupilas se dilataram e depois tornaram a se contrair. De repente, Isis já estava se interpondo entre eles, com uma fúria gloriosa estampada no rosto.

— Você foi convidada para vir até aqui, tenente Dallas — disse ela —, e este lugar é sagrado. Você não tem o direito de...

— Isis... — Chas tocou em seu braço. — Ela tem uma missão. Todos nós temos. — Tornou a olhar para Eve, parecendo se recompor. — Sim, tenente, falarei com a senhora, quando desejar. Este, no entanto, não é o momento nem o lugar certo para trazermos sensações de desespero. A cerimônia está prestes a começar.

— Não queremos atrapalhar.

— Amanhã, às nove da manhã, na Busca Espiritual... o horário e o lugar parecem-lhe adequados?

— Tudo bem.

— Agora, desculpe-me.

— Você sempre paga gentileza com dor? — quis saber Isis, falando entre dentes com indisfarçável fúria, enquanto Chas se afastava. Então balançou a cabeça e lançou um olhar deliberado na direção de Roarke. — Vocês todos são bem-vindos para observar, e esperamos que tanto vocês quanto seus acompanhantes saibam demonstrar o devido respeito pelo nosso ritual desta noite. Não é permitido que fiquem dentro dos limites do círculo mágico.

Ao se afastar, Eve enfiou as mãos nos bolsos e comentou:

— Bem, agora já são duas bruxas que estão pau da vida comigo. — Olhou para trás, ao sentir que Peabody vinha andando mais depressa até alcançá-la.

— Esta vai ser uma cerimônia de iniciação — sussurrou Peabody para Eve. — Soube disso através do bruxo ma-ra-vi-lho-so que está usando aquele igualmente lindo terno italiano. — Sorriu para o outro lado da clareira, na direção de um sujeito com cabelos muitos brilhantes, cor de bronze, que correspondeu exibindo um sorriso de um milhão de watts. — Nossa, um homem desses faz até a gente pensar em se converter...

— Segure sua onda e seus hormônios, Peabody — cochichou Eve, acenando com a cabeça para Feeney.

— Minha santa mãezinha ia rezar meia dúzia de rosários hoje à noite se soubesse onde estou — comentou ele, forçando um sorriso para disfarçar o nervoso. — Que lugar fantasmagórico!... Não há coisa alguma em volta desse local, a não ser um monte de espaço vazio.

— Você e Feeney são realmente da mesma tribo — suspirou Roarke, enlaçando a cintura de Eve com o braço e se virando no momento em que o ritual teve início.

A jovem que Isis chamara pelo nome de Mirium estava de pé do lado de fora do círculo de velas, teve os olhos vendados e foi amarrada por dois homens. Todos, com exceção dos observadores, estavam agora completamente despidos. As peles brilhavam e refletiam tons de branco, cinza e dourado sob o luar que fluía. No fundo do bosque, pássaros noturnos gorjeavam de forma ritmada.

Sentindo-se desconfortável, Eve deixou a mão escorregar para dentro do casaco, a fim de sentir o peso da arma.

Os cordões vermelhos foram usados para atar as mãos da iniciada e ficaram com as pontas penduradas. No momento em que um dos cordões foi atado ao tornozelo da jovem, Chas disse:

— Pés nem presos nem livres.

Havia um tom inconfundível de alegria e reverência em sua voz.

Curiosa, Eve observou a formação do círculo e a abertura do ritual. A atmosfera, ela foi obrigada a reconhecer, era de alegria. Acima de todos, a lua flutuava, espargindo luz e cobrindo as árvores com um manto prateado. Corujas piaram ao longe, emitindo sons singulares que lhe pareceram percorrer o sangue. A nudez era completamente ignorada. Não havia os olhares furtivos nem de relance que ela sabia que testemunharia se estivesse em qualquer clube de sexo da cidade.

Chas pegou o athame, e a mão de Eve imediatamente apertou o cabo da arma dentro do bolso ao vê-lo apontá-lo para o coração da postulante. Falou palavras específicas e sua voz parecia aumentar e diminuir de volume, levada pela brisa enevoada da noite.

— Tenho duas senhas — respondeu Mirium. — Perfeito amor e perfeita confiança.

Chas sorriu e afirmou:

— Todos os que os têm são duplamente bem-vindos. Dou-te agora uma terceira senha para passares através desta misteriosa porta.

Passando o punhal para o homem ao seu lado, ele beijou Mirium. Como um pai beijaria uma filha, pensou Eve, com ar de estranheza. Chas caminhou então em direção à postulante, abraçou-a por trás e então a empurrou para a frente, com seu próprio corpo, para dentro do círculo. Atrás deles, o segundo homem passou a ponta do athame sobre o espaço vazio, como se estivesse fechando uma porta, simbolicamente.

Havia cânticos agora, enquanto Chas conduzia Mirium em volta do círculo e todos a faziam girar com as mãos em volta do seu corpo, em uma espécie de brincadeira infantil de desorientação. Um sino soou três vezes.

Então Chas se ajoelhou, falando algumas palavras e beijando os pés da postulante, a seguir seus joelhos, seu ventre um pouco acima do púbis, seus seios e, finalmente, seus lábios.

Eve pensou que fosse sentir uma atmosfera de sensualidade, mas o que presenciara foi mais... amoroso do que sensual.

— Impressões? — murmurou para Roarke.

— Notei muito charme, poder, um sentimento de religiosidade e... — levantando a mão, cobriu a de Eve, que continuava apertando o cabo da arma, tirando-a dali com delicadeza — ... achei um ato inofensivo. Sexual, certamente, mas de uma forma muito equilibrada e respeitosa. Finalmente, sim, reconheci duas pessoas no grupo.

— Vou querer os nomes.

Enquanto o ritual continuava, ela levantou a mão de forma distraída e a passou na garganta. Sentiu a pele lisa, intacta, sã e sem dor.

Ao deixar a mão cair, Chas olhou para ela, fitando-a com firmeza, e tornou a sorrir.

Capítulo Dezesseis

A loja Busca Espiritual ainda não abrira para o público quando Eve chegou, acompanhada por Peabody. Chas, porém, já estava lá, aguardando por elas na calçada, enquanto bebia alguma coisa fumegante em um copo de papel reciclado.

— Bom-dia! — O ar esfriara tanto que colocara um pouco de cor em seu rosto. — Será que poderíamos conversar lá em cima, em nosso apartamento, em vez de fazê-lo na loja?

— Receber policiais não é bom para os negócios? — perguntou Eve.

— Bem, podemos dizer que os primeiros clientes talvez se sentissem um pouco confusos. Mas vamos abrir só daqui a meia hora. Acredito que não vamos precisar da presença de Isis.

— No momento, não.

— Obrigado. Se pudessem me dar apenas... hã... um momento. — Lançou para Eve um olhar meio tímido. — É que Isis prefere não ter cafeína dentro de casa, e esse é o meu ponto fraco — explicou, tomando mais um gole de café. — Ela sabe que eu saio de fininho todas as manhãs para alimentar meu vício e finge que não vê. É tolice, mas ambos nos sentimos satisfeitos por proceder assim.

— Fique à vontade e leve o tempo que quiser. Você pega o café na loja ali em frente?

— Não, pois a cafeteria é perto demais de casa. Além disso, para ser honesto, o café de lá é uma porcaria... ali na delicatéssen da esquina eles fazem um café bem decente. — Tomou mais um gole com indisfarçável prazer. — Parei de fumar há anos, até mesmo os cigarros feitos com ervas inofensivas, mas não consigo funcionar direito sem uma xícara de café todas as manhãs. Gostou da cerimônia de ontem à noite?

— Foi interessante. — Como o vento da manhã estava frio e penetrante, Eve enfiou as mãos sem luvas nos bolsos. O tráfego tanto nas ruas quanto no ar começava a fluir melhor depois da primeira leva de engarrafamentos do dia. — O tempo não está meio frio para vocês ficarem circulando pelados pelo mato?

— Sim. Provavelmente não realizaremos mais nenhuma cerimônia ao ar livre este ano, e certamente não despidos. Mirium, porém, estava querendo entrar para o primeiro nível de iniciação na feitiçaria antes do Samhain.

— Samhain?

— Halloween — disseram ao mesmo tempo ele e Peabody. A auxiliar de Eve remexeu o pé, meio sem graça, enquanto Chas sorria para ela, e explicou: — É que meus pais são partidários da Família Livre, lembra? — murmurou.

— Sim, existem algumas similaridades — confirmou Chas, terminando de tomar o café, indo em seguida até junto de uma lata de reciclagem, onde cuidadosamente enfiou o copo amassado pela ranhura. — Você está resfriada, senhorita?

— Estou, senhor — fungou Peabody, evitando de forma determinada a explosão de um espirro.

— Tenho algo que poderá ajudá-la. Um dos nossos membros a reconheceu, tenente. Ela contou que leu sua mão recentemente. Na verdade, na noite em que Alice faleceu.

— É verdade.

— Cassandra é muito talentosa e um doce de pessoa — elogiou Chas, enquanto subia o lance de escadas que levava ao apartamento. — Lamentou não ter conseguido ver as coisas com mais clareza, para avisá-la de que Alice estava em perigo. E ela acredita que a senhora está em perigo nesse momento. — Fez uma pausa, olhando para trás. — Cassandra comentou que tinha esperança de vê-la ainda usando a pedra que ganhou dela.

— É, ela está por aqui, em algum lugar...

Emitindo um som que poderia ser descrito como um suspiro, ele perguntou:

— E como está o seu pescoço?

— Novinho em folha.

— Estou vendo que a cura aconteceu de forma limpa.

— Sim, e muito rápida. Que troço foi aquele que você esfregou nos arranhões?

— Nada não... apenas uma pomada feita com língua de morcego e olho de salamandra. — Um ar bem-humorado dançou em seus olhos, deixando-a surpresa. Em seguida, ele abriu a porta, lançando no ar um tilintar musical dos sininhos da porta. — Por favor, fiquem à vontade. Vou pegar um pouco de chá para aquecê-las, já que as obriguei a me esperar.

— Não precisa se incomodar.

— Não é incômodo algum. Esperem um momento, por favor.

Aproveitando que ele desapareceu por uma porta, Eve deu uma olhada cuidadosa no ambiente.

Ela não o chamaria de simples. Obviamente, um monte de objetos expostos na loja fora ali para cima. Pedaços de cristais grandes e com muitas pontas decoravam uma mesa oval e também estavam dispostos em torno de uma urna de cobre cheia de flores outonais. Uma tapeçaria com desenho complicado fora pendurada atrás do sofá azul em curva. Havia homens e mulheres representados nela, bem como sóis, luas e um castelo com chamas que escorriam das ameias.

— Aquelas são imagens dos Arcanos Maiores — explicou Peabody, ao ver que Eve se aproximava da tapeçaria para ver melhor. Deu um espirro violento e pegou um lenço de papel. — Tarô... Essa peça parece bem antiga, e foi feita à mão.

— Deve ter custado caro... — decidiu Eve. Arte daquele tipo não era nem um pouco barata.

Havia algumas estatuetas em peltre e outras entalhadas em pedra lisa. Magos e dragões, cães de duas cabeças, mulheres sinuosas com delicadas asas. Outra parede estava cheia de símbolos atraentes representados em cores berrantes.

— São símbolos tirados do Livro de Kells. — Peabody levantou os ombros diante do olhar de curiosidade que Eve lhe lançou. — Minha mãe gosta de bordar estes símbolos em almofadões e paninhos. Fica muito legal! Esta sala é simpática. — O lugar não lhe provocava arrepios, como o apartamento de Selina Cross. — É meio excêntrica, mas agradável.

— Os negócios devem andar bem — para eles terem condições de comprar essas antigüidades, obras em metais nobres e objetos de arte.

— Os negócios realmente vão muito bem — disse Chas ao voltar com uma bandeja onde havia um bule de cerâmica enfeitado com motivos florais e xícaras. — Eu também tinha alguns recursos próprios antes de abrirmos a loja.

— Herança?

— Não. — Colocou a bandeja sobre uma mesinha redonda para café. — Economias e investimentos. Técnicos da área química são muito bem pagos.

— Mas você abriu mão do alto salário para trabalhar no comércio...

— Abri mão apenas — disse ele, com simplicidade. — Estava me sentindo infeliz com o trabalho que realizava. Estava infeliz com a vida.

— A terapia não ajudou?

Ele tornou a olhar para ela, embora aquilo parecesse difícil.

— Pelo menos, mal ela não fez... — respondeu. — Por favor, sentem-se. Vou responder às suas perguntas, tenente.

— Ela não pode obrigar você a passar por isso, Chas — disse Isis, surgindo na sala súbita e silenciosamente, como uma cortina de fumaça. Seu manto era cinzento, naquela manhã, com a cor de nuvens carregadas, e girava em torno de seus tornozelos enquanto ela se movia em direção a ele. — Você tem direito à sua privacidade, um direito legal.

— Não posso obrigá-lo a responder às minhas perguntas — corrigiu-a Eve. — Estou investigando casos de assassinato aqui. Ele tem, é claro, direito a um advogado.

— Não é de um advogado que ele precisa, e sim de paz. — Isis girou o corpo, com os olhos vívidos de emoção; Chas tomou suas mãos, levou-as aos lábios e em seguida passou o rosto sobre elas.

— Eu tenho paz — disse, baixinho. — Tenho você... não se preocupe tanto comigo. Vá... está quase na hora de descer para abrir a loja e eu tenho que atender a tenente.

— Deixe-me ficar.

Ele balançou a cabeça com determinação e a troca de olhares que aconteceu entre eles surpreendeu Eve. Era embaraçoso imaginar o relacionamento físico que havia entre os dois, mas o que Eve notou no olhar não foi sexo. Foi amor... e devoção.

Poderia ser uma cena cômica a forma com que Isis teve de inclinar o corpo de deusa para baixo, a fim de encontrar os lábios dele. Em vez disso, porém, foi algo comovente.

— Basta chamar — disse-lhe ela. — Basta desejar que eu apareça e eu virei.

— Eu sei. — Deu-lhe um rápido aperto na mão, que demonstrou intimidade e cumplicidade, antes de mandá-la embora. Isis lançou para Eve um último olhar de fúria mal controlada e se retirou.

— Dificilmente eu teria sobrevivido se não fosse por ela — comentou Chas, olhando para a porta pela qual Isis saíra. — A senhora é uma mulher forte, tenente. Seria difícil compreender esse tipo de carência, esse tipo de dependência.

Há algum tempo, ela teria concordado com ele. Agora, já não estava tão certa.

— Gostaria de gravar a nossa conversa.

— Sim, é claro. — Ele se sentou e, enquanto Peabody preparava o gravador, serviu o chá de forma quase mecânica. Ouviu sem levantar os olhos o texto tradicional que Eve recitava, falando das normas judiciais.

— Compreendeu bem quais são os seus direitos e obrigações?

— Sim. Deseja usar algum adoçante?

Eve olhou para o chá, demonstrando um pouco de impaciência. O cheiro era muito parecido com o que Mira insistira em servir em sua sala.

— Não — respondeu, seca.

— Acrescentei um pouco de mel ao seu, policial. — Lançou um sorriso doce para Peabody. — Coloquei também um pouquinho de... uma substância especial. Acho que a senhorita vai achar a bebida um pouco calmante.

— O cheiro está muito bom! — Com cautela, Peabody tomou um golinho e, reconhecendo o sabor, sorriu de volta, dizendo: — Obrigada.

— Qual foi a última vez em que esteve com o seu pai?

Pego de surpresa pela pergunta abrupta de Eve, Chas olhou para cima na mesma hora. A mão que segurava sua xícara estremeceu uma vez, com força.

— Foi no dia em que ele ouviu a sentença ser anunciada. Fui à sessão do júri e o observei com atenção quando era levado para a prisão. Eles o mantiveram o tempo todo com as mãos e os pés algemados, e, ao sair dali, fecharam e trancaram a porta de sua vida aqui fora.

— Como você se sentiu diante disso?

— Envergonhado. Aliviado. Desesperadamente infeliz. Ou talvez apenas desesperado. Ele era meu pai... — Nesse momento, Chas tomou um grande gole de chá com a mesma determinação que alguns homens usariam para beber uísque. — Eu o odiava de todo o coração e com toda a minha alma.

— Pelo fato de ele ter assassinado aquelas pessoas?

— Não. Pelo fato de ele ser meu pai. Magoei muito a minha mãe por ter feito tanta questão de acompanhar o julgamento de perto. Ela, porém, estava muito abalada emocionalmente para me impedir de fazer o que quisesse. Ela jamais conseguira impedi-lo, também, embora, depois de muito tempo, o tivesse abandonado. Um belo dia, ela me pegou pelo braço e me carregou com ela, deixando-o para trás. Isso foi, creio, uma grande surpresa para todos nós.

Ele olhou para sua xícara, como se estivesse analisando o padrão dos pedaços de folha que repousavam no fundo.

— Eu a odiava também — continuou ele. — Isso aconteceu por muito, muito tempo. O ódio tem o poder de definir uma pessoa, não é verdade, tenente? Pode transformá-la em algo horrível.

— Foi o que aconteceu com você?

— Quase. O nosso não era um lar feliz. Ninguém imaginaria que pudesse ser, pois era um lugar dominado por um homem como meu pai. Eu temia que pudesse me tornar uma pessoa como ele. — A voz sensual de Chas permaneceu calma, mas seus olhos pareciam um redemoinho de emoções.

Os olhos eram o detalhe principal, aquilo que um bom policial devia avaliar em uma entrevista ou interrogatório, lembrou Eve. As palavras em si representavam relativamente pouco.

— E você se tornou uma pessoa como ele? — perguntou ela, bem direta.

— "O sangue fala mais alto". Esta frase é de Shakespeare? — Balançou um pouco a cabeça. — Não tenho certeza. Mas não é com essa idéia que os filhos convivem? O medo de que, não importa o que os pais façam, o sangue acabe falando mais alto?

Eve convivera com aquela idéia e a temia, mas não podia se permitir ser abalada por isso.

— Foi grande a influência que ele exerceu em sua vida? — perguntou ela.

— Não poderia ter sido maior. A senhora é uma investigadora eficiente, tenente. Tenho certeza de que analisou todos os registros dele até hoje. Deve ter rodado os discos e assistido aos vídeos. Deve ter encontrado um homem carismático e de uma forma terrível. Um homem que se considerava acima da lei, toda e qualquer lei. Este tipo de arrogância feita de aço é, por si só, irresistível.

— O Mal pode ser irresistível para algumas pessoas.

— Sim, é verdade. — Seus lábios se curvaram em um sorriso amargo. — A senhora deve saber disso, pelo que vê em sua área de atuação. Ele não era um homem contra o qual alguém possa... lutar, tanto em nível físico quanto emocional. Ele era forte, muito forte.

Chas fechou os olhos por um momento, revivendo o que ele lutava constantemente para deixar adormecido.

— Sempre tive medo de que pudesse ser como ele, e considerei até mesmo devolver o mais precioso presente que recebi... a vida.

— Você tentou se autodestruir?

— Não cheguei a tentar suicídio, mas o planejei. A primeira vez, tinha apenas dez anos. — Tomou mais um pouco de chá, determinado a se acalmar. — Consegue imaginar uma criança de dez anos considerando a possibilidade de se matar?

Sim, ela conseguia, bem demais até. Era ainda mais nova na primeira vez em que pensara nisso.

— Ele abusava de você?

— Abuso é um termo muito fraco, não acha? Ele me espancava. Jamais parecia estar enraivecido ao fazê-lo. Simplesmente me agredia em momentos totalmente inesperados, quebrando um osso do meu braço ou me aplicando um soco no rosto com a calma quase distraída que outra pessoa exibe ao atingir uma mosca com a mão, para afastá-la.

Os punhos de Chas estavam fechados sobre os joelhos. De forma deliberada, abriu as mãos e analisou os dedos que se afastavam.

— Ele atacava como um tubarão, de forma rápida, inesperada e em completo silêncio. Jamais havia avisos nem critérios. Minha vida e minha dor eram totalmente dependentes do seu capricho.

Cumpri pena no inferno, tenente — disse ele com a voz suave, quase em tom de oração.

— Ninguém o ajudou? — perguntou Eve. — Ninguém tentou intervir?

— Nós nunca ficávamos durante muito tempo no mesmo lugar, e éramos proibidos de formar laços de amizade ou nos ligarmos a alguém de algum modo. Ele explicava que era necessário estarmos sempre mudando de lugar, para que ele pudesse espalhar suas mensagens. E assim, quebrava um osso meu, levantava o punho contra mim, e em seguida me levava pessoalmente a um centro de tratamento... como um pai preocupado e responsável.

— Você não contava o que acontecia a ninguém?

— Ele era o meu pai, e aquela era a minha vida. — Chas levantou as mãos e tornou a largá-las no colo. — A quem deveria contar?

Ela também não contara para ninguém, pensou Eve. Nem havia ninguém a quem pudesse ter contado.

— Durante um certo tempo, acreditei quando ele dizia que aquilo era justo... — os olhos de Chas pestanejaram — ... e certamente acreditava quando ele me dizia que haveria dores e punições ainda maiores se eu contasse alguma coisa a alguém. Tinha treze anos quando ele me sodomizou pela primeira vez. Era um ritual, disse-me ele, quando amarrou minhas mãos e chorei. Um rito de passagem. Sexo era vida, portanto, era necessário suportá-lo. E ele me levaria por esta jornada, como era seu direito e dever.

Serviu-se de mais chá, e então colocou o bule de lado, com todo o cuidado.

— Não sei dizer se foi estupro. Eu não me debati. Não implorei para que ele parasse. Simplesmente chorei sem lamentos e me submeti.

— Foi estupro — disse Peabody, quase em um sussurro.

— Bem... — Chas sentiu que não ia conseguir beber o chá que acabara de servir; mesmo assim, levantou a xícara e a manteve no ar. — Não contei a ninguém. Mesmo depois, anos depois, quando ele já estava atrás das grades, não contei à polícia. Não acreditava que eles conseguissem mantê-lo preso. Simplesmente não acreditava nisso. Ele era forte demais, muito poderoso, e todo o sangue que havia em suas mãos parecia apenas confirmar isso. Por estranho que pareça, foi o sexo que impeliu minha mãe a fugir e me levar com ela. Não foi a violência, nem o menininho com o braço quebrado, nem mesmo as mortes que acho que ela desconfiava de que eram obra sua. Foi a imagem dele ajoelhado em cima de mim, em seu altar, com as velas pretas acesas. Ele não a viu, mas eu vi. Vi seu rosto no instante em que ela entrou no quarto. Ela me deixou ali, deixou que ele terminasse o que estava fazendo comigo, mas naquela mesma noite, depois que ele foi para a rua, nós fugimos.

— E nem assim ela procurou a polícia?

— Não — disse ele, olhando para Eve. — Sei que a senhora acredita que se ela tivesse feito isso, muitas vidas poderiam ter sido salvas. O medo, porém, é uma emoção muito pessoal. Sobreviver era seu único objetivo. Quando ele foi preso, fui assistir ao julgamento, não faltei a um dia sequer. Estava certo de que ele ia interromper as engrenagens da justiça, de algum modo. Mesmo quando disseram que ele iria ficar encarcerado para sempre, continuei não acreditando. Deixei de usar o sobrenome dele e tentei levar uma vida normal. Procurei um emprego que me interessava, e para o qual eu tinha algum talento. E não me permiti aproximar-me de mais ninguém. Havia uma fúria presa em mim. Olhava para um rosto e na mesma hora o odiava porque parecia feliz. Ou triste. Detestava todos que não levavam uma existência cercada de sombras. E, como meu pai, não permanecia em um mesmo lugar por muito tempo. Quando me vi contemplando mais uma vez a idéia de suicídio com calma e seriedade, amedrontei-me o bastante para buscar ajuda.

Nesse momento, Chas conseguiu tornar a sorrir, continuando:

— Aquele foi, embora eu não tivesse consciência disso na ocasião, o começo de uma nova vida para mim: dar esse passo e me permitir falar sobre o indescritível. Aprendi a aceitar a minha própria inocência e a perdoar a minha mãe. A raiva, porém, continuava lá, como um nó apertado e secreto dentro de mim. Foi quando conheci Isis...

— Através de seu interesse pelas ciências ocultas — afirmou Eve.

— Bem, eu diria que foi através dos meus estudos a respeito, como parte da minha terapia. — Bebeu um pouco de chá nesse instante, já mais à vontade, e seus lábios abriram um sorriso. — Eu estava zangado e era desrespeitoso. Religiões de qualquer tipo eram uma abominação para mim, e eu detestava tudo o que Isis representava. Ela me parecia tão linda, tão cheia de luz, e eu a odiei por isso. Foi quando ela me desafiou e me convidou a assistir a uma cerimônia, apenas para observar, da mesma forma que vocês fizeram ontem à noite. Preferia pensar em mim como um cientista. Iria apenas, pensei comigo mesmo, para provar que não havia nada de real naquela crença, apenas palavras antigas repetidas por tolos. Da mesma forma que não havia nada nas crenças de meu pai, a não ser um pretexto para machucar e dominar.

"Mantive-me a distância, explicou ele, separado do grupo, com um olhar cético e secretamente enraivecido. Odiei a todos por sua simplicidade e devoção. Pois então eu já não vira o mesmo olhar arrebatado nos rostos daqueles que se reuniam para ouvir as pregações de meu pai?... Não queria ter nenhum tipo de ligação com aquilo nem com o grupo, mas me vi atraído de volta. Por três vezes retornei e assisti às cerimônias. Embora não soubesse, meu processo de cura já havia começado. Por fim, uma bela noite, no Alban Eilir, ou Rito de Eostre, que acontece no equinócio da primavera, Isis me convidou para ir até a sua casa. Quando nos vimos a sós, ela disse que me reconhecera. Entrei em pânico. Tentara durante tanto tempo enterrar o passado e tudo o que se relacionasse com ele. Ela explicou, porém, que não estava se referindo a esta vida, embora eu pudesse ver em seus olhos que ela sabia de tudo. Sabia quem eu era e de onde vinha. Disse-me que eu possuía uma grande capacidade para promover a cura, e descobriria isso assim que conseguisse curar a mim mesmo. Em seguida, ela me seduziu."

Chas deu uma risada curta e havia calor e afeto nela.

— Imagine só a minha surpresa — continuou ele — ao ver uma mulher linda como aquela me levando para a sua cama. Fui seguindo como um carneirinho, um pouco ávido e um pouco amedrontado. Ela foi a primeira mulher com quem fiz sexo, e a única com quem estive até hoje. Naquela noite do equinócio da primavera, o segredo fechado e o nó cego que haviam dentro de mim começaram a se dissolver.

"Ela me ama, e o milagre desse fato me fez acreditar em outros milagres. Transformei-me em um wiccano, abracei e fui abraçado pela Arte. Aprendi a curar a mim mesmo e aos outros. A única pessoa a quem eu fizera mal em toda a minha vida tinha sido eu mesmo. Compreendia, porém, e melhor até do que Isis, com todos os seus *insights*, o encanto da violência, do egoísmo, e a sensação de se curvar a um outro Mestre."

Eve acreditou nele, embora muita coisa do que ele contou fosse um espelho de seu próprio passado, e isso fazia com que ela não confiasse em seus instintos.

— Você despendeu um grande esforço para esconder todas as ligações que pudessem existir entre você e seu pai — afirmou ela.

— E a senhora não faria o mesmo?

— Alice sabia de tudo isso?

— Alice representava a inocência. Era a juventude encarnada. Não houve um David Baines Conroy em sua vida... até ela conhecer Selina Cross.

— E ela é uma mulher inteligente e vingativa. Se tivesse descoberto o seu segredo, poderia ter usado Alice, ou outras pessoas, para chantageá-lo. Será que os membros de sua seita confiariam em você se conhecessem a sua história?

— Bem, já que isto jamais ocorreu, não sei responder. Preferia, certamente, manter a minha privacidade.

— E na noite em que Alice foi assassinada você estava aqui, a sós com Isis...

— Sim, e também estávamos aqui, a sós, na noite em que Lobar foi morto. A senhora sabe também que eu estava por perto no momento do último assassinato, novamente em companhia de Isis. Finalmente, sim... — Sorriu de leve. — Não tenho dúvidas de que ela mentiria por mim. No entanto, embora ela consiga viver com o filho de um assassino, jamais conseguiria viver com o assassino em pessoa. Isso vai de encontro a tudo o que ela representa.

— Ela ama você.

— Sim.

— E você a ama.

— Sim. — Ele piscou uma vez e um ar de horror surgiu em seus olhos. — A senhora não pode acreditar que ela tenha alguma coisa a ver com tudo isso! Além de tudo o que lhe contei, ela amava Alice e tinha cuidados com ela, como uma mãe tem cuidados com um filho doente. Isis seria incapaz de machucar alguém.

— Sr. Forte... — disse Eve, solene — ... todos são capazes.

— Você não acha realmente que ele possa estar envolvido, acha? — perguntou Peabody no instante em que elas estavam descendo as escadas em direção à rua.

— Existe a história pregressa de aberração comportamental em sua família. Ele possui um conhecimento de perito em substâncias químicas, incluindo alucinógenos e fitoterápicos. Não tem álibi algum para as noites dos dois incidentes. Tinha ligação com Alice, uma relação tão próxima que ela bem poderia ter descoberto os segredos que ele ocultara durante anos e que, uma vez expostos, poderiam destruir sua seita.

Parou de falar, batendo com os dedos sobre a grade da escada enquanto repassava os fatos mentalmente antes de continuar:

— Ele também tinha bons motivos para odiar Selina Cross e os membros de sua seita, bem como para desejar puni-los do modo como ele não conseguiu fazer com o seu pai. Estava perto quando

Wineburg começou a desmontar, poderia ter dado a volta pelo outro lado do estacionamento com facilidade, a fim de matá-lo. Tudo isso lhe dá motivos e oportunidades, e, com o seu passado, potencial para comportamento violento.

— Mas ele construiu para si mesmo uma vida decente, depois dos pesadelos da infância — protestou Peabody. — Você não pode condená-lo pelas coisas que o pai fez.

Eve olhou fixamente para a rua e tentou lutar com seus próprios demônios, afirmando:

— Eu não o estou condenando, Peabody... estou apenas investigando todas as possibilidades. Considere isto: se Alice soube de tudo e contou a Frank, sua reação pode muito bem ter sido a de exigir que ela cortasse essa ligação. É bem provável, seguindo esta linha de especulação, que ele tenha entrado em confronto pessoal com Charles Forte, talvez até mesmo o ameaçado de contar tudo em público se ele não acabasse com a influência sobre a sua neta. Frank trabalhava no Departamento de Homicídios quando Conroy foi preso, saberia e se lembraria muito bem de todos os detalhes sórdidos.

— Sim, mas...

— Além disso, Alice se mudou para um apartamento só dela. Continuava a trabalhar em meio expediente para Isis, mas não morava mais aqui neste local. Por que razão ela se mudaria para longe daqui exatamente no momento em que começou a sentir medo?

— Não sei — admitiu Peabody.

— E nós não podemos mais perguntar isso a ela. — Eve desviou o olhar, tornou a se fixar nos degraus à frente e então praguejou ao ver o menino encostado em seu carro. — Ora, mas que inferno!... Tire essa bunda do capô do meu carro, ô... moleque! — disse ela, andando mais depressa e direto na direção de Jamie. — Este é um veículo oficial.

— Um cagalhão oficial — corrigiu ele com um sorriso rápido e maroto. — O governo coloca os tiras dentro de um monte de lixo reciclado. Uma detetive com alto prestígio como você devia receber um carro melhor para trabalhar.

— Vou comunicar ao secretário de Segurança que você não está satisfeito com o estado da minha viatura na próxima vez em que estiver na torre da Secretaria. O que faz aqui?

— Tô apenas circulando... — Seus olhos tornaram a brilhar. — Despistei a sombra que você colocou na minha cola. O cara era bom... — Jamie enfiou os polegares nos bolsos. — Só que eu sou melhor.

— E por que não está na escola?

— Não precisa ligar para a Brigada Antigazeta não, tenente, porque hoje é sábado.

— Ah, é?... — *Como é que ela podia saber que dia era?* — Bem, então, por que não está barbarizando em um dos shoppings aéreos, como qualquer delinqüente normal?

— Odeios shoppings aéreos. — Seu sorriso tornou a se abrir. — São tão ultrapassados... Vi você no Canal 75.

— Ah, então foi por isso que veio aqui? Para pegar meu autógrafo?

— Se você autografar uma ficha de crédito, posso envenenar esse seu calhambeque e fazer com que ele arrebente! — Olhou para trás, na direção da loja. — Dei uma boa olhada na bruxa através da vitrine. A loja está com um bom movimento hoje.

Eve olhou na direção para onde ele apontara e notou um grande número de clientes circulando lá dentro.

— Você já a conhecia, Jamie?

— Sim, eu a vi algumas vezes, quando seguia Alice.

— E em alguma dessas vezes notou algo de interessante?

— Não. Todo mundo está sempre coberto de roupas ali dentro. — Levantou as sobrancelhas. — Enfim, a gente aprende a esperar. Já estudei a religião Wicca. Eles gostam de andar pelados. Uma vez, vi a bruxa-chefe expulsar um cara da loja.

— É mesmo?... — Foi a vez de Eve se encostar no carro. — Por quê?

— Não saquei não... só sei que ela estava muito puta com ele. Deu para ver o bate-boca quando o tempo esquentou. Achei que ela ia bater nele de cinto, sabe qual é?... especialmente quando ele a empurrou com força.

— Ele a empurrou...

— Foi. Pensei até em entrar lá, embora ela fosse muito maior do que ele. De qualquer modo, um cara não pode ficar por aí agredindo as mulheres. Só sei que ela disse alguma coisa que o fez recuar. Foi recuando até sair de costas pela porta afora. E então vazou correndo, com uma pressa danada...

— E como era a aparência desse sujeito?

— Um cara magrinho, com cerca de um metro e sessenta, e mais ou menos sessenta quilos. Tinha só uns dois anos a mais do que eu. Cabelos pretos, compridos, com pontas vermelhas. Rosto longo, com os incisivos serrados, parecendo presas, e olhos vermelhos. Tinha uma compleição delicada. Quando se virou, vi que usava um colante de couro preto, sem camisa, e tinha algumas tatuagens, mas eu estava meio longe para poder sacar o desenho delas.

Nesse momento, o jovem lançou um sorriso ligeiramente amargo para Eve e completou:

— A descrição não lhe é familiar? A última vez em que o vi, não estava parecendo nem um pouco exuberante.

Lobar, pensou Eve, trocando olhares com Peabody. O menino lhe oferecera uma descrição consistente e quase profissional.

— Quando foi que isso aconteceu, Jamie? Em que dia você presenciou este incidente?

— Um dia... — Sua voz falhou ligeiramente e ele pigarreou para limpar a garganta. — Um dia antes de Alice morrer.

— E o que Isis fez, depois que Lobar foi embora?

— Fez uma ligação. Alguns minutos depois, o cara com quem ela vive chegou correndo. Os dois conversaram por alguns minutos, um papo muito agitado; então ela colocou a placa de "Fechada" na porta da loja e foi com ele para a sala dos fundos. Isso me deixou injuriado — acrescentou ele. — Eu devia ter seguido o cara com roupa de couro.

— Quero que você pare com essa mania de ficar na cola das pessoas, Jamie. Se elas perceberem que estão sendo seguidas, podem ficar muito irritadas.

— Gente que eu sigo não consegue me sacar não... sou muito bom nisso.

— É?... Pois eu jurava que a sua especialidade era arrombar portas, pular muros e invadir domicílios — lembrou-lhe Eve, com um tom seco, notando seu rosto ficar vermelho.

— Aquilo foi diferente. Escute, aquele outro cara que foi apunhalado estava no velório de Alice. Ele devia ter alguma ligação com ela e com esse tal de Lobar Arrepio, e eu tenho o direito de saber.

— Então você quer ser informado a respeito do andamento das minhas investigações, é isso? — perguntou ela, empertigando-se.

— É, é isso mesmo... — Jogou os olhos para cima, em sinal de impaciência, imitando o tom dela: — Por favor, tenente, informe-me a respeito do andamento de suas investigações.

— Estão em andamento! — rebateu ela, sem dar margem para resposta e sacudindo o polegar para trás. — Agora, cai fora!

— Eu tenho o direito de saber — insistiu ele. — Sou parente de duas das vítimas e tudo o mais...

— Você é neto de um tira — lembrou-lhe Eve. — Sabe muito bem que eu não vou lhe contar nada. Além disso, você é menor de idade. Não tenho obrigação nenhuma de lhe comunicar nada a respeito das investigações. Agora saia da minha cola e vá brincar em outro lugar, garoto, antes que Peabody e eu arrastemos você para uma instituição de apoio à infância, por vadiagem.

— Não sou mais criança! — Os músculos de seu maxilar pareciam pulsar. — Se você não pegar o assassino de Alice, quem vai pegá-lo sou eu!

— Não passe dos limites, Jamie! — disse-lhe Eve, baixinho, agarrando-o pela manga do casaco, antes que ele saísse correndo. Mantendo o rosto perto do dele, ela o forçou a olhar fixamente para seus olhos e disse: — Se quer justiça, você vai consegui-la. Juro por Deus que vou consegui-la para você. Porém, se quer vingança, eu coloco você atrás das grades! Pense bem nos valores que Frank defendia, lembre-se do que a sua irmã era e torne a pensar em tudo isso antes de fazer qualquer coisa. Agora, se manda daqui!

— Eu os amava! — Puxou o braço para trás com força, para se libertar de Eve, não sem antes mostrar que havia lágrimas em seus olhos. — Foda-se a sua justiça. E foda-se você!

Ela o deixou ir embora, porque, apesar da linguagem ser a de um adulto, as lágrimas eram de uma criança.

— O menino está muito ferido por dentro — murmurou Peabody.

— Eu sei. — Ela também estava se sentindo da mesma forma. — Vá atrás dele, por favor, Peabody, só para nos certificarmos de que não vai se meter em encrencas. Espere uns trinta minutos até ele se acalmar, passe um bipe para mim indicando sua localização e eu irei apanhá-la.

— Você vai conversar com Isis, agora?

— Vou. Quero descobrir o que ela e Lobar tinham tanto a dizer um ao outro. Ah, e... Peabody, vá com todo o cuidado... Jamie é um garoto muito esperto. Se ele conseguiu filmar um dos homens de Roarke, é bem capaz de sacar que você está atrás dele.

— Acho que consigo seguir um menino por alguns quarteirões sem ser notada. — Lançou um sorriso para Eve.

Sabendo que sua auxiliar ia conseguir manter Jamie longe de problemas, Eve entrou na Busca Espiritual. O ar parecia leve ali dentro, com o aroma do incenso e das dezenas de velas aromáticas que queimavam. O sol de outubro estava tão forte que cintilava em cores vibrantes através de prismas pendurados.

O olhar que Isis lhe lançou não transmitia o ar de boas-vindas exóticas que havia no resto da loja.

— Já acabou com Chas, tenente?

— Por ora, sim. Gostaria de tomar alguns minutos do seu tempo.

Isis se virou para responder à pergunta de um cliente a respeito de uma mistura de ervas que prometia melhorar a memória.

— Deixe em infusão por cinco minutos — disse-lhe Isis —, e então use um coador. Você deve beber a mistura diariamente, durante uma semana, pelo menos. Se não funcionar, torne a me procurar. — Ela se virou para Eve. — Como pode ver, tenente, este é um mau momento para conversarmos.

— Vou ser rápida. Estou apenas curiosa a respeito da visita que Lobar lhe fez aqui na loja, poucos dias antes de aparecer com a garganta cortada.

Eve manteve a voz baixa, mas deixou suas intenções bem claras. Elas iam falar sobre o assunto, a sós ou em público. O local dependia de Isis.

— Não creio que a tenha julgado de forma errônea — disse Isis, também baixinho —, mas a verdade é que você faz com que eu duvide de minha intuição. — Fez um sinal para uma jovem, que Eve reconheceu do ritual de iniciação. — Jane vai cuidar dos clientes — disse Isis, dirigindo-se para a sala nos fundos da loja —, mas não quero deixá-la sozinha por muito tempo. Ela ainda é muito nova no atendimento de balcão.

— Você substituiu Alice por ela?

— Ninguém poderia substituir Alice, tenente. — Os olhos de Isis pareceram queimar.

Eve a seguiu, entrando em um lugar que parecia uma mistura de escritório e depósito de mercadorias. Sobre as prateleiras de plástico reforçado, estavam gárgulas, velas, latinhas lacradas com ervas secas, garrafas claras tampadas com rolhas e cheias de líquidos em várias tonalidades.

Na pequena escrivaninha, havia uma aparelhagem muito moderna que consistia em um computador de última geração acompanhado por um avançado sistema de comunicações.

— Equipamento sofisticado, hein?... — comentou Eve. — Topo de linha!

— Nós não evitamos a tecnologia, tenente. Estamos sempre nos adaptando e utilizando o que existe de mais moderno à nossa disposição. Sempre foi assim. — Gesticulou na direção de uma cadeira de madeira com espaldar entalhado e escolheu para si mesma uma outra, com braços em forma de asas. — Você disse que ia ser rápida. Antes, porém, preciso saber se pretende deixar Chas em paz.

— Minha prioridade é resolver um caso de homicídios, e não resguardar a paz de espírito de um dos suspeitos.

— Como pode suspeitar dele? — Suas mãos agarraram os braços da cadeira com força, enquanto ela se inclinava para a frente. — Você, de todas as pessoas, é a que sabe melhor das coisas que ele teve que superar.

— Em casos como este, em que o passado dele é um fator relevante...

— E o seu passado também é relevante, tenente? — quis saber Isis. — O fato de você ter sobrevivido a um terrível pesadelo conta a seu favor ou é um fator contrário?

— Meu passado é um assunto pessoal — disse Eve, mantendo a voz firme. — Você não sabe de nada a respeito dele.

— As coisas que chegam a mim chegam em imagens avulsas e impressões. Em alguns casos, as imagens aparecem com mais nitidez do que em outros. Sei que você sofreu muito, e sei também que era inocente. Como Chas... Sei ainda que carrega cicatrizes e alimenta dúvidas. Como Chas... Da mesma forma, sei o quanto você lutou para alcançar um pouco de paz. Vejo também um quarto...

Sua voz mudou, tornando-se mais profunda, assim como seus olhos.

— Vejo um quarto pequeno e frio, banhado por uma luz vermelha embaçada. Vejo uma criança espancada, sangrando, toda encolhida em um canto do aposento. A dor é insuportável, além do que é possível descrever. E vejo um homem. Ele está coberto de sangue. Seu rosto está...

— Pare! — O coração de Eve estava disparado, e ela se sentia sufocada. Por um momento, se vira de volta naquele lugar, dentro do corpo daquela criança que se arrastava pelo chão, choramingando como um animalzinho, até chegar ao canto, com as mãos cobertas de sangue. — Mas que droga!

— Sinto muito. — Isis levantou a mão e a apertou junto do peito para apaziguar o coração que batia descompassado. — Sinto muitíssimo. Não costumo agir desse modo. Deixei a raiva me dominar. — Fechou os olhos com força. — Não sei como me desculpar.

Capítulo Dezessete

Eve se levantou da cadeira de um salto. Não havia espaço para caminhar de um lado para outro, nem para descarregar os resíduos indesejáveis da memória.

— Estou plenamente ciente — começou Eve, com a voz fria — de que você possui o que é chamado pela ciência de Percepção Extra-Sensorial. A PES ainda está sendo estudada. Tenho relatórios a respeito disso sobre a minha mesa, neste exato momento. Portanto, reconheço que você possui um talento especial, Isis. Meus parabéns! Agora, tenha a bondade de permanecer fora da minha mente!

— É claro... — Uma sensação de pena surgiu em seus olhos sob a forma de lágrimas e ela não conseguiu segurá-las. Vira mais do que esperava ou pretendia. — Tudo o que posso fazer é me desculpar mais uma vez. Uma parte de mim desejava magoá-la, e eu não consegui controlar isso.

— Deve ser algo difícil de controlar, quando a pessoa está com raiva. Quando se sente ameaçada. Quando descobre uma fraqueza e sabe que pode explorá-la.

Isis respirou uma vez, profundamente. Seu organismo ainda estava abalado, em desequilíbrio, não apenas pelo que vira, mas pelo que fizera.

— Eu não sou assim — repetiu. — Isso vai contra os fundamentos da minha fé. Não devo causar mal algum a ninguém. — Levantou as mãos, passando as pontas dos dedos sob os olhos, a fim de secá-los. — Vou responder a todas as suas perguntas. Você quer saber a respeito de Lobar.

— Alguém a viu discutindo com ele na loja, um dia antes de Alice morrer.

— Discutindo?... — Ela conseguiu se recompor e usou a dignidade como um manto em volta de si. — Sim, ele esteve aqui, e trocamos algumas palavras.

— A respeito de...?

— Alice, especificamente. Ele era um rapaz muito mal orientado, e imaginava ter uma importância que não possuía realmente. Ele se autovalorizava e se julgava poderoso. Não era...

— Alice não estava aqui nesse dia, não estava trabalhando na loja?

— Não. Eu tinha a esperança de que ela estivesse passando algum tempo com a família, juntando-se aos entes queridos depois da morte do avô. Este foi o principal motivo de eu a ter incentivado a se mudar daqui e ir para um lugar só dela. Cheguei a lhe pedir para que não viesse na loja por alguns dias. Lobar esperava encontrá-la aqui. Não acredito que tenha sido enviado, acho que veio por conta própria... talvez para provar algo a si mesmo.

— E vocês brigaram.

— Sim. Ele me disse que eu não conseguiria escondê-la e que Alice jamais escaparia. Afirmou que ela quebrara as regras, as leis que Selina Cross e seus seguidores respeitavam. Disse também que a punição dela seria a tortura, a dor e a morte.

— Ele a ameaçou de morte e você não me contou nada! Estive aqui antes e lhe perguntei sobre isso.

— Não, eu não lhe contei nada. Considerei aquela explosão apenas como um choque de personalidades, um teste... a força dele contra a minha. Ele era apenas um joguete, e não era necessário percepção extra-sensorial para perceber isso. Tudo o que desejava era me aborrecer, para provar sua superioridade. Sua forma de fazer isso foi me descrever, com detalhes, o que fizera com Alice, sexualmente. — Tornou a respirar fundo. — Disse-me também que eu havia sido prometida a ele. Afirmou que quando eu fosse subjugada e tivesse meus poderes destruídos, ele seria o primeiro a colocar as mãos em mim. Descreveu o que pretendia fazer comigo e o quanto eu apreciaria. Chegou a me convidar a experimentar alguns de seus talentos sexuais ali mesmo, naquele momento, para que eu pudesse descobrir como ele era muito mais viril do que Chas. Eu ri na cara dele.

— Ele a atacou?

— Empurrou-me. Estava muito zangado. Eu deliberadamente o levara àquele ponto de fúria, e então usei um encanto, um antigo feitiço — explicou ela, balançando a mão de forma casual. — Utilizei o que você poderia chamar de espelho, ou feitiço-bumerangue, de forma que tudo o que ele estava enviando para mim: toda a escuridão, o ódio e a violência, voltasse para ele e, ao refletir, se ampliasse. — Sorriu de leve. — Ele saiu bem depressa, e parecia muito assustado. Não voltou mais.

— E você, ficou assustada?

— Em nível físico, sim.

— E mandou chamar o sr. Charles...

— Ele é meu companheiro — afirmou Isis, elevando o queixo. — Não guardo segredos e dependo dele.

— Ele deve ter ficado muito zangado.

— Não... — Com os olhos firmes, balançou a cabeça. — Preocupado ele realmente ficou. Marcou um círculo, executou um ritual de proteção e purificação. Ficamos satisfeitos. Eu devia ter visto... — continuou ela, com um ar de arrependimento tomando-lhe a voz — ... devia ter imaginado que Alice era o objetivo deles. O orgulho me fez acreditar que eles se virariam contra mim e que não ousariam tocar nela enquanto a menina estivesse sob a minha proteção. Talvez não tenha sido tão honesta com você como deveria ter sido, Dallas. Se meu orgulho não tivesse me cegado, sei que talvez Alice ainda estivesse viva.

A culpa estava estampada ali, decidiu Eve enquanto seguia de carro para pegar Peabody. E a culpa podia levar à represália. Frank e Alice haviam sido mortos por métodos diferentes dos utilizados para eliminar Lobar e Wineburg. As mortes tinham ligação umas com as outras, disso ela estava certa, mas essa conexão não significava que os crimes haviam sido todos cometidos pelas mesmas mãos.

Ela queria ir até a Central de Polícia, a fim de rodar o programa de avaliação de probabilidades. Havia dados suficientes para isso agora. E se tivesse o apoio dos números, poderia ir até Whitney e requisitar uma força-tarefa para ficar de tocaia vinte e quatro horas por dia, vigiando os dois grupos de suspeitos.

As restrições orçamentárias que se danassem!, pensou Eve, enquanto avançava lentamente pelo tráfego pesado. Ela precisava de uma probabilidade alta para justificar as quantidades adicionais de tempo, dinheiro e mão-de-obra. Peabody e Feeney não eram suficientes para vigiar todos os envolvidos o dia inteiro e a noite também.

Vigiar todos, inclusive Jamie, lembrou. O garoto andava atrás de encrencas, e Eve sabia que ele era esperto o bastante para consegui-las.

Peabody entrou no carro assim que Eve parou junto ao meio-fio na Sétima Avenida, quase na esquina da rua 47. Do outro lado da calçada, o barulho escandaloso e computadorizado de armas de guerra saía pela porta de uma loja de jogos com realidade virtual. O barulho do estabelecimento estava quase ultrapassando os limites da lei de repressão à poluição sonora, mas Eve imaginava que os proprietários estavam dispostos a correr o risco de receber uma ou duas multas, a fim de atrair os turistas, os entediados e os desocupados.

— Ele está lá dentro?

— Está, senhora. — Peabody olhou esperançosa para o vapor que vinha de uma carrocinha de lanches. Dava para sentir o cheiro de hambúrgueres de soja recém-preparados e batatas fritas. Já estava quase na hora do almoço, seu estômago estava roncando e seu coração se apertou ao lembrar que ia ter de encarar a gororoba servida na lanchonete da central. — Você se incomoda se eu pegar alguma coisa para comer na carrocinha?

— Você não devia comer algo mais saudável, para acabar com o seu resfriado? — Eve lançou um olhar impaciente para o lado de fora, pela janela.

— Eu não consigo fazer isso mesmo. — Respirou fundo, testando o nariz. — De qualquer modo, me sinto ótima. Aquele chazinho funcionou...

— Sei, sei... vá lá então, mas volte logo e coma o sanduíche pelo caminho.

— Você não quer aproveitar para comer alguma coisa? — perguntou Peabody, olhando por cima do ombro ao sair do carro.

— Não, pegue logo esse troço e vamos à luta.

Drogas, sexo, Satã e poder, refletiu Eve. *Uma guerra religiosa? Afinal, os homens não lutaram e morreram por suas crenças desde o início dos tempos? Animais brigavam para defender seu território; pessoas lutavam pelo território também. E por ganhos, por paixões, por crenças... pelo prazer de brigar.*

E matavam, pensou, *exatamente pelas mesmas razões.*

— Peguei tudo em dobro — anunciou Peabody, enquanto colocava a caixinha de papelão fino cheia de comida sobre o banco, entre as duas —, só para garantir. Se você não quiser, acho que agüento comer tudo sozinha. É a primeira vez que sinto fome em dois dias.

Deu uma mordida com vontade no hambúrguer incrementado, enquanto Eve esperava uma brecha no fluxo de carros para sair de junto da calçada.

— O garoto me obrigou a dar a maior volta — comentou Peabody. — Andou por mais de dez quarteirões, pau da vida, resolveu pegar um bonde elétrico indo para o norte, e, quando saltou, rumou para o lado oeste. E tem um apetite de leão! Parou em uma carrocinha como esta, na Sexta Avenida, e devorou dois cachorros-quentes de carne de porco, e era carne de verdade, além de uma megaporção de batatas fritas. No quarteirão seguinte, parou para beber um refrigerante de laranja de uma marca que, por acaso, também é a minha favorita. E antes de entrar na loja de jogos em realidade virtual, parou em um vendedor ambulante e comprou três barras de chocolate.

— O menino está em idade de crescimento — comentou Eve, de repente dando partida no carro, para aproveitar uma brecha no fluxo. Buzinas soaram em sinal de protesto. — Enquanto ele continuar nessa, comendo porcarias pela rua e jogando videogames, vai conseguir se manter longe de problemas.

Dentro da loja, em meio ao barulho e aos assobios agudos do salão de jogos, Jamie fez uma cara de deboche diante da tela. Ouvia todo o diálogo que era travado naquele momento, dentro do carro de Eve, graças ao fone sem fio que usava no ouvido e ao gravador-localizador portátil que instalara no veículo.

Sim, correr aquele risco valera a pena, decidiu, manejando os controles do jogo virtual, enquanto sua mente divagava. Claro que fazer aquilo não representara um desafio tão grande assim. O carro da polícia era não apenas um calhambeque antiquado, como também tinha um sistema de segurança ridículo, especialmente diante de um gênio da eletrônica como ele.

Dallas não lhe contaria nada do que estava rolando mesmo, pensou com ar sombrio, enquanto destruía a imagem holográfica de um grandalhão de gangue que o atacava naquele momento. Ele ia rastrear as coisas ao seu modo, e lidar com elas do seu jeito também.

Quem quer que tivesse assassinado a sua irmã, era melhor se preparar para morrer também.

Eve rodou o programa de cálculo de probabilidades e obteve resultados dúbios. O computador concordou e apresentou noventa e seis por cento de chance de os quatro casos estarem interligados. O número baixou em dez pontos percentuais quando o sistema respondeu à possibilidade de eles terem sido cometidos por pessoas diferentes.

Charles Forte conseguiu uma porcentagem alta no índice que ajudava a identificar o autor dos crimes, da mesma forma que Selina Cross. Quanto a Alban, Eve continuava a bater de frente com a barreira da insuficiência de dados.

Frustrada, conectou-se com Feeney.

— Escute — disse ela assim que o viu —, estou com alguns dados que quero passar para você e preciso de um fator de probabilidade. Você pode me ajudar com os números?

— Você quer que eles aumentem ou diminuam? — perguntou ele, levantando as sobrancelhas.

— Quero que aumentem — riu ela, balançando a cabeça —, mas quero que seja algo plausível. Talvez eu esteja deixando de perceber alguma coisa importante.

— Pode mandar que eu dou uma olhada.

— Obrigada. E tem mais uma coisinha... é que eu entro em um beco sem saída toda vez que tento acessar os dados desse tal de Alban. O cara tem trinta e tantos anos!... Tem que haver mais registros a respeito dele por aí... não consegui descobrir o seu grau de instrução, dados familiares nem histórico médico. Não há ficha criminal, nem mesmo uma simples multa por estacionamento em local proibido. Meu palpite é que ele conseguiu apagar todos os registros do sistema.

— É preciso muito talento e um bocado de grana para apagar tudo desse jeito. Alguma coisa sempre aparece em algum lugar.

Eve pensou em Roarke e nos pouquíssimos dados que havia a seu respeito nos arquivos. A verdade é que ele tinha muito talento, lembrou a si mesma. E um monte de grana.

— Bem, Feeney, é que eu andei pensando que se existe alguém que seja capaz de encontrar alguma coisa...

— Isso, pode continuar a encher a minha bola, garota — disse e piscou um olho para ela. — Eu lhe dou retorno assim que conseguir algo.

— Obrigada, Feeney.

— Aquele na tela era o Feeney? — Mavis surgiu na sala aos pulos, literalmente, usando tênis novos, com os solados sustentados por uma camada interna de ar, saltos altos e um tom amarelo néon. — Droga, você desligou? Eu queria falar com ele.

Eve passou a língua sobre os dentes da frente, analisando a amiga, que estava arrumada no clássico estilo *Mavis*. Seus cabelos exibiam a mesma cor dos tênis, e o tom era de deixar qualquer um cego. As pontas encaracoladas desciam em massas espiraladas que pareciam explodir para cima e para baixo. Suas calças eram feitas de tecido sintético brilhante, que moldava seu corpo por inteiro. O cós ficava muito abaixo do umbigo, local onde se via uma pedra brilhante. A blusa, se é que se poderia chamá-la por esse nome, era constituída apenas por dois pedaços do mesmo tecido das calças, que mal lhe cobriam os seios.

Por cima de tudo, usava um manto transparente.

— Alguém tentou prender você na entrada do prédio?

— Não, mas acho que o sargento do balcão da recepção teve um orgasmo quando me viu — disse Mavis, piscando com força os olhos com cílios longos cor de esmeralda e jogando-se sobre uma cadeira. — Grande roupa essa minha, não acha? Acabou de sair da tela de desenho de Leonardo. E aí, você já está pronta?

— Pronta? Para quê?

— Temos hora no salão. Trina conseguiu encaixar você. Deixei um recado no seu *tele-link*. Dois recados, aliás... — Estreitou os olhos para Eve. — Não me diga que não recebeu os recados, porque eu sei que recebeu. Deve ter apagado as mensagens.

E apagara mesmo, lembrou Eve. Apagara e as ignorara por completo.

— Mavis, não estou com tempo para brincar de ir ao cabeleireiro.

— Você ainda não saiu para almoçar. Perguntei ao sargento no balcão da recepção — disse Mavis, toda convencida. — Foi pouco antes de seu orgasmo... Vamos lá... Você pode comer enquanto Trina dá um jeito no seu cabelo.

— Eu não quero que ninguém mexa no meu cabelo.

— Não estaria tão medonho se você não tivesse tesourado tudo por conta própria. — Mavis se levantou e pegou o casaco de Eve. — É melhor vir bem pianinho ou vou empentelhar sua vida até você desistir. Desligue-se da tomada durante o intervalo de almoço e tire uma hora para você. Pode estar de volta quando for uma e meia da tarde, linda e pronta para tornar a nossa cidade mais segura.

Como era mais fácil aceitar do que argumentar, Eve pegou o casaco e o vestiu.

— Vou só dar uma aparada no cabelo, hein... não vou deixá-la espalhar aquela coisa gosmenta na minha cara nunca mais.*

— Ai, relaxe, Dallas! — exclamou Mavis, puxando-a para fora da sala. — Curta um pouco a sua porção mulher.

Eve fechou os seus arquivos, anotou a hora, olhou para a bunda rebolativa de Mavis, coberta pelo colante emborrachado, e comentou:

— Acho que curtir ser mulher tem significados diferentes para nós duas.

Talvez fossem os vapores — o cheiro das poções, loções, óleos, tinturas e laquês tão típicos dos salões de beleza —, mas a verdade é que Eve sentiu a inspiração chegar assim que recostou a cabeça no apoio da cadeira especial.

Não estava bem certa de como elas haviam conseguido tirar suas roupas e submetê-la à indignação de ter seu corpo massageado, o rosto espetado e cutucado. Ela só conseguiu colocar o pé para baixo — agora descalço e já com as unhas pintadas — no instante em

---

* Ver *Eternidade Mortal.*

que a conversa desviou para tatuagens temporárias e piercings corporais.

Tirando o controle que ainda exercia sobre o pé, Eve se sentiu como uma refém, cheia de gosma no corpo e com os cabelos cobertos pelo creme parecido com esperma que Trina espalhara generosamente, entre um palavrão e outro. Secretamente, estava profundamente aterrorizada pelas tesouras de Trina, que estalavam junto de seus ouvidos, e pela pasta pegajosa, meio verde. Foi por isso que manteve os olhos fechados durante todo o processo, para não se imaginar levantando-se da cadeira e se vendo no espelho como um clone de Trina, com os cabelos frisados pintados de fúcsia e os peitos empinados, parecendo dois torpedos.

— Você demorou muito a voltar, Dallas — ralhou Trina. — Eu lhe disse que você precisa de tratamento regular. Já tem o básico, um equipamento muito bom, mas se não fizer nada para turbiná-lo, ele acaba perdendo o pique. Se viesse aqui com mais regularidade, não levaríamos tanto tempo para trazê-la de volta assim, maravilhosa...

Ela não queria parecer maravilhosa, pensou Eve. Queria era ficar em paz. Tentou evitar um tremor ao sentir algo zumbindo em volta dos olhos. Trina estava lhe aparando as sobrancelhas, imaginou Eve, lutando para manter a calma. A esteticista não estava tatuando uma carinha risonha em sua testa, era o que esperava.

— Preciso voltar ao serviço. Tenho um monte de trabalho.

— Não me apresse! Fazer mágica leva tempo.

Mágica, pensou Eve, girando os olhos, o que fez com que Trina fizesse um ruído áspero com os lábios. *Todo mundo vivia obcecado com mágica, era o que parecia.*

Franziu os olhos, ouvindo Mavis tagarelar a respeito de um creme polidor corporal que produzia um brilho dourado ao ser passado sobre a pele.

— O produto é mais que demais, Trina! Qualquer dia desses vou passar no corpo inteiro. Leonardo vai querer lamber tudo...

— Você pode comprar do tipo comestível, sabia? Há seis sabores no mercado agora. Damasco é o mais popular.

Poções e loções, pensou Eve. *Fumaça e espelhos. Liturgias e rituais.* Abriu os olhos de leve, para ver por entre os cílios, e notou que Trina e Mavis estavam entretidas com um frasco de líquido dourado. *Mavis com seu cabelo néon*, pensou, sentindo uma estranha sensação de afeto, *e Trina com seu fúcsia frisado.*

Estranhas irmãs.

Estranhas irmãs, tornou a pensar, e se sentou. Trina bufou novamente, ordenando:

— Volte a se recostar, Dallas. Ainda faltam dois minutos.

— Mavis, você me disse que já trabalhou em uma arapuca, fazendo trapaças psíquicas.

— E foi mesmo... — Mavis fez trepidar as unhas recém-pintadas de amarelo néon. — Madame Electra vê tudo, sabe tudo... Ou Ariel, o espírito com olhos tristes. — Deixou tombar a cabeça, conseguindo parecer delicada e abandonada ao mesmo tempo. — Acho que tenho umas seis armações com variações sobre o mesmo tema.

— Você acha que conseguiria sacar se visse alguém usando uma dessas variações?

— Qual é, está brincando? Dá para perceber a três quarteirões de distância e de óculos escuros.

— Você devia ser boa naquilo... — lembrou Eve. — Nunca vi você fazendo esses tipos, mas é muito boa nos outros papéis que encarna.

— Mas foi você mesma que acabou com a minha festa de fingir ser médium.

— É que eu era melhor do que você nisso... — Eve lançou-lhe um sorriso e sentiu a gosma escorrer pelo rosto. — Escute só... tem um lugar que você poderia averiguar para mim — começou a propor, quando Trina chegou cheia de autoridade e a empurrou de volta para a posição horizontal. — Vocês duas, aliás... — acrescentou, olhando para Trina.

— Qual é?... Algum lance de ação policial?

— Talvez.

— Beleza!... — reagiu Trina, e empurrou a cabeça de Eve em direção à bacia para enxaguar os cabelos.

— Vocês podiam ir até lá para descobrir certas coisas. — Eve apertou bem os olhos enquanto a água escorria. — Tentem ver se conseguem fazer a balconista, que se chama Jane, falar. Depois me dêem todo o serviço. Esse pessoal não abre o jogo com policiais.

— Alguém abre? — quis saber Trina.

— Quero impressões sobre o local — continuou Eve. — Podem dizer que estão interessadas em ervas, expansão da mente, poções de amor, estimulantes sexuais e calmantes.

— Substâncias ilegais? — Mavis percebeu logo. — Você acha que eles podem ser traficantes?

— É uma possibilidade que preciso confirmar ou eliminar. Acho que vocês poderiam descobrir isso mais depressa do que algum policial disfarçado. E você conseguiria sacar alguma armação também, Mavis... saber se eles estão enrolando os clientes e fazendo teatro para arrancar dinheiro deles. A grana está saindo de algum lugar.

— Vamos detonar, Mavis! — Sorriu Trina. — Eu e você, já pensou? Uma dupla de detetives, tipo assim Sherlock e dr. Jekyll.

— Legal, só que eu acho que o companheiro dele era o dr. Holmes.

Eve tornou a fechar os olhos.

Isso só pode ser efeito dos vapores, decidiu.

Ao chegar em casa, Mavis e Trina estavam na sala, divertindo Roarke ao contar suas façanhas. Eve pegou o gato no colo e seguiu o barulho das gargalhadas.

— Eu trouxe uma loção para passar no corpo — comentava Trina. — Ela faz surgir o animal que existe em cada homem. Tipo feromônios... — Passou o braço comprido por baixo do nariz de Roarke. — Em que animal isso transformaria você?

— Se eu não fosse casado com uma mulher que anda armada, poderia... — e parou de falar na mesma hora, sorrindo. — Oi, querida!

— Pode terminar a frase — disse-lhe Eve, atirando Galahad em seu colo.

— É melhor esperar até você estar desarmada.

— Dallas, foi tudo muito legal, mais que demais! — Mavis se levantou com um pulo, balançando o cálice de vinho até o líquido cor de palha respingar pelas bordas. — Mal posso esperar para chegar em casa e contar tudo a Leonardo. O problema é que Trina e eu queríamos comer alguma coisa antes, entende, então viemos direto para cá, para apresentar nosso relatório. Você precisa ver o monte de troços que a gente comprou.

E mergulhou a mão em uma das várias sacolas de compras que estampavam o logotipo da Busca Espiritual. Eve resistiu à vontade de berrar e segurou o braço de Mavis, pedindo:

— Fale agora e mostre depois. Não sei onde eu estava com a cabeça para mandar duas malucas como vocês até lá... Quer saber? — perguntou ela, virando-se para Roarke. — Esse é o resultado daqueles vapores e cheiros do salão de beleza. É isso o que faz com que pessoas normais se sentem ali e se deixem ser raspadas, pintadas e depois ainda saiam pela rua com um piercing pendurado em algum lugar.

Os olhos dele se turvaram por um segundo.

— Colocaram um piercing em você? Em que lugar, exatamente?

— Ah, ela não quis colocar no mamilo — reclamou Trina, abanando a mão. — Disse que ia me atingir com a arma de atordoar se eu chegasse perto dela com o aparelho.

— Boa menina — murmurou Roarke. — Sinto-me orgulhoso pela sua firmeza e controle.

Como sua cabeça estava começando a latejar, Eve se serviu de um cálice de vinho e perguntou:

— Vocês duas fizeram mais alguma coisa lá, além de gastar um monte de fichas de crédito?

— Fizemos leitura de aura — contou-lhe Mavis. — Um barato! Eu tenho uma alma aventureira e meu narcisismo é equilibrado por um coração generoso.

Eve não conseguiu evitar e caiu na risada, afirmando:

— Não é preciso ter poderes paranormais para descobrir isso, Mavis, basta ter olhos. Vocês foram até lá vestidas exatamente desse jeito, não foram?

— Claro. — Mavis balançou o tênis amarelo néon. — Jane, a balconista, foi muito atenciosa, e parecia conhecer tudo sobre ervas. Nós achamos que ela estava sendo honesta, não foi, Trina?

— Sim, totalmente honesta — concordou Trina, com olhos sérios. — Meio desenxabida a moça... poderia dar um jeito nela em duas sessões. Um realce aqui e ali... um pouco de escultura de corpo. Agora a outra, a deusa... nossa, naquela é difícil de se conseguir melhorar alguma coisa!

— Isis. — Eve se sentou. — Então ela estava lá...

— Surgiu de uma sala nos fundos da loja, quando estávamos escolhendo as ervas — disse Mavis. — Eu estava dizendo o quanto gostaria de algo para melhorar minha performance no palco e aumentar um pouco o meu nível de energia. É que quando você está aprontando algum golpe, atua melhor se acreditar no esquema. Quando a gente consegue transmitir que a coisa é pra valer, fica mais que demais!

— Pois eu estava em busca de produtos sexuais — sorriu Trina, balançando o corpo sinuoso. — Coisas para atrair os homens e melhorar o desempenho sexual. Contei a ela o quanto o meu trabalho era estressante, e como vivo tensa e ansiosa. Remédios vendidos sem receita já não adiantam nada para mim. Então, disse que estava em busca de alguma coisa mais potente, e não me importava com o preço.

— Eles tinham um monte de misturas — disse Mavis, dando continuidade à história. — Não vi nada de estranho lá, na verdade, ela até chegou a dizer que drogas não eram a resposta para nada disso, e que precisávamos seguir os caminhos naturais, tipo... holísticos.

— Sim, holísticos, foi o termo que ela usou — concordou Trina. — Nós bem que forçamos a barra, acenamos para ela com grana e fichas de crédito, mas ela não comprou o nosso peixe, ou, melhor dizendo, não vendeu o peixe dela.

— Então a Rainha das Amazonas retirou-se para os fundos da loja — continuou Mavis, assumindo a história — e voltou com um mix. — Com os cabelos esvoaçando, Mavis enfiou a mão no fundo de uma das sacolas e atirou um pacote pequeno cheio de substâncias claras e sementes para Eve. — Ela me disse que isso era apenas uma amostra, que eu podia experimentar e ela não ia cobrar nada. Tudo o que quer é saber se funcionou para mim. Pode testar, mas acho que esse negócio está limpo.

— E quem fez a leitura de aura?

— Isis. Ela não pareceu muito empolgada na hora em que chegou — comentou Mavis, balançando o copo. — Nós estávamos fazendo nosso papel, entende? Entrei com os olhos esbugalhados, fiz um monte de "ohhs" e "ahhs" o tempo todo.

Eve desviou o olhar para as sacolas.

— Estou vendo que levaram a farsa até o fim.

— Eu gostei do lance. — Sorriu Mavis, sem demonstrar arrependimento. — Nesse ponto, a sra. RA, isto é, a Rainha das Amazonas, começou a ir fundo nas coisas. Dei umas sacadas em uma bola de cristal divinérrima que havia lá, uma verde... Como é que ela chamou aquilo, Trina?

— Turma-de-alguma-coisa.

— Turmalina — ajudou Roarke.

— Sim, foi isso mesmo! Turmalina. Mas ela me levou para longe dali, e disse que aquela era para relaxar e acalmar, e se o que eu estava querendo era adquirir mais energia, devia tentar a bola laranja, para conseguir vitalidade.

— E essa era a mais cara? — foi a conclusão de Eve.

— Não... era mais barata. Muito mais barata! Ela disse que a verde não servia para mim. Disse também que eu tinha uma amiga que poderia fazer bom uso dela, uma pessoa muito próxima que carregava um caminhão de estresse. Mas disse que essa tal amiga ia ter que escolher esse caminho por si mesma, quando estivesse pronta.

Eve soltou um grunhido e franziu o cenho.

— Então ela fez a leitura de nossas auras. Megademais! Disse que estava muito feliz de termos ido até lá, e comentou que estava mesmo precisando da nossa energia positiva. No final, disse que nem ia cobrar pelas leituras. Eu gostei dela, Dallas. Não me pareceu ter olhos de quem está fingindo ou armando alguma coisa.

— Certo, então. Obrigada às duas. Vou mandar examinar o conteúdo do saquinho. — Uma das maneiras mais certas de fazer dinheiro, refletiu Eve, era incentivar o cliente a voltar. E uma forma segura de fazê-los voltar era viciando-os em alguma coisa.

— Vamos nessa, então. — Mavis se levantou, recolhendo as sacolas. — Comprei uma vela para incrementar o clima de romance e quero ver se funciona mesmo. A gente se vê na terça à noite.

— Terça?

Mavis bateu com os tênis-plataforma no chão, parecendo irritada.

— Nossa festa de Halloween, Dallas! Você prometeu que iria...

— Devia estar bêbada.

— Não, não estava não... Nove da noite, lá em casa. Todo mundo vai. Convidei até Feeney. A gente se vê...

— Relaxe!... — aconselhou Trina ao sair. — E não se esqueça da fantasia.

— Nem morta! — murmurou Eve. — Enfim... — Balançou na mão o saquinho de folhas e sementes. — Isso tudo provavelmente foi uma monumental perda de tempo.

— Mas elas se divertiram, e você vai se sentir melhor depois de mandar analisar essa mistura.

— Acho que sim. Não estou chegando a lugar algum. — Eve atirou o saquinho sobre a mesa de centro. — Estou seguindo um monte de caminhos errados. Dá para sentir...

— Você segue um monte de caminhos errados, mas, normalmente, acaba sempre chegando ao lugar certo. — Roarke se inclinou na direção dela e colocou as mãos sobre seus ombros, massageando-os. — Quer dizer então que Mavis tem uma amiga muito chegada que carrega um caminhão de estresse. — Trabalhou nos nós que sentiu nos músculos retesados de Eve. — Quem será essa amiga?

— Cale a boca!

Ele riu e beijou-lhe a nuca, dizendo:

— Você está com um cheiro maravilhoso.

— Foi aquela gosma que Trina espalhou em mim.

— Ela comentou que fizera isso. Disse que eu ia curtir muito o resto que ela aprontou... — fungou novamente atrás do seu pescoço, fazendo-a rir — ... e estou curtindo, mesmo. Ela me contou também que conseguiu segurar você por tempo suficiente para lhe dar um tratamento completo. E avisou que devo prestar uma atenção particular ao olhar para o seu traseiro.

— Bem, *ela* certamente fez isso. Tentou até me convencer a aplicar uma tatuagem temporária na nádega direita... um botão de rosa... — Começou a suspirar, mas, de repente, deu um pulo, agarrando a nádega direita. — Minha nossa! Ela me manteve em cima da mesa com a bunda pra cima por mais de dez minutos. Será que me aplicou uma tatuagem aqui?

Roarke levantou uma sobrancelha e sorriu suavemente enquanto se levantava, dizendo:

— Vou ter que pesquisar bem no local com toda a atenção para descobrir.

Capítulo Dezoito

Ela estava com um botão de rosa tatuado na bunda, e não ficou nem um pouco satisfeita com isso. Em pé, nua, Eve ajustou o espelho triplo do banheiro até conseguir dar uma boa olhada.

— Acho que vou mandar prender Trina por causa disso — murmurou.

— Sob que acusação? Decorar o traseiro de uma policial sem autorização? — sugeriu Roarke, ao entrar. — Reprodução criminosa de uma imagem floral?

— Você bem que está curtindo, não é? — Com ar ofendido, Eve pegou o roupão que estava pendurado.

— Querida Eve, pensei ter deixado bem claro na noite passada que estava totalmente do seu lado com relação a esse assunto. Não fiz o melhor que pude para tentar arrancar essa tatuagem com os dentes?

Ela não ia rir, ordenou a si mesma, mordendo a língua com força. Não havia nada de engraçado ali.

— Preciso resolver esse problema de algum modo — disse ela. — Qualquer coisa que alguém faça para arrancar isso fora.

— Por que tanta pressa? É uma coisa... doce.

— E se eu tiver que entrar na câmara de desinfecção? Precisar tomar um banho ou trocar de roupa no trabalho? Já imaginou o tipo de zoação que uma tatuagem na bunda vai provocar?

— Mas você não vai para o trabalho hoje... — Enlaçou-a com os braços, colocando-os de forma esperta por dentro do roupão.

— Preciso ir até lá. Tenho que verificar no meu computador, para ver se Feeney conseguiu alguns dados que pedi a ele para pesquisar.

— Não vai fazer diferença alguma se fizer isso na segunda de manhã. Estamos com o dia de folga.

— Para fazer o quê?

Ele simplesmente sorriu e foi descendo com as mãos, até alcançar o botão de rosa.

— Não acabamos de fazer isso? — perguntou ela.

— Eu agüento repetir — refletiu ele —, mas isso pode esperar mais um pouco. Por que não passamos o dia sem fazer nada, na beira da piscina?

— Bem... talvez. — Ficar sem fazer nada, na beira da piscina, até que tinha um certo apelo.

— Só que vai ser na Martinica. Nem se preocupe em fazer as malas — disse-lhe ele, plantando um beijo rápido em seus lábios. — Você não precisa vestir nada, só a tatuagem.

Eve passou o dia inteiro na Martinica, vestindo apenas um sorriso e um botão de rosa. Talvez por isso estivesse se arrastando ainda com mais dificuldade do que de hábito quando chegou ao trabalho na segunda-feira.

— Parece cansada, tenente. — Peabody pegou um pacote em seu kit de trabalho e colocou duas rosquinhas recheadas sobre a mesa. Ainda sorria ao lembrar que conseguira passar com os doces escondidos pela sala de registros e queixas sem que os colegas os farejassem. — Está um pouco bronzeada também. — Olhou mais de perto. — Passou maquiagem no rosto?

— Não. É que peguei um pouco de sol, ontem.

— Mas choveu o dia todo!

– Não no lugar onde eu estava — murmurou Eve, enchendo a boca com a rosquinha. — Tenho que rodar o programa de probabilidades para apresentá-lo ao comandante. Feeney trabalhou com alguns números, ainda estamos com pouca base, mas vou pedir um grupo de vigilância para os principais suspeitos, trabalhando dia e noite.

— Acho que você não vai querer saber qual é a probabilidade de conseguir isso, na minha opinião. Uma circular acabou de ser emitida agora de manhã, reclamando do excesso de horas extras.

— Pois que se dane a circular! Não se trata de excesso quando as horas extras são necessárias. Whitney pode explicar isso ao secretário de Segurança, e o secretário pode ir até o prefeito. Temos nas mãos duas mortes de pessoas importantes, que estão provocando um bocado de agitação na mídia. Precisamos de mais mão-de-obra para encerrar esses casos e diminuir o calor dos debates.

— Parece até um ensaio do que vai dizer ao comandante — comentou Peabody, com um sorriso.

— Talvez seja mesmo. — Expirou com força. — Se os números do programa de probabilidade fossem um pouquinho mais altos, eu não ia precisar forçar tanto a barra. Há gente demais envolvida no caso, esse é que é o problema. — Levantando as mãos, pressionou os olhos com os dedos. — Temos que pesquisar os nomes de cada um dos membros das duas seitas. São mais de duzentas pessoas! Mesmo que eliminemos metade delas a partir dos dados e do perfil de cada uma, ainda vão sobrar umas cem para investigar e verificar álibis.

— São dias e dias de trabalho — concordou Peabody. — O comandante provavelmente vai oferecer uma dupla de policiais para bater de porta em porta e eliminar os obviamente não envolvidos.

— Acho que não há ninguém nessa história que seja obviamente não envolvido. — Eve se afastou da mesa, empurrando a cadeira para trás. — Foi necessária mais de uma pessoa para transportar o corpo de Lobar e para amarrá-lo no pentagrama de madeira. Também foi preciso um veículo para tudo isso.

— Nenhum dos principais suspeitos possui um veículo grande o bastante para carregar um cadáver e um pentagrama imenso sem chamar a atenção.

— Talvez um dos membros tenha. Precisamos pesquisar os nomes através das placas dos veículos. Se isso não der em nada, podemos começar a verificar em locadoras de carros e veículos roubados na noite do crime. — Eve apertou a cabeça. — Ainda por cima, é bem capaz de a pessoa que o descarregou na minha porta ter usado um veículo daqueles que ficam meses parados em um estacionamento aberto. Se isso aconteceu, ninguém notou a saída do carro.

— E vamos verificar tudo, mesmo assim?

— Sim, vamos verificar mesmo assim. Talvez Feeney possa nos emprestar alguém da Divisão de Detecção Eletrônica para fazer o trabalho mais chato. E você vai à luta enquanto eu imploro ao comandante por mais gente. — Atendeu o *tele-link*, que estava tocando. — Tenente Dallas, da Homicídios.

— Preciso falar com você.

— Louis? — Eve levantou uma sobrancelha. — Se quer falar a respeito das acusações à sua cliente, por ela ter resistido à prisão, procure o promotor.

— Preciso falar com você — repetiu. Eve notou que ele levou a mão à boca, como se estivesse disfarçando, e reparou em suas unhas muito bem cuidadas. — É uma conversa particular, a sós. Tem que ser o mais rápido possível.

— E sobre que assunto você quer conversar? — Eve abaixou a mão ao lado do corpo, sinalizando na direção de Peabody para que ela permanecesse no fundo da sala e fora do campo de visão. da câmera.

— Não posso falar pelo *tele-link*. Estou usando meu aparelho de bolso, mas mesmo assim é arriscado. Preciso que você se encontre comigo.

— Venha você até aqui!

— Não, não, eles podem estar me seguindo. Não sei se estão, não posso saber ao certo, mas estou sendo cuidadoso.

Será que ele percebera o policial que Feeney designara para segui-lo, perguntou-se Eve, *ou estava apenas sendo paranóico?*

— Quem poderia estar seguindo você? — perguntou.

— Preciso que você se encontre comigo! — insistiu ele. — Venha ao meu clube, o Luxury, perto do Central Park. Estarei no quinto andar. Vou deixar o seu nome na recepção.

— Ah, mas você tem que me oferecer algum incentivo para ir até aí, Louis... estou atolada de serviço.

— Eu acho... acho que presenciei um assassinato. Venha sozinha, Eve. Não vou conversar com mais ninguém. E cuidado para não ser seguida. Corra!

Eve apertou os lábios diante da tela que apagara.

— Bem, esse é um bom incentivo. Acho que encontramos uma rachadura na muralha, Peabody. Veja se consegue convencer Feeney, usando o seu charme, para lhe emprestar alguém da Divisão de Detecção Eletrônica para ajudá-la.

— Você não pode ir se encontrar com ele sozinha! — protestou Peabody ao ver Eve agarrar a bolsa.

— Acho que consigo lidar com um advogado apavorado. — Eve se agachou para se certificar de que estava com a arma extra presa ao tornozelo. — De qualquer modo, temos um homem do lado de fora do clube. E vou deixar meu comunicador ligado. Fique monitorando.

— Sim, senhora. Tenha cuidado.

No quinto andar do Clube Luxury, havia vinte suítes privativas, para uso dos membros. Reuniões de natureza pessoal ou profissional podiam ser realizadas ali. Cada uma das suítes era decorada de acordo com uma era diferente, e continha uma central completa de comunicações e entretenimento.

Festas podiam ser dadas ali, tanto grandes como íntimas. O serviço de bufê era insuperável, mesmo para os padrões elevados de uma cidade tão preocupada com comida e bebida. Acompanhantes autorizadas estavam à disposição dos membros através do atendente e por uma pequena taxa adicional.

Louis sempre reservava a suíte 5-C. Apreciava a opulência da decoração em estilo francês do século dezoito, com sua ênfase no requinte. Os caros tecidos do estofamento das cadeiras de espaldar curvo e os assentos em veludo agradavam o seu interesse pelas formas e texturas. Ele gostava dos cortinados volumosos em cores escuras e do dourado nas molduras dos espelhos bisotados. Já recebera sua esposa ali, bem como uma grande variedade de amantes, com quem compartilhava a cama larga e alta, acima da qual ficava um dossel elegante preso por quatro colunas.

Em sua opinião, aquele período da história, em especial, representava o hedonismo, a auto-indulgência e a devoção aos prazeres materiais.

A realeza governava e fazia apenas o que lhe proporcionava satisfação. E a arte, então, não florescera com tudo isso? Se os camponeses passavam fome do lado de fora dos muros privilegiados, isso era apenas porque a sociedade espelhava em sua estrutura a seleção natural exibida pela natureza. Os poucos escolhidos viviam intensamente.

E ali, no centro de Manhattan, trezentos anos depois, ele podia usufruir dos frutos da indulgência do passado.

Porém, ele não estava apreciando nada daquilo naquele momento. Andava de um lado para outro, bebendo uísque puro em goles longos e nervosos. O terror formava gotículas de suor em sua testa, que teimavam em surgir sem parar. Seu estômago se contorcia e seu coração batia disparado.

Ele presenciara um assassinato. Tinha quase certeza disso. Tudo lhe parecia enevoado e surreal, como um programa de realidade virtual com alguns elementos faltando.

A sala secreta, a fumaça, as vozes — a sua própria voz entre elas — elevadas em um cântico... o gosto de vinho quente e maculado travando-lhe a língua.

Tudo isso lhe era familiar, e já fazia parte de sua vida há três anos. Ele se filiara à seita por acreditar em seus princípios básicos sobre a busca do prazer, e gostava dos rituais: os mantos, as máscaras, as palavras repetidas sem parar, enquanto as velas derretiam, formando poças de cera preta.

E o sexo sempre fora incrível.

Algo, porém, estava acontecendo. Ele se via inquieto, obcecado pela chegada das reuniões e desesperado pelo primeiro gole do vinho cerimonial. E tinha lapsos de memória, verdadeiros buracos em alguns períodos de tempo. Na manhã seguinte às cerimônias, sempre ficava com a cabeça confusa e raciocinava mais devagar.

Recentemente, encontrara sangue seco debaixo das unhas, e não se lembrava de como aquilo aparecera ali.

Mas estava começando a se lembrar. As fotos das cenas dos crimes que Eve lhe mostrara fizeram com que alguma coisa se destravasse em sua mente. E a porta que se abriu mostrava cenas horrorosas e chocantes. Imagens giravam diante de seus olhos. A fumaça subia em redemoinhos, juntando-se às vozes que entoavam cânticos. Peles lisas brilhavam, suadas, fazendo sexo, e havia gemidos e grunhidos provocados por cópulas violentas. Cabelos úmidos e pretos balançavam no ar, enquanto quadris magros se moviam para a frente e para trás.

E então ele via um respingar de sangue que esguichava com força, como o jorro que acompanha o grito primal do sexo saciado.

Selina com seu sorriso de fera, um ar felino e a faca pingando sangue em sua mão. Lobar... Meu Deus, aquele era Lobar, escorregando do altar com a garganta aberta, como quem solta um grito de pavor.

Assassinato... nervoso, abriu uma fresta entre as cortinas pesadas e deixou os olhos assustados pesquisarem a rua lá embaixo. Ele vira um sacrifício de sangue, e não foi o sangue de um bode, mas de um homem.

Será que ele enfiara os dedos naquela garganta aberta? Será que lambera a ferida com a língua, para saborear o sangue fresco? Será que participara de aberrações como essas?

Meu Deus, meu bom Deus, será que havia outras? Outras noites, outras mortes? Será que ele testemunhara tudo e bloqueara as lembranças terríveis em sua mente?

Ele era um homem civilizado, disse a si mesmo, puxando as cortinas e tornando a fechá-las. Ele era um bom marido e pai de família. Era um advogado respeitado, e não um acessório para ser usado em assassinatos. Não podia ser...

Com a respiração cada vez mais curta e ofegante, serviu-se de mais um pouco de scotch e olhou para si mesmo refletido nos espelhos com molduras trabalhadas. Enxergou um homem que não dormia, não comia e não via a família há vários dias.

Tinha medo de pegar no sono. As imagens poderiam surgir com mais nitidez nos sonhos. Tinha medo de comer, pois decerto a comida ia ficar presa em sua garganta, matando-o.

E estava mortalmente preocupado com sua família.

Wineburg estava na cerimônia. Estivera ao lado dele e testemunhara as mesmas coisas que ele.

E agora estava morto.

Wineburg não tinha esposa nem filhos, mas Louis tinha... se ele estava em perigo e resolvesse ir para casa, será que eles não iriam atrás dele? Começava a descobrir, durante as noites longas e insones que passara ali, tendo a bebida como única companheira, que ele tinha vergonha de que seus filhos pudessem descobrir os atos dos quais participara.

Precisava proteger a eles e a si mesmo. Ali estava a salvo, assegurou a si mesmo. Ninguém poderia entrar naquela suíte, a não ser que ele abrisse a porta... talvez estivesse reagindo com exagero a tudo aquilo. Tentou enxugar a testa molhada com o lenço já encharcado de suor. Estava estressado, andava trabalhando demais, muitas noites acordado até tarde... Talvez estivesse tendo um colapso nervoso. Devia procurar um médico.

Faria isso. Iria procurar um médico. Pegaria a família toda e viajaria para longe, por alguns dias. Tiraria umas pequenas férias, um tempo para relaxar, para reavaliar as coisas. Abandonaria a seita. Obviamente, aquilo não estava lhe fazendo bem. Só Deus sabia que participar dos rituais estava lhe custando uma pequena fortuna em doações a cada dois meses. De algum modo, ele se envolvera demais com aquilo, esquecendo-se de que entrara para a seita por simples curiosidade... por sede de sexo livre e egoísta.

Ingerira vinho demais e respirara muita fumaça, talvez, e isso estava fazendo com que imaginasse coisas.

Mas vira sangue seco debaixo das unhas.

Louis cobriu o rosto, tentando retomar o ritmo da respiração. Não importava, pensou. Nada daquilo importava. Não devia ter ligado para Eve, não devia ter entrado em pânico. Ela ia considerá-lo louco; ou pior... cúmplice!

Selina era uma cliente. Ele devia aos seus clientes toda a lealdade, além das aptidões profissionais.

Mas conseguia ver a imagem dela com um punhal na mão, enquanto cortava carne humana exposta.

Louis cambaleou em volta da suíte, entrou no banheiro suntuoso e, despencando sobre a pia, vomitou uísque e terror. Quando as cólicas estomacais passaram, tentou se recompor. Debruçou-se sobre a pia e exigiu, em voz alta, água a cinco graus. O líquido escorreu na mesma hora da torneira curva moldada em ouro, e se despejou sobre a cuba muito branca, esfriando sua pele febril.

Ele chorou por um momento, com os ombros tremendo e os soluços ecoando nos azulejos brilhantes. Então levantou a cabeça e se forçou a olhar novamente para o espelho.

Ele realmente testemunhara tudo o que lhe vinha à lembrança. Era hora de encarar isso. Ia relatar tudo a Eve, para tirar aquele peso dos ombros e colocá-lo nas mãos dela.

Sentiu alívio por um momento, tão intenso que chegava a ser doce. Queria ligar para casa, falar com sua mulher, ouvir a voz de seus filhos e ver seus rostos.

Um movimento refletido no espelho o fez girar o corpo, assustado, com o coração quase pulando fora por sua garganta.

— Como conseguiu entrar aqui?

— Serviço de quarto, senhor. — A mulher negra, com seu impecável uniforme preto e branco, segurava uma pilha de toalhas macias, e sorriu.

— Não pedi serviço de quarto. — Passou a mão trêmula sobre o rosto. — Estou esperando uma pessoa que vai chegar a qualquer momento. Simplesmente deixe as toalhas aí e... — Sua mão escorregou lentamente para o lado do corpo. — Eu conheço você. Conheço você!...

Vi seu rosto em meio à fumaça, lembrou ele, em meio à gélida sensação de terror renovado. *Esse era um dos rostos que eu vi no meio da fumaça.*

— Claro que você me conhece, Louis... — Seu sorriso não perdeu a intensidade nem por um momento enquanto ela deixava as toalhas caírem e revelava o athame que segurava por baixo delas — ... nós trepamos na semana passada.

Ele só teve tempo de sugar o ar para soltar um grito, antes de ela enfiar o punhal em sua garganta.

Eve saiu do elevador rangendo os dentes de irritação. O andróide da recepção a deixara esperando por mais de cinco minutos, enquanto conferia a sua identificação. Reclamara que ela estava entrando armada no clube. Eve já estava considerando a idéia de usá-la contra ele para calar-lhe a boca quando o gerente diurno surgiu, desmanchando-se em descuipas.

O fato de ambos saberem que as desculpas eram dirigidas à esposa de Roarke e não à policial Eve Dallas só serviu para deixá-la ainda mais furiosa.

Ela ia cuidar dele depois, prometeu a si mesma. Queria ver se o Clube Luxury conseguiria escapar ileso de uma inspeção em larga escala feita pelo Departamento de Vigilância Sanitária, seguida por uma verificação na validade das licenças das acompanhantes autorizadas que trabalhavam no local. Era só ela puxar algumas cordinhas e o gerente ia enfrentar vários dias de puro inferno em sua vida.

Ela se virou na direção da suíte 5-C e apertou a campainha, que ficava bem debaixo da tela de segurança. Seu olhar notou a luz verde do sistema de segurança, indicativa de que a porta estava destrancada.

— Peabody? — Eve pegou sua arma.

— Sim, senhora. — A voz de sua auxiliar saiu abafada do aparelho guardado no bolso de dentro do casaco.

— A porta da suíte está destrancada. Vou entrar...

— Deseja reforço, tenente?

— Ainda não. Fique comigo, acompanhando tudo.

Eve entrou sem fazer ruído e fechou a porta às suas costas. Na mesma hora se agachou, em posição defensiva, balançando a arma de um lado para outro, enquanto vasculhava o vestíbulo com os olhos.

Mobília sofisticada, feia e exagerada para o seu gosto, um paletó de terno todo amarfanhado, uma garrafa pela metade, cortinas cerradas e silêncio total.

Deu mais um passo dentro do aposento, ainda agachada, mas se manteve junto à parede, guardando as próprias costas, enquanto circulava pelo saguão. Não havia ninguém escondido junto dos móveis nem atrás das cortinas. A pequena cozinha estava vazia e aparentemente não havia sido usada.

Ao chegar junto da porta do quarto, novamente se agachou e balançou a arma nas duas direções. A cama estava feita, cheia de almofadas decorativas e, aparentemente, ninguém dormira nela. Seu olhar se moveu na direção do closet, com portas duplas entalhadas e fechadas.

Andou de lado na direção dele. Foi quando ouviu sons no banheiro. Sons de respiração ofegante, gemidos de quem está fazendo um grande esforço e uma risada feminina bem nítida. Passou pela sua cabeça que Louis talvez estivesse dando uma rapidinha com uma das acompanhantes autorizadas do clube e rangeu novamente os dentes, enfurecida.

Não relaxou a guarda, porém.

Trocou o peso do corpo para a outra perna, foi mais um pouco para a esquerda e pulou diante da porta.

Percebeu o cheiro de imediato, décimos de segundo antes da imagem.

— Jesus! Meu Deus!

— Tenente? — A voz de Peabody, cheia de preocupação, saiu do fundo do seu bolso.

— Para trás! — Eve apontou a arma para a mulher, segurando-a com as duas mãos. — Largue o punhal, levante daí e dê um passo para trás.

— Estou enviando reforços. Informe a sua situação, tenente.

— Temos um homicídio... acabou de acontecer. Eu mandei você se levantar e dar um passo para trás!

A mulher simplesmente sorriu. Estava sentada sobre o corpo de Louis, ou o que restara dele, com uma perna para cada lado. O sangue cobria todo o piso, as paredes azulejadas estavam cheias de respingos vermelhos; as mãos e o rosto da assassina estavam molhados com ele. O fedor de sangue começando a coagular era quase palpável.

Para Louis, Eve notou, não havia mais esperanças. Ele fora morto, suas vísceras estavam espalhadas e a mulher continuava a tirá-las de dentro dele, lentamente.

— Ele já está morto — disse a mulher, com ar prazeroso.

— Dá para ver. Largue esse punhal! — Eve deu um passo para a frente, balançando a arma. — Largue esse punhal e se afaste dele... Bem devagar! Coloque o rosto no chão e as mãos atrás das costas!

— Isso tinha que ser feito. — Passou uma das pernas por cima do morto e ficou ajoelhada ao lado dele, como uma viúva ao lado de um túmulo. — Você não me reconhece?

— Sim. — Mesmo através da máscara de sangue, Eve sabia de quem era aquele rosto. Lembrava da voz e do seu jeito meigo e doce. — Mirium, não é? Bruxa do primeiro nível de iniciação. Agora, largue a droga do punhal e beije o chão. Mãos atrás das costas!

— Certo. — Obedecendo, Mirium colocou o punhal de lado, nem olhou quando Eve pisou nele com o salto da bota e em seguida o chutou para longe, bem fora de alcance. — Ele mandou que eu fosse rápida. É só entrar e sair, ordenou, mas eu perdi a noção do tempo.

— Ele?... — Eve pegou as algemas no bolso traseiro da calça e prendeu os pulsos de Mirium. — Ele quem?

— Chas. Disse-me que este eu podia executar sozinha, mas tinha que ser rápida. — Soltou um suspiro. — Acho que não fui rápida o bastante.

Apertando os lábios, Eve olhou para Louis Trivane. *Não,* pensou ela. *Quem não foi rápida o bastante fui eu.*

— Captou todo o diálogo, Peabody?

— Sim, senhora.

— Vá buscar Charles Forte para interrogatório. Faça isso pessoalmente, e leve mais dois policiais como reforço. Não chegue perto dele sozinha!

— Afirmativo! A situação aí está sob controle, tenente?

— Sim... — Eve deu um passo para trás, deixando um rastro no sangue que continuava escorrendo em direção às suas botas. — Está tudo sob controle.

Eve tomou um banho de chuveiro e trocou de roupa antes de ir para a sala de interrogatório. Os dez minutos que perdeu fazendo isso foram necessários. Ela estava coberta pelo sangue de Louis Trivane no momento em que liberou o corpo para os legistas. Se alguém no vestiário reparou na pequena e elegante flor estampada em sua nádega, não fez comentários.

O bochicho a respeito da terrível cena daquele crime já se espalhara por toda a central.

— Vou falar com Mirium antes — disse Eve a Feeney, enquanto avaliava a atraente mulher que a aguardava do outro lado do vidro espelhado por dentro.

— Você podia descansar um pouco, pelo menos, Dallas. Os caras do laboratório estão comentando que a cena do crime foi uma das mais horrendas que eles já viram.

— Você sempre acha que já viu de tudo — murmurou ela. — Mas sempre existe algo ainda pior. — Expeliu o ar com força. — Quero interrogá-la agora. Quero encerrar este caso!

— Certo. Quer trabalhar sozinha ou em dupla?

— Sozinha. Ela vai falar... está ligada... — Balançou a cabeça. — Talvez seja apenas louca, mas acho que está sob o efeito de alguma droga. Vou levá-la para passar pelo scanner químico, e quero também um exame laboratorial completo. O promotor não gosta de confissões obtidas quando o assassino ainda está drogado.

— Vou providenciar.

— Obrigada, Feeney. — Eve passou por ele e entrou na sala. O rosto de Mirium havia sido limpo e já não mostrava vestígios de sangue. Usava um camisolão descartável, bem largo, em tom bege-claro com o logotipo da polícia, mas mesmo assim parecia uma fada jovem e alegre.

Eve colocou o gravador sobre a mesa, ligou-o e só então se sentou.

— Você sabe que foi pega em flagrante, Mirium, então não precisa ficar de enrolação. Você matou Louis Trivane.

— Sim.

— O que está usando?

— Usando?

— Não me parece Zeus em estado puro, você está dócil demais. Concorda em fazer um exame para detecção de drogas em seu organismo?

— Não quero! — Fez um biquinho com os lábios; seus olhos pretos assumiram um ar aborrecido. — Talvez mais tarde eu mude de idéia. — Apertando os lábios, beliscou o fino tecido do camisolão com os dedos, reclamando: — Não posso usar uma das minhas roupas? Isso aqui espeta, além de ofender a vista.

— Sim, nesse momento essa também é a minha preocupação principal. Por que matou Louis Trivane?

— Ele era um demônio. Foi Chas quem disse.

— Esse Chas a quem está se referindo é Charles Forte?

— Sim, mas ninguém o chama de Charles. É apenas Chas...

— Então, Chas lhe disse que Louis Trivane era um demônio. Ele lhe pediu para assassiná-lo?

— Disse apenas que eu podia fazer isso. Das outras vezes, eu fiquei apenas olhando. Dessa vez, porém, consegui fazer tudo sozinha. Havia muito sangue... — Levantou a mão e olhou para ela com todo o cuidado. Agora, tudo acabou.

— Que outras vezes foram essas, Mirium?

— Ora, as outras vezes. — Encolheu os ombros. — O sangue purifica.

— Você participou dessas outras vezes? Testemunhou outros assassinatos?

— Claro. A morte é apenas uma transição. Tive que fazer esta. Foi um ato muito poderoso. Arranquei o demônio para fora dele. Demônios existem, e nós os combatemos.

— Assassinando as pessoas nas quais eles habitam.

— Sim. Bem que ele me disse que você era uma mulher esperta — sorriu Mirium, olhando para Eve com os olhos semicerrados. — Só que jamais vai conseguir pegá-lo. Ele está muito acima de sua lei.

— Voltemos a Louis. Conte-me tudo.

— Bem, eu tenho um amigo que é funcionário do Luxury. Tudo o que precisei fazer foi trepar com ele, e essa parte até que foi legal. Gosto de trepar. Depois, peguei o cartão mestre dele e o escondi no bolso. Você pode entrar em qualquer lugar do prédio com o cartão mestre. Então, vesti uma das roupas de arrumadeira, para que ninguém me incomodasse, e fui direto até a suíte de Louis. Levei-lhe toalhas. Ele estava no banheiro. Acabara de vomitar, dava para sentir o cheiro. Então eu o esfaqueei. Fui direto na garganta, como devia fazer. Nesse momento, acho que me deixei levar pela empolgação.

Moveu os ombros e lançou um sorriso travesso para Eve, continuando:

— Acho que é como enfiar a faca em um travesseiro, entende? E faz um barulho engraçado... então, tirei o demônio de dentro dele, e foi quando você chegou. Acho que eu já havia acabado mesmo...

— Sim, acho que sim. Há quanto tempo conhece Chas?

— Humm... tem uns dois anos. Gostamos de trepar no parque, em plena luz do dia, porque nunca sabemos se alguém vai passar e nos pegar no flagra.

— E o que Isis pensa a respeito disso?

— Ah, ela não sabe... — Mirium girou os olhos. — Não ia gostar nem um pouco...

— E o que ela pensa a respeito dos assassinatos?

As sobrancelhas de Mirium se uniram e seus olhos pareceram perder o foco por um momento.

— Os assassinatos? — perguntou ela. — Isis também não sabe deles. Ou sabe?... Não, nós não contaríamos nada disso a ela.

— Então as coisas são apenas entre você e Chas?

— Entre mim e ele... — Pestanejou, pensativa, deixando em seguida os olhos sem expressão. — Acho que sim... são.

— Contou sobre isso a mais alguém que estava na convenção das bruxas?

— Na convenção? — Bateu com os dedos sobre os lábios. — Não, não, esse é o nosso segredo. Nosso pequeno segredo...

— E quanto a Wineburg?

— Quem?

— No edifício-garagem. O banqueiro. Lembra dele?

— Não, esse não fui eu, não... — Mordeu o lábio inferior e balançou a cabeça. — Esse quem fez foi ele. Era para ele me trazer o coração, mas não trouxe. Disse que não houve tempo...

— E Lobar?

— Lobar, Lobar... — Seus dedos continuavam batendo nos lábios. — Não, esse foi diferente. Não foi? Não consigo me lembrar direito... estou ficando com dor de cabeça. — Sua voz se tornou petulante: — Não quero mais conversar, agora. Estou cansada! — Cruzou os braços, abaixou a cabeça sobre eles e fechou os olhos.

Eve a observou por um momento. Não havia por que forçar a barra agora, decidiu. Já tinha o suficiente, e fez sinal para o policial.

Mirium reclamou baixinho quando Eve recolocou as algemas e ordenou:

— Leve-a para o Setor de Psiquiatria. Peça à dra. Mira para fazer-lhe uma avaliação, se possível. Solicite também um exame toxicológico.

— Sim, senhora.

Eve foi atrás deles até chegar à porta e apertou um botão de comunicação, ordenando:

— Tragam o sr. Forte para a sala de interrogatório C.

Nesse momento, lhe ocorreu que ela bem que gostaria de abaixar a cabeça em cima dos braços também. Em vez disso, virou-se para a área de observação, no corredor. Peabody estava ao lado de Feeney.

— Quero você comigo agora, Peabody. O que achou dela, Feeney?

— Está doidona! — Pegou o saquinho de amêndoas açucaradas. — Se cometeu o crime porque é maluca ou porque estava sob o efeito de drogas, isso eu não sei... acho que é um pouco dos dois.

— Também acho... como é que ela pôde parecer tão normalzinha na outra noite? — Passou as mãos pelos cabelos, caindo na risada. — Não acredito que tenha dito isso! Ela estava em pé, nua, no meio do mato, e deixou Forte beijá-la entre as pernas... em público! — Abaixou as mãos, pressionando os olhos com elas por um instante e deixando-as cair, em seguida, ao lado do corpo. — O pai dele nunca usou parceiros... jamais desconfiaram de que ele tivesse usado. Sempre trabalhou sozinho.

— Então, ele tem um estilo diferente — disse Feeney. — Drogada ou não, a garota complicou a vida de Forte.

— Há algo errado nessa história... — murmurou Peabody, e Eve se virou para ela com um olhar vagamente interessado.

— O que há de errado, policial?

Mesmo detectando o leve traço de sarcasmo no tom de Eve, Peabody levantou o queixo e afirmou:

— Wiccanos não matam.

— Pessoas matam — lembrou-lhe Eve —, e nem todo mundo leva seus valores religiosos a sério. Tem comido carne vermelha ultimamente, Peabody?

O rubor cobriu o rosto de Peabody, parecendo subir do seu colarinho impecável. Os partidários da Família Livre eram estritamente vegetarianos, e jamais consumiam produtos de origem animal.

— Isso é diferente — argumentou Peabody.

— Entrei em um aposento onde um assassinato acabara de ser cometido — disse Eve, de forma seca. — A mulher com o punhal na mão identificou Charles Forte como seu cúmplice. Isso é um fato. Não quero levar nada além de fatos concretos para a sala de interrogatório. Compreendeu?

— Sim, senhora — Peabody enrijeceu os ombros —, perfeitamente. — Mas permaneceu no lugar por um instante a mais, depois que Eve passou.

— Ela teve uma manhã muito pesada — disse Feeney, consolando Peabody. — Dei uma rápida olhada nas primeiras fotos da cena do crime. A coisa não podia ser pior.

— Eu sei. — Ela balançou a cabeça ao ver, através do vidro, Charles Forte sendo levado para a sala de interrogatório. — Mas há algo de errado nessa história. — Caminhou até a porta, entrando na sala de interrogatório no momento em que Eve recitava para Charles Forte os seus direitos.

— Eu não compreendo — dizia ele.

— Não compreende os seus direitos e obrigações legais?

— Não, não, isso eu entendo. O que não entendo é o motivo de eu estar aqui. — Havia um ar de perplexidade e uma vaga sensação de desapontamento quando desviou o olhar na direção de Peabody.

— Se a senhora precisava conversar comigo, era só marcar. Teria ido me encontrar com a senhora ou vindo até aqui de forma voluntária. Não era necessário enviar três policiais fardados até a minha casa.

— Pois eu julguei necessário — afirmou Eve, sem outros comentários. — Deseja aconselhamento jurídico a partir desse ponto, sr. Forte?

— Não. — Ele se remexeu na cadeira, um pouco agitado, tentando ignorar o fato de que estava dentro de um recinto policial. Como seu pai... — Simplesmente me diga o que deseja saber. Vou tentar ajudá-la.

— Fale-me de Louis Trivane.

— Sinto muito... — Balançou a cabeça. — Não conheço ninguém com esse nome.

— E normalmente manda as suas empregadas assassinarem pessoas estranhas?

— Como?!... — Seu rosto ficou branco e ele se colocou em pé. — Do que está falando?

— Sente-se! — ordenou Eve, com rispidez. — Louis Trivane foi assassinado, duas horas atrás, por Mirium Hopkins.

— Mirium? Isso é ridículo. É impossível!

— Pois saiba que é bem possível sim. Entrei no local do crime no momento exato em que ela estava esquartejando o fígado da vítima.

— Deve haver algum engano. — Chas cambaleou e se jogou sobre a cadeira. — Não pode ser!

— Acho que o engano foi seu. — Eve se levantou, circulou pela sala e então se inclinou por trás dos ombros dele. — O senhor deveria escolher suas armas com mais cuidado. Quando elas têm algum defeito, podem se virar contra quem as usa.

— Não sei o que quer dizer. Posso tomar um pouco d'água? Não estou compreendendo nada...

— Mirium me contou tudo, Chas! — Fez um sinal com o polegar para Peabody, pedindo um pouco d'água. — Ela me contou que vocês eram amantes, que você não levou o coração de Wineburg para ela, como prometera, e que permitiu que ela executasse Trivane sozinha, porque o sangue purifica.

— Não! — Ele segurou o copo com água usando as duas mãos, mas mesmo assim deixou entornar um pouco pelas bordas. — Não!

— Seu pai também gostava de fatiar as pessoas. Ele lhe ensinou como fazia isso? Quantas outras armas defeituosas você usou em sua carreira? Também as dispensou depois de tê-las usado? Mantinha algum suvenir dos mortos?

Eve continuava a atacá-lo com palavras e ele continuava sentado, apenas sentado, balançando a cabeça lentamente de um lado para outro.

— Essa é a sua versão de guerra religiosa, Chas? Eliminar o inimigo? Remover os demônios das pessoas? Seu pai era um satanista com estilo próprio e fez da sua vida um inferno. Você não conseguiu matá-lo naquela época, e agora não tem condições de chegar até onde ele está. Mas há outros por aí... eles são substitutos? Quando você os mata, está matando a ele, cortando-os em pedaços porque foi o que seu pai fez com você?

— Deus, meu Deus. — Apertando os olhos com força, começou a balançar o corpo para a frente e para trás. — Ó Senhor!...

— Você pode ajudar a si mesmo agora. Conte-me por quê. Conte-me como. Explique-me tudo, Chas. Talvez eu consiga aliviar um pouco a sua barra. Fale-me de Alice. Fale-me de Lobar.

— Não... não! — Ao levantar a cabeça, seus olhos estavam cheios de lágrimas. — Eu não sou o meu pai!

Eve nem piscou e não desviou o olhar do apelo desesperado que viu em seus olhos. Simplesmente deu um passo para trás, deixou-o soluçar e perguntou:

— Tem certeza de que não é?...

CAPÍTULO DEZENOVE

Eve trabalhou com ele, sem parar, por uma hora, apertando-o de forma incessante, para depois recuar e mudar de tática. Manteve as fotos das mortes sobre a mesa o tempo todo, expostas em leque como um baralho apavorante.

Quantas mais, perguntou ela diversas vezes. Quantas imagens de mortos além daquelas deveriam estar ali?

Durante todo o interrogatório, ele derramou lágrimas e negou, chorou muito e manteve silêncio.

Ao devolvê-lo para a detenção, os olhos dele se mantiveram fixos nos dela, até ele ser levado embora. Foi o que viu no olhar de Peabody, porém, que atraiu a sua atenção, e Eve esperou até as duas ficarem a sós para perguntar:

— Algum problema, policial?

Acompanhar o interrogatório foi como observar um lobo brincando e destruindo uma presa já ferida. Peabody respirou fundo e se preparou para responder.

— Sim, senhora, há um problema. Não gostei da linha que seguiu em sua técnica de interrogatório.

— Ah, não gostou?

— Pareceu-me extremamente pungente. Cruel! Usar o pai dele, o tempo inteiro, e obrigá-lo a olhar para as fotos.

O estômago de Eve ardia e seus nervos estavam à flor da pele, mas manteve a voz fria, controlada, e as mãos firmes enquanto recolhia as fotos sobre a mesa.

— Talvez eu devesse ter perguntado a ele educadamente se poderia ter a bondade de confessar, para que todos nós pudéssemos voltar logo para o conforto de nossas casas. Não sei por que não pensei em usar essa tática... vou anotar sua sugestão para tentar fazer do seu jeito na próxima vez que estiver com um suspeito de crime na sala de interrogatório.

Peabody teve vontade de se encolher, mas conseguiu resistir e replicou:

— Foi apenas uma opinião, tenente, especialmente se lembrarmos de que o suspeito não estava acompanhado por um advogado...

— Mas eu li os direitos dele, não li, policial?

— Sim, senhora, mas...

— Ele não confirmou ter compreendido seus direitos e obrigações?

— Sim, senhora. — Peabody recuou um pouco, balançando a cabeça para a frente, lentamente.

— Consegue lembrar, policial Peabody, quantos interrogatórios você já conduziu em casos de homicídio?

— Senhora, eu...

— Eu não consigo — atirou Eve, e seus olhos foram do gélido ao quente em uma fração de segundo. — Não me lembro de quantas vezes foram, mais sei que foram muitas! Quer dar mais uma olhada nessas fotos, policial? Quer ver mais imagens desse cara com as tripas para fora espalhadas sobre o piso do banheiro? Talvez isso ajude a endurecer um pouco o seu coração, porque se as minhas técnicas de interrogatório a deixam melindrada, Peabody, você está na profissão errada.

Eve caminhou até a porta a passos largos, e então girou o corpo para trás, vendo que Peabody continuava no lugar em que estava, rígida e atenta.

— Minha expectativa é de que a pessoa que me serve de auxiliar me dê também apoio total, não que fique me questionando pelo simples fato de ter uma simpatia especial por bruxas. Se não consegue segurar essa barra, policial Peabody, posso aprovar o seu pedido de transferência assim que você o trouxer para a minha avaliação. Compreendido?

— Sim, senhora. — Peabody soltou um suspiro entrecortado, enquanto as botas de Eve iam fazendo um barulho ritmado pelo corredor afora. — Compreendido — repetiu para si mesma e fechou os olhos.

— Você foi rígida demais com ela — comentou Feeney, acompanhando os passos de Eve.

— E você também não comece!...

— Isis acabou de chegar, voluntariamente — disse ele, levantando a mão em sinal de defesa. — Coloquei-a na sala de interrogatório B.

Virando a cabeça de repente, Eve mudou de direção e abriu a porta da sala B com violência. Isis parou de andar de um lado para outro e se virou para Eve, dizendo:

— Como pôde fazer isso? Como pôde trazê-lo até aqui? Ele tem pavor de lugares como este.

— Charles Forte foi detido para interrogatório relacionado com a morte por esfaqueamento de Louis Trivane, entre outros. — Contrastando com a voz alta e furiosa de Isis, a de Eve estava baixa e fria. — Ele ainda não foi oficialmente indiciado.

— Indiciado? — Sua pele dourada empalideceu. — Você não pode acreditar que Chas tenha alguma coisa a ver com um assassinato. Trivane? Nós não conhecemos nenhum Louis Trivane.

— Você conhece todas as pessoas com quem o sr. Forte mantém relações de qualquer tipo, Isis? — Eve jogou a pasta sobre a mesa e manteve as mãos sobre ela, como se para lembrar a si mesma do que havia ali dentro. — Você sabe de tudo o que ele faz, pensa e planeja?

— Somos tão unidos quanto dois corpos, mentes e almas humanas podem ser. Não existe maldade nele. — Sua raiva desapareceu por completo e sua voz estremeceu. — Deixe-me levá-lo para casa. Por favor...

Eve enfrentou os olhos suplicantes de Isis fixamente, forçando-se a não sentir a dor que eles transmitiam.

— Já que vocês são assim tão unidos quanto é humanamente possível, era do seu conhecimento que Forte decidiu se tornar também tão íntimo, fisicamente, de Mirium?

— Mirium? — Isis piscou uma vez, e então quase riu diante da idéia. — Isso é ridículo.

— Ela me contou isso, pessoalmente. E sorriu ao me contar... — Lembrar daquilo, trazer a imagem de volta à cabeça, ajudou a acabar com qualquer simpatia que Eve pudesse demonstrar. — Mirium sorriu para mim, Isis, sentada com as pernas abertas sobre o que restou do corpo de Louis Trivane, com o sangue dele espalhado em suas mãos e em seu rosto, enquanto segurava um punhal.

Ao sentir as pernas bambas, Isis esticou o braço, tentando alcançar às cegas as costas de uma cadeira para apoiar a mão.

— Mirium matou uma pessoa? Isso é impossível...

— Pois eu achava que todas as coisas eram possíveis em sua área de atuação, Isis. Peguei Mirium em flagrante, pessoalmente, enquanto ela executava a sua pequena cerimônia mortal. — Eve sentiu uma comichão nos dedos, mas não abriu a pasta com as fotos. Sentia pena, por trás de tudo, pela mulher que amara e acreditara em seu amor. — Mirium cooperou muito conosco e me contou, alegremente, que Charles Forte permitiu que ela matasse Trivane por conta própria. Ao contrário dos outros crimes, dos quais participou apenas como observadora.

Utilizando as mãos para manter o equilíbrio, Isis andou em volta da cadeira, sentindo-se tonta, e se largou sobre ela, afirmando:

— Ela está mentindo. — Havia uma lança espetada em seu coração, e era como se a girassem para aumentar a dor. — Chas não tem nada a ver com isto. Como pude deixar de perceber esta faceta dela? — Fechando os olhos, Isis balançou-se para a frente e para trás, lentamente. — Como é que eu não notei? Nós a iniciamos na Arte, a aceitamos no seio do nosso grupo. Nós a tornamos uma das nossas.

— Parece que você não consegue ver tudo, não é? — Eve olhou para Isis com a cabeça meio de lado. — Acho que deveria estar ainda mais preocupada com a sua percepção visual em relação a Charles Forte.

— Não. — Isis tornou a abrir os olhos. Havia dor neles, mas, por trás do sentimento, havia uma determinação de aço que Eve reconheceu. — Não há ninguém que eu veja e conheça com mais clareza do que Chas. Ela está mentindo.

— Mirium será devidamente testada. Nesse meio-tempo, talvez você queira pensar novamente a respeito de ter se deixado usar como álibi dele. Ele traiu a sua confiança — afirmou Eve, chegando mais perto de Isis. — A vítima podia ter sido você. Mirium é mais jovem, provavelmente mais influenciável. Fico me perguntando por mais quanto tempo ele ia fingir que deixava você conduzir o espetáculo.

— Como pode deixar de compreender o que existe entre mim e Chas, quando tem o mesmo em sua própria vida, Eve? Você acha que a palavra de uma mocinha perturbada consegue lançar dúvidas sobre o homem que eu amo? Apenas isso já seria o bastante para fazê-la duvidar de Roarke?

— Não é a minha vida pessoal que está na ponta da corda aqui — afirmou Eve, sem vacilar. — É a sua! Se você se preocupa tanto assim com ele, coopere comigo... essa é a única maneira de impedi-lo de continuar com isso e ajudá-lo.

— Ajudá-lo? — A boca de Isis se torceu, irônica. — Você não quer ajudá-lo. Quer que ele seja culpado... quer vê-lo punido, por causa de sua origem. Por causa do pai dele.

Eve olhou para a pasta que estava embaixo de sua mão, e para a fina capa que escondia as imagens terríveis de uma morte pavorosa.

— Você está errada, Isis — disse Eve, baixinho, quase como se falasse consigo mesma. — Eu queria provar que ele era inocente. Por causa do pai dele.

Então levantou o olhar, encarou Isis com determinação e informou:

— O mandado de busca e apreensão já deve ter sido emitido. Vamos revirar a sua loja e o seu apartamento. Qualquer coisa que encontrarmos também poderá ser usada contra você.

— Não importa. — Isis se obrigou a ficar em pé. — Vocês não vão achar nada lá que possa ajudá-los.

— Você tem o direito de permanecer no local durante a busca.

— Não. Ficarei aqui. Quero ver Chas.

— Você não é parente dele nem legalmente casada, e portanto...

— Dallas — interrompeu Isis, baixinho —, você tem um coração. Por favor, ouça a voz de seu coração e permita que eu me encontre com ele.

Sim, Eve tinha um coração. Ele estava doendo ao ver o ar de súplica nos olhos de uma mulher tão forte.

— Posso autorizar cinco minutos, através do vidro de segurança. — Ao escancarar a porta com força, completou, entre dentes:

— E diga-lhe para arranjar um advogado, pelo amor de Deus!

No almoxarifado da Busca Espiritual e em uma sala de trabalho no apartamento que ficava sobre a loja, havia dezenas de garrafas, pacotes e caixas. Os recipientes estavam cheios de líquidos, pós, folhas e sementes. Eve encontrou registros organizados detalhando o conteúdo e a indicação de uso de cada um deles.

Ordenou que tudo aquilo fosse levado para o laboratório, a fim de ser analisado.

Encontrou punhais e athames diversos, alguns com cabos entalhados e outros lisos, com lâminas longas e curtas. Pediu a um dos técnicos do laboratório para pesquisar vestígios de sangue em tudo.

Mantos cerimoniais e roupas comuns também foram igualmente examinados.

Eve tentou filtrar as vozes altas à sua volta — os técnicos jamais conseguiam trabalhar em silêncio —, e procurou realizar o seu trabalho com foco e eficiência.

E então, no fundo de um baú, debaixo de uma pilha de mantos cuidadosamente dobrados, perfumados por ramos de alecrim e raspas de cedro, ela encontrou um manto preto todo embolado e ensangüentado.

— Aqui! — Fez sinal para uma das jovens que trabalhava com os técnicos. — Passe o aparelho nisto aqui.

— É uma boa amostra — comentou a profissional, mastigando chiclete e passando o bocal do aparelho que trazia preso ao ombro sobre o pano. — A maior parte do sangue está nas mangas. — Por trás dos óculos protetores, os olhos da jovem pareciam ligeiramente entediados. — Sangue humano — confirmou ela. — Tipo A negativo. Não dá para dizer mais usando apenas um aparelho portátil como este aqui.

— Já é o bastante. — Eve colocou o manto em um saco, lacrou-o e etiquetou-o, para ser usado como prova. — O sangue de Wineburg era A negativo. — Olhou para Peabody ao entregar-lhe o saco lacrado. — Que falta de cuidado a dele, não?

— Sim, senhora. — Cumprindo o seu dever, Peabody guardou o saco com todo o cuidado no kit de provas. — É o que parece...

— Lobar era O positivo. — Foi até outro baú, levantando a tampa curva. — Continue a procurar.

O crepúsculo já se aproximava com sua luz difusa e brisa fresca quando elas entraram de volta no carro. Como a tensão entre Eve e Peabody continuava grande, a tenente não se deu ao trabalho de pedir e acionou pessoalmente o *tele-link* do veículo.

— Aqui é a tenente Dallas. Gostaria de falar com a dra. Mira.

— A dra. Mira está atendendo um paciente — disse a recepcionista, de forma educada. — Ficarei feliz em registrar sua mensagem, se desejar.

— Sabe se ela já fez testes com Mirium Hopkins?

— Um momento, por favor, enquanto verifico os registros. — A recepcionista desviou o olhar para a tela ao lado, e então tornou a se virar de frente para Eve. — Esta sessão foi remarcada para amanhã de manhã, às oito e trinta.

— Remarcada? Por quê?

— O registro indica que a paciente reclamou de terríveis dores de cabeça, e, depois de ser examinada pelo médico de plantão, foi medicada.

— E quem era o médico de plantão? — perguntou Eve, já rangendo os dentes de irritação.

— Dr. Arthur Simon.

— Só podia ser... — Com mau humor, Eve ultrapassou um gigantesco ônibus lotado que se arrastava à frente dela. — Esse cara é capaz de lhe receitar um tranqüilizante duplo só por causa de uma cutícula mal cortada pela manicure.

— Sinto muito, tenente. — A recepcionista fez cara de triste, tentando ser solidária com Eve. — A paciente já havia sido medicada antes de os testes de avaliação serem realizados. A dra. Mira não pode atendê-la até amanhã de manhã.

— Ótimo! Fabuloso! Peça para ela entrar em contato comigo assim que terminar a avaliação. — Desligou, resmungando: — Que médico filho-da-mãe! Vou até lá dar uma olhada nela eu mesma. Leve o material que recolhemos para o laboratório, Peabody, e exija urgência, mesmo que não adiante nada. Depois disso, está dispensada por hoje.

— A senhora vai tornar a interrogar o sr. Forte ainda hoje?

— Exato.

— Senhora, peço permissão para estar presente durante o interrogatório.

— Permissão negada — afirmou Eve, secamente, enquanto estacionava na garagem da Central de Polícia. — Já disse que você está dispensada por hoje! — Saiu do carro, bateu a porta e foi caminhando para longe da ajudante.

Já era meia-noite e sua cabeça também doía terrivelmente. A casa estava calma quando ela entrou e se arrastou lentamente escadaria acima. Não ficou surpresa ao ver Roarke ainda acordado e falando com alguém pelo *tele-link* do quarto. Olhou para o monitor ao passar e reconheceu o rosto jovem e empolgado de um dos engenheiros designados para a construção do Olympus Resort.

Isso a fez se lembrar dos últimos dias de sua lua-de-mel, que passara no resort ainda não inaugurado. Eve também enfrentara a morte, lá.* *Grande novidade*, pensou com amargor, enquanto se debruçava sobre a pia do banheiro e jogava um pouco de água fria no rosto. Ela jamais conseguia escapar daquilo mesmo.

Enxugou o rosto e foi andando até a cama, para se sentar e tirar as botas. Assim que elas caíram no chão, o esforço de continuar a se despir lhe pareceu por demais intenso. Foi se arrastando, até colocar o corpo todo atravessado na cama, de bruços.

Roarke ouvia o engenheiro; olhava para ele com um olho enquanto observava Eve com outro. Reconhecia os sinais, os olhos cheios de olheiras, a pele pálida, os movimentos lentos e deliberados. Ela trabalhara novamente até a exaustão, um hábito que o deixava fascinado e também frustrado.

— Amanhã eu torno a ligar para saber a respeito disso — anunciou Roarke, encerrando a ligação e desligando em seguida. — Já vi que teve um dia dos bravos, tenente.

Ela nem se mexeu quando ele se sentou sobre ela com uma perna de cada lado e começou a massagear-lhe a nuca e os ombros.

— Devo ter passado por dias piores — murmurou. — Só que não consigo me lembrar de quando foi...

* Ver *Êxtase Mortal.*

— O assassinato de Louis Trivane já apareceu em todos os noticiários.

— Malditos urubus.

Ele desafivelou o coldre, puxou-o para tirá-lo debaixo dela e o colocou de lado.

— Quando um advogado proeminente é retalhado em um clube privativo de alta classe, o fato sempre acaba virando notícia. — De forma competente, apertou os polegares sobre a coluna de Eve, subindo devagar. — Nadine já ligou um monte de vezes.

— Sim, ligou para a central também. Não tenho tempo para ela.

— Humm... — Ele puxou a blusa de Eve para fora das calças e passou a usar a base da palma da mão para fazer massagem. — Você realmente entrou no momento do crime ou isso foi acrescentado pela mídia para tornar a história mais interessante?

— Não, eu realmente cheguei na hora. Se aquele andróide idiota não tivesse me atrasado, eu... — Parou de falar e balançou a cabeça. — Na verdade, cheguei tarde demais. A assassina já abrira a barriga dele. Ainda estava trabalhando em suas vísceras, até parecia uma aluna aplicada executando um projeto para a aula de ciências. Ela acusou Charles Forte.

— Sim, isso também foi noticiado.

— Claro que foi — disse ela, soltando um suspiro. — Não dá para evitar o vazamento de informações.

— Você está com ele sob custódia?

— Sim, estamos fazendo interrogatórios... eu estou!... Ele nega tudo. Encontrei provas de um dos crimes em seu apartamento, mas ele continua a negar tudo.

Ele nega, pensou ela, *e parece chocado, deslocado, aterrorizado.*

— Ai, droga! — Virou o rosto, apertando-o contra a colcha. — Que droga!

— Vamos lá... — Ele beijou o alto de sua cabeça de leve. — Vamos trocar de roupa e ir para a cama.

— Não me trate feito criança!

— Tente me impedir.

Ela começou a se mexer para o lado, mas então se moveu com rapidez, sem nem mesmo perceber as próprias carências e intenções. De repente, já estava com os braços em torno dele e o rosto enterrado em seu ombro, com os olhos fechados e bem apertados, como se desejasse afastar da mente imagens indesejáveis.

— Você está sempre aqui para me consolar, mesmo quando não está...

— Não estamos mais sozinhos. Nenhum de nós. — Sentindo que ela precisava daquilo, levantou-a, colocando-a no colo, e pediu: — Vamos lá, conte-me tudo. Na sua cabeça, há mais do que um crime e algumas provas encontradas.

— Não sou uma pessoa boa... — A frase saiu antes que ela conseguisse impedir. — Sou uma boa policial, mas não sou um bom ser humano. Não posso me dar ao luxo de ser.

— Isso não faz sentido, Eve.

— Faz sim... e é verdade. Você é que não quer enxergar essa realidade. — Eve se afastou para poder olhar de frente para ele. — Quando a gente ama alguém, consegue relevar os pequenos defeitos, mas se recusa a ver os grandes. Ninguém gosta de admitir que a pessoa que está a seu lado seja capaz de fazer coisas horríveis, então finge que não vê...

— E o que você é capaz de fazer e eu sou tão cego a ponto de não ver?...

— Arrasei com Forte, fiz um purê dele. Não fisicamente — continuou ela, tirando os cabelos da frente do rosto. — Era tão fácil fazer isso, tão prático e limpo. Eu o esquartejei emocionalmente, queria que fosse assim! Queria que ele me contasse tudo o que fizera, para poder acabar com o assunto e encerrar o caso. E quando Peabody teve peito bastante para questionar minhas técnicas de interrogatório, eu a trucidei. Depois, dispensei-a para poder voltar lá sozinha e continuar a atacá-lo.

Roarke ficou calado por um momento, e então se levantou para puxar as cobertas debaixo de Eve, colocando-as ao pé da cama.

— Deixe-me recapitular essa história — disse ele. — Você deu de cara com uma mutilação no momento em que ela estava sendo executada, levou a assassina presa, uma assassina que implicou o nome de Charles Forte nesse e em outros assassinatos. Isso tudo poucos dias depois de termos encontrado outro corpo mutilado junto ao portão de nossa casa.

— As coisas não podem ser levadas para o terreno pessoal.

— Desculpe-me, tenente, mas isso é conversa fiada! Agora, continuando... — disse ele, dando a volta na cama para desabotoar a sua blusa. — Você leva Charles Forte para interrogatório, um homem que suspeita, por bons motivos, ser o responsável por várias mortes violentas. Joga pesado, algo que sua ajudante, a quem você está treinando, desaprova; uma ajudante que, embora altamente competente, tem muito menos experiência nesses assuntos; uma policial novata, que não passou pela experiência de entrar em um aposento e dar de cara com uma mulher que está alegremente fazendo picadinho de um homem. Como vê, as notícias foram muito específicas — disse-lhe ele.

— Em seguida — acrescentou, antes que Eve tivesse chance de falar — você repreende essa mesma auxiliar por ela ter questionado o seu procedimento e a dispensa para poder retomar o interrogatório. Essa é a história toda?

Franzindo o cenho, ela observou o alto da cabeça de Roarke quando ele se abaixou na frente dela, puxando-lhe as calças, e argumentou:

— Você está colocando as coisas em preto e branco, e elas não são assim.

— Nunca são. — Ele colocou as pernas dela na cama e a empurrou para baixo com carinho. — Vou lhe dizer em que tudo o que me contou a transforma, tenente. Isso a faz uma boa policial, uma profissional dedicada... e humana. — Ele se despiu e se enfiou na cama, ao lado dela. — Portanto, já que é assim, talvez seja melhor eu me divorciar de você e tocar minha vida em frente. — Puxou-a para perto dele, até sentir que a sua cabeça se aninhara em seus ombros. — Obviamente, até agora eu tenho estado cego para as suas terríveis falhas de caráter.

— Do jeito que você fala, me faz sentir uma idiota.

— Ótimo, era o que eu pretendia. — Beijou-a na testa e ordenou às luzes que diminuíssem. — Agora, durma.

Ela virou a cabeça um pouco de lado para poder sentir o cheiro da pele dele, enquanto deslizava para o mundo dos sonhos.

— Acho que não vou deixar você se divorciar de mim não... — disse ela, com um suspiro.

— Não?

— Hã-hã... — Balançou a cabeça. — Não quero abrir mão do café, de jeito nenhum.

Eve entrou em sua sala às oito da manhã. Antes disso, passara no laboratório para tentar apressar os técnicos, e isso, em parte, a havia deixado mais animada. Seu *tele-link* estava com a luz de mensagens piscando, conforme notou assim que abriu a porta.

Peabody estava em pé, atenta, ao lado de sua mesa.

— Chegou cedo, Peabody? — Eve foi até o *tele-link*, digitou uma senha e esperou as mensagens serem apresentadas. — Você só vai entrar em horário de serviço às oito e meia.

— Queria falar com a senhora, tenente, antes de começar meu turno.

— Certo. — Eve deixou as mensagens em modo de espera e se virou para Peabody, dando-lhe toda a atenção e comentando: — Você está com uma aparência horrível.

Peabody manteve os olhos firmes. Sabia bem como estava a sua aparência. Não conseguira comer nada nem dormir. Sintomas que ela sabia serem embaraçosamente semelhantes aos que alguém sente ao terminar um romance. Só que aquilo, conforme percebera durante a longa noite, era pior do que qualquer rompimento com um homem.

— Gostaria de me desculpar formalmente junto à senhora, tenente, pelas afirmações que fiz após o interrogatório do sr. Forte. Fui insubordinada e procedi de forma incorreta ao questionar seus métodos. Espero que meu erro de julgamento nesse assunto não a influencie na decisão de me afastar desse caso, ou dessa divisão.

Eve sentou-se na cadeira que rangeu, pedindo por óleo.

— Isso é tudo, policial Peabody?

— Sim, senhora. Bem... gostaria de dizer também que..

— Se tem mais alguma coisa a dizer, tire o cabo de vassoura que espetou na bunda e desmonte essa pose de soldadinho de chumbo. Você está em horário de folga e nossa conversa não é oficial.

Os ombros de Peabody pareceram relaxar um pouco, mais por defesa do que por despreocupação.

— Desculpe, tenente. Ver o sr. Forte desmontar daquele jeito me afetou muito. Não consegui me manter emocionalmente afastada da situação para ter uma visão objetiva. Eu não acredito, isto é, não quero acreditar — corrigiu-se — que seja ele o responsável. Isso prejudicou a minha avaliação profissional.

— Objetividade é essencial em nosso trabalho. Também é, mais freqüentemente do que gostaríamos de admitir, algo impossível. Eu também não fui totalmente objetiva, e devido a isso reagi de forma exagerada aos seus comentários, Peabody. Peço desculpas por isso.

Surpresa e alívio a inundaram. Peabody sentiu no mesmo instante que já estava mais fácil respirar e engolir, livre da preocupação e do medo.

— A senhora vai me manter como sua auxiliar?

— Estou investindo em você, Peabody... — Deixando as coisas nesse pé, Eve tornou a se virar para o *tele-link*.

Atrás de Eve, Peabody fechou os olhos com força e tentou manter a compostura. Respirou fundo, engoliu em seco e exultou por conseguir novamente fazer as duas coisas.

— Então, isso quer dizer que fizemos as pazes, Dallas?

— Depende... por que razão estou sem café até agora? — Eve olhou de lado para Peabody e apertou o teclado para ver as mensagens. A primeira delas mal havia aparecido na tela quando Eve percebeu ao seu lado uma xícara fumegante que Peabody acabara de lhe servir.

"*Qual é, Dallas? Vamos lá, me dê um tempo!... Pode me ligar a qualquer hora do dia ou da noite, mas responda! Só quero alguns detalhes.*"

— Isso não vai acontecer, Nadine — murmurou Eve, passando pelas três mensagens seguintes, também deixadas pela repórter, em um nível crescente de desespero.

Em seguida, havia um comunicado do médico-legista com o relatório da autópsia. Eve copiou o arquivo e mandou o computador imprimi-lo. Por fim, havia uma transmissão do laboratório, confirmando que o sangue encontrado no manto era de Wineburg.

— Eu não consigo enxergar — disse Peabody, baixinho. — Por que será que eu não quero enxergar? As provas estão todas aí, na minha cara. — Levantou os ombros e tornou a abaixá-los. — Estão bem na minha cara!

— Vamos indiciá-lo oficialmente e fichá-lo. — Eve esfregou o dedo para cima e para baixo da testa. — Homicídio em primeiro grau no caso de Wineburg. Vamos segurar a acusação de conspiração com o intuito de cometer homicídio no caso de Trivane, até Mira terminar a avaliação da acusada. Traga-o novamente para a sala de interrogatório, Peabody. Vamos ver de quantos crimes mais podemos acusá-lo.

— Por que Alice? — perguntou Peabody. — Por que Frank?

— Forte não cometeu estes. Não foi ele...

— Casos independentes? Você ainda acha que Selina é a responsável por essas duas mortes?

— Sei que ela é. Mas ainda estamos longe de provar.

Eve passou a manhã revendo relatórios dos outros e preparando o dela. Ao meio-dia, ao se encontrar mais uma vez com Chas na sala de interrogatório, estava disposta a tentar uma tática diferente.

Avaliou a representante que ele escolhera, uma mulher jovem, com olhos tristes, que Eve imaginou que mal tinha idade para prestar exame da Ordem dos Advogados. Nem se deu ao trabalho de suspirar ao reconhecê-la da cerimônia de iniciação à qual assistira.

Uma advogada que também é bruxa, refletiu. E se perguntou se isso poderia ser considerado uma redundância.

— Essa é a representante que escolheu, sr. Forte?

— Sim. — Seu rosto exibia um tom doentio de cinza, e suas olheiras haviam aumentado. — Leila concordou em me ajudar.

— Muito bem... o senhor foi acusado de assassinato, sr. Forte.

— Acabei de solicitar uma audiência e entrei com pedido de liberdade sob fiança — afirmou Leila, e passou a papelada para Eve analisar. — Está marcada para hoje, às duas da tarde.

— Vocês não vão conseguir fiança. — Eve entregou os papéis a Peabody. — E também não vão atrasar em nada o processo.

— Eu nem mesmo conhecia o homem que foi assassinado — começou Chas. — Jamais o vi antes daquela noite, no velório. E estava com a senhora.

— O que o coloca na cena do crime e na hora do crime, e lhe dá a oportunidade. Quanto ao motivo...? — Eve se recostou. — O senhor estava no local, sabia que ele estava quase falando, prestes a entregar os pontos. O sangue dele não foi o primeiro a ser derramado, foi, sr. Forte?

— Não sei de nada a respeito disso. — Sua voz estremeceu. Ele respirou fundo e colocou a mão sobre a de Leila, como quem precisa de apoio. Seus dedos se entrelaçaram e sua voz saiu mais forte: — Jamais fiz mal algum a outro ser humano em toda a minha vida. Isso vai contra tudo em que acredito, contra tudo o que eu me tornei. Já lhe disse. Não escondi nada da senhora, e achava que seria compreendido.

— O senhor possui um manto preto? Ele é feito de seda natural, envolve todo o corpo e vai até o chão.

— Possuo muitos mantos. Nenhum preto.

— Então, o senhor não reconhece isto? — Estendeu o braço, esperando Peabody colocar o saco com a vestimenta em sua mão.

— Não é meu. — Ele pareceu relaxar um pouco. — Este objeto não me pertence.

— Não? No entanto, foi encontrado em um baú no apartamento que o senhor divide com Isis. Foi escondido de modo descuidado, talvez às pressas, sob uma pilha de outros mantos. Há sangue nesta vestimenta, sr. Forte. Sangue do falecido Wineburg.

— Não! — Ele recuou. — Isso não é possível.

— Pois é um fato. Sua advogada pode analisar o teste executado pelo laboratório, se desejar. Será que Isis reconheceria este manto? Talvez vê-lo sirva para... refrescar sua memória.

— Isis não tem nada a ver com isto. Não tem nada a ver com esse assunto. — Uma onda de pânico pareceu atacá-lo. — A senhora não pode suspeitar de que ela seja...

— Seja o quê? — Eve jogou a cabeça para o lado. — Uma cúmplice? Ela vive com o senhor, trabalha com o senhor e dorme com o senhor. Mesmo que esteja apenas protegendo-o, isto já a torna cúmplice.

— Ela não pode ser arrastada para esse lodo... não merece passar por isso. Deixe-a em paz! — Ele se inclinou para a frente, colocando as mãos trêmulas sobre a mesa. — Deixe-a em paz... prometa-me isso e eu lhe conto seja o que for que quiser saber.

— Chas... — Leila se levantou e colocou a mão com firmeza sobre o seu ombro. — Não diga mais nada! Meu cliente não tem mais nada a declarar no momento, tenente. Preciso conversar com ele e exijo privacidade nesse momento para fazer isso.

Eve olhou bem para ela. A mulher já não parecia jovem e triste, mas fria e determinada.

— Não adianta propor um acordo, porque nós não vamos aceitar, doutora, não nesse caso — avisou Eve, levantando-se e fazendo um sinal para Peabody. — O que posso lhe adiantar é que uma confissão completa talvez o ajude a conseguir internação em uma clínica psiquiátrica em vez de ir para a prisão de segurança máxima. Pensem a respeito...

Eve xingou baixinho assim que se viu fora da sala, reclamando:

— Essa advogada vai colocar uma mordaça nele. Ele vai fazer tudo o que ela mandar, porque está apavorado demais para agir diferente. — Foi caminhando pelo corredor, mas acabou voltando. — Vou procurar Mira. Ela já deve ter acabado a avaliação. Entre em contato com a promotoria. Precisamos de alguém do departamento deles aqui. Talvez consigamos descobrir mais coisas se um promotor conversar com a advogada de Forte.

— A ameaça a Isis o deixou abalado. — Peabody olhou em direção à porta, enquanto elas se afastavam dali. — Ele a ama de verdade.

— O amor existe sob várias formas, não é?

— Não consigo entender o porquê de ele ter feito sexo com Mirium.

— O sexo também existe sob várias formas. Manipulação pura e simples é uma delas — disse e entrou em sua sala, a fim de ligar para Mira.

Capítulo Vinte

Paciente com delusão, sofrendo de sociopatia, com uma personalidade facilmente influenciável e facilidade para adquirir vícios. Eve jogou o relatório de Mira para o lado. Não precisava de uma psiquiatra para lhe confirmar que Mirium era uma lunática de carteirinha, sem consciência alguma. Ela já descobrira isso por si mesma.

Também não precisava que lhe dissessem que a jovem demonstrava tendência para as ciências ocultas, baixo quociente de inteligência e possibilidade de se tornar violenta.

A recomendação final de Mira, para que a paciente se submetesse a testes mais minuciosos e recebesse tratamento como mentalmente incapaz, podia ser sensata, mas não mudava em nada os fatos.

Mirium retalhara um homem a sangue-frio, e provavelmente iria cumprir a sua sentença nos sossegados quartos de uma instituição para doentes mentais.

O detector de mentiras também não servira para muita coisa. Indicou que a acusada estava dizendo a verdade — a verdade como ela a via. Apareceram falhas, pontos em branco, lapsos de memória e idéias confusas.

Tudo isso também se justificava, notou Eve, olhando para os testes de ingestão de drogas, que provava que havia meia dúzia de substâncias ilegais passeando pela sua corrente sangüínea.

— Tenente? — Peabody entrou e esperou até que Eve levantasse a cabeça. — Schultz, da promotoria, acaba de me colocar a par da situação.

— E como estão as coisas?

— A advogada está irredutível. Quer solicitar um teste com o detector de mentiras, mas Forte continua recusando. Schultz acha que ela está querendo atrasar o processo, diz que ela quer quarenta e oito horas para estudar todos os relatórios e provas. Vamos manter Forte preso, já que a fiança foi negada, mas ela continua insistindo. Schultz acha que Forte está pronto para entregar o ouro, mas a advogada o está mantendo sob rédeas curtas.

— Foi Schultz quem lhe passou todas essas informações?

— Sim... bem, acho que ele está tentando ser gentil. Divorciou-se há pouco tempo.

— Ah... — Eve levantou uma sobrancelha — ... e aprecia mulheres que usam farda.

— Bem, nesse momento em especial, acho que ele aprecia qualquer ser humano que tenha seios. Enfim, o fato é que Schultz acha que não vamos conseguir mais nada por hoje. A advogada exigiu os direitos que seu cliente tem para um pequeno intervalo de tempo, antes de o processo seguir em frente. Schultz concordou em conversar mais sobre esse assunto amanhã de manhã e foi embora.

— Certo. Talvez seja mesmo uma boa idéia dar-lhes um pouco mais de tempo, para a poeira assentar. Vamos até a casa de Isis. Talvez consigamos sacudi-la um pouco.

— Você amarrou bem o caso por todos os lados — comentou Peabody, acompanhando o passo de Eve. — Talvez agora consiga relaxar um pouco na festa de logo mais.

— Festa? — Eve parou na mesma hora. — A festa de Mavis? É hoje à noite? Ai, que inferno!

— Reação típica de uma mulher louca por festas... — comentou Peabody, secamente. — Por mim, mal posso esperar. Os últimos dias têm sido podres...

— Essa história de Halloween é para crianças, coisa inventada para os filhos fazerem chantagem com os pais, a fim de se entupirem de balas e lixo. Um monte de homens e mulheres adultos andando de um lado para outro fantasiados... é embaraçoso.

— Na verdade é uma tradição antiga e muito reverenciada, que tem raízes nas religiões ligadas à terra.

— Não comece!... — avisou Eve, enquanto elas se dirigiam à garagem, lançando um olhar desconfiado para Peabody. — Você não vai realmente vestir uma fantasia, vai?

— De que outra forma posso garantir a minha porção de doces? — disse Peabody tirando um fiapo da parte da frente de seu uniforme.

A loja estava às escuras, e o apartamento também. Ninguém atendeu às batidas na porta. Eve avaliou a situação e olhou o relógio.

— Vou ficar aqui de vigia por umas duas horas. Quero falar com ela ainda hoje.

Provavelmente ela está na cerimônia do sabá.

— Não creio que ela esteja com astral muito bom para dançar pelada, devido às circunstâncias. Vou ficar na área. Pode arrumar condução daqui e ir embora, se você quiser.

— Também posso ficar.

— Não é necessário. Se ela não aparecer em uma ou duas horas, vou direto para a festa de Mavis.

— Vestida assim? — Peabody olhou para Eve de cima a baixo, analisando seus jeans desbotados, as botas muito gastas e o casaco surrado. — Não pretende vestir algo mais... festivo?

— Não. A gente se vê lá. — Eve entrou no carro e abaixou o vidro da janela. — E você, que roupa vai usar?

— É segredo — afirmou Peabody com um sorriso, e foi embora pensando em ir para casa de bonde elétrico.

— Embaraçoso isso... — decidiu Eve, recostando-se no banco e ligando o *tele-link*. O sistema a conectou automaticamente com Roarke, que estava em seu escritório no centro.

— Por pouco você não me pega mais aqui — disse-lhe ele, reparando no pedaço do volante que aparecia em seu monitor. — Obviamente você não está em casa se aprontando para as festividades desta noite.

— Obviamente não... vou ficar mais umas duas horas por aqui, e depois me encontro com você no apartamento de Mavis. Podemos sair de mansinho da festa, mais cedo?

— Dá para ver que você está ansiosa por uma noite empolgante.

— Halloween... — Olhou para um fantasma, um coelho rosa com dois metros de altura e um transexual mutante que naquele momento atravessavam a rua na frente do seu carro. — Não consigo entrar no clima.

— Querida Eve... para algumas pessoas, esta noite é apenas um pretexto para se comportarem de forma tola. Para outras, porém, é um dia muito importante e sagrado. Samhain, o início do inverno celta... o início do ano, a transmutação, com tudo o que é velho morrendo e o novo ainda por nascer. Nesta noite, o véu entre os dois mundos é muito tênue.

— Puxa... — Fingiu um calafrio. — Agora fiquei assustada!

— Esta noite, nós vamos usar a data como desculpa para sermos tolos. Quer ficar bêbada e se entregar a uma sessão de sexo selvagem?

— Sim — respondeu ela, sorrindo de leve. — Isso me parece muito bom...

— Podíamos começar agora. Que tal um pouco de sexo via *tele-link*?

— Isso seria ilegal, pois esta aqui é uma linha exclusiva da polícia. Além do mais, nunca se sabe quando o setor de emergências vai entrar na ligação, comunicando algo urgente.

— Então pode deixar que eu não vou descrever o quanto queria passar as mãos em você... ou passear com a minha boca sobre o seu corpo. Nem vou falar no quanto me excita sentir você por baixo de mim, nem na emoção que sinto quando estou dentro de você, que arqueia as costas para trás tentando respirar, ofegante, e puxa meus cabelos com as mãos.

— Não, nem mencione nada disso... — disse-lhe ela, sentindo os músculos das coxas se retesarem e depois relaxarem. — Vou estar com você em menos de duas horas. Nós... ahn... podemos realmente ir mais cedo para casa. Então você vai poder me falar de todas essas coisas.

— Eve...

— Sim?

— Eu adoro você! — Com um sorriso satisfeito e carinhoso, ele desligou.

— Quando será que vou me acostumar com isso? — murmurou ela, soltando um suspiro longo, bem devagar.

O sexo mexia muito com a sua cabeça. Eve jamais encarara o ato como alguma coisa além de uma liberação física necessária e ligeiramente agradável... até conhecer Roarke. Ele conseguia deixá-la com a boca seca e carente só com o olhar. Pior ainda era a força que exercia em seu coração, uma garra firme e possessiva que às vezes era reconfortante e outras vezes aterradora.

Ela jamais compreenderia o nível de exigência do amor.

Franzindo o cenho, olhou para trás, para o apartamento que ficava do outro lado da rua. Não fora isso o que ela vira ali? Poder e amor? Isis era uma mulher forte e poderosa. Será que o amor a deixara completamente cega?

Não era impossível, refletiu Eve. Mas era... desapontador, admitiu. Por experiência própria, ela sabia que Roarke já passara muito tempo de sua vida quase ultrapassando os limites da lei. Ora, reconheceu, ele na verdade arrombara as portas da lei, diversas vezes.

Sabia que ele havia roubado, sonegado e trapaceado. Sabia que ele já matara... o menino que sofrera abusos nas ruas cruéis de

Dublin fizera o que fora necessário para sobreviver e, a partir daí, passara a fazer o que bem queria para lucrar. Ela não podia culpá-lo por nenhuma das duas coisas.

No entanto, se ele aproveitasse hoje em dia o enorme poder que tinha nas mãos e o usasse para matar, o que ela faria? Deixaria de amá-lo? Não estava certa, mas tinha certeza de que reconheceria seus sentimentos. E o código sob o qual vivera até ali não permitiria que ela fizesse vista grossa para um assassinato.

Talvez o código pelo qual Isis pautava sua vida não fosse tão rígido.

No entanto, sentada ali no escuro, sentindo os dentinhos afiados do vento mordiscando as frestas da janela do carro, Eve reparou que não conseguia equilibrar os fatos.

Forte praticamente confessara tudo, lembrava a si mesma. No momento em que se viu confrontado com o manto, com a prova palpável, dera sinais de que ia se render às evidências.

Na verdade, isso não era inteiramente verdadeiro, pensou. Foi quando ela trouxe Isis para o cenário que ele mudara de direção.

Protegendo-a. Servindo de escudo para ela. Sacrificando-se por ela.

Com uma idéia nova dançando em sua cabeça, saiu do carro e atravessou a rua.

Um grande número de pessoas circulava pela calçada, muitas delas usando fantasias. Ao chegar ao outro lado, viu passar um bando de adolescentes ruidosos que emitiam gritos capazes de acordar os mortos. Ninguém prestou atenção a uma mulher sozinha, usando um casaco de couro, que subia as escadas para chegar a um apartamento às escuras.

Parou no alto da escada por um momento, olhando a rua em volta e os edifícios próximos. Aquela era uma região em que as pessoas cuidavam apenas de sua própria vida, decidiu. Além do mais talvez os vizinhos já estivessem acostumados a ver pessoas, e pessoas muito fora do comum, subindo aquelas escadas e entrando no apartamento.

Para testar sua teoria, Eve tentou abrir a porta. Encontrando-a fechada, simplesmente pegou no fundo do bolso um cartão mestre. Conseguiu abrir a porta em questão de segundos, mas esperou um pouco antes de entrar, preparada para ouvir o disparo de um possível alarme.

Havia, porém, apenas silêncio lá dentro.

Não havia sistema de segurança algum, avaliou, resistindo à tentação de entrar no domicílio. Uma pessoa comum não teria acesso a um cartão mestre, mas havia outras formas de abrir fechaduras não protegidas por sistemas de segurança.

E o apartamento não estivera vazio na véspera? Com Forte e Isis na Central de Polícia, não seria fácil alguém entrar e plantar um manto sujo de sangue em um local bem óbvio?

Eve tornou a trancar a porta e ficou ali em pé, argumentando sozinha. Mirium o acusara. Dissera o nome de Forte ao se ajoelhar no chão, com sangue ainda escorrendo pelas mãos.

Tinha delusões, era sociopata e facilmente influenciável.

Droga. Eve tornou a descer as escadas, caminhando de volta para o carro. A prova era essa, afinal, não é mesmo? Havia também o motivo e a oportunidade. Tudo conforme ensinava o manual. Ela já estava até com o alegado cúmplice em custódia.

Um cúmplice com o qual Mirium andava dormindo escondido, transando com ele em pleno Central Park e usando sua influência para levá-la à convenção, bem debaixo do nariz de sua rival.

Tudo combinava, disse a si mesma... e era esse o problema. Todas as peças se encaixavam tão bem em seus lugares que até parecia que alguém preparara as arestas para isso. Mas o amor precisava ser deixado de fora da equação... um amor altruísta, devotado e incondicional. Acrescentando esse elemento, as peças começavam a raspar nas bordas e já não se encaixavam mais.

Se havia uma possibilidade mínima que fosse de tudo aquilo ser uma grande armação e Eve estar sendo usada para fazer as contas baterem no final, ela ia descobrir, ah, mas com certeza!... Pensou em ligar para Peabody, e chegou a esticar o braço pela janela do carro para alcançar o *tele-link*, quando ouviu o grito. Na mesma hora, pulou com a arma na mão e avistou uma figura com manto preto arrastando uma mulher para dentro das sombras de um beco.

— Polícia! — Ela correu para salvar a mulher, gritando: — Para trás!

Ele fez mais do que isso... fugiu. Quando Eve alcançou a mulher, ela estava de bruços, com o rosto no chão e gemendo muito. Colocando a arma no coldre, ela se agachou, perguntando:

— Ele a machucou muito? — Ao virar a mulher de barriga para cima, viu o brilho de uma lâmina. Ela estava pressionando sua barriga e parecia bem amolada e pontiaguda. Ao levantar os olhos, viu o rosto de Selina.

— Tudo o que tenho a fazer é empurrar um pouquinho. — Sorriu Selina. — Bem que eu gostaria de fazer isso, mas por ora... — Sua mão atingiu a garganta de Eve. Ela sentiu a pressão e a pontada um segundo antes de sua visão tornar-se embaçada.

— Agora você vai me ajudar a chegar ao carro. Pelo menos vai parecer isso, se alguém reparar em nós. — Sorrindo, Selina colocou os braços em volta de Eve, mantendo-a tão junto do corpo que parecia que era ela que estava sendo carregada. — Se não fizer exatamente o que eu mandar, suas tripas vão se espalhar por toda a calçada e vou estar longe antes mesmo de você compreender que morreu.

A cabeça de Eve estava zonza e suas pernas pareciam feitas de borracha enquanto Selina a carregava pela calçada em direção ao carro.

— Entre — ordenou Selina —, e vá para o lado do passageiro.

Eve se viu obedecendo mansamente, enquanto uma parte de sua mente gritava em protesto.

— Você não é tão esperta, afinal de contas, não é verdade, tenente Dallas? Nem tão cabeça-fria... nós a trouxemos exatamente para onde a queríamos. Sua idiota! Como se coloca essa droga de carro no piloto automático?

— Eu... — Eve não conseguia nem pensar. O medo não conseguia ultrapassar a barreira de névoa que havia em sua cabeça, e o mesmo acontecia com a raiva e com tudo o que aprendera nos treinamentos. Olhou sem expressão para os controles e repetiu: — Automático?

Sua voz foi o suficiente. O veículo estremeceu, o motor entrou em movimento e zumbiu de leve.

— Acho que você não está em condições de guiar, tenente. — Selina lançou a cabeça para trás e soltou uma gargalhada. — Informe o endereço. Vamos para o meu apartamento. Temos uma cerimônia muito especial preparada para você.

Mecanicamente, Eve repetiu o endereço e olhou para a frente, enquanto o veículo entrava em movimento, lentamente.

— Não foi Forte — conseguiu balbuciar, lutando para voltar ao normal. — Não foi ele!

— Aquele arremedo patético de homem? Ele não conseguiria nem mesmo matar uma mosca pousada em seu pinto... se é que ele tem um... mas ele e aquela bruxa Wicca de araque vão pagar caro. Você já preparou tudo para isso, não?... Eles achavam que podiam salvar a pobrezinha da Alice. Seu vovozinho burro também pensou assim. Veja só onde foram parar... ninguém me desafia e vive para contar a história! Você vai descobrir a dimensão do meu poder em pouco tempo. E vai implorar para que eu a mate logo, para acabar com a agonia.

— Você matou todos eles.

— Todos! Cada um deles... — Selina se inclinou mais para perto de Eve. — E outros... muitos outros. Os que eu gosto mais de matar são as crianças. Elas são tão... macias. Ataquei primeiro o avô, e usei sua maior fraqueza, que era defender as mulheres. Solucei muito, disse-lhe que temia por minha vida... disse-lhe que achava que Alban ia me matar. Então, despejei um pouco das minhas drogas especiais em seu drinque e o matei. Eu queria ver sangue, mas enfim... ver seus olhos no momento em que compreendeu que estava morrendo foi quase tão satisfatório quanto isso. Você já reparou como os olhos morrem primeiro, Dallas? Pois é... eles morrem antes do resto.

— Sim. — A névoa estava se movendo para os cantos de sua mente. Começava a sentir as pernas e os braços formigando enquanto os nervos voltavam lentamente à atividade. — Sim, eles morrem antes...

— E Alice... quase fiquei com pena quando fomos obrigados a acabar com aquilo. Atormentá-la dia após dia era tão excitante! E os pulos de susto que ela dava diante de um gato ou de um pássaro... andróides. Facilmente programáveis. Usamos o gato naquela noite, fizemos com que ele falasse com a minha voz. Estávamos esperando por ela, tínhamos planos para quando ela chegasse, mas a tola saiu correndo para o meio da rua e se matou... bem, agora vamos fazer com você o que havíamos planejado para ela. Veja, já chegamos...

Quando o carro se aproximou do meio-fio, Eve testou a mão, formando um punho com ela. Em seguida, empurrou-a para a frente com força e sentiu o agradável contato com carne e osso. Então a porta se escancarou por trás dela e mãos poderosas apertaram-lhe a garganta.

E o mundo escureceu de repente...

— Ela já devia ter chegado... — Embora seu apartamento estivesse cheio de gente, barulho e luzes que giravam loucamente, Mavis fez um biquinho com os lábios. — Ela prometeu!

— Ela já deve estar chegando — disse Roarke, conseguindo escapar de ser espetado no traseiro por um touro de roupa vermelha; levantou uma sobrancelha ao ouvir o grito maníaco que avisava: "Toro!" Um anjo passou diante dele em seguida, dançando de forma agitada com um cadáver sem cabeça.

— Estou louca para ver a reação dela diante da nova decoração que Leonardo e eu fizemos aqui no nosso ninho. — Orgulhosa, Mavis girou o corpo formando um círculo completo. — Aposto que Eve não vai nem reconhecer seu antigo apartamento, você não acha?

Roarke olhou em torno para as paredes pintadas em magenta e complementadas por desinibidas listras cor de cereja e azul forte. A mobília consistia em pilhas de almofadões de tecidos metálicos e cilindros de vidro. Para combinar com o evento, detalhes em laranja e preto estavam espalhados por toda parte. Esqueletos dançavam, bruxas voavam e gatos pretos arqueavam as costas, arrepiando os pêlos.

— Não. — Roarke foi capaz de concordar com toda a honestidade. — Eve jamais reconheceria o seu velho apartamento. Vocês fizeram... maravilhas.

— É que adoramos este lugar. Além disso, temos o melhor senhorio do planeta. — Ela o beijou de forma entusiasmada.

— E você é a minha inquilina predileta. — Sorriu ele, torcendo para que o batom roxo que Mavis usava não tivesse sido transferido para o seu rosto.

— Você não quer ligar para Eve, Roarke? — Com as unhas pintadas no mesmo tom, Mavis cutucou o braço dele. — Ponha um pouco de pilha para animá-la.

— Claro. Vá bancar a anfitriã e não se preocupe que eu a trago até aqui.

— Obrigada, então. — Saiu espargindo brilhos pelo ambiente, em seus sapatos vermelhos de salto alto.

Roarke se virou para o outro lado, pensando em procurar um lugar calmo para fazer a ligação, e então piscou surpreso diante de uma aparição.

— Peabody? — perguntou.

— Ah... você me reconheceu... — A elaborada maquiagem que aplicara no rosto formou uma expressão triste.

— Mas quase não percebi que era você. — Com um leve sorriso, deu um passo para trás, para poder analisá-la de corpo inteiro.

Cabelos louros e compridos caíam em cascatas por sobre os ombros até o meio das costas e sobre o pequeno sutiã formado por duas formas côncavas representando conchas. Da cintura para baixo, a cor da roupa era verde-água cintilante, e não se via seus pés dentro da cauda.

— Você está adorável, parecendo uma sereia.

— Obrigada. — Voltou a se animar. — Levei séculos para conseguir me aprontar.

— Como consegue andar com os pés presos nessa roupa?

— Há um corte pequeno para os pés saírem, e as dobras da cauda cobrem essa fenda. — Deu uma risadinha. — Isso restringe muito os movimentos. Onde está Dallas? — Esticou o pescoço para procurar em volta. — Quero ver sua reação ao olhar para essa roupa.

— Ela ainda não chegou.

— Não?!... — Como não levara relógio para a festa, deu uma olhada no relógio de Roarke. — Já são quase dez horas. Ela ia ficar de vigia em frente à casa de Isis por umas duas horas e depois vinha direto para cá.

— Eu ia ligar nesse instante para ela.

— Boa idéia. — Peabody tentou ignorar a fisgada de nervoso que sentiu. — Provavelmente, está fazendo hora... ela detesta eventos como este.

— Sim, tem razão... — Mas ela não deixaria de aparecer, por causa de Mavis, pensou Roarke, encontrando um canto um pouco mais calmo. E por causa dele também.

Quando ninguém atendeu ao *tele-link*, ele invadiu a freqüência exclusiva da polícia e tentou entrar em contato com ela através do comunicador. Ouviu um zumbido leve que indicava que o aparelho estava ligado, mas continuou sem resposta.

— Há algo errado... — comentou ele ao voltar para o lugar onde Peabody estava. — Ela não está atendendo.

— Deixe-me pegar a minha bolsa para tentar falar com ela pelo comunicador.

— Já tentei isso também... — disse ele já com pressa — ... e ela também não responde. Ela estava de vigia em frente à Busca Espiritual?

— Sim, estava querendo conversar novamente com Isis... deixe-me sair dessa fantasia que vou procurá-la com você.

— Não vai dar para esperar por você não. — Foi abrindo caminho por entre a multidão, enquanto Peabody se movia com dificuldade a passos curtos, procurando por Feeney.

A princípio, Eve achou que fora um sonho, quando acordou meio grogue e com calor. Virou a cabeça para o lado e, ao tentar levantar a mão, viu que não conseguia movê-la.

Entrou em pânico. Estava com as mãos amarradas. Ele muitas vezes amarrava as mãos dela em criança. Prendia-a na cama e tapava-lhe a boca com a mão para abafar seus gritos quando a estuprava.

Ela experimentou puxá-las e sentiu a dor vaga e distante das tiras que cortavam seus pulsos. Sua respiração ficou entrecortada quando lutou para se soltar. Suas pernas também estavam presas, amarradas pelos tornozelos, e suas coxas estavam afastadas uma da outra.

Girou a cabeça para trás, tentando enxergar. Sombras enchiam o cômodo, perseguidas pelas chamas bruxuleantes de dezenas de velas. Conseguiu ver o próprio reflexo na parede espelhada, uma imensa superfície de vidro escuro que duplicava as imagens e luzes à sua volta.

Ela não era mais uma criança, e não fora o seu pai que a amarrara.

Tentou fazer o pânico diminuir, mas não adiantou. Nunca adiantava. Ela fora drogada, disse a si mesma. Alguém a levara para ali, tirara todas as suas roupas e a amarrara, completamente nua, sobre uma placa de mármore, como um pedaço de carne.

Selina Cross pretendia matá-la, e talvez fazer coisas piores com ela, a não ser que ela conseguisse manter a mente calma para reagir. Continuava tentando arrancar as tiras que prendiam seus pulsos, girando, empurrando e puxando enquanto forçava a mente a se focar no problema.

Onde ela estava? No apartamento de Selina, era o mais provável, embora não conseguisse se lembrar das coisas muito bem. O clube seria perigoso demais, muito cheio de gente. Era mais privativo ali, naquela sala. A sala onde Alice vira uma criança ser sacrificada.

Que horas eram? Deus, há quanto tempo será que ela estava ali? Roarke ia ficar pau da vida. Mordeu o lábio com tanta força ao se movimentar, histérica, que chegou a se cortar com os dentes.

Eles iam dar por falta dela e se perguntar aonde fora? Peabody sabia qual era a sua última localização e iriam procurá-la no local.

E de que adiantaria?

Eve fechou os olhos e esperou até ficar um pouco mais calma. Ela estava por conta própria, mas disposta a sobreviver.

A parede espelhada se abriu para o lado e Selina, envolta em um roupão preto aberto na frente, entrou no aposento.

— Ah, você despertou! Queria que estivesse acordada e bem esperta antes de começarmos.

Alban entrou logo atrás. Usava um manto igual ao de Selina e uma horrenda máscara de javali, com presas à mostra. Sem dizer nada, pegou uma vela grossa e a colocou entre as coxas de Eve. Deu um passo para trás, pegou um athame com cabo em marfim entalhado em cima de uma almofada negra e o levantou com as duas mãos, dizendo:

— Vamos começar!

No momento em que Roarke abriu a porta do carro, seu *tele-link* portátil tocou e ele o atendeu depressa.

— Eve?

— Não, aqui é o Jamie. Eu sei onde ela está. Eles a pegaram! Você tem que correr.

— E onde ela está? — enquanto perguntava, Roarke se posicionava atrás do volante.

— Com aquela piranha da Selina Cross. Elas a levaram para o apartamento. Pelo menos eu acho que sim. Perdi contato no momento em que eles a arrancaram do carro.

— Perdeu contato...? — Roarke não esperou pela resposta e acelerou o carro, voando sobre o tráfego.

— Eu grampeei o carro dela. Queria saber o que estava rolando. Instalei um transmissor e ouvi um monte de coisas agora à noite. Selina mandou que ela colocasse o carro no piloto automático e ordenasse o endereço da casa dela. Dallas devia estar drogada, ou algo assim, porque a voz dela estava estranha. Cross contou como matou meu avô e Alice. — Sua voz começou a se engasgar por causa das lágrimas. — Ela matou os dois... e mais um monte de crianças... nossa!

— Onde você está?

— Na rua, na porta do prédio de Selina. Vou entrar.

— Não, fique longe de lá. Droga, faça o que estou lhe dizendo... Fique fora de lá! Chego aí em dois minutos. Chame os tiras. Dê um alarme de incêndio, ladrão, qualquer coisa, mas faça com que eles cheguem aí. Você me compreendeu?

— Ela matou minha irmã... — a voz de Jamie de repente se tornou calma e fria — ... e eu vou matá-la.

— Fique fora de lá! — repetiu Roarke, xingando quando o menino desligou. Tentando se controlar, ligou para Mavis, e mandou chamar Peabody no instante em que a ligação foi atendida, em meio a gargalhadas. Já estava estacionando na entrada do edifício de Selina quando Peabody atendeu.

— Roarke, Feeney e eu estamos indo para a Busca Espiritual neste...

— Ela não está lá, Selina a capturou! Eve deve estar em seu apartamento. Acabei de chegar e vou entrar.

— Caramba, Roarke, não cometa nenhuma loucura! Vou mandar uma patrulha para aí... Feeney e eu já estamos indo.

— Há um menino lá dentro também. É melhor vocês correrem.

Sem arma alguma, a não ser a sua sagacidade e a sua coragem, Roarke correu em direção à porta do prédio.

Eles entoavam cânticos em volta de seu corpo. Alban acendera o fogo debaixo de um caldeirão preto e a fumaça que saía dele era densa e exageradamente doce. Selina se livrara do manto e espalhava óleo por todo o corpo.

— Alguma vez você já foi estuprada por uma mulher, Dallas? Vou machucá-la quando fizer isso. E ele também. E não vamos querer que você morra depressa, como fizemos com Lobar, ou do jeito que mandamos Mirium matar Trivane. Vai ser lento e indescritivelmente doloroso.

A mente de Eve estava clara agora, brutalmente clara. Seus pulsos ardiam e as tiras cortavam-lhe a própria carne, enquanto ela continuava tentando se soltar.

— É assim que invoca seus demônios? Sua religião é uma fraude. Você simplesmente gosta de estuprar e matar, e isso a transforma em uma degenerada, como qualquer um dos vermes que rastejam na sarjeta.

Selina levantou a mão e esbofeteou Eve com força, gritando:

— Quero matá-la agora!

— Logo, meu amor — cantarolou Alban. — Não vamos deperdiçar esse momento por causa da pressa.

Pegou uma caixa e tirou lá de dentro um galo jovem, todo preto. O animal cacarejou e guinchou, batendo as asas quando foi seguro pelas patas sobre o corpo de Eve. Em seguida, Alban começou a falar algo em latim, com a voz ligeiramente musical, enquanto pegava a faca e cortava fora a cabeça do animal. Sangue esguichou, cobrindo o busto de Eve. Ao lado dela, Selina gemia, em êxtase.

— Sangue para o Mestre — entoou ela.

— Sim, meu amor. — Alban se virou para Selina. — O Mestre precisa de muito sangue. — Nesse momento, com determinação, em um movimento rápido e inesperado, enfiou a faca na garganta de Selina. — Você tem sido tão... entediante — murmurou ele, vendo-a cair para trás, a respiração borbulhando de sangue, enquanto agarrava a garganta com as mãos. — Muito útil, mas enfadonha.

Quando ela despencou, imóvel, Alban passou por cima do seu corpo sem vida, tirou a máscara do rosto e a colocou de lado, dizendo:

— Chega de pompa e de rituais. Selina é que gostava disso. Acho todo esse cerimonial sufocante e restritivo. — Sorriu, cheio de charme. — Não pretendo fazê-la sofrer. Não há necessidade.

O fedor de sangue era nauseante. Usando toda a sua força de vontade, Eve se concentrou no rosto dele, perguntando:

— Por que você a matou?

— Ela já deixara de ser útil. Era insana demais, entende? Acho que vivia com muitas substâncias químicas na cabeça, além de ter uma personalidade defeituosa. Imagine que ela gostava que eu batesse nela antes de fazermos sexo. — Balançou a cabeça. — Às vezes, eu até que gostava daquilo... pelo menos das surras que lhe dava. Ela tinha muito talento com elementos químicos. — Com ar distraído, passou a mão para cima e para baixo pela barriga da perna de Eve. — Descobri que, com o incentivo apropriado, encaminhando-a na direção certa, ela era também uma mulher de negócios especial. Conseguimos juntar uma enorme quantidade de dinheiro ao longo dos últimos dois anos. Além, é claro, das contribuições dos membros. Tem gente disposta a pagar quantias absurdas de dinheiro por sexo e pela possibilidade de imortalidade.

— Então, tudo não passava de uma armação.

— Ora, fala sério, Eve... invocar demônios, vender a alma. — Gargalhou, deliciado. — Foi o melhor golpe que eu já apliquei na vida, mas atingiu o seu pico e estava começando a ficar decadente. Quanto a Selina... — olhou para baixo, passando o polegar de forma distraída pelo queixo — ... ela começou a levar tudo aquilo muito a sério. Realmente acreditava que tinha poderes. — Olhou para o corpo esparramado no chão com um ar de pena e diversão. — Acreditava que conseguia ver as coisas na névoa e invocar o demônio. — Tornou a sorrir, girando o indicador diante da têmpora, no clássico sinal para descrever gente lunática.

Uma armação desde o princípio, pensou Eve, *nada além de uma fraude, um golpe produzido com sofisticação, visando unicamente ao lucro.*

— A maioria dos pilantras não usa sacrifícios humanos em seus esquemas e armações.

— É que eu não sou como a maioria dos pilantras, e algumas cerimônias realísticas serviam para manter Selina na linha. Ela acabou tomando gosto pelo sangue. E eu também — admitiu. — Acho que isso tem o poder de viciar... tirar a vida de uma pessoa é algo poderoso, uma coisa excitante! — Deixou o olhar passear pelo corpo de Eve, apreciando suas linhas esbeltas e sutis. Selina tinha curvas voluptuosas, quase no limite do exagero. — Parece que vou possuir você, afinal. Seria um desperdício não fazê-lo.

Tudo dentro dela reagiu com revolta diante daquela idéia.

— Foi você que fez sexo com Mirium, foi você que a mandou matar Trivane, depois de ela ter se infiltrado entre os wiccanos.

— Mirium é a mais maleável das mulheres. Além disso, sob indução química e com o auxílio de sugestões hipnóticas, a sua memória se torna admiravelmente seletiva.

— Não era Selina... nunca foi. Esse foi o meu grande erro de avaliação. Você não era o seu cãozinho ensinado... ela é que era o seu.

— Sim, agora você acertou em cheio. Ela estava perdendo o controle das coisas. Eu já percebera isso há algum tempo. Matou o tira por conta própria. — Apertou os lábios, demonstrando irritação. — Aquilo é que levantou a lebre, e foi o começo do fim de tudo, o começo do fim dela. Ele jamais conseguiria nos pegar. Selina devia tê-lo deixado rodando a esmo, até desistir.

— Nesse ponto, você se engana. Frank jamais desistiria.

— Agora nada disso importa, não é? — Ele se virou para o lado, e pegou um pequeno frasco e um aparelho de injeção por pressão. — Vou lhe aplicar só um pouquinho para não deixá-la tão agitada. Você é realmente um tesão... posso fazê-la curtir o momento em que vou estuprá-la.

— Não existem drogas no mundo capazes disso.

— Você está enganada... — murmurou e caminhou em sua direção.

Roarke teve que se controlar para não entrar correndo no apartamento. Se Eve estava ali dentro e em perigo, sua pressa poderia fazer mais mal do que bem. Fechou a porta silenciosamente atrás de si. Como o sistema de segurança fora desativado, ele sabia que Jamie já entrara.

Mesmo assim, ao sentir um movimento quase imperceptível ao seu lado, pulou com a rapidez de um gato e agarrou alguém pela garganta, apertando-a.

— Sou eu! — sussurrou uma voz. — Jamie! Não consegui entrar na sala onde eles estão. Devem ter instalado algum sistema novo. Não consegui desativá-lo.

— Onde?

— Bem ali, na parede. Não ouvi nada, mas eles devem estar lá dentro. Têm que estar!

— Vá lá para fora!

— Não vou... você está perdendo o seu tempo.

— Então recue, fique atrás de mim — ordenou Roarke, decidindo não perder nem um minuto a mais.

Aproximou-se da parede e passou os dedos de leve sobre a superfície, obrigando-se a ser metódico e cuidadoso, enquanto todos os seus instintos pareciam gritar para que fosse rápido.

Se havia algum aparelho eletrônico ali, estava bem escondido. Enfiando a mão no bolso, pegou uma agenda de mão e digitou um código. Pensou ter ouvido o som de sirenes ao longe.

— Que é isso? — quis saber Jamie, aos sussurros. — Caraca, isso é um misturador de sinais eletrônico? Nunca vi um assim tão pequeno!

— Você não é o único por aqui que manja de eletrônica. — Roarke começou a passá-lo ao longo da parede, xingando a lentidão do aparelho e sua ineficiência. De repente, ele emitiu um zumbido baixo e emitiu dois bipes. — Achei a fechadura safada!

Quando a porta se abriu para o lado, ele se agachou e, rangendo os dentes, preparou-se para saltar.

Eve se remexeu para o lado, tentando se afastar do aparelho injetor; sentiu a leve pressão em seu braço e notou que ele foi removido logo em seguida, sem ser acionado.

— Não. — Com uma risada curta, Alban deixou o aparelho de lado. — Não vou usar isso para o sexo. Seria injusto com você e um golpe para o meu orgulho masculino. Depois que acabarmos, vou colocá-la em sono profundo, para você não sentir a faca. É o mínimo que posso fazer.

— Mate-me logo, seu filho-da-puta! — Com um último puxão forte, ela arrebentou a tira de um dos pulsos, libertando um dos braços, e lançou o punho com força contra o rosto dele. Quando esticou o braço para pegar o punhal que estava ao seu lado, porém, a arma caiu no chão.

Então, por um momento, Eve achou que libertara todos os demônios do inferno.

Roarke apareceu, transfigurado, parecendo um lobo ao dar o bote, com os dentes arreganhados. A fúria de seu ataque sobre Alban o fez voar para o outro lado do aposento e lançou velas para o ar, atirando-as sobre poças de sangue.

Levantando ligeiramente o corpo, Eve tentava libertar a outra mão, e seu pânico era tão grande que não deu lugar ao medo no instante em que avistou Jamie.

— Corra até aqui, pelo amor de Deus! Pegue o punhal e me solte! Depressa!

O estômago do jovem estava se retorcendo, mas ele pulou sobre o corpo de Selina e pegou a faca. Mantendo o olhar fixo no pulso de Eve, cortou a tira que prendia o outro braço.

— Agora me dê esse punhal, que eu posso fazer o resto. — Seu olhar estava grudado em Roarke e na luta corpo-a-corpo desesperada que se desenrolava sobre o chão ensangüentado. O fogo estava começando a tomar conta do ambiente, espalhado pelas velas e se transformando em chamas vorazes. — A polícia chegou! — exclamou ela, ao ouvir as sirenes. — Vá até lá para trazê-los aqui, Jamie.

— A porta está aberta — disse ele, com toda a calma, indo para junto dos pés dela, a fim de cortar as tiras dos tornozelos.

— Faça alguma coisa para apagar aquele fogo ali no canto — disse ela, arrastando-se de quatro para sair de cima da placa de mármore.

— Não! — reagiu Jamie. — Deixe este lugar maldito lamber todo!

— Vá apagar a porcaria do fogo! — Tornou a repetir, e então pulou como uma louca furiosa nas costas de Alban, gritando: — Seu canalha, filho-da-puta! — Quando puxou a cabeça dele para trás, o punho de Roarke voou e atingiu os ossos do rosto do homem, provocando um estalo.

— Saia de cima dele! — ordenou Roarke. — Ele é meu!

Os três giraram em um confuso embaralhar de pernas, até descobrirem que apenas dois deles estavam conscientes.

— Ele machucou você? — Os olhos de Roarke ainda estavam esbugalhados quando ele a agarrou pelos braços. — Ele colocou as mãos em você?

— Não. — Ela precisava demonstrar calma, percebeu, pois ele estava fora de si. Eve não tinha muita certeza do que Roarke era capaz de fazer quando ficava naquele estado. — Ele não conseguiu me tocar... graças a você. Estou bem.

— Mas você já estava cuidando muito bem de si mesma no instante em que entrei, como sempre. — Levantou a mão dela, olhando para o sangue que porejava pela pele toda esfolada de seus pulsos e levou-a até os lábios. — Eu era capaz de matá-lo apenas por isso, se ele tivesse conseguido o que queria.

— Pare... isso faz parte do meu trabalho.

Ele estava lutando consigo mesmo para aceitar aquele fato. Seu paletó estava arruinado, uma massa amorfa e ensangüentada, mas ele o despiu e envolveu-a com ele, avisando:

— Você está nua.

— Sim, já reparei. Não sei onde eles enfiaram minhas roupas. Mas parece que eu ia estar com algo mais em volta do corpo além da pele quando a polícia chegasse. — Ela se levantou, descobrindo que ainda não se sentia completamente firme. — Eles me drogaram — explicou, balançando a cabeça com força para clarear as idéias, enquanto Roarke a empurrava com delicadeza, obrigando-a a se sentar em um ponto do chão que ainda estava limpo.

— Fique aqui e respire fundo e devagar. Vou apagar aquele fogo.

— Boa idéia. — Eve respirou uma ou duas vezes para limpar o organismo, enquanto ele usava um dos mantos para apagar as chamas que cintilavam por todo o piso. Então ela se lançou em pé com um pulo, gritando: — Não, Jamie, não faça isso! — Tentou dar alguns passos e correr em direção ao rapaz, mas já era tarde demais. Com o rosto pálido, Jamie se levantou do chão, a lâmina do punhal ainda molhada pelo sangue de Alban, e disse:

— Ele matou a minha família! — Seus olhos estavam imensos e as pupilas se retraíram tanto que pareciam cabeças de alfinete no momento em que entregou a arma para Eve. — Não me importo com o que você vai fazer comigo, mas ele nunca mais vai matar a irmã de ninguém.

Eve ouviu o som dos passos que aumentava de intensidade, até que alguém entrou correndo pela porta. Seguindo seu instinto, segurou o athame firmemente pelo cabo, a fim de imprimir as próprias impressões digitais na arma.

— Cale a boca. Não dê um pio! Oi, Peabody... — Eve olhou para a ajudante que entrava na sala com a arma abaixada. — Arrume algo para eu vestir, por favor?

— Sim, senhora. — Peabody bufou três vezes, de forma instável, para conseguir soltar o ar ao olhar a carnificina em volta. — A senhora está bem?

— Sim, estou legal... Selina Cross e Alban prepararam uma emboscada, me drogaram e me trouxeram para cá. Os dois confessaram o assassinato de Frank Wojinski, Alice Lingstrom, Lobar, Wineburg e a conspiração para matar Trivane. Alban assassinou Selina, por motivos que vou descrever em detalhes em meu relatório.

Alban foi morto na luta que se seguiu para contê-lo. Foi tudo muito confuso, não estou bem certa de como aconteceu em detalhes, mas não acho que isso importe agora.

— Não. — Feeney chegou, ficou em pé ao lado de Peabody, olhou para o rosto de Jamie, em seguida olhou para Eve... e soube. — Acho que nada disso importa mais. Vamos comigo, Jamie, você não devia estar aqui.

— Tenente, com todo o respeito, acho que seria melhor se a senhora e Roarke fossem para casa, a fim de se lavarem — sugeriu Peabody. — Vocês estão exageradamente no clima das comemorações de hoje, por assim dizer.

Eve olhou para Roarke e fez uma careta. Sangue e marcas pretas de fumaça cobriam seu rosto.

— Você está horroroso! — afirmou ela.

— Ah, é? Pois devia dar uma olhada em sua cara, tenente. — Enlaçou-a com o braço. — Acho que Peabody tem razão. Vamos procurar um cobertor em algum lugar. Isso vai ser suficiente para conseguirmos chegar em casa sem você congelar nem ir presa.

Eve queria tomar um banho. Desejava isso tão desesperadamente que só faltou chorar de alegria.

— Certo — concordou ela. — Estarei de volta em uma hora.

— Dallas, não é preciso você voltar aqui esta noite.

— Uma hora... — repetiu. — Guarde a cena do crime e chame os legistas. Leve esse menino para os paramédicos, ele está em choque. Entre em contato com Whitney, pois ele vai querer saber em primeira mão o que aconteceu aqui, e quero Charles Forte liberado o mais rápido possível.

Eve apertou o paletó de Roarke com mais força em volta do corpo e elogiou:

— Você tinha razão o tempo todo a respeito dele, Peabody. Sua intuição acertou na mosca. É uma intuição muito boa.

— Obrigada, tenente.

— Torne a usá-la para encerrar o caso. Se esse menino disser alguma coisa que não bata com o curto relatório oral que acabei de lhe passar, ignore-o. Ele está emocionalmente devastado e em choque. Não quero que seja interrogado esta noite por ninguém.

— Sim, senhora. — Peabody concordou com a cabeça e manteve os olhos cuidadosamente sem expressão. — Vou providenciar para que ele seja levado para casa. Permanecerei na cena do incidente até o seu retorno.

— Faça isso, por favor. — Eve se virou e começou a abotoar o paletó.

— A propósito, Dallas...

— Que foi, Peabody?

— Linda tatuagem essa sua. É nova?

Eve apertou os dentes com força e foi a passos largos em direção à porta, com toda a dignidade que conseguiu recolher.

— Viu só? — reclamou, cutucando o peito de Roarke com a ponta do dedo, enquanto caminhavam pelo corredor. — Eu lhe disse que ia acabar sendo humilhada por causa desse botão de rosa idiota.

— Você foi drogada, esbofeteada, amarrada nua e quase assassinada, mas a rosa tatuada em sua bunda foi o que a incomodou mais?

— Isso tudo que você descreveu faz parte do meu trabalho. O botão de rosa é algo pessoal.

Rindo muito, ele colocou o braço sobre os ombros dela, abraçando-a com força e dizendo:

— Por Deus, tenente, eu realmente te amo muito...

Impresso no Brasil pelo
Sistema Cameron da Divisão Gráfica da
DISTRIBUIDORA RECORD DE SERVIÇOS DE IMPRENSA S.A.
Rua Argentina 171 – Rio de Janeiro, RJ – 20921-380 – Tel.: 2585-2000